高职经管类精品教材

新编统计学原理

XINBIAN TONGJIXUE YUANLI

主　编　刘惠

副主编　李平　朱坤

编写人员　（以姓氏笔画为序）

刘惠　朱坤　朱启保

李平　陈建生　董楠

中国科学技术大学出版社

图书在版编目(CIP)数据

新编统计学原理/刘惠主编. —合肥:中国科学技术大学出版社,2009.1(2011.1
重印)

ISBN 978-7-312-02417-7

Ⅰ.新…　　Ⅱ.刘…　　Ⅲ.统计学　　Ⅳ.C8

中国版本图书馆 CIP 数据核字(2008)第 198873 号

出版	中国科学技术大学出版社
	安徽省合肥市金寨路 96 号,230026
	网址:http://press.ustc.edu.cn
印刷	合肥学苑印务有限公司
发行	中国科学技术大学出版社
经销	全国新华书店
开本	710 mm×960 mm　1/16
印张	20.25
字数	396 千
版次	2009 年 1 月第 1 版
印次	2011 年 1 月第 3 次印刷
定价	29.00 元

前　言

统计学是高职高专院校财经管理类专业必开的一门专业基础课. 本教材是按照"高职高专教育要面向生产、建设、管理、服务第一线培养技能型、应用型人才的基本要求",结合编者多年从事高职高专统计教学的实践经验编写的. 它突出了以下几个特点:

第一,突出了"应用性". 统计是一门方法论性质的学科,学习这门课的关键是要学会应用. 本书强调理论与实践相结合,从统计学与社会经济现象的结合点上阐述统计理论与方法的应用,着力培养学生的独立思维能力与实际操作能力,理论知识以够用为度,侧重统计方法在社会经济领域的应用与实践. 案例紧密结合实际,各章后附有能够满足应用能力培养需要的各种类型的练习与技能训练,有助于学生较好地掌握统计学的基本原理与方法,运用所学的知识与技能分析解决实际问题.

第二,强调了一个"新"字. 一是设计新,本教材设置了十章五大模块,五大模块分别为统计资料的搜集技术、统计资料的加工整理技术、统计分析指标与方法、统计分析报告的撰写技术和 Excel 在统计中的应用技术. 每章包括五个部分:第一部分是本章的要点,目的是使读者在阅读时对本章的主要内容及教学目标有一个总括的了解,第二部分是本章的内容;第三部分是阅读材料;第四部分是练习题,第五部分是技能训练题. 二是案例新,全书以培养学生实践能力为主线,收集了最新的、具有实用价值的典型案例和技能训练题,以指导学生进行实质性问题的研究,真正体现了高职高专的教育特色. 三是数据新,书中涉及的统计数据,除了为说明某些相关的统计理论外,尽可能采用了最新的正式发布的统计数据.

第三,操作性强. 本书注重基本理论、概念表述的完整性和准确性,注重理论联系实际,深入浅出地介绍各种实用的统计分析方法和技能,课程内容所使用的说明事例是学生比较了解和熟悉的社会生产、生活的事例,通俗易懂,具有较强的可操作性,比较适合高职高专学生学习.

第四,本书既可以作为高职高专和成人院校财经管理类专业的教材,又适用于广大工商企业人员及管理人员进行统计知识培训,还可以作为自学者的参考用书.

本书由刘惠主编,设计全书框架,拟订编写大纲,李平为副主编. 参加编写的有:刘惠(第一、二章)、朱启保(第五、七章)、董楠(第四、八章)、陈建生(第六章)、李平(第三、十章)、朱坤(第九章),最后由刘惠对全书进行总纂定稿.

本教材在编写过程中引用了部分报刊、网站资料,广泛吸收了国内外优秀教材及统计教学、科研方面的成果,在此一并表示感谢.

由于编者的水平和经验有限,本书难免存在缺点和不妥之处,敬请广大教师和读者赐教.

编　者

2008 年 9 月

目　　录

前　言 ……………………………………………………………………（ⅰ）

第一章　统计概论 ………………………………………………………（ 1 ）
　　第一节　统计的产生和发展 ………………………………………（ 1 ）
　　第二节　统计的研究对象、特点与方法 …………………………（ 5 ）
　　第三节　统计学中的几个基本概念 ………………………………（ 12 ）
　　第四节　统计指标和指标体系的设计 ……………………………（ 18 ）

第二章　统计调查 ………………………………………………………（ 29 ）
　　第一节　统计调查的意义和种类 …………………………………（ 29 ）
　　第二节　统计调查方案 ……………………………………………（ 33 ）
　　第三节　统计调查的组织方式 ……………………………………（ 36 ）
　　第四节　统计调查问卷的设计 ……………………………………（ 42 ）

第三章　统计整理 ………………………………………………………（ 56 ）
　　第一节　统计整理的意义与内容 …………………………………（ 56 ）
　　第二节　统计分组 …………………………………………………（ 59 ）
　　第三节　分配数列 …………………………………………………（ 70 ）
　　第四节　统计表与统计图 …………………………………………（ 76 ）

第四章　综合指标 ………………………………………………………（ 89 ）
　　第一节　绝对指标 …………………………………………………（ 90 ）
　　第二节　相对指标 …………………………………………………（ 96 ）
　　第三节　平均指标 …………………………………………………（107）
　　第四节　标志变异指标 ……………………………………………（127）

第五章　动态数列 ………………………………………………………（144）
　　第一节　动态数列的编制 …………………………………………（144）
　　第二节　动态数列的分析指标 ……………………………………（148）

第三节　动态数列的因素分析 ……………………………………………………… (160)

第六章　统计指数 ………………………………………………………………… (173)
第一节　统计指数的意义和种类 …………………………………………………… (173)
第二节　综合指数 …………………………………………………………………… (175)
第三节　平均指数 …………………………………………………………………… (181)
第四节　指数体系与因素分析 ……………………………………………………… (189)

第七章　抽样推断 ………………………………………………………………… (205)
第一节　抽样推断的一般问题 ……………………………………………………… (205)
第二节　抽样误差 …………………………………………………………………… (210)
第三节　抽样估计的方法 …………………………………………………………… (217)
第四节　样本容量的确定 …………………………………………………………… (222)
第五节　抽样方案的设计 …………………………………………………………… (225)

第八章　相关与回归分析 ………………………………………………………… (239)
第一节　相关关系 …………………………………………………………………… (239)
第二节　相关分析 …………………………………………………………………… (242)
第三节　回归分析 …………………………………………………………………… (248)

第九章　统计分析报告 …………………………………………………………… (264)
第一节　统计分析报告的意义 ……………………………………………………… (264)
第二节　统计分析报告的类型 ……………………………………………………… (267)
第三节　统计分析报告的选题与写作要求 ………………………………………… (272)
第四节　统计分析报告的结构 ……………………………………………………… (274)

第十章　Excel 在统计中的应用 ………………………………………………… (283)
第一节　Excel 在描述统计中的应用 ……………………………………………… (283)
第二节　统计数据的整理 …………………………………………………………… (289)
第三节　Excel 制作常用统计图 …………………………………………………… (302)
第四节　Excel 在指数分析和时间数列分析中的应用 …………………………… (307)

附录　正态概率表 ………………………………………………………………… (315)

参考文献 …………………………………………………………………………… (317)

第一章 统 计 概 论

本 章 要 点

1. 了解统计的产生和发展.
2. 明确统计的涵义、方法、职能和统计学的研究对象.
3. 重点掌握统计学中的基本概念及各概念之间的区别与联系.
4. 了解指标与指标体系设计要求和内容.
5. 本章是对全书内容的概括总结,为以后各章的学习奠定基础.

第一节 统计的产生和发展

一、统计的概念

在日常生活中,我们经常会碰到"统计"一词,统计作为一种社会实践活动,已有悠久的历史,可以说,自从有了国家就有了统计实践活动.最初,统计只是一种计数活动,为满足统治者管理国家的需要而搜集资料,通过统计计数以弄清国家的人力、物力和财力,作为国家管理的依据.发展到今天,"统计"一词已被人们赋予多种含义,在不同的场合、不同的语言环境中已有许多不同的解释.例如,小刘是学统计的;请统计一下二车间今天生产的产品产量;据统计,今年第二季度全国的物价指数上涨8.3%.那么,统计的含义到底是什么呢? 统计理论界比较一致的解释是:统计包含三个方面的含义,即统计工作、统计资料和统计学.

(一)统计工作

统计工作即统计的实践活动,是指为实现一定的统计目的,采用科学的方法所从事的统计设计、调查、整理和分析,以提供各种统计资料、进行统计咨询、实行统计监督等各种活动的总称.统计工作是"统计"一词最基本的含义,是人们对客观事物的数量表现、数量关系和数量变化进行描述和分析的一种活动.如我国进行人口普查时方案的设计、入户登记、数据汇总、分析总结和资料公布等一系列过程都是统计工作.

(二)统计资料

统计资料是指统计工作活动所获得的各种数字资料及与之相关的其他资料的总称.

如 2008 年 2 月 28 日发布的统计公报,2007 年,全年国内生产总值 246619 亿元,比上年增长 11.4%.分产业看,第一产业增加值 28910 亿元,增长 3.7%;第二产业增加值 121381 亿元,增长 13.4%;第三产业增加值 96328 亿元,增长 11.4%.第一产业增加值占国内生产总值的比重为 11.7%,与上年持平;第二产业增加值比重为 49.2%,上升 0.3 个百分点;第三产业增加值比重为 39.1%,下降 0.3 个百分点.分季度看,一季度增长 11.1%,二季度增长 11.9%,三季度增长 11.5%,四季度增长 11.2%.

又如:2008 年上半年城镇居民人均可支配收入 8065 元,同比增长 14.4%,扣除价格因素,实际增长 6.3%.

这些由文字和数字共同组成的数字化的信息就是统计资料,它的内容是反映社会经济现象的总规模、总水平、速度、结构和比例关系等信息的数字资料及与之相关的文字资料;它的表现形式主要是统计表、统计图、统计报告、统计公报、统计年鉴等.

(三)统计学

统计学即统计理论,是统计工作实践活动的科学总结和理论概括,是系统地阐述如何搜集、整理和分析统计资料的理论与方法的统计科学.

统计的三种含义虽然不同,但有着密切的关系.

首先,统计工作与统计资料是过程与成果的关系.统计工作是一种具体的社会经济活动过程,统计资料是这种活动过程的结果.一方面,统计资料的需求支配着统计工作的布局;另一方面,统计工作的好坏又直接影响着统计资料的数量和质量.

其次,统计工作和统计学是统计实践与统计理论的关系.一方面,统计学来源于统计实践,只有当统计工作发展到一定程度,才可能形成独立的统计学;另一方面,统计工作的发展又需要统计理论的指导,统计科学研究大大促进了统计工作水平的提高,统计工作的现代化和统计科学的进步是分不开的.总之,三者中最基本的是统计工作,没有统计工作就不会有统计资料,没有丰富的统计实践经验就不会

产生统计科学.

二、统计的产生与发展

统计作为一种社会实践活动,是为了适应社会政治经济的发展和国家管理的需要而产生和发展起来的,距今已有四五千年的历史,统计实践的萌芽是在古代的奴隶社会.当时的统治阶级为了治理国家的需要,常常进行征税、征兵和服劳役等统治活动,因此有了了解社会基本情况的需要.古埃及在公元前3000年已经有人口和居民财产统计;古希腊据说公元前600年就进行过人口普查;古罗马在公元前400年建立了人口普查和经常性人口出生、死亡登记制度.这些都是原始形态的统计.

进入封建社会,随着人类社会生产的发展,统计的范围逐渐由人口、土地发展到社会经济生活的各个方面.但由于自给自足的自然经济占主导地位,经济落后,封建的生产关系阻碍了社会生产力的发展,相应地也阻碍了统计实践的发展.到了资本主义社会,统计得到了广泛的发展.已经从国家管理领域扩展到社会经济活动的许多领域.

随着统计实践活动的不断发展,统计实践经验的日益丰富,作为统计实践活动理论概括的统计学也就随之产生了.统计实践历史久远,但统计学的产生距今不过三百多年,一般认为,统计学产生于17世纪中叶.在资本主义初期,为了适应社会经济发展和统计实践的需要,众多学者投身于统计研究工作,纷纷著书立说,统计学在理论和方法上得到不断丰富,并形成了各种统计学的学术流派.从统计学的发展历史来看,无论是古典统计学、近代统计学还是现代统计学,其发展过程始终是沿着两条主线展开的:一条是以"政治算术学派"为开端形成和发展起来的、以社会经济问题为研究对象的社会经济统计学;一条是以概率论的研究为开端,并以概率论为基础形成和发展起来的、以方法和应用研究为主的数理统计学.

(一)政治算术——社会经济统计学

17世纪中叶,英国的威廉·配第的《政治算术》一书的问世,标志着古典政治经济学的诞生,也标志着统计学的诞生.书中运用了大量的政府统计数据,对当时的英国、法国、荷兰三国的国情国力做了系统的数量对比分析,阐明了英国的国际地位,提出了英国的社会经济发展的道路和方向.这本书改变了以往论述此类问题采用抽象定性分析方法的惯例.他所创立的运用具体的数字、重量、尺度等数量对比分析的方法,为统计学的产生奠定了基础.威廉·配第所创立的政治算术学派成功地将经济理论和统计比较分析的方法混合在一起,形成了不同于数学也不同于政治经济学的崭新的学科.因此,马克思认为威廉·配第是"政治经济学之父,在一定程度上也是统计学的发明人".

政治算术学派的另一代表人物约翰·格朗特,通过对伦敦 50 年的人口出生和死亡资料的计算,写了第一本《对死亡率公报的自然观察和政治观察》的人口统计著作,所用的具体数量对比分析方法,对统计学的创立同样起到了极其重要的作用.

到了 19 世纪,沿着威廉·配第和约翰·格朗特的道路,统计学有了进一步的发展,出现了农业统计、工商统计、物价指数计算方法、保险统计、医疗统计等. 同时,人口调查、社会调查等也逐渐发展起来. 19 世纪中叶以后,"社会统计学"一词开始出现,与之相适宜的社会调查、社会研究有了较大发展,并成为社会科学研究的重要方法. 例如,德国统计学家恩格尔(1821~1896)在《比利时工人家庭生活费》一文中,提出了著名的"恩格尔法则",引申出的"恩格尔系数"至今仍被广泛应用. 到了 20 世纪,许多国家的全国性调查活动日臻成熟,并取得了大量的统计数据,为统计学家从中概括和提出新的统计方法提供了数据材料,国民收入的计算和研究、指数的编制及其方法研究、时间序列分析、经济预测等都取得了长足的发展.

(二) 概率论——数理统计学

古典统计时期,概率论基本上是独立发展的,它与统计学没有太多的联系. 到了 19 世纪,比利时的天文学家、数学家和统计学家阿道夫·凯特勒(1796~1874)是统计学界的中心人物,担任过比利时中央统计局局长,主持过第一次国际统计会议(1853 年),他最先将概率论应用于人口、人体测量和犯罪等问题的研究,完成了统计学和概率论的结合. 从此,统计学开始进入发展的新阶段. 许多学者从各个角度研究统计学,不断增加新内容,相继提出和发展了相关和回归理论、t 分布以及抽样理论等,使数理统计学很快发展成为一门比较系统、完善的学科. 国际统计学界称凯特勒为"近代统计学之父",就在于他发现了大量现象的统计规律并开创性地应用了许多统计方法,促使统计学向新的境界发展.

20 世纪 50 年代以来,统计理论、统计方法和应用进入了一个全面发展的阶段. 受计算机、信息论等现代科学技术的影响,新的研究领域层出不穷,如多元统计分析、现代时间序列分析、线性统计模型等. 同时,统计方法的应用领域不断扩大,几乎所有的科学研究都要用到统计学,可以说,现代统计学已经发展成为一门基础性的方法科学.

第二节　统计的研究对象、特点与方法

一、统计的研究对象

统计的研究对象即统计要认识的客体,只有明确了研究对象,才可能根据它的性质特点指出相应的研究方法,达到认识客观事物规律性的目的.由统计的发展史可知,统计的研究对象是大量现象的数量方面.数量方面是指现象总体的数量特征、数量关系及数量界限,通过对这些数量方面的研究,表明所研究现象的规模、水平、速度、比例和效益等,以反映客观现象发展变化的规律.

例如,人口统计就是通过对我国人口总体各种数量方面的调查、整理和分析研究,以认识我国人口的现状、结构、发展变化及人口生产与物质生产的关系;通过对某市所有工业企业生产经营活动的研究,就可以使我们认识该市工业企业的规模、速度、比例等状况及发展趋势和方向;商业企业通过对季节变化规律的研究,详细界定销售的旺季与淡季,合理安排进货、营业时间、销售策略等;蔬菜生产在充分认识季节变化规律的基础上,利用现代科技手段生产反季节蔬菜,以进一步赢得市场,增加收入.通过对企业的流动比率、速动比率、资产负债率、资本收益率、销售利润率等企业经济效益指标体系的研究来界定企业的经营状况,以及企业发生经营危机或财务危机的界限,其目的是认识和利用事物发展变化的规律,为经济建设服务,以达到在经营中回避风险、发展经济的终极目的.

二、统计的特点

统计认识事物是通过调查研究进行的,社会经济统计与其他的调查研究相比,具有数量性、总体性、具体性和社会性等主要特点.

(一)数量性

统计的研究对象是社会经济现象的数量方面,包括现象量的多少、现象间的数量关系和决定现象质量的数量界限三个方面.统计研究现象的数量方面,是统计区别于其他调查研究和活动的根本特点.必须指出,任何事物都存在质与量两个方面,事物的质与量是密不可分的,统计研究社会经济现象的数量方面不是纯数量的研究,而是在质与量的辩证统一中,遵循从质→量→质的认识规律,即首先对社会经济现象的性质、特点及运动过程有一定的认识,其次在此基础上去研究现象的数量,最后达到对现象更高一级质的认识.比如,高职教育统计,必须先认识什么是高职教育,高职教育与高等普通教育有什么不同,高职教育与中职教育有什么不同,对高职教育有了正确的认识之后,才能去统计高职院校数、高职在校学生数、不同专业高职在校学生数等数量方面,进而研究高职教育的发展现状、高职教育的布局、高职教育的专业建设是否合理、高职教育是否适应社会经济发展的需要等问题.

(二) 总体性

统计的研究对象不是个体现象的数量方面,而是由许多个体现象构成的总体现象的数量方面.统计研究对象的总体性特点,是由社会经济现象的特点和统计的研究目的所决定的.社会经济现象错综复杂,个体现象所处的条件不同,他们既受共同因素和基本因素的影响,又受某些个别的、偶然因素的影响.因此,个体现象的数量难以说明社会经济现象总体的本质和规律性.只有以社会经济现象总体为研究对象,才能消除那些个别的、偶然因素的影响,显示出共同因素和基本因素作用的结果,正确地揭示社会经济现象的本质和规律性.但必须指出,总体是由个体构成的,研究社会经济现象总体的数量方面,必须从个体现象的调查研究开始,是从个体到总体的研究过程.

例如,研究中国农民的生活水平,就需要把全国各省、市、自治区的所有农民组成一个总体来统计,不论是哪一个地区、哪一个民族,也不论是高收入还是低收入,只要是农民都要包括在内.这样就可以消除地理环境、民族特征、收入高低等方面的差异,反映中国农民生活水平的一般状况.为了深入分析农民的生活水平,我们还可以就高收入、中等收入、低收入农民的典型进行调查分析,探究不同典型形成的差异和原因,这有利于全面、客观地说明被研究对象.

(三) 具体性

统计所研究的数量是具体的量,而不是抽象的量,这是统计学和数学的重要区别.数学虽然是以现实世界的空间形式和数量关系为研究对象,但它是抽象的,它研究的是抽象的数量规律,是没有量纲或单位的抽象的量.而统计所研究的量是具体事物在一定时间、地点条件下的数量关系.

例如 2007 年,全年粮食种植面积 10553 万公顷,比上年增加 70 万公顷;棉花种植面积 559 万公顷,增加 7 万公顷;油料种植面积 1094 万公顷,减少 60 万公顷;糖料种植面积 167 万公顷,增加 10 万公顷.全年粮食产量 50150 万吨,比上年增加 350 万吨,增产 0.7%.又如 2007 年全部工业增加值 107367 亿元,比上年增长 13.5%.规模以上工业增加值增长 18.5%,其中国有及国有控股企业增长13.8%;集体企业增长 11.5%,股份制企业增长 20.6%,外商及中国港澳台投资企业增长

17.5%；私营企业增长 26.7%.分轻重工业看,轻工业增长 16.3%,重工业增长 19.6%.从这一组组的数据中可以看出统计的具体性,它反映了我国在 2007 年农业和工业的具体情况.

（四）社会性

统计是人类研究社会经济现象的实践活动,这种研究具有社会性.它表现在三个方面:一是统计研究的客体即社会经济现象具有社会性.社会经济现象是人类社会活动的条件、过程和结果,包括政治、经济、文化、教育、卫生、法律、道德等.他们反映着各种各样的社会经济关系;二是统计研究的主体即人类具有社会性.在统计实践中,不同的人对社会经济现象的认识有不同的立场和观点,并总是为一定社会集团利益服务.在社会主义制度下,进行社会经济统计活动的主体是社会主义国家的各级统计组织及其工作人员,他们的工作和人民的根本利益是一致的.但由于存在着全局利益和局部利益、集体利益和个人利益、长远利益和眼前利益的矛盾,这些矛盾必然会反映到统计实践中,影响统计资料的质量;三是统计主客体间的相互关系具有社会性.集中表现在主体对客体是否是实事求是的反映.对于同一社会经济现象,站在不同的立场,持有不同的观点,运用不同的方法,可以得出差别较大的结论,甚至得出性质完全不同的结论.为了充分发挥统计的作用,我们必须充分认识统计的社会性特点,正视矛盾,解决矛盾,坚持实事求是的原则,切实保证统计资料的准确性和科学性.

例如:我们在研究劳动者的收入时,可以根据劳动者在社会再生产过程中的地位和作用,将劳动者区分为经营管理者、行政管理人员、工程技术人员、工人、农民等,然后再统计不同类型劳动者的收入,分析他们之间的相互关系,研究社会分配的合理性,从而修改或制定劳动报酬分配政策,以调整不同类型劳动者之间的相互关系,达到稳定社会秩序、调动广大劳动者积极性的目的.如果我们不加区别地把经营管理者、工程技术人员和一般工人的收入混为一谈,势必得出错误的结论,以致制定出错误的政策,从而引起不必要的矛盾和社会问题.所以说,统计具有社会性.

三、统计的研究方法

统计的研究方法很多,但归纳起来主要有以下几种:

（一）大量观察法

大量观察法是指从社会现象的总体出发,对其全部单位或足够多数单位进行数量观察的统计方法,是社会经济统计研究的一种基本方法.社会经济现象的发展是在诸多因素错综复杂的作用下形成的.总体内的各个单位,由于各自的具体条件不同,既受到共同起作用因素的支配,也受着某些特殊的、暂时的因素的影响,使得它们的数量变化带有一定程度的偶然性和随机性.因此,统计不能任意抽取个别或少数单位进行观察,而要调查研究总体的足够多数单位,消除偶然性,才能揭示社会现象的特征和规律性.例如,为了研究城乡人民物质生活的提高程度,就要观察足够多数的职工、农民家庭的收支情况,才能做出正确的结论.

从哲学上说,这是偶然和必然,个别与一般的对立统一规律在数量关系上的反映.

统计研究应在对被研究对象的政治经济分析的基础上,确定调查对象的明确范围,进而运用大量观察法,进行各种形式的统计调查.可以采用统计报表、普查等全面调查,也可以采用重点调查、抽样调查等非全面的调查.但是,统计研究在防止任意抽选个别单位进行观察的同时,并不排斥从现象联系中选择典型单位进行调查.把大量观察和典型调查结合应用,以达到对社会经济现象全面而深刻的认识.

(二) 统计分组法

统计分组法是根据统计研究的目的和任务及被研究对象的特点,将调查得到的大量资料,按照一定的标志把总体划分为若干不同的部分或组.

由于所研究现象本身的复杂性、差异性及多样性,需要我们对所研究的现象进行分类或分组研究,使组内的单位具有相对的同质性,组间的单位具有明显的差异性.统计分组的目的,就是揭示现象内部各部分之间存在的差异性,认识它们之间的矛盾,表明事物的本质和规律.例如,要研究工业部门结构的发展变化及其对国民经济的影响,就必须把全部工业区分为冶金工业、电力工业、煤炭工业、化学工业、机械工业、建材工业、森林工业、食品工业、纺织工业、皮革工业、造纸工业、文教艺术用品工业和其他工业等若干部门,才能分别调查和分析各个部门的产量、劳动力、固定资产、能源消耗、资金占用、利润及固定资产投资等方面的情况.统计分组法贯穿统计工作的全过程.统计调查离不开分组,统计资料加工整理中,统计分组是关键环节,统计分析也时刻不能没有分组,统计分析中综合指标的应用更是要建立在统计分组的基础之上.没有科学的分组要制定正确的指标体系是不可能的.这些都说明了统计分组法在整个统计工作过程中的重要意义.

(三) 综合指标法

综合指标法是指利用综合指标对现象总体的数量特征和数量关系进行综合、概括和分析的方法.统计是研究社会经济现象总体数量方面的,所以,从总体上认识事物是统计研究的根本原则,它表现在统计分析上就构成了综合指标法,它是统计分析的基本方法之一.综合指标法包括的内容相当丰富,诸如总量指标法、相对指标法、平均指标法、动态指标法、统计指数法等.综合指标法与统计分组法是贯穿

整个统计工作过程且相互联系的两种主要方法.通过统计分组而形成的综合指标,可以帮助我们认识总体内部的数量差异和数量关系,以及总体之间的联系与区别.例如,我们研究商业企业的经营情况,就可以在统计分组的基础上,运用综合指标法对商品销售额、商品销售额构成、人均商品销售额、费用额、费用率、利润总额、人均利润额、资金利润率等多个指标综合分析,在现象的相互联系中认识被研究现象的数量特征.

(四)统计模型法

对客观现象的原型进行模拟或仿真,是在较高层次上认识事物的一种方式.统计模型法就是用一套相互联系的统计分组和综合指标,对客观存在的总体及其运动过程做出比较完整的、近似的反映或描述的方法.这种方法通常有两种表达方式:一是依据统计指标之间存在的数量关系,建立数学方程式或方程组,一般称为统计数学模型;二是依据统计指标之间的逻辑关系,构筑框架式的物理模型,一般称为统计逻辑模型.如回归分析属于统计数学模型的表达方式,国民经济指标体系则属于统计逻辑模型的表达方式.统计模型法,可以说是大量观察法、统计分组法和综合指标法的进一步综合化、系统化,能够较为严谨地表现出总体的结构和功能,它是系统理论与统计工作相结合的产物.

(五)统计推断法

社会经济现象是一个十分庞大的系统,有时是无力进行全面调查研究的.另外,由于社会经济现象之间的联系性和相似性,在很多情况下也不需要进行全面调查.因此,在实际工作中较多地运用统计推断法,即根据部分总体单位组成的样本的数量特征去推断总体.就时间状态而言,统计推断法有两种情况:一是依据同一时间的样本指标去推断总体指标,可称为静态统计推断;二是依据前一段时间的指标去推断后一段时间的指标,或依据当前的指标去推断未来的指标,可称为动态统计推断.像我国广为开展的家计调查属于静态统计推断的运用,市场商品需求预测或前景展望则是动态统计推断的运用.如果说前四种认识方法侧重于历史统计资料描述的话,那么统计推断法则有推测与控制未来状态的独到之处.这五种方法相互联系、相互补充,可以说明社会经济现象的过去、现在和将来.

四、统计的职能与工作任务

(一)统计的职能

统计是在质的规定的前提下,对客观事物进行量的研究.它既可以观察量的活动范围,又可以研究质的数量界限,还可以观察现象之间相互影响的数量关系.因此,统计具有信息、咨询和监督三大职能.

统计信息职能是指统计具有信息服务的功能,也就是统计通过系统地搜集、整理和分析,得到统计资料,在统计资料的基础上再经过提炼筛选,提供大量有价值的以数量描述为基本特征的统计信息为社会服务.

统计咨询职能是指统计具有提供咨询建议和对策方案的服务功能,也就是指统计部门利用所掌握的大量统计信息资源,经过进一步的分析、综合、判断,为宏观和微观决策,为科学管理提供咨询建议和对策方案.统计咨询分为有偿咨询和无偿咨询.统计咨询应更多地走向市场.

统计监督职能是指统计具有揭示社会经济运行中的偏差,促使社会经济运行不偏离正常轨道的功能,也就是统计部门以定量检查、经济预测、预警指标体系等为手段,揭示社会经济决策及其执行过程中的偏差,使社会经济决策及其执行过程按客观规律的要求进行.

统计信息职能是统计最基本的职能,是统计咨询和统计监督职能能够发挥作用的保证,反过来统计咨询和统计监督职能的强化又会促进统计信息职能的强化.统计的三大职能相辅相成,相互作用,构成了一个有机整体,故又称为整体功能.

(二) 统计工作任务

统计的职能决定了统计工作的任务.《中华人民共和国统计法》第一章第二条规定:"统计的基本任务是对国民经济和社会发展情况进行统计调查,统计分析,提供统计资料和统计咨询,实行统计监督."与其相适应的具体任务是:调查、整理社会经济活动的各种数字资料;在此基础上,对社会经济活动过程及其结果进行主观与客观、横向与纵向、静态与动态的综合分析,提供信息产品;判断社会经济活动的运行状态,提出相应的咨询意见,监督社会经济活动的运行过程,为国民经济宏观调控、企业经营管理和科学研究提供客观依据.为了完成上述任务,统计工作必须做到准确、公正、及时、方便,这是衡量统计工作质量的重要标准.

五、统计工作过程

统计研究社会经济领域里的大量社会经济现象的数量方面,一般要经过统计设计、统计调查、统计整理和统计分析四个阶段,才能完成定性认识—定量认识—定性认识与定量认识相结合这一完整过程,从而得到认识的升华.

(一) 统计设计

统计设计就是根据统计活动的目的,结合研究对象的性质、特点,对统计活动

的各个方面和各个环节所作的通盘考虑和合理安排.如对统计的范围、指标体系、分类目录、资料搜集整理的方法、分析要求以及有关组织工作等方面做出的整体规划.统计设计的结果,一般表现为统计调查方案或统计报表制度,简单的统计设计也可以表现为统计调查提纲.统计设计是否科学合理、具有可操作性,直接影响到统计工作的各个阶段,也会影响统计研究目的的实现.为了把好统计设计这一关,在实际工作中有时需要对设计方案进行试操作,然后再修改定稿.可见,做好统计设计工作是一个十分重要的环节.

(二)统计调查

经过周密的统计设计,确定了统计方案后,就可以向社会做调查.统计调查就是根据一定的目的,通过科学的调查方法,搜集社会经济现象实际资料的过程.它既要搜集丰富的原始资料,也要搜集加工整理过的次级资料;既要搜集统计资料,也要搜集相关的业务资料、会计资料;既要搜集数字资料,也要深入了解有关的活动情况,以便于全面分析事物.从统计工作的全过程来看,统计调查是搜集资料获得感性认识的阶段,也是统计整理和统计分析的基础环节.

(三)统计整理

通过统计调查搜集的统计资料是分散的、不系统的,只能说明事物的某一个侧面或外部联系,需要将其条理化、系统化,即需要进行统计整理.统计整理是根据统计研究的目的,将统计调查所取得的原始资料进行科学的分类、加工和汇总,以便对总体做出概括性的说明.统计整理在统计工作中起着承前启后的作用,它是统计调查活动的继续,又是统计分析活动的前提和条件,也是人们对客观事物的认识由感性认识上升到理性认识的过渡阶段.

(四)统计分析

统计分析是根据统计研究的任务,依据加工整理后的统计资料,结合具体情况,运用各种分析方法进行分析研究,肯定成绩,发现问题,找出原因,探究事物的本质及规律性,提出解决问题的办法,作出科学的分析结论.统计分析是统计工作的最终成果阶段,也是统计工作的决定性阶段.

统计设计、统计调查、统计整理和统计分析是密切联系的四个阶段,它们构成了一个完整的统计工作过程.一般来说,统计设计以定性研究为基础,构筑定量研究的框架;统计调查在定性研究的前提下,侧重对个体事物量的认识;统计整理是通过对个体事物的综合,得到事物总体数量的描述性认识;统计分析是以事实描述为基础,从定性和定量结合的角度,对现象总体进行本质或规律性的认识.我们依次阐述这四个阶段的一般内容,旨在介绍统计工作的一般过程,但不能因此而误解统计工作就是机械地按照这四个阶段的顺序进行. 在实际工作中,各个阶段往往是交叉进行的. 例如,在统计设计阶段,要对所研究的客观现象有一个初步的了解,作些试点调查,才能确定统计的指标和指标体系;在统计调查和整理过程中,又往往离不开必要的分析研究,有时还要作一些补充调查;在统计分析中可能会发现某些资料有问题或不完整,又要重新进行调查或整理.

第三节　统计学中的几个基本概念

统计学中的基本概念较多,但其中有些是常用的基本概念,这些概念很重要,应该对它们的准确含义有一个明确的理解,以有利于以后各章的学习.

一、统计总体和总体单位

(一)统计总体

统计总体简称总体,是根据一定的目的所要研究的事物整体. 它是指由客观存在的、具有某种共同性质的许多个别事物组成的整体. 例如,我们要研究全国的工业企业,全国的工业企业是一个总体,因为工业企业是客观存在的,每一个工业企业的经济职能是相同的(同一性质),即进行工业生产活动,以区别于农业、商业、建筑业、交通运输业. 统计总体的范围随着统计研究目的的不同而变化,范围可大可小.

1. 统计总体的特征

统计总体具有三大特征:

(1)同质性

总体的同质性,是指构成总体的各个单位至少有一种性质是相同的. 同质性是将总体各单位结合起来构成总体的基础,也是总体质的规定性. 从操作的角度讲,同质性还应包括总体各单位所处的空间范围和时间状态. 例如,将国有商业企业组成总体时,除了考虑"国有"、"商业"的同质性外,还应考虑"地区"和"时间"概念. 是将全国的国有商业企业组成总体,还是将某省或某市国有商业企业组成总体? 是将 2007 年的国有商业企业组成总体,还是将某个年份国有商业企业组成总体? 这些都必须作出明确规定.

(2)大量性

大量性是总体量的规定性,即总体的形成要有一个相对规模的量,仅仅由个别单位或极少数的单位不足以构成总体. 因为个别单位的数量表现可能是各种各样的,只对少数单位进行观察,其结果难以反映现象总体的一般特征.统计研究的大量观察法表明,只有观察足够多的量,在对大量现象的综合汇总过程中,才能消除偶然因素,使大量社会经济现象的总体呈现出相对稳定的规律和特征,这就要求统计总体必须包含足够多的单位数.足够多的数是指足以反映规律的数量要求.当然,大量性也是一个相对的概念,它与统计的研究目的、客观现象的现存规模以及总体各单位之间的差异程度等都有关系.

（3）变异性

总体各个单位除了具有某种或某些共同的性质以外,在其他方面则各不相同,具有质的差别和量的差别,这种差别称为变异.正因为变异是普遍存在的,才有必要进行统计研究.变异性是统计研究的前提条件.

2. 统计总体的类型

（1）有限总体和无限总体.统计总体按总体的单位数是否可以计数分为有限总体和无限总体.有限总体是指一个总体中所包含的单位数是有限的,是可以计数的.如全国的人口数、职工数、某市的企业数等.无限总体指的是一个总体中所包含的单位数是无限的,是无法计数的.如对于某些大量连续生产的小零件、小商品总量的计数等.对于有限总体,可以进行全面调查,也可以进行非全面调查,对于无限总体,只能进行非全面调查.

（2）物质总体与行为总体.这是按表现形态进行划分的.物质总体指的是一个具有具体实物形态的总体,如一个企业,一种产品等;行为总体指的是一个不具有具体实物形态的总体,它们只是某种行为的集合,如某种消费行为、犯罪行为等.

（二）总体单位

构成总体的每一个事物或基本单位称为总体单位.原始资料最初就是从各个总体单位取得的,所以总体单位是各项统计数字最原始的承担者.例如,研究某个工业部门的生产情况时,该工业部门的所有工业企业可以作为一个总体,每个工业企业则是总体单位,将每个工业企业的某些数量特征加以登记汇总,就取得了该工业部门的统计资料.

（三）总体和总体单位的关系

总体和总体单位是相对而言的,在一次特定范围、目的的统计研究中,总体和总体单位是不容混淆的,两者的含义是确切的,是包含与被包含的关系.但是随着统计研究目的及范围的变化,总体和总体单位可以相互转化.同一事物在不同情况下,可以作为总体,也可以作为总体单位.例如,在上述某一工业部门的统计中,所有工业企业作为一个总体,每个工业企业则是总体单位;但为了要研究一个典型工业企业的内部问题时,则被选作典型的该企业又可以作为一个总体.

二、标志和指标

(一)标志

标志是说明总体单位特征的名称.每个总体单位都有表现自己的一些特征.例如,当我们研究的总体是全国的商业企业时,每一个商业企业的经济成分、业务性质、经营环节、销售额、职工人数、人均工资等都是它的标志.这些标志有的可以用文字表示,有的只能用数字表示.

1. 品质标志和数量标志

标志按其性质的不同,可以分为品质标志和数量标志.品质标志是表明总体单位质的特征的名称.例如,前面所述的我国商业企业的经济成分、业务性质、经营环节等都是品质标志.其主要作用是作为统计分组的依据.在进行统计调查时,要求记录总体单位的品质标志名称的具体属性.

数量标志是表明总体单位量的特征的名称.如前面所述的我国商业企业的销售额、职工人数、人均工资等都是数量标志.其作用除了作为统计分组的依据、计量总体单位数以外,还用于许多其他方面的计算.在进行统计调查时,要求记录总体单位的数量标志的具体数值.

2. 不变标志和可变标志

标志按其变异情况的不同,可以分为不变标志和可变标志.无论是品质标志还是数量标志,在同一总体中各个总体单位表现都一样的标志就称为不变标志.它是形成总体的客观依据之一.例如,当我们以国有商业企业为总体时,每一个商业企业的经济成分均为国家所有,"经济成分"在这一总体中就是一个不变标志.

在同一总体中各个总体单位表现不尽一致的标志就称为可变标志.例如,当我们以国有商业企业为总体时,每一个商业企业的业务性质、经营环节、销售额、职工人数、人均工资等,一般都会有所不同,它们都是商业企业的可变标志.可变标志在各个总体单位上的具体属性或数值是不尽相同的,这种差别称为变异,它是统计研究的前提.

3. 标志表现

标志表现是标志的属性或数值在总体各单位的具体表现.如果说标志是统计所要调查的项目,那么标志表现是调查所得的结果是标志的实际体现.统计研究是从标志表现开始的,标志表现是最基础的统计资料,是形成指标数值的原材料.每个标志的具体表现就是在标志名称之后所表明的属性或数值.例如,当研究的总体是全国工业企业时,企业的"行业性质"、"经济类型"、"工业总产值"是调查标志.企

业的"工业"特征就是"行业性质"的标志表现;企业的"国有经济"、"集体经济"、"股份制经济"、"私营经济"等就是"经济类型"的标志表现;企业的工业总产值"500 万元"、"7000 万元"、"9500 万元"就是"工业总产值"的标志表现.

（二）指标

1. 统计指标的意义

根据统计研究的目的和要求,确定了总体、总体单位及其各种标志之后,就应采用一定的统计方法对各单位的标志的具体表现进行登记、核算、汇总和综合,以说明各个总体的数量特征. 这主要是通过统计指标来实现的.

统计指标是反映统计总体数量特征的概念和具体数值. 它表明现象总体在具体的时间、地点和条件下的综合数量表现,即说明总体的特征. 一个完整的统计指标是由两个部分构成,即指标名称和指标数值. 指标名称和指标数值是两个既有联系又有区别的概念. 指标名称是统计所研究的社会经济现象的科学概念,表明社会经济现象的质的规定,反映某一社会现象内容所属的范围;指标数值则是统计所研究现象的具体数值综合的结果,是对某一社会经济现象总体特征从数量上的说明. 统计指标名称和指标数值的有机结合,也是事物质的规定性和量的规定性有机联系的表现.

统计指标一般包含有六个要素,即指标名称、计量单位、核算方法、时间界限、空间界限和指标具体数值. 例如,2007 年我国全年国内生产总值为 246619 亿元. 该统计指标包含的六要素是:时间是 2007 年全年,空间是我国,指标名称是国内生产总值,指标数值是 246619,计量单位是亿元,核算方法是根据我国统计制度中的规定而确定的.

2. 统计指标的特点

统计指标一般具有三个特点:①数量性,统计指标是社会经济现象总体的数量表现. 因此,无论是数量标志汇总成的统计指标,还是品质标志汇总成的统计指标,都可以用数值表现,不存在不能用数值表现的统计指标.②综合性,总体的数量特征是以总体单位的标志为基础的,综合总体单位的标志表现而形成的. 总体各单位的数量标志可以直接汇总综合成总体的统计指标,如国内生产总值. 而总体各单位根据某一品质标志的具体表现也可以用计点单位数的方法汇总成总体的统计指标,如全国人口数等.③具体性,统计指标是总体在一定时间、地点和条件下的数量表现. 它不是抽象的概念和数量,它表明现象在一定时间、地点和条件下所达到的规模与水平.

3. 统计指标的种类

（1）数量指标和质量指标

统计指标按其说明总体内容的不同,分为数量指标和质量指标.数量指标是反映现象总规模、总水平的统计指标,它表示事物外延量的大小,也称为外延指标.例如,人口总数、企业总数、耕地面积、工业总产值、商品流转额等,都属于这类指标.数量指标是用绝对数表示的,并具有实物或货币的计量单位.由于数量指标反映的是现象总体的绝对量,因此,其指标数值的大小随总体范围大小而增减变动.

质量指标是反映现象内部数量关系或发展变化的统计指标,它表示事物的内涵量的状况,也称为内涵指标.如产品合格率、利润率、劳动生产率、发展速度、单位成本指标等.质量指标是用相对数和平均数表示的.由于质量指标是反映现象内部数量关系的,因此其指标数值的大小与总体范围的大小没有直接关系.

(2) 总量指标、相对指标和平均指标

统计指标按其作用和表现形式的不同,分为绝对指标、相对指标和平均指标.绝对指标包括总量指标和增量指标,总量指标与数量指标为同等概念,只是不同称谓而已.相对指标和平均指标都是以总量指标为基础计算的派生指标.这三大指标我们将在第四章中详细介绍.

(3) 显性指标和隐性指标

指标按其反映社会现象存在的状态不同,分为显性指标和隐性指标.显性指标是具体事物的物质记录,具有外在性的统计指标.如商品销售额、粮食总产量等,它与人们的好恶无关,是物质状态的真实反映.

隐性指标是人们精神活动的产物,是具有模糊性的统计指标.如顾客对商场形象的评价,顾客对营业员服务态度的感受等,它与人们的愿望、要求、情感等方面的因素有关.隐性指标虽为人们的精神状态所支配,但通过大量观察,仍然能够反映一定条件下的民众意向和社会评价,它是人们心理活动的客观反映.隐性指标的运用增加了统计的难度,但更重要的是拓宽了统计服务的领域,增强了统计的功能.像名牌商品的评定、商场形象的排序、人们社会地位的评价等,都是运用隐性指标进行统计分析而产生的结果.

(4) 描述指标、评价指标和预警指标

指标按其反映社会经济现象功能的不同,分为描述指标、评价指标和预警指标.描述指标是反映社会经济现象的现实状况、变化过程和运行结果的统计指标.如反映生产经营条件的物质技术设备指标、职工人数指标,反映生产成果的生产总值、销售总额、利润总额等.

评价指标是用于考核、评估、比较社会经济活动质量及其效果的统计指标,如设备利用率、劳动生产率、资金周转率等.

预警指标是对社会经济活动过程中的关键点进行监测,通过正常值的比较而发出警示的统计指标.如宏观经济中的通货膨胀率、失业率、物价指数、社会积累

率,微观经济中的资金利润率、成本利润率、工资利润率等.

此外,统计指标还可以按其他标志进行分类.

（三）标志与指标的联系和区别

两者的区别主要表现在:

第一,统计指标是说明总体特征的,标志是说明总体单位特征的;

第二,指标都能用数值表示,其中,数量指标用绝对数表示,质量指标用相对数或平均数表示.而标志既有能用数值表示的数量标志,也有不能有数值表示的品质标志.

两者的联系主要表现在:

第一,指标的数值是由总体单位的标志值汇总而来的.例如,某地区工业总产值就是各企业总产值加总之和,这里,地区工业总产值是统计指标,而各企业的总产值则是标志.同时,通过对品质标志的标志表现所对应总体单位数进行加总,也能形成统计指标.例如上述的工业企业的经济类型,汇总后可得出具有某种属性的总体单位数,如国有经济企业数、集体经济企业数等.

第二,在一定的研究范围内,统计指标与数量标志之间存在着变换关系,随着研究目的的变化,总体和总体单位发生相互转化,由此,标志与指标也会发生相应的变化.

三、变异和变量

（一）变异

可变标志(包括可变的品质标志和可变的数量标志)在总体单位之间的具体表现通常是不同的,这种可变标志表现的差异称为变异,包括属性差别和数量的变化.如:性别表现为男、女;生产工人的工龄有 1 年、5 年、18 年等;股份公司的每股收益有 1.00 元、0.56 元、0.23 元等.这种某一标志在各总体单位之间具体表现的变化、差别就是变异.

（二）变量

可变的数量标志称为变量.变量的具体表现就是变量值.一个变量可以取多个变量值,两者不能混淆.例如,工资是变量,具体表现为 1200 元、2300 元、3500 元等变量值;又如生产工人的日产量是变量,工人的日产量具体表现为 15 件、17 件、18 件等变量值.

变量按其取值是否连续,可以分为连续变量和离散变量.连续变量是指它的数值是连续不断的,即在任意两个相邻数值之间可以取多个不同的数值,既可以取整数,也可以取小数.连续变量比较多见于以度量衡单位和价值量单位表示的变量,是通过测量或计算方法取得的.例如,身高、体重、产值、利润、长度、面积等.离散变量的数值一般用计数的方法取得的,变量值只能以整数表现,而不能表现为小数.如职工人数、企业数、设备数等.

变量按其性质可以分为确定性变量和随机变量.在一个系统中,如果某一变量的值能够被另一个变量或若干个变量(因素)的值按一定的规律惟一地确定,则该变量就可以称为确定性变量.例如,在销售价格 P 一定的条件下,某商品的销售额 Y 的变动完全由销售量 Q 来确定,Y 也就成为确定性变量.随机变量数值的变动受到许多种因素的影响,在相同条件下进行观测,由于影响因素的作用不同,其可能的实现值(或观测值)不止一个,数值的大小随机波动,带有偶然性,事先无法确定.例如,除了某种正常的、起决定性的因素外,影响某企业生产的同一批次灯泡的质量波动还有许多因素,如果抽取一部分灯泡进行检验,这种灯泡的寿命值不尽相同,数值的大小带有偶然性的波动,检验前是不能预先确定的,则灯泡的寿命就是随机变量.随机变量具有随机性或偶然性,但它的数值变动却有一定的规律性,通过大量观察,应用统计技术方法,可以揭示和描述其数量特征以及变动的规律性.

第四节 统计指标和指标体系的设计

一、统计指标的设计要求

由于统计指标具有反映现象总体数量特征的作用,因而也就成为统计设计的主要内容,设计统计指标应符合以下基本要求.

(一)目的性

设计任何一个统计指标,首先应明确要解决什么问题,达到何种目的.只有明确了目的,才能确定所要研究的总体应设计哪些指标进行观察和考核.不同的目的,就有不同的需要,就要设计不同的指标.例如,当研究的目的是观察零售商业企业人力资源的利用效果时,应设计业务人员劳动效率和全员劳动效率指标进行度量;当研究的目的是为了观察零售商业企业房屋设备使用效率时,应设计每平方米营业面积所产生的营业额和每平方米经营利润率指标进行度量.

(二)科学性

设计统计指标要求以正确、科学的理论作指导,以客观事物内部及事物之间的本质联系为依据.无论是指标名称与含义的确定,还是指标计算方法的选择,都应准确地反映研究对象内部及彼此之间的相互联系.例如,我们研究商业企业的劳动效率问题,在设计指标时就有三种选择,即业务人员劳动效率、营业员劳动效率和全员劳动效率,在这三个指标中,前两个指标只是反映企业局部的劳动效率,惟有选择全员劳动效率指标才能全面、准确地反映企业劳动效率的全貌,才体现了指标科学性的要求.

（三）度量性

统计指标是用数据反映社会经济现象特征的,是可以测量和计量的,没有不能用数量表现的指标.统计指标的量化特点既区别于纯数学计算,又为运用数学方法研究社会经济现象提供了条件.设计统计指标要求现象总体的数量特征在量化层次、计量单位、量化方法和形式等方面具有可操作性.例如,研究人们的"精神生活"是一个非常抽象的内容,在国家统计局和国家计委联合研制的"小康生活水平指标体系"中,将"精神生活"设计了两个指标,即"教育娱乐支出比重"和"电视机普及率",这使"精神生活"的内容有了度量性.

（四）可比性

在设计统计指标时应注意各地区、各部门指标的一致性和不同时期统计指标的相对稳定性,以便同类指标能在不同时间和不同空间相互比较.随着客观情况的变化和统计资料使用要求的变化,统计指标的含义和计算方法将会有所修改,修改时就必须考虑到前后时期的可比性,特别是在指标口径、分类标准、计算价格和计算方法等方面发生变更时,应当规定统一的换算方法.

二、统计指标的内容设计

统计指标就其完成形态而言,由定性规范、定量方法和指标数值三大要素组成.定性规范包括指标名称和指标含义,定量方法包括计算单位和计算方法,指标数值是在具体时间和空间上所获得的实测值.设计统计指标,就是将其定性规范、定量方法和资料来源操作化.

（一）确定统计指标的名称和含义

确定统计指标的名称和含义要以相应学科的理论为依据.例如,国内生产总值、国民收入、工资、利润、劳动生产率等指标的概念,就离不开经济学的有关理论.但是,某些学科的概念是通过科学抽象得出来的理论概念,而统计指标是反映客观现实数量特征的概念,它不可能完全照搬理论,而应当在统计实践中对其加以"改造",即在设计和构建统计指标时,凡借用有关学科的理论概念,都必须结合统计对象和统计指标的特点,准确界定指标的内涵,使之成为可以计量的数量概念.统计指标的内涵确定以后,还需要明确其外延,应统计哪些内容,不应统计哪些内容,即确定指标口径.

(二) 确定统计指标的空间标准和时间标准

统计指标数值的大小受一定的空间范围影响,空间范围包括全国范围、地区范围和系统范围等,如职工人数指标有全国职工人数、某市职工人数、某部门职工人数之分.如果空间范围发生变化,就要规定具体的处理方法.统计指标的时间标准有两种,即时期指标和时点指标.

(三) 确定统计指标的计算单位和计算方法

统计指标有无名数指标和有名数指标,无名数指标是一种抽象化的指标,大多数用百分数、倍数等形式表示,多用于质量指标.有名数指标包括实物量、价值量、劳动量等,多用于数量指标.实物量指标要规定用自然实物计量单位或标准实物计量单位,并且还要规定自然实物量折合为标准实物量的方法.复合计量单位适用于表现强度一类的相对指标的数值,如人口密度用"人/平方公里",医疗床位保证程度用"人/张"计量等.统计指标计算单位的确定,主要取决于所研究的社会经济现象的内容特征.

有些统计指标通过登记、点数、测量和简单的加总即可求得指标数值,如职工人数、播种面积和在校大学生人数等.这类指标在确定了总体范围和指标口径之后,一般不需要再规定具体的计算方法.有些统计指标的计算则比较复杂,如国内生产总值、国民收入、工资、利润和劳动生产率等,这类指标必须以一定的经济理论为依据来确定其计算方法.理论概念是反映客观事物一般的、本质特征的一种思维形式,而统计指标则是认识、管理的工具,它既要正确反映事物的本质特征及其相互之间的内在联系,又要符合客观实际,满足人们认识和管理的需要.因此,这类指标的计算方法必须结合统计实践加以具体化,使之能够度量.

三、统计指标的体系设计

(一) 统计指标体系的意义

社会经济现象是一个复杂的总体,各类现象之间存在着相互依存和相互影响的关系.一个统计指标往往只能反映复杂现象总体某一方面的特征,要了解客观现象各个方面及其变化的全过程,仅靠单个统计指标是不行的,必须建立和运用统计指标体系.

统计指标体系就是若干个反映社会经济现象数量特征的相对独立又相互联系的统计指标所组成的整体. 例如,一个工业企业把产品产量、净产值、劳动生产率、质量、消耗、成本、销售收入等统计指标联系起来就组成了统计指标体系,这便于我们全面、准确地评价该企业的生产经营情况.

由于社会经济现象内在联系的不同特点,统计指标体系的形成一般有两种类型:一是数学式联系的统计指标体系,如"商品销售额＝商品销售量×商品销售价格","期初库存量＋本期购进量＝本期销售量＋期末库存量"等;二是框架式联系的统计指标体系,如为了反映人们生活是否达到小康水平,就需要从人均 GDP、人均可支配收入、人均居住面积、人均蛋白质摄入量、恩格尔系数、人均预期寿命、婴儿死亡率、电视机普及率等 16 个方面来研究,形成反映人们小康生活水平的综合统计指标体系.

由于社会经济现象相互联系的多样性和人们认识问题的多角度,反映现象总体的统计指标体系也可以从不同的角度进行分类.

统计指标体系按其反映内容的不同,可分为社会统计指标体系、经济统计指标体系和科学技术统计指标体系. 它们分别从社会、国民经济运行和科学技术发展三个方面,反映一定时期、一定范围内国民经济和社会科技发展的总体状况.

统计指标体系按其考核范围的不同,可分为宏观统计指标体系、中观统计指标体系和微观统计指标体系. 宏观统计指标体系反映整个社会、经济和科技情况;中观统计指标体系反映各个地区和各个部门、行业的社会、经济和科技情况;微观统计指标体系反映各个企业、事业单位的生产经营或工作运行情况.

统计指标体系按其作用功能的不同,可分为描述性统计指标体系、评价性统计指标体系和决策性统计指标体系. 描述性统计指标体系主要是反映社会经济现象的现状、运行过程和结果;评价性统计指标体系主要是比较、判断社会经济现象的运行过程及结果是否正常;决策性统计指标体系是为了保证社会、经济、科技等方面有序、协调地发展.

(二) 统计指标的体系设计

统计研究的对象是社会经济现象总体的数量方面,而一个总体往往具有多种数量表现和数量特征,因此,必须借助统计指标体系,从不同的视角、不同的层面揭示现象总体的特征及其发展变化的规律性. 由于统计研究的目的不同,指标体系的设计也会有所变化,不同指标体系突出的重点会有所区别,具体的内容更是各具差别,但其基本要求是一致的,都要遵循统计指标设计的目的性、科学性、度量性和可比性原则. 为了比较具体地阐述指标体系的设计内容,现以企业生产经营活动统计指标体系为例进行介绍.

我国实行的是社会主义的市场经济,企业是国民经济的细胞,企业生产经营活动是社会生产运行的基本组成部分.为了便于国家宏观调控,也为了企业对自身的行为作出校正,以适应市场经济的需要,必须对企业的产销情况、经济效益和外部环境做更多的分析研究.因此,需要建立一套完整的企业生产经营统计指标体系.设计这一统计指标体系时应考虑以下几个问题.

1. 全面系统与简明扼要相结合,突出重点指标

在设计统计指标体系时,应尽可能地从各个方面、各个环节反映企业生产经营活动的全貌.既要有投入方面的内容,也要有产出方面的成果;既要反映当前的生产经营状况,也要反映长远的发展趋势.同时,还应保持指标的系统性和指标间的逻辑性,并尽可能减少指标数,本着少而精的原则进行筛选,选出其中富有综合性、代表性、实用性和可操作性的指标.

2. 静态分析与动态分析相结合,突出动态分析

静态分析着重于企业的现实状况,反映企业生产经营活动在现阶段达到的水平、规模和发展程度.动态分析则揭示企业生产经营活动发展变化的过程和趋势.静态分析的结果为动态分析提供基础,动态分析的成果可以指导和影响企业生产经营决策,这在相当大的限度上决定企业的生存和发展.

3. 定性分析与定量分析相结合,突出定量分析

一个产品的上马,一种营销方式的诞生,一个重大决策的形成等,都是大量的定性分析与定量分析综合而成的结果.由于企业的生产经营活动过程具有渐近性和微观性的特点,因而定量分析显得特别重要.企业的生产经营活动大多需要量化,而且可以量化,这种量化是内部分析和外部判断的重要依据.

4. 微观分析与宏观分析相结合,突出微观分析

企业的生产经营活动是构成国民经济运行的基本要素,国民经济总体运行会对企业生产经营活动产生影响.因此,在建立指标体系时不仅要看到本企业,还要看到同行业、相关行业以至整个国民经济;不仅要研究经济因素,还要研究非经济因素.当然,在微观与宏观结合的过程中要突出为微观服务,围绕微观看宏观,以便分析企业的利弊得失.

影响企业生产经营活动的因素是多种多样的,除了本企业的内部状况以外,还有许多与本企业生产经营活动有关的外部因素,这就决定了企业生产经营活动统计指标体系内容的广泛性和复杂性.为此,设计统计指标体系时,应抓住主要因素进行.其基本框架如图1-1所示.

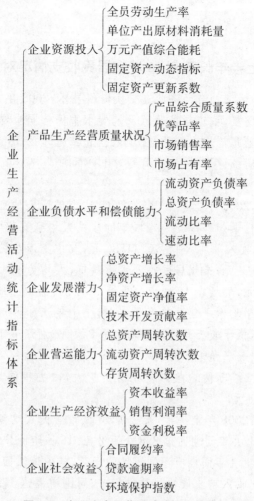

图 1-1 企业生产经营活动统计指标体系

统计指标体系是研究社会经济现象总体数量方面的一个重要工具,企业可以根据不同的研究目的设计不同的指标体系. 随着时间的推移和客观环境条件的变化,同一企业在不同时期也可以设计不同的指标体系,以便有重点地研究和解决一些问题. 在现实的统计工作中,国家统计部门和各地统计部门都设计了一些标准的社会经济方面的统计指标体系,其中相当一部分作为制度下发执行,研究社会经济问题时可以直接运用或借鉴这些统计指标体系.

案例分析

2008 上半年长三角 16 城市居民收支情况对比分析

长三角地区 16 城市社会经济调查交换资料显示,2008 年上半年,长三角地区社会经济稳定快速发展,城市居民收入及消费水平保持同步增长态势,但地区间、城市间的收入支出差距依然比较明显.现依据长三角地区 16 城市 2008 年上半年的城市居民收入支出统计资料,作一简要对比分析.

1. 收入方面

从收入总量看,2008 年上半年,长三角 16 城市居民人均可支配收入呈现全面上升的态势,除扬州、泰州外,其余 14 城市的居民人均可支配收入均已超过万元. 16 城市人均可支配收入平均水平达到 11836 元,其中上海居民的可支配收入水平最高,人均达到 13912 元;泰州居民收入水平最低,人均为 9345 元.常州居民人均可支配收入 11012 元,继续在 16 城市中居第 12 位.江浙沪三地相比,上海、浙江城市居民可支配收入平均水平仍明显高于江苏,上半年江苏 8 市居民可支配收入平均水平为 10886 元,低于长三角地区平均水平 950 元;浙江 7 市居民可支配收入平均为 12624 元,高出长三角地区平均水平 788 元;江浙两地收入差距为 1738 元,比上年缩小 208 元.但沪苏两地收入差距有所扩大,由去年同期的 2735 元扩大到 3026 元,扩大了 291 元.

从收入增幅看,2008 年上半年,长三角 16 城市居民人均可支配收入同比平均增长 12.0%,增幅比去年同期回落 2.8 个百分点.16 城市除宁波外,其余各市居民可支配收入增幅均比去年同期有不同程度的回落,其中镇江回落幅度最大,达 8 个百分点.居民可支配收入增长最快的是扬州市,同比增幅达 17.2%;增长最慢的是绍兴,同比仅增 5.7%.常州人均可支配收入增长 11.4%,列长三角 16 城市的第 11 位,位次比去年同期后移 5 位.从区域情况看,江苏 8 市的人均可支配收入增速普遍高于浙江 7 市,江苏 8 市居民人均可支配收入平均增长 14.1%,高于浙江 7 市 4.2 个百分点,高出上海 0.8 个百分点.增速前 5 位的城市中,江苏占据了四席,分别是扬州、南通、泰州和南京,增幅分别为 17.2%、16.4%、16.2% 和 14.6%.

从收入构成看,工薪收入依然是长三角地区居民收入的主体.2008 年上半年,长三角 16 城市居民人均工薪收入 8236 元,同比增长 10.6%,占居民可支配收入的比重达 69.6%.江浙沪三地人均工薪收入差距依然明显,其中上海居民人均工薪收入 11330 元,同比增长 14.2%;浙江 7 市、江苏 8 市居民人均工薪收入分别为 8714 元、7431 元,同比增长 8.3% 和 12.3%.常州居民家庭人均工薪收入 8111 元,

虽然比 16 城市平均水平低 125 元,但占可支配收入的比重达 73.7%,高于平均比重 4.1 个百分点.养老金、离退休金、赡养和赠送等转移性收入是长三角地区居民家庭收入的另一重要组成部分,上半年,长三角 16 城市居民人均转移性收入达 2984 元,同比增长 7.3%,所占比重为 25.2%.江浙沪三地相比,江苏 8 市居民转移性收入水平最高,人均达 3278 元,分别高于浙江、上海 649 元、157 元.常州居民家庭人均转移性收入 2743 元,低于 16 城市平均水平 241 元,占居民可支配收入的比重为 24.9%,比平均比重低 0.3 个百分点.

2. 支出方面

从消费总量看,2008 年上半年,长三角 16 城市居民人均消费支出 7090 元,比上年增长 11.2%.江浙沪三地之间的消费差距依然明显,上海居民人均消费水平最高,半年支出已近万元,达到 9938 元;浙江 7 市居民人均消费支出 7519 元;江苏 8 市居民人均消费支出 6359 元,比长三角 16 城市平均水平低 731 元,比浙江 7 市平均水平低 1160 元,比上海市低 3579 元.江苏 8 市居民消费支出整体水平仍明显低于上海和浙江,且城市之间消费差距相对于浙江而言有所增大,上半年江苏 8 市中消费水平最高的南京比最低的泰州高出 2025 元,而浙江 7 市中消费水平最高的杭州比最低的嘉兴高出 1681 元.常州人均消费支出 7331 元,居全省第 2 位,在长三角地区中列第 7 位,人均消费支出居前 6 位的城市分别是上海(9938 元)、杭州(8375 元)、宁波(8311 元)、台州(7599 元)、湖州(7582 元)和南京(7336 元).

从支出增幅看,2008 年上半年,长三角 16 城市居民人均消费支出同比增长 11.2%,各市人均消费支出呈现涨跌互现、快慢不均的特点.与去年同期相比,16 城市中有 9 个城市同比增幅有所上升,其中上升幅度最大的是宁波,增幅比去年同期提高 19.4 个百分点,达 27.5%;下降幅度最大的是镇江,由去年同期的增长 35.7% 转变为同比下降 5%.16 城市中,泰州、南京、上海、杭州、南通和无锡人均消费支出增幅超过 10%,分别达 18.3%、16.8%、15.6%、12.4%、12.3% 和 11.0%;湖州、苏州、扬州、绍兴、嘉兴和台州 6 市均在 10% 以下.上半年,常州居民人均消费支出同比增长 10.6%,比去年同期提高 1 个百分点,与舟山并列第 8 位.从三大板块看,上海居民消费水平呈现加快上升趋势,平均增幅明显高于江苏 8 市和浙江 7 市,上半年上海市居民人均消费支出增长 15.6%,高于浙江 7 市平均增幅 4.1 个百分点,高于江苏 8 市平均增幅 5.6 个百分点.

从支出构成看,八大类消费支出中,食品仍是长三角地区城市居民家庭消费支出的重点.上半年,长三角 16 城市居民家庭人均食品支出 2763 元,同比增长 12.9%,占消费支出的比重为 39.0%.16 城市中,有 4 个城市居民家庭人均食品支出超过 3000 元,分别是上海(3555 元)、杭州(3259 元)、宁波(3191 元)和台州(3042 元).其余七类支出中,衣着消费以宁波为首,人均消费支出 1013 元;医疗保健支出以常州为首,人均消费支出 674 元;交通通信以杭州市为首,人均消费支出 1305 元;娱乐教育文化服务、居住、家庭设备用品及服务以及杂项商品与服务支出均以上海为首,人均分别消费支出 1849 元、1312 元、857 元和 486 元.江浙沪三地相比,八大类消费支出中除交通通信类支出以浙江 7 市最高外,其余各项支出均为上海最高,其中上海市居民家庭人均食品消费支出分别比浙江、江苏高出 633 元、1031 元.

问题分析

1. 文中运用了哪些统计学的基本概念和统计认识的基本方法来反映 2008 年上半年长三角 16 城市居民收支情况?

2. 结合文中内容,简述统计职能的发挥和工作任务的完成情况.

3. 文中运用了哪些统计指标? 哪些是数量指标? 哪些是质量指标?

思考与训练

一、单项选择题

1. 一个统计总体(　　).

   A. 只能有一个标志　　　　　　　B. 只能有一个指标

   C. 可以有多个指标　　　　　　　D. 可以有多个标志

2. 下列标志中属于数量标志的是(　　).

   A. 学生的性别　　　　　　　　　B. 学生的年龄

   C. 学生的专业　　　　　　　　　D. 学生的住址

3. 某工人月工资 1200 元,则"工资"是(　　).

   A. 数量标志　　　　　　　　　　B. 品质标志

   C. 质量指标　　　　　　　　　　D. 数量指标

4. 某单位有 500 名职工,把他们的工资加总除以 500,则这是(　　).

   A. 对 500 个标志求平均数　　　　B. 对 500 个变量求平均数

   C. 对 500 个变量值求平均数　　　D. 对 500 个指标求平均数

5. 某市进行工业企业生产设备普查,总体单位是(　　).

   A. 工业企业全部生产设备　　　　B. 工业企业每一台生产设备

   C. 每个工业企业的生产设备　　　D. 每一个工业企业

6. 以产品等级来衡量某种产品的质量好坏,则该产品等级是(　　).

   A. 数量标志　　　　　　　　　　B. 品质标志

   C. 质量指标　　　　　　　　　　D. 数量指标

7. 工业企业的设备台数、产品销售额是(　　).

A. 连续变量

B. 前者是连续变量,后者是离散变量

C. 离散变量

D. 前者是离散变量,后者是连续变量

8. 指标是说明总体特征的,标志是说明总体单位特征的,所以( ).

A. 标志和指标之间的关系是固定不变的

B. 标志和指标之间的关系是可以变化的

C. 标志和指标都可以用数值表示

D. 只有指标才可以用数值表示

9. 下列指标中属于质量指标的是( ).

A. 总产值　　　　　　　　　　　B. 总成本

C. 单位产品成本　　　　　　　　D. 职工人数

10. 了解某地区工业企业职工情况,下面是统计指标的是( ).

A. 该地区工业企业每名职工的工龄

B. 该地区工业企业职工的文化程度

C. 该地区工业企业职工的工资总额

D. 该地区工业企业职工从事的工种

二、名词解释

1. 统计总体　　　　　2. 品质标志　　　　　3. 连续变量

4. 大量观察法　　　　5. 统计指标　　　　　6. 统计指标体系

三、问答题

1. 简述统计的三种涵义及它们之间的关系.

2. 简述标志与指标的区别与联系.

3. 统计的工作过程有几个阶段,它们的关系如何?

4. 统计的研究方法有哪些?

5. 如何发挥统计的整体功能?

6. 如何理解统计服务与统计监督的关系?

四、技能实训题

【实训1】 某市统计局拟对该市所有工业企业的生产经营情况进行调查,试指出此项调查的总体、总体单位、5个以上的标志和指标;指出哪些标志是品质标志,哪些标志是数量标志,哪些变量是连续变量,哪些变量是离散变量.

【实训2】 假如某地区2007年商业企业的有关资料如表1-1所示,要求:①指出表1-1中的总体、总体单位、指标、数量指标、质量指标.②为获得表1-1中的资料,应调查总体单位的哪些标志? 哪些标志是品质标志? 哪些标志是数量标志?

哪些变量是连续变量？哪些变量是离散变量？

表 1-1

企业经济成分	企业数(个)	销售额(亿元)		人均销售额(万元)	
		2007 年	2007 年为 2006 年的百分比	2007 年	2007 年为 2006 年的百分比
国有经济	12	32	109%	20	100.2%
集体经济	25	41	102%	19	102%
私有经济	378	109	110.2%	24	115%
中国港澳台经济	6	10.5	110.3%	22	119%
其他经济	78	40.6	104.5%	19	100.5%
合　　计	489	233.1	107.8%	20.5	105.6%

第二章 统 计 调 查

本 章 要 点

1. 理解各种统计调查基本方式的特点和运用条件.
2. 把握搜集统计资料的方法和技术.
3. 掌握统计调查方案的内容和统计调查问卷的基本结构.
4. 根据某一实际问题设计简单的统计调查方案,拟订调查问卷.

第一节 统计调查的意义和种类

一、统计调查的意义

(一)统计调查的概念

统计调查是指按照统计研究的任务和要求,运用科学的调查方法,有组织、有计划地向被调查单位搜集实际资料的工作过程.

统计资料的搜集内容有两方面:一是直接搜集反映调查对象的原始资料,原始资料是指没有进行加工整理的资料,又称为初级资料.如:企业每天生产产品的数量、原材料的消耗量,每批产品的单位成本等.二是根据研究目的,搜集已经加工、整理出来的第二手资料,又称次级资料.如统计年鉴、统计公报、书报杂志上的资料.由于次级资料来源于原始资料,因此,统计调查的基本任务是搜集社会经济现象总体、总体单位及其相关的原始资料.

(二)统计调查的意义和基本要求

统计调查是整个统计工作的基础环节,通过统计调查,取得有关被研究对象的具体资料,为统计整理和统计分析提供依据.统计调查搞得好,就能准确、全面、及时、系统地占有丰富的统计资料,有利于正确认识被研究对象的本质及规律性.如果调查搞得不好,所得的资料不完整、不准确、不及时,即使是科学的整理和分析,也不可能得出正确的结论.因此,统计调查工作是决定整个统计研究工作质量的基础环节.

为了更好地完成统计工作任务,发挥统计调查的作用,统计调查要达到以下基本要求:

1. 准确性

统计调查的准确性是指统计调查所搜集的资料真实可靠,符合客观实际.任何单位和个人不得虚报、瞒报和拒报,更不能伪造篡改统计数字,要严格执行《统计法》,尽可能地清除或减少来自各方面的误差,维护统计数字的准确性,这是统计工作的生命.

2. 及时性

统计调查的及时性是指及时完成各项调查资料的搜集、汇总、上报任务,从时间上满足各部门对统计资料的需求.统计资料的及时性是一个全局性的问题.其中任何一个单位发生延误,都将影响统计整理和分析的时间,使统计资料失去时效性.

3. 完整性

统计资料的完整性是指调查单位不重复、不遗漏,所列调查项目的资料搜集齐全.若统计资料残缺不全,就不可能反映所研究对象的全貌和正确认识社会经济现象总体的特征,最终也就难以对社会经济现象的规律作出准确的判断.甚至还会得出以偏概全的错误结论.

综上所述,统计调查资料的准确性、及时性和完整性是对统计工作的基本要求,它们之间存在着有机的联系.准确性是统计调查工作的基础,要在准中求快,准中求全.

二、统计调查种类

客观事物的复杂性和统计研究目的的多样性,决定了统计调查方式方法的多样性.进行统计调查,必须根据统计研究目的和调查对象的特点,选择合适的调查方法.统计调查可以从不同的角度,按不同的标准进行分类.

(一)统计报表和专门调查

统计调查按组织形式的不同,可分为统计报表和专门调查.①统计报表是国家统计系统和专业部门为了定期取得系统、全面的统计资料而采用的一种搜集资料的方式,目的在于掌握经常变动的、对国民经济有重大意义的指标的统计资料.②专门调查是为了了解和研究某种情况或问题而专门组织的统计调查,包括抽样

调查、普查、重点调查和典型调查等几种调查方法.

（二）全面调查和非全面调查

统计调查按调查对象所包括的范围,可分为全面调查和非全面调查. ①全面调查是对调查对象中所有单位都进行调查,它包括定期报表和一次性的普查. 全面调查是我国长期以来获得统计基本信息的方式,如:各种年度、季度、月度的定期统计报表都是由各个单位登记后,按照一定的要求定期向上级和国家提供基本统计资料;国家一般每隔几年进行一次的重大国情国力普查. ②非全面调查是对被调查对象的部分单位进行的调查,包括典型调查、重点调查和抽样调查. 通过选择部分有代表性的单位进行调查研究,反映社会经济现象的基本状况,从而得到费力小收效大的结果,目前这些调查方法的优越性已被人们所认识,并广泛运用于各个领域. 如:从某批产品中抽取一部分产品检查其质量,从某镇农户中抽取一部分农户调查全年收入水平.

（三）经常性调查和一次性调查

统计调查按调查登记的时间是否连续,分为经常性调查和一次性调查. ①经常性调查是指对研究对象的变化进行连续不断的登记. 如:工业企业总产值、产品产量、原材料消耗量等在观察期内连续登记. 经常性调查所得资料是现象在一段时间内的总量. 如:调查了解全月产品产量,则要调查登记每天的生产数量;要调查全年的粮食收获量,则要对全年每个收获季节的收获量进行登记. ②一次性调查是指间隔一段相当长的时间对研究对象某一时刻的资料进行登记. 如:人口数、机器设备台数等资料短期内变化不大,没有必要连续登记资料. 一次性调查所得资料体现现象在某一瞬间所具有的水平. 如:年末生猪圈存头数,年末人口数,月末库存商品数量等都需要采用一次性调查. 一次性调查可以定期进行,如每月末登记,每年末登记,或每隔五年登记一次;也可以不定期进行.

三、统计调查的技术

统计调查的技术是指搜集资料的具体方法和技巧. 常用的搜集资料的方法有以下几种:

（一）直接观察法

直接观察法是指由调查人员直接到调查现场,对调查单位的调查项目进行实地测定、计量和清点,并将结果记录下来的一种方法. 如对农作物产量进行实割实测,对商品库存进行盘点等都属于直接观察法. 此方法可以准确地获得统计资料,但须耗费较多人力、物力、财力和时间;同时有些社会经济现象也不能用此方法获得统计资料.

(二) 报告法

报告法是由报告单位根据各种原始记录和核算凭证,依照统一的表格形式和要求,按照隶属关系,逐级向有关部门提供资料的一种方法.报告法的特点是统一表式、统一项目、统一要求和统一上报程序.统计报表就采用此方法,该方法节约了调查机构的人力.若报告系统健全,报告单位的原始记录和核算工作真实、完整,采用此方法可以取得比较准确的统计资料.但此方法带有一定的强制性,一般针对机关团体和企事业单位,而不针对个人.

(三) 采访法

采访法是指由调查员对被调查者询问、采访,提出所要了解的问题,借以搜集资料的方法.采访法又可以分为个别询问法、开调查会法和自填法三种形式.个别询问法即调查人员向被调查者逐项询问来获取资料.开调查会法即请若干个相关人员座谈,共同讨论、相互补充以取得资料.自填法即由调查人员将调查表交给被调查者,并说明填表的要求和方法,由被调查者自己填写以取得资料的一种调查方法.采用此方法调查双方直接接触,搜集的资料比较真实可靠.

(四) 网络调查法

网络调查法主要是利用 Internet 的交互式信息沟通渠道来搜集有关统计资料一种方法.这种资料搜集方法包括两种形式:一是在网上直接用问卷进行调查,二是通过网络来搜集统计调查中的二手资料.这种方法的优点是便利、快捷,调查效率高,成本低;缺点是范围受到一定的限制,在调查时还有可能遭到计算机病毒的干扰和破坏.互联网虽然普及较快,但目前上网的用户主要是城市的单位和家庭,农村比较少.因此在搜集某些统计资料时,上网单位和上网人群的分布状况可能会使资料发生偏差.尽管如此,利用网络工具来搜集统计资料者越来越多,网站在线调查的频频出现就足以说明这个问题.网站在线调查在产品调查、消费者行为调查、顾客意见调查、品牌形象调查等方面发挥着越来越重要的作用,在搜集二手资料方面越来越受到统计工作者的青睐.

(五) 遥感技术法

遥感技术法是指不与调查对象接触而是借助距地面距离较远的飞机、卫星、飞船,使用光学、电子和电子光学仪器(遥感仪器),接收物体的辐射、反射和散射的电

磁波信号,用图像胶片和数据磁带记录下来,再转送到地面接收站,经过处理加工,分析判断现象的变化规则,从中取得物体和现象的有用信息. 通常把这种包含接收、传输和处理分析判断遥感信息的方法,叫做遥感技术法. 这种方法已经在土地利用现状调查、土壤调查、森林资源调查、预测病虫害、探测森林火灾等方面广泛运用,随着科学技术的发展,遥感技术将会在更多的领域得到应用.

第二节　统计调查方案

搜集统计资料是一项复杂、细致而又严密的工作. 一项调查任务,往往需要许多人共同完成,为了统一认识、统一内容、统一方法,做到步调一致,顺利完成任务,在调查之前,必须制定一个周密的、完整的调查方案,作为整个调查工作的指导性文件,以保证统计调查有计划有组织地进行,同时,这也是准确、及时、完整地取得调查资料的必要条件. 那么,一份完整的调查方案应包括以下几方面的内容.

一、确定调查目的

调查目的是指调查所要达到的具体目标,确定调查目的是任何一项统计调查方案首先要解决的问题. 不同的研究目的和任务,决定着不同的调查内容和范围. 只有明确了调查目的,才能够进一步确定向谁去调查、调查什么以及采用什么方法调查.

调查目的应简明扼要. 例如:我国人口普查的目的是为准确地查清全国人口在数量、地区分布、年龄构成和素质方面的变化,为科学地制定国民经济和社会发展战略与规划,统一安排人民的物质和文化生活,检查人口政策执行情况,提供可靠的资料. 又如:我国第一次经济普查,其目的是为了全面掌握我国第二产业、第三产业的发展规模、结构和效益等情况,建立健全基本单位名录库及其数据库系统,为研究制定国民经济和社会发展规划,提高决策和管理水平奠定基础. 因此,认真搞好经济普查,对研究制订国民经济和社会发展规划,优化经济结构,改进宏观调控,开拓新的就业渠道,提高人民生活水平,全面建设小康社会,具有重要意义;对改革统计调查体系,完善国民经济核算制度,健全统计监测和预警、预报系统,将发挥重要作用.

二、确定调查对象和调查单位

确定调查对象和调查单位,是要解决向谁调查、由谁来提供统计资料的问题.

调查对象是指所要调查的社会经济现象的总体. 它是由性质相同的许多个别

单位组成的整体. 确定调查对象, 首先需要根据统计调查的目的, 对调查对象进行认真分析, 掌握其主要特征, 科学规定调查对象的含义; 其次要明确规定调查对象的范围, 划清它与其他社会现象的界限. 只有调查对象的含义明确、界限清楚, 才能避免登记的重复和遗漏, 保证统计资料的准确. 调查单位是指构成调查对象的每一个个体单位, 是调查项目的承担者. 调查单位的确定取决于调查目的和调查对象. 例如: 在全国人口普查中, 调查对象是具有中华人民共和国国籍并在中华人民共和国境内常住的人, 调查单位则是每一个人. 再如: 若调查全镇的工业企业生产经营情况, 则调查对象是全镇所有工业企业, 调查单位是每一个工业企业.

在调查阶段, 有时还需要明确报告单位. 报告单位亦称填报单位, 是指负责向上报告调查内容, 提交统计资料的单位. 报告单位一般在行政上、经济上具有一定独立性. 在实际工作中, 调查单位和填报单位有时是一致的, 有时是不一致的. 例如: 在工业企业普查中, 两者是一致的, 每一个工业企业既是调查单位, 也是填报单位. 再如: 对全县医疗卫生设备普查中, 两者则不一致, 调查单位是每台设备, 填报单位则是每家医院.

三、确定调查内容

(一) 调查项目

调查项目又称调查纲要, 是指所要调查的内容, 即调查中所要登记的调查单位的特征, 是向调查单位所要了解的各项标志. 例如: 要调查企业职工的状况, 总体(调查对象)是企业全体职工, 总体单位(调查单位)是其中每个职工. 品质标志是姓名、性别、职称、民族、文化程度、政治面貌, 数量标志是年龄、工龄、工资等.

在调查中需要确定哪些项目, 要根据调查目的和调查单位特征来决定. 在确定调查项目时应注意以下几点:

第一, 只列出调查目的所必需的项目, 登记与问题本质有关的标志, 应力求简明扼要, 抓住中心, 切忌"多多益善、有备无患"的做法.

第二, 从实际出发, 只列出能够取得确切资料的项目. 不可能取得资料的项目不应列入.

第三, 列入调查提纲的内容含义要明确、具体, 不能有两种及两种以上的解释, 以免调查人员按照各自不同的理解填写, 使调查的结果无法汇总.

第四, 调查项目之间尽可能做到相互衔接、相互联系, 以便进行核对与分析.

(二) 调查表

调查表是指把确定好的调查项目按照一定的顺序排列起来所形成的表格. 它

主要用于统计调查阶段,是搜集原始资料的基本工具,且便于填写和整理.

调查表一般由表头、表身、表脚三部分构成.

表头用来说明调查表的名称,调查单位的名称、性质、隶属关系等.表身是调查表的主体部分,包括调查项目、栏号和计量单位等把诸多调查项目系统化、条理化并用表格形式表现出来的表格.表脚包括填表人签名、填报日期等.

调查表一般有单一表和一览表两种.单一表即在一份表上只登记一个调查单位,它可以容纳较多的调查项目.如表 2-1.一览表即在一份表上登记若干个调查单位,它一般适用于调查项目不多的调查.如表 2-2.

表 2-1 _____届毕业生登记表

姓　名		性　别		出生年月		
曾用名		民　族		籍　贯		照　片
联系电话		政治面貌		身　高		
通讯地址				邮　编		

	称谓	姓名	年龄	工作单位	职务	联系电话
家庭主要成员						

	起止年月	在何地、何校(或单位)学习(或工作)			证明人
本人简历					

在校任职及奖惩情况	
学历提高及技能证书情况	
特长爱好及就业意愿	
是否同意推荐就业	

填表时间:

表 2-2　本单位职工基本情况一览表

姓名	性别	出生年月	文化程度	参加工作时间	职务（职称）	月工资（元）	党、团员	籍贯	联系电话

填表人：　　　　　　　　　　　填表时间：

四、确定调查时间和调查期限

统计调查应规定调查时间和调查期限. 调查时间是调查资料所属的时间,即所谓的客观时间. 如果所要调查的是时期现象,调查时间就是资料所反映的起讫日期;如果调查的是时点现象,调查时间就是规定的统一标准时间. 调查期限是进行调查工作的期限,包括从搜集资料到报送资料的整个工作所需要的时间,即主观时间. 为保证调查资料的时效性,对调查期限的规定不宜过长. 例如,企业 2007 年经济活动成果年报呈报时间规定在 2008 年的 1 月底,则调查时间是 2007 年这一年,调查期限是 2008 年 1 月这一个月.

五、制定统计调查的组织实施计划

为了保证调查工作顺利进行,在调查方案中还应制定调查组织实施计划. 这个计划是对整个统计调查各工作环节的安排,主要包括:调查工作的组织领导机构和人员组成;调查的方式方法;调查工作的规则和流程;调查前的准备工作,包括宣传教育、人员培训、文件印制、试点调查等;报送资料的办法、经费预算及开支办法、提供或公布调查成果的时间及方式等.

第三节　统计调查的组织方式

中华人民共和国统计法第二章第十条规定:"统计调查应当以周期性普查为基础,以经常性的抽样调查为主体,以必要的统计报表、重点调查、综合分析等为补充,搜集、整理基本统计资料."统计实际工作中为了深入研究问题,还要进行必要的典型调查. 常用的统计调查方式主要有统计报表、普查、抽样调查、重点调查和典型调查.

一、统计报表

（一）统计报表的意义

统计报表是基层单位和下级主管机关按照统一规定的表格形式和报送程序，定期向上级机关和国家报告自身基本情况、重要经济活动情况及其状况的一种统计调查方法.它是我国搜集统计资料的一种重要方式，已成为国家和地方政府统计数据的主要来源.

统计报表的特点是：由国家统计局与各级业务主管部门制定，自上而下布置；由基层单位和下级主管机关定期向上级机关和国家报告；按照统一规定的表格形式、内容和报送程序报送；是一种经常性开展的全面调查，取得资料的方法采用报告法.

统计报表同其他方式相比，有如下优点：

（1）规定范围内的各单位必须按期填报，这就保证了统计资料的全面性和连续性.

（2）调查内容、表式、时间都是统一规定的，保证了统计资料的统一性和及时性.

（3）由于定期统计报表制度要求各填报单位依据原始记录进行填报，只要基层单位认真执行，建立起原始记录，那么统计资料的来源和准确性便有了可靠基础.

（4）定期统计报表，基层单位填报之后，经过所在地区、部门的统计机构汇总整理，可以满足各级党政领导机关和有关部门使用这些统计资料的需要.

统计报表也有不足：

（1）在经济利益多元化的条件下，有的单位为了本单位的利益可能会出现虚报、漏报或瞒报现象，影响统计资料的质量.

（2）如果上级机关向基层单位布置统计报表过多，会增加基层负担，甚至会造成某些混乱.

统计报表的作用如下：

一是国家了解国民经济发展情况，制定和检查国民经济和社会发展状况、经济和产业政策的重要工具，是为我国宏观决策等提供基本依据的主要信息流；

二是企业、事业单位及各级业务主管部门进行业务领导和管理的重要依据.

统计报表制度适用于调查反映国民经济活动基本情况，以及各级业务部门了解本系统内所有单位的生产技术水平和经营管理发展情况.

（二）统计报表的种类

对统计报表可以从不同角度进行分类,常用的分类有以下几种:

1. 按报送周期不同,可以分为日报、旬报、月报、季报、半年报和年报

一般来说,周期越短,指标项目越少.日报、旬报一般称作生产进度报表.年报是全年度的综合性报表,包括的指标项目较多,内容比较全面.

2. 按实施的范围不同,可分为国家统计报表、部门统计报表和地方统计报表

国家统计报表又叫国民经济基本统计报表.由国家统计部门统一制发,这类报表是从整个国民经济角度出发搜集国民经济各部门最基本的统计资料,为党中央和国务院各级领导了解情况、指导工作、制定政策、编制和检查计划提供依据.

部门统计报表是由国务院各业务部门为满足本部门业务管理的需要而制定的专业统计报表,在本系统内实施,用以搜集各级主管部门所需要的专门资料.

地方统计报表是为适应各地区的特点而制定的地区性统计报表,用以满足地方的专门需要.这三类报表的内容虽各有侧重,但互相联系,部门和地方统计报表是国家统计报表的补充.

3. 按照报送方式不同,可以分为电讯报表和邮递报表

电讯报表可以采用电报、电话、电视传真等方式.快速报表通常采用电讯报告.而月、季、年报指标内容较多,一般用邮递方式.随着信息技术和网络技术的迅猛发展以及信息传递手段的现代化,利用网络方式统计报表可以在短短几秒钟的时间内完成上报.

（三）统计报表的基本内容

我国的统计报表主要包括以下内容:

1. 报表目录

报表目录是指报表的名称、填报单位、调查对象、报送日期和报送程序等事项的一览表.目录的作用在于使填表单位了解在什么时间、用什么方式、向什么单位报送什么报表.综合报表单位根据规定的编报范围及时整理汇总上报,以按时完成报表任务.

2. 报表表式

报表表式是指统计报表的具体格式.报表格式要求清晰明了,每张表式要明确规定表名、表号、报表期别、填报单位、报出日期、报送方式、主栏项目、宾栏指标、表下补充资料、填报单位负责人和填报人签章以及制表部门等.

3. 填表说明

填表说明是指填写报表时应遵守的各种规定和应注意的问题.主要包括报表

的实施范围、统计目录和指标解释.报表的实施范围即规定每种统计报表由哪些单位填报,由哪些主管部门和统计部门综合汇总等.这样,一则可以避免报告单位的遗漏,保证取得全面的统计资料,二则遇到填报范围有变动时,易于对统计资料进行调整.统计目录即统计报表主栏一览表,如工业企业填报产品产量表时,要根据"主要产品目录"来填报.指标解释即指标的概念、计算方法、包括范围和有关事项的具体说明.

(四)统计报表的资料来源

1. 原始记录

原始记录是基层单位通过一定的表格形式,对生产经营活动所做的最初记录.它是统计报表的基础资料,直接影响统计报表的质量.如各种存款单,材料出库、进库单等.

2. 统计台账

统计台账是基层单位根据填报统计报表和统计核算工作的要求,用一定的表格形式将分散的原始资料按时间的先后顺序集中登记在一个账册上.在企业中一般设班组台账、车间台账和全厂台账.

3. 企业内部报表

企业内部报表是企业根据原始记录和统计台账,经过汇总计算后编制的,用来反映企业内部车间工段在一定时间内的生产、劳动、设备、原材料和财务等情况的报表.

二、普查

(一)普查的意义

普查是一种专门组织的一次性的全面调查,如人口普查、土地普查、库存物资普查等.它主要用来搜集某些不能够或者不适宜用全面统计报表搜集的统计资料.普查可以调查属于一定时点的社会经济现象总量,也可以用来调查一定时期现象的总量,如出生人口数,死亡人口数等.普查一般在全国范围内进行,涉及面广,工作量大,需要耗用大量人力、物力和财力,所以只有重大国情、国力的调查才采取普查的方式,为国家制定重大方针政策以及国民经济与社会发展的长远规划,提供可靠依据.

普查不同于统计报表,它不是按固定的时间间隔进行的周期性调查,而是为了特定的目的而专门组织的一次性调查.普查是一种重要的调查方法.虽然有些情况可以通过定期统计报表搜集全面的统计资料,但它不能代替普查.因为有些社会经济现象,如人口年龄(与性别结合在一起的)构成的变化、物资库存、耕地面积、工业设备等情况不可能也不需要组织经常性的全面调查,而在经济建设中又必须掌握这些方面比较全面详细的资料,这就需要通过普查来解决.

(二) 普查组织

普查组织形式一般有两种:一种是组织专门的普查机构,配备一定数量的普查人员,对调查单位直接进行登记;另一种是颁发调查表,由调查单位根据原始记录和核算资料填报.

普查按资料汇总的特点分为一般普查和快速普查,前者逐级布置,逐级汇总上报资料,花费时间较长;后者越过中间环节,由基层单位将资料直接报送最高领导机关,以缩短资料的传递和汇总时间.

普查涉及面广、工作量大、时效性强,组织工作十分繁重,需要做好以下工作:第一,建立统一的组织领导机构,同时进行广泛的宣传;第二,设计详细的调查方案;第三,组织培训专门的调查队伍;第四,做好物资准备和经费预算;第五,系统有序地组织登记与汇总;第六,严格审核普查资料,进行整理和分析;第七,公布资料并总结.

在组织普查工作中必须遵循以下几点:

第一,确定统一的标准时点. 它是对被调查对象登记时所依据的统一时间. 这个时间的确定,可以避免搜集资料因为情况的变动而产生重复登记和遗漏现象. 例如,我国第五次人口普查的标准时点是 2000 年 11 月 1 日零点.

第二,确定统一的普查期限. 在整个普查范围内各调查单位或调查点尽可能同时进行普查,以保证普查资料的实效性、准确性,避免资料的搜集工作拖得太久.

第三,调查项目一经确定,不能任意改变或增减. 以免影响综合汇总,降低资料的质量. 同类普查的内容和时间在历次普查中应尽可能保持连贯性.

三、重点调查

重点调查是一种专门组织的非全面调查,是指在调查对象中选择少数重点单位进行的调查. 重点单位是指在总体中具有举足轻重地位的那些单位,虽然它们在全部单位中只是一小部分,但其标志值在被研究总体的全部标志总量中却占绝大比重. 因此,对这些重点单位的标志进行调查,就可以了解统计总体的基本情况. 例如:鞍钢、武钢、太钢、宝钢等几个钢铁企业,虽然在全国的钢铁企业中只是少数,但它们的钢产量却占较大比重. 通过对这些企业进行调查,就可以很及时地了解我国钢产量的基本情况. 正因为如此,重点调查较全面调查省时、省力、省费用,所以重点调查对于及时了解调查对象的基本情况、掌握生产和工作进度,指导全局工作有

重要作用. 此外,重点调查的组织也较灵活,既可以组织专门调查,也可以运用统计报表形式进行调查.

凡是统计所研究的对象中,客观上存在重点单位,且统计研究的目的只在于掌握调查对象的基本情况,不要求十分准确,这时可以采用重点调查,没有必要进行全面调查.

重点单位的选择要具有客观性. 由于重点单位的选择是着眼于这些单位的标准值在总体标志总量中的比重,而不是这些单位的技术、管理或其他方面是否有特定意义,所以,重点单位的选择应不带主观因素. 另外,重点单位选多少,要根据调查任务确定. 一般来说,选出的单位尽可能少些,而其标准值在总体标志总量中所占的比重尽可能大些. 这样才能达到重点调查的目的.

值得注意的是,虽然重点单位的标准值在总体标志总量中占有较大比重,掌握了它们的情况,就基本掌握了总体特征,但这些情况毕竟不能完整地反映总体总量,而且重点调查的资料也不具备推断总体总量的条件. 因此,不宜用重点调查的资料推断总体.

四、抽样调查

抽样调查是按照随机的原则,从总体中抽取一部分单位作为样本来进行观察,并根据其观察的结果来推断总体数量特征的一种非全面调查方法. 例如,合肥市政府想了解全市人口的就业情况,而全市的劳动资源人口如此庞大,鉴于人力、物力、财力与时间等方面的限制,做全面调查是不现实的,而可替代的最好方式就是抽样调查.

抽样调查有以下突出特点:一是按随机原则抽选样本;二是以部分单位的数值去推算总体的数量特征;三是可以计算和控制抽样误差;四是可以节省人力、物力、财力和时间;五是可以经常性或非经常性地开展非全面调查,取得资料的方法可采用报告法、采访法或直接观察法.

抽样调查的作用如下:一是能够解决全面调查无法或难以解决的问题;二是补充和修正全面调查的结果;三是可用于生产过程中产品质量的检查和控制;四是可用于对总体的某种假设进行检验.

抽样调查虽然是非全面调查,但是它的目的却在于获得总体的数量特征,以达到对社会现象总体的认识. 因此,抽样调查是非全面调查中最完善、最有科学根据的方式方法. 也是实际应用最广泛的一种调查. 有关抽样调查的理论和方法将在第七章详细介绍.

五、典型调查

典型调查是根据调查的目的与要求,在对被调查对象进行全面分析的基础上,有意识地选择若干具有典型意义的或有代表性的单位进行调查和研究,借以认识事物发展变化的规律性的一种调查方法. 典型调查的目的是通过典型单位来描述或揭示事物的本质和规律,主要是一种定性调查研究,其着眼点不在数量特征上. 如果说,其他几种调查着眼于"普遍",那么典型调查则着眼于"深入".

典型调查的特点如下:①通过深入细致的调查,既可以搜集数字资料,又可以掌握具体、生动的情况,研究事物发生、发展的过程和结果,有利于探索事物发展变化的规律性;②调查单位是有意识地选择出来的,它更多地取决于调查者的主观判断,因而易受人们主观认识上的影响,必须同其他调查方法结合起来使用,才能避免出现片面性;③它是一种比较灵活的调查方式,从典型入手逐步认识事物的一般性和普遍性,省时、省力,有利于提高调查效率.

典型调查的主要作用如下:第一,可以对具体问题进行深入分析,以补充全面调查的不足. 如:可以搜集全面调查和非全面调查无法取得的统计资料;可以搜集到不能用数字反映的各种情况;可以验证全面调查数字的真实性,以便有针对性地采取措施,提高统计数字质量. 第二,可以研究新事物,了解新情况,发现新问题. 当今社会事物发展迅速,新生事物层出不穷,刚开始总是少数,但它们具有代表性. 当新生事物还处于萌芽状态时,采用典型调查就能抓住苗头,通过认真的调查研究,探索它们的发展方向,进而总结经验以便推广. 第三,在一定条件下可以利用典型调查资料,结合基本统计数字,估计总体指标数值. 一般来说,典型调查的结果并不用来推算总体指标,但总体单位的差异程度不大且又要及时掌握全面情况,同时又不便采用其他调查方式取得全面资料时,则可利用典型调查资料进行估计.

典型调查的关键是选择典型单位,典型单位的选择主要依据调查研究的目的. ①如果是为了近似地估计总体指标数值,而总体又十分复杂,可以在了解了总体大致情况的基础上把总体划分成若干类型,从每一类型中按其在总体中所占的比例,选出若干典型单位. 常把这种典型单位的选择称为分类选点. ②如果是为了了解总体的一般数量表现,可以选择中等水平的典型单位进行调查. ③如果是为了研究成功的经验或失败的教训,则可以选择先进的典型或落后的典型,或选择上、中、下各类典型,进行比较,然后确定几个典型单位.

第四节　统计调查问卷的设计

采用问卷进行调查始于 20 世纪 30 年代的美国,他们将调查问卷应用于政治选举、商业推销和经济预测等方面,使其逐步成为调查研究中搜集资料的一种主要方式. 我国从改革开放以来也广泛采用调查问卷的方式来研究社会经济领域里的

现象和问题. 现在已将调查问卷纳入了统计制度的范围,成为统计调查的一个重要组成部分. 本节介绍问卷设计中的有关问题.

一、调查问卷的意义与类型

(一)调查问卷的意义

统计调查问卷是调查者依据调查的目的和要求,将一系列问题、调查项目、备选答案及说明按一定格式有序排列而成的调查表,用以向被调查者搜集资料的一种工具. 调查问卷有以下特点:调查内容标准化、系统化,便于资料的整理和分析;调查范围广,涉及内容多,在现实经济生活中,常常利用报纸、刊物、网络等媒介发布调查问卷,直接传播到千家万户,了解群众的意见和要求.

(二)调查问卷的类型

调查问卷按填写方式的不同,可将调查问卷分为自填式问卷和访问式问卷,这是调查问卷的两种基本类型.

1. 自填式问卷

自填式问卷是指通过邮寄或分发的方法将问卷给被调查者,由被调查者自己填写的问卷. 这种问卷,被调查者可以不受外界因素的干扰,如实表达自己的意见,尤其是敏感性问题的调查,自填式问卷往往可以得到较为可靠的资料. 同时,这类问卷使用了标准化的词语,每个被调查者所面临的都是完全相同的问题,因而不存在调查人员对问卷的主观随意解释或诱导,避免了调查人员的偏见. 这类问卷的不足是:如果问卷填写的答案含糊不清,或对某些问题拒绝回答,是难以补救的;同时也无法知道被调查者是否独立完成答案及其回答问题的环境,以致影响对问卷质量的判断.

2. 访问式问卷

访问式问卷是指由调查人员通过现场询问,根据被调查者口头回答的结果代为填写的问卷. 这类问卷的应答率高、可控性强,调查人员可以设法确保被调查者独立回答问题,并能按问卷的设计顺序回答,从而保证应答的完整性. 同时,调查人员还可以观察被调查者的态度及其回答问题的环境,有利于进一步分析、判断相关问题. 但这类问卷也存在不足:一般费用高,容易受调查人员的影响,匿名性差;当被调查者对调查人员的某些举止有偏见或不理解时,就会导致差错或有意说谎;调查人员有时对被调查者的意思没有正确理解或正确记录也可能出错. 另外,运用这类调查,由于调查人员知道被调查者的一些基本情况,有时会给被调查者带来心理压力,甚至出现拒绝回答的情况.

二、调查问卷的基本结构

调查问卷的主要内容是关于调查事项的若干问题和答案,但仅有这些内容是不够的.一份完整的调查问卷,通常由题目、说明信、被调查者的基本情况、调查事项的问题和答案、填写说明与解释五个部分所构成.

(一) 题目

题目是问卷的主题.俗语说"题好一半文",调查问卷与文章一样,题目非常重要,应该准确、醒目、突出.要能准确而概括地表达问卷的性质和内容;观点新颖,句式构成上富有吸引力和感染力;言简意赅,明确具体;还要注意题目不要给被调查者以不良的心理刺激.

(二) 说明信(又称封面信)

说明信一般在问卷的开头,是致被调查者的一封短信.这是调查者与被调查者的沟通媒介,目的是让被调查者了解调查的意义,引起被调查者足够的重视和兴趣,争取他们的支持与合作.说明信要说明调查者的身份、调查的中心内容及要达到的目的、选样的原则和方法、调查结果的使用和依法保密的措施与承诺等,有时还需要将奖励的方式、方法及奖金、奖品等有关问题叙述清楚.说明信必须态度诚恳,口吻亲切,以打消被调查者的疑虑,取得真实资料.访问式问卷与自填式问卷的说明信有所不同,前者还应有对调查者的具体要求.写好说明信,取得被调查者的合作和支持,是问卷调查取得成功的必要保证.

(三) 被调查者的基本情况

被调查者的基本情况是对调查资料进行分类研究的基本依据.一般而言,被调查者包括两大类,一是个人,二是单位.如果被调查者是个人,则其基本情况包括姓名、性别、民族、年龄、文化程度、职业、职务或技术职称、个人或家庭收入等项目;如果被调查者是企事业等单位,则包括单位名称、经济类型、行业类型、职工人数、规模、资产等项目.若采用不记名调查,被调查者的姓名可在基本情况中省略.

(四) 调查事项的问题和答案

调查事项的问题和答案是调查问卷最主要、最基本的组成部分,调查资料的搜集主要是通过这一部分完成的,它也是使用问卷的目的所在.这一部分设计得如何,关系到该项调查有无价值和价值的大小.通常在这一部分既提出问题,又给出回答方式.问题从形式上看,有开放式问题与封闭式问题之分;从内容上看,又有背

景问题、行为问题、态度问题与解释性问题之分. 问题的内容决定于调查目的和调查项目,这里仅就问题的形式予以阐述.

1. 开放式问题

开放式问题只提出问题而不向被调查者提供任何具体的答案,由被调查者根据自己的想法自由填写,设计时在问题之后要留有充分的空白以便答题. 开放式问题的优点是:被调查者不受任何定式的约束,可以自由地发表意见,对问题的探讨比较深入,获得的资料往往比较丰富而生动. 另外,通过开放式问题往往能搜集到调查者未考虑或忽略的信息,因此适合于潜在答案较多的问题,有利于被调查者充分发挥自己的主观能动性. 其不足之处是:答案五花八门,复杂多样,有时甚至出现答非所问的情况;描述性问题的回答较多,难以定量处理;受被调查者表述能力的影响较大,由此会造成一些调查性误差.

2. 封闭式问题

封闭式问题是指不仅提出问题,而且每一个问题都已预先分列了若干答案,由被调查者在其中选择符合自己实际情况的答案. 封闭式问题的优点是:问题清楚具体,被调查者容易回答,材料可信度高;答案标准,整齐划一,填写方便,容易整理,适宜于定量分析. 其不足之处是:由于事先规定了预选答案,被调查者的创造性受到约束,不利于发现新问题;被调查者在对预选答案不理解、不满意或随便选择的情况下,会影响调查结果的正确性.

由于两种问题形式各有优缺点,为了弥补它们的不足,在实际操作中许多问卷是两种问题形式结合使用,从而形成一种优势互补的调查问卷.

为了应用计算机对问卷进行定量分析,往往需要对调查事项的问题和答案进行编码,即用事先规定的"代号"(阿拉伯数字)来表示某些事项及其不同状态的信息. 开放式问题一般是在问卷回收后再进行编码. 封闭式问题一般采用预编码,即在问卷设计的同时进行编码. 编码尽量做到正确、惟一和简短.

(五) 填写说明和解释(又称指导语)

填写说明和解释包括填写问卷的要求、调查项目的含义、被调查者应注意的事项等,其目的在于明确填写问卷的要求和方法.

除了上述五个基本部分外,问卷的最后也可以写上几句短语,表示对被调查者的感谢,征求被调查者对问卷设计和问卷调查的意见和感受. 如果是访问式问卷还可以加上作业证明的记载,其主要内容包括调查人员姓名、调查时间和作业完成情况,这可以明确调查人员的责任,并有利于检查、修正调查资料.

三、问卷的设计程序和形式

(一) 问卷的设计程序

问卷设计必须以调查目的和调查对象的特点为依据,同时考虑资料整理和分析的需要.它一般要经过初步探索、设计初稿、试用和修改等几个环节.初步探索是把抽象化的内容转换为较为具体的问卷问题.这一过程可以采用选点试验、征求意见的形式进行,使问卷及问题更符合客观实际.设计初稿就是在初步探索的基础上设计问卷问题及答案,通常采用两种方法进行:一是先分后合的卡片法,从每一个具体问题的设计开始,将问题分门别类地组成模块,再在各模块的基础上形成整个问卷.二是先合后分的框图法,先从总体结构入手,然后勾画总体中的各个部分,最后依次设计每个部分的具体问题.前者对问题设计易于着手,修改十分方便;后者能高屋建瓴地把握问卷的总体结构.如两者有机结合,则效果更佳.试用和修改就是通过试点调查的结果对问卷进行再修改.一方面请有关专家对问卷初稿进行评审,提出修改意见;另一方面选择若干个调查单位进行试填来搜集意见和建议.然后,作最后的修订,形成正式的调查问卷.

(二) 问卷的设计形式

调查问卷是以书面的形式记录和反映调查对象的看法和要求,问卷设计的好坏对调查结果影响很大.因此,调查问卷的设计应主题明确、重点突出、通俗易懂、便于回答,同时还应便于计算机对问卷的汇总和处理.问卷的设计,可根据具体情况采用不同的设计形式.基本的形式有以下几种:

1. 自由询问式

自由询问式是只提问题,不设答案,由被调查者自由回答.它适用于对所有问题的提问,被调查者对这类的回答可以不拘形式,任意发挥.但有些被调查者不愿或不便用文字形式表达自己的看法,因而影响了调查结果的全面性和准确性.此外,由于这种提问的回答内容五花八门,从而不利于进行资料的整理和统计.

2. 二项选择式

二项选择式的问卷只让被调查者在两个可能答案中选择一个,如"是"与"不是"、"有"与"没有"等.此类方式易于发问,也易于回答,且方便统计汇总,但不便于调查者了解形成答案的原因.

【例2-1】 性别: A.男 B.女

【例2-2】 近一年来,在购买商品或接受服务中,您的权益是否受到过损害?

A.是 B.否

3. 多项单选式

多项单选式,即给出的答案超过两个,被调查者根据自己的情况选择其一. 这种类型的问题形式由于便于进行基本统计和交叉统计分析,因而在消费调查中采用得较多. 设计这类问题的答案时一定要确保答案的穷尽性和互斥性. 答案的穷尽性是指答案中已经列举了所有可能,不会再有别的答案没有考虑到. 有时,为了保证答案的穷尽性,设计者用"其他"选项暂时替代没有想到或想像不到的可能答案;有的还要求被调查者在"其他"选项后具体标明. 答案的互斥性是指每个答案的含义都是特定的,不会相互包含,被调查者在回答问题时不会在众多答案中无所适从,或者出现填这个也可以,填那个也不错的情况.

【例 2-3】 文化程度:

A. 小学及以下 　　B. 初中 　　C. 高中、职高 　　D. 中专或中师及以上

【例 2-4】 您的职业是:

A. 党政,国有企、事业单位工作人员 　　　　B. 农民、农民工

C. 独资、合资或私营企业工作人员 　　　　D. 离、退休人员

E. 下岗、失业人员 　　　　F. 学生 　　　　G. 其他

4. 多项选择式

多项选择式是设置多种答案供被调查者选择. 这种方式能较全面地反映被调查者的看法,又较自由询问式易于整理和统计,但在设计时应注意供选择的答案不宜过多,只要能概括各种可能情况即可.

【例 2-5】 请问您选购商品受哪些因素影响?

A. 广告 　　　　B. 亲朋好友的介绍 　　　　C. 自己的感受

D. 推销人员的介绍 　　　　E. 价格因素 　　　　F. 其他

5. 顺位式

顺位式让被调查者依据自己的爱好和认识程度对所列答案定出先后顺序. 顺位式一般分为两种:一种是预先给出多个答案,由被调查者定出先后顺序;一种是不预先给出答案,由被调查者按先后顺序自己填写.

【例 2-6】 你上大学确定专业方向时考虑的因素有哪些?(按考虑因素的先后顺序排序.)

A. 个人兴趣 　　　　B. 就业率 　　　　C. 发展方向

D. 预期收入 　　　　E. 别人的建议 　　　　F. 工作安稳舒适

6. 赋值评价式

赋值评价式是指通过打分数或定等级来评价事物的好坏或优劣的方法. 打分时,一般用百分制或十分制;定级时,其等级一般定 1 至 5 级或 1 至 10 级. 这种方法简便易行,评价的活动余地较大,而且便于统计处理和比较. 缺点是:分数的多少

和等级的高低不易掌握分寸,而且往往因人而异,差异较大.因此,采用这种方法时,应当对打分或定级的标准作出统一的规定,以便被调查者参考.

【例2-7】 您对我们提供的客户服务的满意程度如何?

A.非常满意　　　　B.满意　　　　C.较满意

D.不满意　　　　　E.很不满意

上述的六种设计形式,第一种属于开放式问题,第二、五、六种属于封闭式问题,第三、四种既可以用于封闭式问题,也可以用于开放式问题.此外,还可以采取其他的设计形式.

四、问卷设计应注意的问题

问卷设计十分复杂,需要耐心细致地工作,即使很有经验的研究人员在进行这项工作时也要反复推敲,否则问卷结果就达不到调查的目的.因此,设计问卷必须注意下列问题:

(1) 问卷上所列问题应该是必要的,可要可不要的问题不要列入.

(2) 所问问题应是被调查者熟悉且易于回答的,避免出现被调查者不了解或难以回答的问题.

(3) 注意询问语句的措辞和语气,一般应注意:问题要提得清楚、明确、具体、简短;明确问题的界限与范围,问句的字义(词义)要清楚;避免引导性问题或带有暗示性问题的出现.引导性语句是指所提问题中所使用的词不是"中性"的,而是向被调查者提示答案的方向,或暗示出调查者自己的观点.例如:××牌酒,是过去皇帝才能享受的,您打算购买吗? ××西服,是男人潇洒的标志,您准备购买吗? ××牌助动自行车能使老人女士脚下生风,您打算购买吗? 由这样的问句产生的结论,将缺乏客观性和真实性.

(4) 问卷的问题一般应避免触及被调查者的个人隐私.

(5) 避免使用模糊语句.如下列的问法就属于模糊的语句:您经常穿 T 恤衫吗? 您爱穿羽绒服吗? 这样模糊问法,被调查者不好回答,所以正确的问法应是:您夏天经常穿 T 恤衫吗? 您冬天爱穿羽绒服吗? 这么一改,被调查者就好回答了,调查的结论亦会更具准确性.

(6) 问卷上所拟答案要有穷尽性,避免重复和交叉.问卷上拟订的答案要编号.

(7) 问卷纸张质地要良好,不易破损,字迹印刷清晰,留作填写说明的空白处要大,页数较多时要装订成册.

案例分析

区县住户调查统计工作方案

根据全面建设小康社会和加快推进社会主义现代化的要求,为更加准确、客观、真实地反映我市区县居民收支情况和生活质量,满足市委、市政府和区县在"富民强市、两个率先"战略目标进程中的监测考核需要,特制定本工作方案.

1. 目的和意义

坚持以人为本,把富民摆在更加突出的地位,是贯彻落实"三个代表"重要思想和科学发展观的重要体现.开展住户调查取得区县的住户调查资料,是区县党委和政府了解民情民意,分析人民生活、收入分配、货币流通以及劳动就业等情况的重要信息途径,也是区县政府对"富民"和"全面小康社会"进程的考核、监测不可少的重要方面,对研究居民生活质量和消费结构,建立和完善社会保障制度等重大问题都具有十分重要的作用.

2. 调查范围

统计调查范围为河东市行政辖区内的所有区县,对象为各区县行政管辖区域内的所有符合调查条件的城镇住户.包括:户口在本地区的常住非农业户,户口在外地、居住在本地区半年以上的非农业户.调查包括单身户,但不包括集体户中的单身者.调查分别以住户家庭及个人作为统计单位.

3. 调查内容

住户调查的主要内容包括:①居民家庭成员基本情况;②居民家庭住房基本情况;③居民家庭就业情况;④居民家庭主要耐用消费品拥有情况;⑤居民家庭现金收支情况;⑥居民家庭消费支出情况;⑦居民家庭食品消费情况;⑧居民家庭非现金(食物及服务)收入情况.

4. 抽样方法及样本确定

根据统计调查方法,样本抽选采用二相抽样与多阶段抽样相结合的方法进行.第一相样本(大样本)采用多阶段方法抽选:第一阶段抽取居委会或社区;第二阶段抽取调查户.抽样原理及调查方案由市城调队培训后另行印发.根据第一相样本取得调查户家庭人口、就业人口、收入等辅助资料进行分组,从中按比例抽出二相样本(小样本),作为经常性调查户,开展日记账.各区县调查样本量,按照抽样调查方法及原则,由市城调队考虑各区县代表性等具体情况综合确定.

5. 样本轮换

为了保证调查样本的代表性,缩短记账周期,减轻调查户负担,根据抽样方法制度规定,一相样本抽样调查每隔三年开展一次,为二相样本提供抽样框;二相样本(经常性记账户)每年轮换三分之一.严格执行换户审批制度.正常换户,各区县应及时上报市城调队批准备案.非正常换户,各区县要从严控制,需经市城调队批准后方可.掌握比例是:一相样本中确定的调查户换户率不得超过15%,每年经常性调查户换户率不得超过5%.

6. 工作要求

(1) 加强组织领导,密切部门配合

住户调查统计工作是各级政府的一项重要职责,它服从并服务于全面建设小康社会和现代化建设的全过程,对党政领导宏观决策意义重大.对此,各区县政府要予以高度重视,给予必需的人财物支持,帮助解决工作中遇到的实际问题和困难,切实加强组织领导.区县统计局是这项工作的牵头部门,要把这项工作摆上重要位置,抽调精兵强将,周密部署,精心组织.各区县发展计划与经济局、民政局、总工会等有关部门要密切配合,协调运作,确保全市住户调查工作顺利实施.

(2) 搞好宣传发动,消除群众顾虑

住户调查是一项事关居民切身利益的"富民"工程,调查内容涉及居民家庭收支方面的诸多秘密,居民的配合程度直接影响着调查数据的质量和政府决策.因此,对抽中的经常性记账户,其所在的区县、街道、社区和派出所以及所在单位等,要协同配合做好记账户的思想政治工作,向他们宣传住户调查工作的重要意义,解释承担国家统计调查工作是每个公民应尽的义务,统计调查中涉及的个人秘密受法律的严格保护,消除他们不必要的思想顾虑,使他们主动配合,如实填报.

(3) 加强业务培训,统一规范操作

住户调查是一项科学性、系统性、业务性很强的工作,涉及诸多部门、家庭和个人,而且技术性强、难度大、任务繁重,加强对各区县调查人员的工作指导和业务培训至关重要.市城市社会经济调查局要按照国家城调总队、省城调队的住户调查工作规范要求,认真做好调查人员的业务培训工作,严格按照全市统一时间步骤、统一规范标准、统一审核程序的要求,高质量地做好住户调查工作.

(4) 加强质量控制,严格上报制度

住户调查的质量控制必须严格按照国家城调总队下发的《中国城市住户调查手册》和省城调队下发的《河东市城市住户工作细则》以及市城调队制定的《住户调查数据质量控制细则》执行.各区县对分户调查资料进行审核把关,确认无误后,于每月28日前以磁盘方式报市城调队住户处.市城调队将定期或不定期对各区县的住户调查数据质量进行监审、检查.

(5) 健全数据评估制度

建立健全住户调查原始台账,做到数据有源、有据可依.各区县对住户调查原

始数据资料妥善保管,严格保密.数据处理统一使用国家城调总队下发的计算机数据程序软件操作.严格执行调查数据评估制度,各区县居民可支配收入等住户调查数据,需经市城调队审核评估后方可对外公布使用.

(6) 开发调查数据,做好统计服务

各区县要加大对住户调查资料的深度开发和分析研究力度,紧紧围绕全面建设小康社会和现代化建设进程中有关"富民"的热点问题开展分析研究,适时推出一些针对性强并具有较高决策参考价值的分析精品,及时、快捷地为各级党委、政府宏观决策提供可靠依据,为富民强市做好积极贡献.

隐形眼镜在大学生中的市场前景调查书

1. 本问卷基本内容

首先感谢各位同学的协助.本调查的目的在于了解隐形眼镜在大学生中的使用情况,以对这一市场的发展前景作出初步预测.耽误您宝贵的时间,再次向您致谢!

请您就以下问题在您认为合适的地方打"√".

(1) 请问您现在戴哪一种眼镜?

□框架眼镜　□隐形眼镜　□未配眼镜　□视力好,不需配

(2) 假若您已经近视,尚未配眼镜,您准备:

□配框架眼镜　□配隐形眼镜　□不配镜

(3) 您选择框架眼镜是因为:

□价格适中　□方便　□一般近视者都戴　□其他

(4) 您未配隐形眼镜是因为:

□价格过高　□怕伤眼睛　□未听说过　□其他

(5) 戴眼镜给体育运动带来了一些不便,对此您持何种态度?

□无所谓　□无可奈何,不戴不行　□运动时少戴　□换成隐形眼镜

(6) 长期戴框架眼镜,会使眼睛不同程度地变形,对此您持何种态度?

□无所谓　□无可奈何　□尽量少戴　□换成隐形眼镜

(7) 您现有的眼镜价格大约是多少?

□框架眼镜　价格　　　□隐形眼镜　价格　　　□未配

(8) 如果您想买隐形眼镜,请问您最高能随以下哪一种价格?

□30 美元左右(普通型)□40～50 美元(精品型)□70 美元左右(订做)

(9) 您购买眼镜的经济需求,家里是否会予以满足?

□是　□否　□其他

(10) 请您将所知道的隐形眼镜的品牌写下来:

①_____　　　②_____　　　③_____

④_____　　　⑤_____　　　⑥_____

2. 调查样本的选择

调查样本是××市重点大学的大学生.

3. 调查方法

以校为单位发放问卷,然后统一收回.

4. 调查结果分析

(1) 隐形眼镜目前的市场占有率仍很低,有很大的市场发展潜力.二年级的大学生,经过 14 年的苦读,大多与眼镜结下难解之缘.所调查的对象中,近视率为 66.7%,其中有一个班的近视率高达 86.7%.在近视患者中,配框架眼镜的占 80.6%;配隐形眼镜的占 9.7%;尚未配眼镜的占 9.7%.

隐形眼镜目前的市场占有率低,主要有三个原因:一是怕伤眼睛,50% 以上的调查者都持这种态度.二是价格过高,有 35% 的人持这种看法.框架眼镜平均在 20 美元左右,也有少数人的框架眼镜在 30 美元左右.而隐形眼镜的价格在 35 美元以上,还需要上晴清洗液、药片、隐形眼镜片盒等长期消费.三是怕麻烦.有 12.9% 的人认为隐形眼镜每天至少得取一来清洗一次,比较麻烦.

从以上原因来看,大学生中的隐形眼镜市场是有潜力的,关键在于厂家的宣传促销活动.因为在 50% 以上的怕伤眼睛的人中,大部分只是听亲戚、好友和医生说戴隐形眼镜会伤眼睛,就信以为真,并不知道为什么会伤眼睛以及如何预防.所以,只要厂家科学地宣传戴隐形眼镜的优点及注意事项、消除人们对隐形眼镜的误解,就可以争取这一部分人的市场.

(2) 大学生有购买隐形眼镜的需求和经济能力.由于大学生受教育程度高,对个人形象的要求也相对较高.对于"长期戴框架眼镜,会使眼睛不同程度的变形,对此您持何种态度?"这一问题,有 58.8% 的人选择"尽量少戴"的答案,16.1% 的人选择了"无可奈何"的答案.这说明大学生也意识到了框架眼镜的弊端,而隐形眼镜正好能弥补框架眼镜的这一弊端.因此,只要宣传及时,隐形眼镜可以满足大学生们注重个人形象的需求.

大学生们虽没有独立经济收入,但现在一家出一个大学生也是不容易的,尤其是一些进入名牌大学的,家里更引以自豪,因而对大学生的需求,家长都尽量满足.在"你购买眼镜的经济需求,家里是否会予以满足?"的问题中,回答"是"的占 93.5%.由于有家里作"经济后盾",74.2% 的人表示能承受 20 美元左右的隐形眼镜价格,22.6% 的人表示能够承受 40~50 美元的价格,极少数人愿意承受 60 美元左右的价格.这说明,只要隐形眼镜的价格能保持在中等偏下的水平,市场潜力就

会十分巨大.

思考与训练

一、单项选择题

1. 有意识地选择三个钢厂调查其产值情况,这种调查方式属于( ).

A. 抽样调查　　　　B. 典型调查　　　　C. 普查　　　　D. 重点调查

2. 调查期限的含义是( ).

A. 调查资料所属的时间　　　　B. 开始调查工作的时间

C. 从开始搜集资料到工作结束时间　　D. 调查登记时间

3. 统计调查分为经常调查与一次调查的依据是( ).

A. 组织形式　　　　　　　　B. 搜集资料的方式

C. 登记时间的连续性　　　　D. 包括的范围

4. 下列调查属于经常调查的是( ).

A. 每隔 10 年进行一次的人口普查

B. 对五年来商品价格变动情况进行调查

C. 对 2007 年职称评审结果进行调查

D. 按月上报商品销售额

5. 若要了解月末半成品的库存情况,调查人员进行实地盘点,这种搜集资料的方法属于( ).

A. 大量观察法　　B. 报告法　　　　C. 采访法　　　　D. 直接观察法

6. 对某省饮食业从业人员的健康状况进行调查.调查单位是( ).

A. 某省饮食业的全部网点　　　　B. 某省饮食业的每个网点

C. 某省饮食业所有从业人员　　　　D. 某省饮食业每个从业人员

7. 调查几个主要产棉区,就可以了解我国棉花生产的基本情况,这种调查方式属于( ).

A. 典型调查　　B. 重点调查　　　　C. 普查　　　　D. 抽样调查

8. 下列调查中,调查单位与填报单位一致的是( ).

A. 工业设备调查　　　　　　B. 人口调查

C. 农村耕畜调查　　　　　　D. 工业企业现状调查

9. 某市规定 2007 年工业经济活动成果呈报时间是 2008 年 1 月 31 日,则调查期限为( ).

A. 一天　　　　　B. 一个月　　　　C. 一年　　　　D. 一年零一个月

10. 人口普查规定标准时点是为了( ).

A. 避免登记的重复和遗漏　　　　　　　B. 确定调查对象的范围

C. 确定调查单位　　　　　　　　　　　D. 确定调查时限

11. 调查时间是指(　　).

A. 调查资料所属的时间　　　　　　　　B. 进行调查工作的期限

C. 调查工作登记的时间　　　　　　　　D. 调查资料的报送时间

12. 对某市全部商业企业职工的生活状况进行调查,调查对象是(　　).

A. 该市全部商业企业　　　　　　　　　B. 该市全部商业企业职工

C. 该市每一个商业企业　　　　　　　　D. 该市商业企业每一名职工

13. 对一批食品进行质量检验,最适宜采用的调查方式是(　　).

A. 全面调查　　　　B. 抽样调查　　　　C. 典型调查　　　　D. 重点调查

14. 下述调查属于全面调查的是(　　).

A. 对某种连续生产的产品质量进行调查

B. 某地区对工业企业设备进行普查

C. 对全国钢铁生产中的重点单位进行调查

D. 抽取部分地块进行农产量调查

15. 我国目前定期取得统计资料的最主要方式是(　　).

A. 抽样调查　　　　B. 典型调查　　　　C. 普查　　　　D. 全面统计报表

二、名词解释

1. 统计调查　2. 全面调查　3. 重点调查　4. 普查　5. 统计报表

6. 抽样调查　7. 典型调查　8. 调查问卷

三、问答题

1. 调查对象、调查单位以及填报单位的关系的什么? 试举例说明.

2. 什么是统计调查? 它有哪些分类?

3. 一个完整的统计调查方案应包括哪些内容?

4. 搜集资料的方法有哪些? 各有什么特点?

5. 一个完整的调查问卷由哪几个主要部分构成?

6. 普查和全面统计报表都是全面调查,两者有何区别? 如果采用定期普查,能否代替全面统计报表?

7. 问卷的设计形式有哪些?

四、技能实训题

(一)培养目标

1. 掌握并学会设计统计调查方案.

2. 学会根据实际要求设计调查问卷并组织实施调查.

3. 训练统计调查报告的撰写能力(可参看第九章统计调查报告的内容).

（二）实训内容

【实训1】 从下面各题中任选一题设计调查方案或调查问卷

1. 大学生课外阅读情况的调查.

2. 农村劳动力转移情况的调查.

3. 某市大中专毕业生就业情况的调查.

4. 在校大学生消费情况的调查.

【实训2】 设计调查表

某镇政府欲对本镇所有镇办企业上年生产经营情况进行调查,调查项目有:企业法人代表、经济类型、年末职工人数(人)、年末固定资产原值(万元)、年增加值(万元)、年利税额(万元)、职工人均年收入(元)、全员劳动生产率(万元/人).请你帮助该镇政府设计一份调查表.

（三）实训要求

1. 编写的调查方案内容要完整,方案中要包括调查目的、调查对象、调查单位、调查内容、调查表、调查时间、调查地点及调查工作的组织实施等内容.调查项目要符合实际,具有可操作性.

2. 设计的调查表要正确、规范.

3. 设计出的调查问卷结构要合理,内容要完整.

第三章　统　计　整　理

本　章　要　点

1. 了解统计整理的概念和内容.
2. 理解统计分组、分配数列及统计表等概念和内容.
3. 要重点掌握统计分组的方法,在分组的基础上进行次数分配数列的编制.
4. 学会用统计表来表示统计资料.

第一节　统计整理的意义与内容

一、统计整理的概念与意义

在统计调查阶段,我们获得了大量的统计原始资料,如果不经过分组、归纳与整理,是不能用来说明问题的.

例如,通过统计调查我们获得了某市 50 家商店某月的销售资料(单位:万元)如下:

15	7	12.8	14.8	19.3	4	7	13.4	8.5	5
13.2	15.5	19.4	8.3	4.5	21	15.7	15.5	11.9	13.6
16.3	20	5.8	9.5	16	13.9	16.7	25	6	12
17.1	3.5	29	6.8	10.5	23	12.6	14.2	18.2	2
6.4	26	17.3	14.7	18.2	10	12.4	17.5	14.5	20

以上资料表明,统计调查所取得的原始数据只是一种零星的、分散的、杂乱无章的数字资料,无法对研究总体的内部规律性、相互联系及结构做出概括的说明.因此,要使取得的统计资料能说明现象总体,就必须对统计资料进行整理.

统计资料整理是根据统计研究的目的和任务的要求,对统计调查所得到的各

项原始资料进行科学的分类和汇总,为统计分析提供准确、系统、条理清晰、能在一定程度上说明总体特征的综合资料的工作过程,包括系统地积累资料与为研究特定问题对资料的再加工.广义地说,对已整理的资料进行再加工,也属于统计整理.

通过统计调查取得的反映总体单位特征的资料,有数量标志和品质标志,而统计工作需要反映总体特征的统计指标,统计整理的目的在于将个别单位的标志值转化为说明总体数量特征的指标值,使统计资料系统化,从而得出反映现象总体性、规律性的综合资料,为统计分析提供基础和前提条件.

由此可见,统计整理是统计工作的中间环节,是统计调查的继续和发展,是统计分析的前提和条件,在整个统计工作过程中起承上启下的作用.因为,统计调查所搜集到的原始资料是零碎的、分散的、不系统的,是反映个体特征的,不能反映总体的综合数量特征和事物的规律性.只有通过统计整理,去伪存真,去粗存精,将分散零碎的个体资料进行归纳和概括,才能得到系统的、反映总体数量特征和规律性的统计资料,才能认识总体.统计资料整理工作质量的好坏不仅影响到调查资料能否发挥其应有作用,而且直接影响到统计分析能否获得正确的结论.

二、统计整理的内容和步骤

事物的数量方面不是单一的,而是多方面的,它们之间有着多方面的联系.每一方面的数字对于了解这一事物都有一定的作用,不能只顾一方面而忽视另一方面.对统计资料进行整理,就要研究事物的全貌,描绘事物的整个发展过程,揭示事物的总体特征和规律性.

对特定的事物来说,一般有一个方面或几个方面的数量是基本的、关键性的、能表现事物本质的;而其余一些数量可能只有辅助、补充的意义.统计整理必须从事物的联系中找出这种基本的数量关系.

因此,在对所研究的社会经济现象进行深刻的政治经济分析的基础上,抓住最基本的、最能说明问题本质特征的统计分组和统计指标对统计资料进行加工整理,就成为进行统计整理必须遵循的基本原则.

(一) 统计整理的内容

统计整理是一项细致的工作.在一次调查中,对调查得来的资料应该整理些什么内容,要依据事先拟定的整理纲要要求的项目来确定.正确制订整理纲要是保证统计整理有计划、有组织地进行的依据.

通常,在制定调查表的同时,根据统计研究的任务和要求,设计一整套整理表和编制说明.这种整理表就是密切联系调查表的内容而设计的表式.在编制说明中要明确整理资料的地区范围、程序、负责汇总的机关、汇总资料的组织形式与技术、指标的计算方法以及填表说明等.

统计整理的内容具体表现为:

1. 根据研究任务的要求,选择应整理的指标,并根据分析的需要确定具体的分组

只有按照最基本的、最能说明问题本质特征的统计分组和相应的统计指标对统计资料进行加工整理,才能对被研究的社会经济现象进行准确的数量描述和数量分析.因此,统计分组是统计整理的基础.

2. 对统计资料进行汇总、计算

3. 通过统计表描述汇总的结果

(二)统计整理的步骤

统计资料整理是一项细致的工作,需要有计划、有步骤地进行.统计整理的步骤由内容来决定,大体分为以下几个步骤:

1. 设计整理方案

整理方案与调查方案应紧密衔接.整理方案中的指标体系与调查项目要一致,或者是其中的一部分,绝不能矛盾、脱节或超越调查项目的范围.整理方案是否科学,对于统计整理乃至统计分析的质量都是至关重要的.

2. 对统计资料进行审核、订正

统计资料的审核包括完整性、正确性、可比性和及时性审核.

完整性审核是指要求得到的资料是否都得到了,是否有缺页漏项的现象.正确性审核是指判断资料的真假和可靠程度.可比性审核是指资料的计算口径、包括范围、计算方法、计算价格等方面是否可比.及时性审核主要是检查调查单位是否按时上报统计资料,有无拖延.

对原始资料进行审核与检查的方法主要有逻辑审核法和验算审核法两种.

逻辑审核主要审核资料的文字内容方面是否合理、是否符合逻辑、是否相互矛盾、是否符合实际等.例如,在一张调查某地工业企业职工基本情况的表格中,如"年龄"一栏中填写的是"1985 年 9 月 16 日",这项资料就存在着明显的逻辑错误.验算审核主要检查资料的数据在计算单位、计算方法、计算结果等方面是否有误.例如,统计表中"合计栏"的数据明显小于各分项数字之和,估算结果就存在错误.

3. 进行科学的统计分组和统计汇总

用一定的组织形式和方法,对原始资料进行科学的分组,是统计整理的前提和基础.

统计整理的组织形式基本上有两种:

(1) 逐级整理. 即按照一定的统计管理体制,自下而上地对调查资料逐级进行整理.

(2) 集中整理. 即将全部调查资料集中到组织统计调查的最高一级机构一次进行整理.

当然在必要的时候也可以将两者结合,即一方面对一些最基本的统计指标实行集中汇总,另一方面又将全部原始资料实行逐级汇总.

按照确定的组织形式,根据汇总要求和具体方法,对原始资料进行分组汇总,并计算各组指标和综合指标,就使得反映总体单位特征的资料转化为反映总体数量特征的资料.

4. 编制统计表或绘制统计图,反映汇总结果

统计汇总的结果一般通过统计表或统计图的形式表现出来,以简明扼要、生动形象地表达社会经济现象的数量表现和数量关系.

第二节　统　计　分　组

统计分组既是统计认识问题的一种基本方法,又是统计整理工作的具体内容之一,因此它在整个统计工作过程中具有十分重要的作用.

一、统计分组的概念与作用

(一)统计分组的概念

统计分组就是根据统计研究的目的和社会经济现象的特点,按照一个或几个标志把统计总体区分为性质不同的若干个组成部分的一种统计方法. 对于所研究的社会经济现象总体,有些单位具有这种特点,而另一些单位则具有那种特点,这些特点有的表现为量的差异,有的表现为质的差异. 统计分组就是要把那些表现为质的差异的单位区分开,把具有同一性质的单位合并在一起,达到组内同质性和组间差异性,以便反映现象的本质特征,并为进一步运用各种统计方法,研究总体的数量表现和数量关系打下基础.

因此,统计分组同时具有两方面的含义:对总体而言,是"分",即将总体区分为性质不同的若干个部分;对总体单位而言,是"合",即把性质相同的单位组合在一起. 要做到这一点,关键的问题就是正确选择分组标志. 分组标志一经选出,统计分组必将突出总体各单位在该标志下的差异,各单位在其他方面的差异都退居次要地位,这时候在同一组内的总体单位都具有相同的性质,不同组间的总体单位则具有相异的性质.

例如,研究某一地区人口状况时,可按年龄这一标志将人口区分为不同年龄组.从这个例子可以看出,各组之间的年龄是不同的,而每个组中人口所表现的年龄特征是相同的.正是因为这个特点,统计分组的根本任务就是区分事物之间存在着的质的差异.通过分组,可以把总体中各个不同性质的单位区分开,使性质相同的单位归在一个组内.这样才能从数量方面剖析事物,揭示事物内部的联系,深入地研究总体的特征,认识事物的本质及规律性.

统计分组是基本统计方法之一,统计工作从始至终都离不开统计分组的应用,在统计调查方案中必须对统计分组做出具体规定,才能搜集到能够满足分组需要的资料.统计资料的整理的任务是使零散资料系统化,但怎样使资料系统化,本着什么原则去归类,就取决于统计分组.因此,在取得完整、正确的统计资料前提下,统计分组的优劣是决定整个统计研究成败的关键,它直接关系到统计分析的质量.

(二) 统计分组具有以下主要作用

1. 区别社会经济现象的不同类型

将社会经济现象区分为性质不同的若干类型,是统计分组的根本作用.借助于统计分组,我们可以更为深入地了解和认识事物的本质.例如我国工业企业按其所有制性质不同,可划分为国有企业、集体企业、个体企业、合资企业、外资企业等,这样分组可以分析各类工业企业在国内工业中的地位和作用.需要说明的是,统计分组时,总体单位之间的性质相同与否是相对的,不是绝对的,是由统计研究问题的目的决定的.例如,研究某毕业班学生的学习成绩,就"及格"和"不及格"而言,性质是不同的,60 分以上的学生就是同质的.

2. 研究总体的内部结构

统计分组是研究总体内部结构的前提,总体内部结构是指总体内各部分占总体的比重.人口统计中的各种年龄构成、国民经济中三次产业的构成,都是统计分组的结果.表 3-1 是 2007 年我国人口主要构成情况.

3. 分析现象之间的依存关系

社会经济现象之间不同程度地存在着相互依存关系,通过统计分组,可以从数量上研究现象之间依存关系的规律性.表 3-2 是某地区 50 户居民家庭按月收入分组的资料.从表中数据可以看出,居民家庭随着月收入的增加,月支出也在增加的相关关系.

表 3-1　　2007 年我国人口数及其构成　　　　　单位:万人

指　　标	年末数	比重
全国总人口	132129	100.0%
其中:城镇	59379	44.9%
乡村	72750	55.1%
其中:男性	68048	51.5%
女性	64081	48.5%
其中:0~14 岁	25660	19.4%
15~59 岁	91129	69.0%
60 岁及以上	15340	11.6%
其中:65 岁及以上	10636	8.1%

资料来源:2007 年国民经济和社会发展统计公报.

表 3-2　　某地区 50 户居民家庭按月收入分组

家庭月收入(元)	家庭户数(户)	家庭月平均支出(元)
1400 以下	5	650
1400~1500	12	960
1500~1600	8	1040
1600~1700	11	1160
1700~1800	7	1340
1800 以上	7	1480

二、分组标志的选择

统计分组的关键在于正确选择分组标志和划分各组界限.

(一) 分组标志

分组标志是将同质总体区分为不同组的标准或依据. 分组标志一经选定,必将突出总体单位在此标志下的差异,而将总体单位在其他标志下的差异掩盖起来. 即对同一总体按不同标志进行分组会得到不同的分组结果甚至相反的结论. 分组标志选择不当,不但无法显示现象的根本特征,甚至会混淆事物的性质,歪曲社会现象的真实情况. 正确选择分组标志,能使分组作用得以充分发挥,也是使统计研究获得正确结论的前提.

为了达到统计分组的目的,在选择分组标志时一般应遵循以下原则:

1. 根据统计研究的目的选择分组标志

正确选择分组标志是统计分组的关键. 分组标志的选择是统计分组的核心. 分

组标志选择得恰当与否,直接影响到分组的科学性.如要研究总体哪一方面的特征,就应该选择反映该特征的标志作为分组标志.统计总体中的个体有许多标志,选择什么标志作为分组标志,要根据统计研究的目的来确定.例如,要了解某单位职工的学历状况,就应选择"文化程度"为分组标志;要了解学生的学习情况,要以"成绩"为分组标志,而不能用"性别"、"年龄"、"收入"为分组标志,因为这些内容与要了解的内容无关.因此,根据研究目的,正确选择分组标志是保证统计分组具有科学性的关键,是保证统计研究获得正确结论的前提.

2. 要选择最能够反映现象本质的标志作为分组标志

明确了统计研究的目的,不等于能够选择好分组标志.因为说明同一问题可能有若干个相关标志,在进行分组时,应选择最能反映事物本质特征的标志.例如在研究城镇居民家庭生活水平状况时,而反映居民家庭生活水平的标志有家庭人口数、就业人口数、家庭年收入、平均每人年收入等.其中最能反映居民家庭生活水平状况的标志是"平均每人年收入",所以应选择这一标志作为分组标志.又如在研究国民经济的现状、发展和平衡关系时,按所有制的分组、按国民经济部门的分类都是最基本的分组或分类.

3. 要考虑现象所处的历史条件、经济状况以及标志内涵的变化来选择分组标志

社会经济现象随着时间、地点、条件的变化而发生变化,历史条件不同,事物特征也会有变化,其标志的内涵也会发生变化.因此,随着条件的变化,分组标志也应作相应改变.同一分组,在过去适用,现在就不一定适用;在这一场合适用,在另一场合就不一定适用.以划分企业规模为例,在技术不发达的劳动密集型企业,用职工人数的多少来表示企业规模的大小比较恰当;在技术较发达,技术装备水平较高的条件下,要采用固定资产价值、生产能力等标志来表示企业规模比较合适.再如,对最低生活水平的确定,就不能沿用 20 世纪五六十年代的标准,而应根据目前的生活水平状况制定标准,然后再进行分组.结合研究对象所处的历史条件、经济条件选择分组标志,可以保证分组标志在不同时间、不同场合的适用性.

(二) 划分各组界限

要在分组标志的变异范围内,划定各相邻组之间的性质界限和数量界限.许多事物的标志下都包含着许多变异,都可任意从中划定界限,但如果划分不当,就会混淆各组的性质差别.

划分各组界限的原则是:将不同类的单位分别归入不同类的组,每一个总体单位都有一个明确的、惟一的归属组,以实现"组内同质性、组间差异性"的分组要求.

三、统计分组的方法

分组标志确定之后,还必须在分组标志变异范围内,划定各相邻组间的性质界限和数量界限. 根据统计分组标志选择的不同,一般有以下三种不同的分组方法:

(一) 按分组标志个数分组

1. 简单分组

简单分组是指对被研究现象总体仅按一个标志所进行的分组. 这种分组比较简单,它只能说明社会经济现象某一方面的状况. 例如人口按性别或年龄分组、企业按所有制或规模大小进行分组等,表 3-2 属于简单分组.

2. 复合分组

复合分组是指对同一总体选择两个或两个以上标志层叠起来进行分组. 例如,对某市所有工业企业先按所有制这一标志进行分组,然后再按规模大小这一标志将已划分的各组再次划分为大、中、小型三组,形成复合分组表(表 3-3),又如某单位按性别、职称两个标志分组形成的层叠的复合分组表(表 3-4):

表 3-3 某市工业企业情况分组表

按所有制分组	按规模大小分组	企业数(个)
国有企业	大型企业	3
	中型企业	7
	小型企业	4
集体企业	大型企业	6
	中型企业	18
	小型企业	26
其他类型企业	大型企业	17
	中型企业	43
	小型企业	77
合计	—	201

采用复合分组能更深刻地、更细致地分析总体内部构成情况. 但随着分组标志的增加,组数将成倍地增加,使总体结构较为复杂,不够明晰,所以复合分组标志不宜过多.

表 3-4　某单位按性别、职称复合分组表

按性别分组	按职称分组	人数(人)	比重
男	高级	23	11.1%
	副高	32	15.5%
	中级	41	19.8%
	初级	17	8.2%
女	高级	18	8.7%
	副高	29	14.0%
	中级	33	15.9%
	初级	14	6.8%
合计	—	207	100.0%

(二)按分组标志性质分组

1. 按品质标志分组

按品质标志分组是指选择反映事物属性差异的品质标志作为分组标志进行分组.

品质标志说明事物的性质或属性特征,它反映的是总体单位在性质上的差异,它不能用数值来表现. 例如人口按性别、民族、职业、文化程度分组,企业按所有制性质分为国有、集体、其他等组. 按品质标志分组能直接反映事物间质的差别,给人以明确、具体的概念. 因此,在实际工作中,为了方便和统一,联合国及各个国家都制订有适合一般情况的标准分类目录,如我国就有《国民经济行业分类目录》、《工业部门分类目录》、《商品目录》等.

2. 按数量标志分组

统计的研究对象是社会经济现象的数量方面,所以,按数量标志分组是我们研究的重点.

数量标志是直接反映事物的数量特征的,它反映的是事物在数量上的差异,如人的年龄、企业的产值等. 按数量标志分组是指选择反映事物数量差异的数量标志作为分组标志进行分组. 如企业按工人数、产值、产量,学生按年龄、成绩等标志进行分组. 如表 3-5 所示. 按数量标志分组的目的,并不是单纯确定各组在数量上的差别,而是要通过数量上的变化来区分各组的不同类型和性质. 因此,按数量标志分组,应根据事物内在特点和统计研究的要求,先确定总体在某数量标志的特征下有几种性质不同的组成部分,再研究确定各组成部分之间的数量界限. 例如学生成绩分为 60 分以下、60～70 分、70～80 分、80～90 分、90～100 分. 这是因为这样分

组形成的各组既有量的变化,又反映了质的差别.因此,正确选择决定事物性质差别的数量界限是按数量标志分组中的一个关键问题.

表 3-5　某地区商店销售额统计分组表

销售额	商店数(个)	比重
50 万元以下	36	42.9%
50~100 万元	25	29.8%
100~200 万元	17	20.2%
200 万元以上	6	7.1%
合　计	84	100.0%

按数量标志分组根据各组名称形式的不同,具体又可以分为单项式分组和组距式分组两种.

(1)单项式分组

单项式分组是用一个变量值表示一个组的分组,适用于离散型变量且变量的取值不多的情况.每一个取值都可视为一种类型.如居民家庭人口数、某车间生产工人日加工的零件数等,如表 3-6 所示.

表 3-6　某车间生产工人日加工零件数分组表

日产量	工人数	比率
20	3	10.0%
21	7	23.3%
22	10	33.3%
23	6	20.1%
24	4	13.3%
合　计	30	100.0%

从表 3-6 可以看出,在变量值较少的情况下,采用单项式分组可以更好地了解现象总体内部的结构和特点.

(2)组距式分组

组距式分组是用一定范围内的两个变量值表示一个组的分组,适用于连续型变量或虽为离散型变量但取值很多,不便一一列举的情况.由于组距式分组适用范围较为广泛,因此组距式分组是统计分组中最重要的方式.

统计总体进行组距式分组后,需要注意以下两方面问题:

① 组距式分组中的基本概念

全距(R)又叫极差,是总体中各单位标志值中最大值与最小值之差.

$$R = x_{max} - x_{min}$$

如对某单位职工年龄做调查,就可能得到一批分散零乱的原始资料,将它由小到大排列,得到表 3-7 的结果.

表 3-7　某单位职工年龄调查表

年龄	人数	年龄	人数	年龄	人数	年龄	人数
17	2	26	8	36	4	45	2
20	4	28	3	37	1	48	1
21	3	29	4	39	3	50	3
22	2	30	7	40	3	52	1
23	5	33	5	41	2	53	2
25	7	35	5	44	1	55	1

从表 3-7 可以看出,该单位职工最大年龄 55 岁,最小年龄 17 岁,故

全距＝55－17＝38(岁)

组限是各组界限的变量值. 各组中,最大的变量值称为上限,最小的变量值称为下限. 由于变量有离散型变量和连续型变量两种,故其组限的确定也有所不同.

对于离散型变量,由于其变量值可以一一列举,且相邻两个数值之间没有中间数值,所以可用相邻两组组限不重叠的方式设置组限. 如对职工人数这一变量,可按如下形式设置组限:1～10 人,11～20 人,21～30 人,31～40 人. 对于连续型变量,由于变量值可以无限分割,数值之间不能断开,因此可用相邻两组组限重叠的方式设置组限. 如对产值变量,就可以按下边的形式设置组限:50 万～100 万元,100 万～150 万元,150 万～200 万元等.

组限的确定,除了应区分事物的性质和反映总体的分布特征外,还应注意以下问题:

(a) 组限的确定应有利于表现总体分布的规律性,组限应是决定事物性质的数量界限.

例如,按学生考试成绩分组,60 分必须作为组限,因为它是及格与不及格的界限. 按计划完成程度分组 100% 必须作为组限,因为它是完成还是未完成计划的界限.

(b) 组距式分组中最小组下限应低于或等于最小变量值,最大组上限应高于最大变量值.

(c) 总体中如果出现特大或特小变量值时,最低组和最高组可采用开口式(即

最小组只有上限或最大组只有下限).

(d) 组限一般采用整数值.

(e) 习惯上规定,各组不包括其上限变量值的单位,即所谓"上组限不在内"的原则. 由于统计分组必须遵循穷尽和互斥原则,即每个单位必须归属于一个组而且也只能归入一个组,因此,凡遇到某单位的变量值刚好等于相邻两组的界限值时,例行规定是将这个单位归入作为下限的组内,即所谓的"上限不在内". 例如,上例中将产值数为 100 万元归入 100 万～150 万元的组内.

对于离散型变量,划分组限时相邻组的组限一般间断. 但是,在实际工作中,为了保证不重复不遗漏总体单位,对于离散型变量也常常采用连续型变量的组限表示方法.

组距(d)是指各组中最大变量值与最小变量值之间的距离或差数. 组距的计算公式为

$$组距＝组上限－组下限$$

组数(k)是分组后形成的组的个数. 对于等距式分组,在全距一定的情况下,组距与组数成反比关系,即

$$组数＝\frac{全距}{组距}\left(k＝\frac{R}{d}\right)$$

因此,我们得出在等距式分组中组距与组数之间存在着反比例关系,即组距大,组数就少;组距小,组数就多. 组数与组距的确定,原则上应该力求符合现象的实际情况,能够将总体分布的特点反映出来. 如果组距过小,组数过多,容易将同质的单位划分在不同的组内,显示不出资料类型的特征;如果组距过大,组数过少,会使不同性质的单位同处一组,掩盖质的差异. 因此必须科学地确定组数和组距.

在编制组距数列时,既可进行等距分组,也可进行不等距分组. 这要视统计研究的目的和资料的性质、特点而定,一般采用等距分组较多. 一般来讲,组距应尽可能取 5 或 10 的倍数,而组数必须是整数.

除了上述方法以外,当变量值分布比较均匀,并且可能编制等距组的条件下,确定组数还可以用斯特奇斯(H. A. Sturges)经验公式求得,即 $k＝1+3.322\lg n$,n 为总体单位数. 这是一种假定总体的分布趋于正态分布的条件下,根据总体单位数近似确定组数并计算组距近似值的一种方法,是由经验总结得来的.

确定了一个组的上限和下限之后,就界定了变量在这一组的取值范围. 但这样各总体单位的具体标志值就不能得到直观的反映,为了反映分布在各组中总体单位变量值的一般水平,统计工作中往往用组中值来代表. 组中值是各组变量值范围的中间数值,通常可根据各组上限、下限计算出来,即

$$组中值＝\frac{下限＋上限}{2}$$

组中值具有一定的假定性,即假定变量值在各组内的分布是均匀的,因此用组中值作为各组代表值只是近似值.

在组距式分组中,有时根据实际的需要,分组时最小组和最大组会以"……以下"和"……以上"的形式出现.这样的组被称为开口组.

开口组中组中值按下式计算:

$$缺下限的最小组组中值 = 上限 - \frac{相邻组组距}{2}$$

$$缺上限的最大组组中值 = 下限 + \frac{相邻组组距}{2}$$

即使是不等距分组时,它们的组中值也是依据上述公式参照相邻组的组距来确定的.

② 具体表现形式

统计总体在进行组距式分组后可以形成六种具体表现形式,具体如下:

(a) 开口组:指最小组缺下限或最大组缺上限的一端不封口的组距式分组(适用于变量值中有极端值或零星数值的情况).

闭口组:指两端均封口的组距式分组(适用于变量值没有极端值且无零星数值的情况).

(b) 等距组:指各组组距均相等的组距式分组形式(适用于变量值分布均匀的情况).

异距组:指各组组距并不都相等的组距式分组形式(适用于变量值分布不均匀的情况).

(c) 重限组:指相邻组的组限重合的组距式分组形式(适用于选择的分组标志为连续型变量或离散型变量的情况).

不重限组:指相邻组的组限不重合的组距式分组形式(适用于选择的分组标志为离散型变量的情况).

(三) 统计分组体系

统计分组体系是根据统计任务与分组的要求,对同一总体选择多种标志分组而形成的体系.它是一种相互补充、相互联系的分组体系,用于对总体的数量表现认识的深化.例如,对国民经济总体进行统计研究,必须按经济类型、部门、产业、地区、管理系统等进行分组,形成国民经济分组体系.在我们所要研究的现象总体中,总是可以选择一系列标志进行分组,所以分组体系是客观存在的,组与组之间层层深入、相互联系、相互补充.

1. 平行分组体系

平行分组体系就是对同一总体同时选择两个或两个以上的标志分别进行简单

分组,然后并列在一起.例如,为了认识我国工业企业的一些基本情况,可以按所有制、轻重工业、企业规模等分组;对某校教职工可以按性别和年龄等进行分组.如表3-8、表3-9所示.

表 3-8　2007年全国各类工业企业按所有制、轻重工业及企业规模分组表

分　　组		企业数(个)
按所有制分	国有企业	
	集体企业	
	私营企业	
	其　　他	
按轻重工业分	轻 工 业	
	重 工 业	
按企业规模分	大型企业	
	中型企业	
	小型企业	

表 3-9　某校教职工情况分组表

分　　组		人数(人)
性别	男	161
	女	147
年龄	25 岁以下	76
	25~40 岁	148
	40 岁以上	84

平行分组体系的特点是,每一次分组只能固定一个因素对差异的影响,不能同时固定其他因素对差异的影响.应用平行分组体系,其多种分组相互独立而不重叠,既可以从不同的角度、不同方面对某一社会经济现象做出比较全面的说明,反映事物的多种结构,又不至于使分组过于烦琐,故这种分组被广泛采用.上面的分组从多方面反映了我国企业类型的状况,给人以全面的认识.

2. 复合分组体系

复合分组体系就是将总体按两个或两个以上的标志结合起来进行层叠分组,形成复合分组体系.具体地说,它是先按一个标志分组,再按另一个标志对已经分好的各个组进行再分组.如表3-3、表3-4所示.

复合分组体系的特点是,第一次分组只固定一个因素对差异的影响,第二次分组同时固定两个因素对差异的影响,以此类推,当最后一次分组时,所有的分组标

志对差异的影响已全部被固定.复合分组体系可以更深入细致地研究总体的内部结构,反映问题全面深入.但其组数会随着分组标志的增加而成倍地增加,使各组的单位数减少,次数分布不集中,不易揭示总体的本质特征.因此复合分组体系不宜采用过多的分组标志,也不宜对较小总体进行复合分组.

第三节　分　配　数　列

一、分配数列的概念

在统计分组的基础上,将总体中所有单位按组归类整理,并按一定的顺序排列,形成总体中各单位数在各组间的分配称为次数分配或分配数列.分配在各组的单位数叫次数或频数.各组次数与总次数的比率叫频率或比率.频数与频率作为分配数列的要素有着重要的意义.

在变量数列中,标志值构成的数列表示标志值变动幅度,而频数构成的数列表示相应标志值的作用程度.频数越大则该组的标志值对于全体标志水平所起的作用也就越大;反之,作用越小.因此在整理分析的时候,我们不但要注意各组标志值的变动范围,也要注意各组标志值的作用大小,即频数的大小.将各组单位数和总体单位数相比求得的频率表明各组标志值对总体的相对作用程度,也可以表明各组标志值出现的频率大小.按顺序列出各组标志值的范围(或以各组组中值代表)和相应的频率形成的统计分布亦称频率分布.

表 3-10 为某车间工人按日产量分组形成的分配数列.

表 3-10　某车间工人按日产量分组表

日产量(件)	工人数(人)	人数比重
20	10	5.56%
21	20	11.11%
22	30	16.67%
23	50	27.77%
24	40	22.22%
25	30	16.67%
合计	180	100.00%

任何一个次数分配的频率均满足两个条件:①任何频率都是介于 0～1 之间的一个分数;②各组频率之和等于 1 或 100%.

二、分配数列的种类

分配数列的种类繁多,它是由统计分组的类型决定的,即有什么样的分组就有什么样的分配数列,具体如下:

(一)根据分组标志性质不同,分布数列可分为品质数列和变量数列

品质数列是指按品质标志分组所形成的分配数列.如表 3-11 所示.变量数列是指按数量标志分组所形成的分配数列.如表 3-10 所示.

表 3-11   某年某地区人口的性别分布表

性别	人数(万人)	比重
男	1198.0	51.34%
女	1108.6	48.06%
合计	2306.6	100.00%

(二)变量数列的种类

变量数列可以分为单项数列和组距数列两种.组距数列又有等距数列和异距数列之分.组距数列又因为组距分组形成的六种表现形式而分为等距数列、异距数列、开口数列、闭口数列、重限数列、不重限数列.

三、变量数列的编制

(一)确定变量数列的类型

在进行统计整理时,根据统计研究的目的,有时编制品质数列,有时编制变量数列.品质数列的编制一般比较简单,在此我们重点介绍变量数列的编制.

变量数列又有两种具体形式:单项式数列和组距式数列.它们分别适用于对离散型变量和连续型变量的整理.

单项式数列是指变量数列中每个组只有一个变量值表示的形式.一般在分组的数量标志是离散变量且变量值的变动范围不是太大的情况下使用.

组距式数列是指变量数列中每个组用一个变量值区间表示的形式.组距式数列使用于按连续变量分组或变量值的变动范围较大的离散变量分组的情况.各组组距都相等称为等距数列,若不相等称为异距数列.

为便于叙述和掌握,下面用符号给出它们的典型形式,并介绍变量数列的编制步骤.

(二) 单项式变量数列的编制

单项式变量数列的典型形式如表 3-12 所示.

表 3-12   单项式变量数列的典型形式

标志 X	频数 f	频率 w
X_1	f_1	w_1
X_2	f_2	w_2
$\vdots$	$\vdots$	$\vdots$
X_i	f_i	w_i
$\sum$	$\sum f$	1

表 3-12 中 X 表示离散型变量(即分组标志),$X_i (i=1,2,\cdots,n)$ 表示第 i 个变量值,f_i 表示 X_i 出现的频数,第 i 组的频率为 w_i. 在表 3-10 中,工人日产量的件数为离散型变量 X,工人数为频数 f_i,各组工人数在总人数中的频率或比重为 w_i.

由表 3-12 可见,单项式变量数列中每个组都是用分组标志 X 的单个可能值表示的,这是它的一个重要特点,也是"单项式"的含义所在.

单项式变量数列是描述离散型变量统计分布的重要工具,在统计工作中经常用到,要编制单项式变量数列,就是把观测到的一组原始数据(通常是整数)归纳整理成表 3-12 的形式,归纳整理的方法是,首先按顺序列出分组标志 X 的一切可能值,然后对照原始数据数出各个可能值相应的频数,在此基础上再根据需要进一步计算各组频率. 如表 3-13 所示.

表 3-13   某车间工人看管机器台数分布

工人看管机器台数	工人数(人)	比率
8	1	2.0%
9	10	20.0%
10	24	48.0%
11	12	24.0%
12	3	6.0%
合计	50	100.0%

(三) 组距式变量数列的编制

在统计分组中所选用的分组标志有许多是连续型的,连续型变量可以取某一区间内的任何数值(变量取值不可数),因此不能像离散型变量那样把它的一切可能值排列起来,因此进行组距式变量数列的编制非常重要.

那么组距式变量数列的编制需要采取区间的形式来描述连续型变量的统计分布,具体做法通常是把连续型变量的可能值所分布的区间,划分为若干个两两不相交的小区间(简称为组),然后,根据原始数据数出该连续型变量在各组区间内取值的频数和频率,从而形成连续型变量的分布数列.当然我们需要指出,变量值的变动范围较大的离散变量通常也编制组距式变量数列.

(四) 变量数列的编制步骤

变量数列中单项数列的编制相对容易掌握,且与组距数列大体相同,因此我们以组距式变量数列的编制为例介绍变量数列的编制步骤.

组距数列的编制步骤如下:

(1) 整理原始数据,使其序列化(编制由小到大的简单数列);

(2) 求出全距、组数、组距、组限等;

(3) 分组归类合计,形成次数分布,制成统计表.

例如:某班级 40 名同学统计学课程考试成绩资料如下(单位:分):

89,88,76,99,74,60,82,60,89,86,92,85,70,93,99,94,82,77,79,97,
78,95,84,79,63,72,87,84,79,65,98,67,59,83,66,65,73,81,56,77

要分析学生的考试成绩,我们可以通过编制变量分配数列来反映学生的学习成绩情况.

(1) 整理原始数据,使其序列化,确定变量值的变动范围及以及基本的集中趋势.将上述 40 个变量值由小到大列成表 3-14 的表格形式:

表 3-14　某班统计学考试成绩表

考分	人数(人)	考分	人数(人)	考分	人数(人)	考分	人数(人)
54	1	70	1	79	3	87	2
59	1	72	1	81	1	88	2
60	2	73	1	82	2	89	2
63	1	74	1	83	1	95	2
65	2	76	1	84	3	97	1
66	1	77	2	85	1	99	1
67	1	78	1	96	2	合计	40

由表 3-14 可以看出,学生成绩的基本情况是最低分 54 分,最高分 99 分,成绩的变动范围为 54～99 分.另外,从数列中可看出大多数学生的成绩在 60～90 分之

间.不及格和优秀的学生不多.

(2) 求出构建分配数列所需要的全距、组距、组数,并确定组限.

① 全距＝99－54＝45(分)

② 求出组数、组距,确定组限.

为反映总体不同性质组成部分的分布特征,根据学生成绩这一标志的特殊性质,对其分析主要是从不及格、及格、中、良好及优秀等方面来考虑,采用等距分组比较合适,从计算角度出发,组距一般用 5 或 10 的倍数为好,应尽量用整数.在全距一定、组距确定的条件下,组距与组数成反比关系,即

$$组数 = \frac{全距}{组距} = \frac{45}{10} = 4.5$$

习惯上用整数来作组限,用重叠组限的形式,还要注意,最小组的下限要小于或等于最小变量值,最大组的上限应大于最大变量值.因此组限可以为 50～60 分,60～70 分,…,90～100 分.

(3) 分组归类合计,形成次数分布,制成统计表.根据上面分析,分别统计各组学习成绩出现的次数并计算频率,形成变量分配数列,如表 3-15 所示.

表 3-15　某班统计学考试成绩表

考　分	人数(人)	比率
50～60	2	5.0%
60～70	7	17.5%
70～80	11	27.5%
80～90	12	30.0%
90～100	8	20.9%
合　计	40	100.0%

从变量数列中可以清楚地看出这个班学生在不同层次的分布.

四、累计次数分布

在研究次数和频率的分布时,我们常常需要编制次数或频率的累计分布数列,其方法通常是首先列出各组的组限,然后依次累计到本组为止的各组频数,求得累计频数.将累计频数除以频数总和即为累计频率.它表明总体变量在某一水平以上或以下所包含的次数和频率的总和,累计分布有以下两种:

(一) 向上累计

向上累计是指将各组次数或频率由变量值低的组向变量值高的组累加,表明

各组上限值及以下各组变量值共包含的次数或频率有多少.

（二）向下累计

向下累计是指将各组次数或频率,由变量值高的组向变量值低的组逐组累计,表明各组的下限值及以上各组变量值所包含的次数或频率有多少.

向上累计和向下累计次数或频率如表 3-16 所示.

表 3-16　某班统计学考分分布数列

学生按考分分组（分）	学生人数（人）	频率	向上累计		向下累计	
			频数	频率	频数	频率
60 以下	5	10%	5	10%	50	100%
60～70	15	30%	20	40%	45	90%
70～80	18	36%	38	76%	30	60%
80～90	10	20%	48	96%	12	24%
90～100	2	4%	50	100%	2	4%
合　计	50	100%	—	—	—	—

累计频数和累计频率的意义是很明显的.表 3-16 中左边是将各组频数和频率由变量值低的组向变量值高的组累计,故称为向上累计.各累计数的意义是各组上限以下的累计频数或累计频率,当我们所关心的是标志值比较小的现象的次数分配情况时,通常用次数向上累计,以表明在这些数值以下所有数值的频数和频率.例如,表 3-16 中第一组说明在 50 名学生中,成绩在 60 分以下的有 5 人,占总数的 10%;累计到第二组说明成绩在 70 分以下有 20 人,占总数的 40%.

有时为表示在一定标志值以上的累计频数和累计频率,应从变量值最高的一组的频数和频率开始按相反的顺序向变量值低的组累计,求得累计频数和累计频率,称为向下累计,见表 3-16 右边部分.各累计数的意义是各组下限以上的累计频数或累计频率.当我们所关心的是标志值比较高的现象的次数分配情况时,通常用次数向下累计表明在这些数值以上所有数值的累计频数或累计频率.例如,表 3-16 中第 5 组表示在 50 名学生中,成绩在 90 分以上有 2 人,为总数的 4%,累计到第 3 组表示成绩在 70 分以上有 30 人,占总数的 60%.

以上可见,累计频数和累计频率可以更简便地概括总体各单位的分布特征.

五、次数分布的一般特征

由于社会现象性质不同,各种统计总体都有不同的次数分布,形成各种不同类型的分布特征.研究各种类型的次数分布特征,对于准确认识不同社会经济性质的

变量在形成总体数量表现中的作用,有着重要意义.次数分布一般用以下两种方法表示:

(一) 表示法

即用统计表来表示次数分布,并可列成累计次数.如表 3-16 所示.

(二) 图示法

即用统计图形来表示次数分布的方法.常用的有直方图、折线图、曲线图、散点图等,具体内容将在第四节阐述.

第四节　统计表与统计图

一、统计表

(一) 统计表的概念

统计表是指用纵横交叉的线条所绘制的用以表现统计资料的表格.它是表现统计资料最常用的一种形式.从广义上讲,统计表包括统计工作各阶段所使用的表格,包括调查表、整理表和分析表.这里着重讨论资料整理过程中所用的统计表.

(二) 作用

统计表对表现统计资料具有重要作用.统计表是统计整理的重要形式.统计表在反映统计资料时具有以下优点:

(1) 能使统计资料条理化;

(2) 比用叙述的方式表现统计资料更简明易懂,节省篇幅;

(3) 便于比较各项目之间的关系,便于计算;

(4) 便于检查统计数字的完整性和正确性.

(三) 统计表的种类

1. 统计表按其作用不同,可分为调查表、整理表(又称汇总表)和分析表

调查表就是把调查项目以表格的形式表示出来所形成的统计表;整理表用于登记对统计资料的整理汇总结果;分析表是表述统计分析资料的统计表.它们分别应用于统计工作过程的各个环节.

2. 统计表按对总体是否分组或分组情况的不同,可分为简单表、简单分组表和复合分组表

简单表对总体未做任何分组,在主栏中只是总体单位或时间的排列,具有一览表的性质(见表 3-17);简单分组表是对总体只按一个标志分组而成的统计表,简单分组表应用十分广泛,运用简单分组表便于揭示不同类型现象的特征,研究总体内部构成,分析现象之间的依存关系;复合分组表是对总体进行了复合分组而形成的统计表,复合分组表有利于深入地分析比较复杂的综合现象.

表 3-17　我国 2003～2007 年国内生产总值　　　　单位:亿元

年　　份	2003	2004	2005	2006	2007
国内生产总值	135823	159878	183868	210871	246619

3. 统计表按其性质不同,可分为时间数列表、空间数列表和时空数列结合表

时间数列表是主栏中按时间顺序排列的统计表;空间数列表是反映在同一时间不同空间(如不同的单位、不同的部门、不同的地区、不同的国家)的资料编制成的统计表;时空数列结合表是指同时反映不同时间和不同空间的交叉资料而形成的统计表.

(四) 统计表的编制

要想编制符合要求的统计表,需弄清以下问题:

1. 统计表的构成

统计表从形式上看是由总标题、横行标题、纵栏标题、指标数值四部分构成. 总标题是统计表的名称,应该简明扼要、清楚地表明全表统计资料的内容,一般位于表的上端中部. 如表 3-18 中的"我国 2007 年国内生产总值".

表 3-18　我国 2007 年国内生产总值　　　　——→总标题

组　　别	增加值(亿元)	比重	
第一产业	28910	11.7%	
第二产业	121381	49.2%	
第三产业	96328	39.1%	
合　　计	246619	100.0%	

纵栏标题

横行标题

指标数值

主词　　　　　　宾词

横行标题是横行的名称,一般用来表明各组的名称,代表统计表所要说明的对象，一般列在表的左方. 如表 3-18 中的"第一产业"、"第二产业"、"第三产业".

纵栏标题即纵栏的名称，一般用来表明统计指标的名称，列于表的上方. 如表 3-18中的"增加值(亿元)"、"比重".

指标数值即统计指标的具体数值表现，一般列于横行标题和纵栏标题的交叉处.

统计表从内容上来看，由主词和宾词两个部分构成. 见表 3-18. 主词是统计表所要说明的总体，或总体的各个组、各个单位的名称或者所属时期，一般列在表的左方，即横行标题所在的列. 宾词是说明总体特征的统计指标，包括指标名称和指标数值，通常列在表的右方，即纵栏标题和指标数值所在的列.

2. 编制统计表应注意的问题

编制统计表要遵循科学、实用、简练、美观的原则，同时还应注意以下若干问题：

(1) 统计表的标题要能够确切说明表的内容，文字简明，标题内和标题下应载明资料所属的时间、地点或单位.

(2) 统计表主词与宾词之间必须相互对应，以表明表中任一指标数值反映的量所属的社会经济性质及其限定的时间、空间和条件. 横行各项内容和纵栏各项内容的排列应有一个合理的顺序或清晰的逻辑关系.

(3) 统计表中的数字要注明单位，或设置"计量单位"栏目. 如表内计量单位相同，则可将单位标在表的右上方.

(4) 统计表中的数字应对齐位数；当有相同数值时应填写该数，不能用"同上"、"同左"、"同右"等字样代替；若没有数字或不应该有数字，则要用短线"—"表示；当缺乏某项资料时，可用简略号"……"标明，表示不是漏填.

(5) 统计表上下线要用粗线，表内如有两个以上的不同事实，也应用粗线或双线隔开. 习惯上统计表左右两端不划线，采用开口式.

(6) 特殊需要说明的统计资料，应在表下方注明. 统计表编制完毕并经审核后，填表人、主管负责人和单位要分别签字、盖章，以示负责. 如果是引用现成资料，应注明来源或出处.

二、常用的统计图

(一) 统计图的概念

统计图是根据统计资料，利用点、线、面或立体图像等形式来表达其数量或变化动态的图形. 与统计表相比，统计图具有鲜明、直观、形象生动、一目了然、通俗易懂的特点，给人以明确而深刻的印象. 所以统计图也是表现统计资料的一种较好形式.因而绘制统计图是统计整理的重要内容之一.

统计图可以揭示现象的内部结构和依存关系,显示现象的发展趋势和分布状况,有利于进行统计分析与研究.

(二)统计图的种类

常用的统计图主要有曲线图、直方图、折线图和散点图.

1. 曲线图

当资料较多,而且波动较大时,随着组数的不断增多,折线图近似地表现为一条平滑的曲线绘制的图形,即为曲线图.按照频数分布的类型不同,曲线图有钟形分布、"U"型分布、"J"型分布等.具体如下:

(1)钟型分布

以某变量值为中心,靠近中间的变量值分布的次数多,而两边标志值的分配次数逐渐减少的分布形态,即其分布曲线形如一口古钟,故称钟型分布.钟型分布的特征是"两头小,中间大".

① 正态分布

在社会经济现象中,许多钟型分布表现为对称分布.对称分布的特征是中间变量值分布的次数最多,以标志变量中心为对称轴.两侧变量值分布的次数随着与中间变量值距离的增大而渐次减少,并且围绕中心变量值两侧呈对称分布,如图 3-1.这种分布在统计学中称为正态分布.

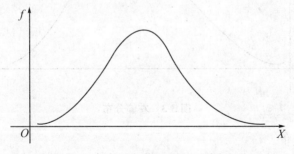

图 3-1 正态分布

社会经济现象中许多变量分布属于正态分布类型.如农作物的单位面积产量,工业产品的物理化学质量指标(例如零件公差的分布、细纱的拉力、尼龙丝的口径、青砖的抗压强度),商品市场价格等.

正态分布在社会经济统计学中具有重要意义.一方面是因为社会经济现象中大部分分布呈现为正态分布或接近正态分布;另一方面,正态分布在抽样推断中也是最常用的分布.

② 偏态分布

偏态分布是相对于正态分布而言的非对称钟型分布.当变量值存在极大值时,次数分布曲线会较正态分布向右延伸,这种分布称为右偏分布;如图 3-2.

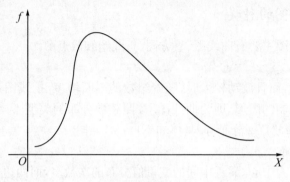

图 3-2　右偏分布

当变量值存在较小极端值时,次数分布曲线就会较正态分布向左延伸,这种分布称为左偏分布.如图 3-3.

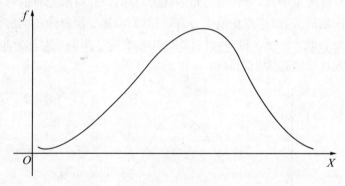

图 3-3　左偏分布

(2) U 型分布

U 型分布是与钟型分布图形相反的分布,其特点是:靠近中间的变量值分布次数较少,靠近两端的变量值分布次数较多,形成"两头大、中间小"的 U 字型分布.如人口死亡现象按年龄分布便是如此.由于人口总体中幼儿和老年人口死亡人数较多,而中年死亡人数最少,因而死亡人数按年龄分组便表现为 U 型分布.

(3) J 型分布

J 型分布的特征是一边小一边大的单调分布,即形如字母 J 字.J 型分布有两种类型.正 J 型分布是次数随着变量值的增大而增多,例如,投资按利润率大小分布,如图 3-5 所示.在社会经济现象中,也有一些统计总体次数随着变量值的增大而减少,使得图形变为倒 J 型,因此被称为反 J 型分布,如图 3-6 所示.

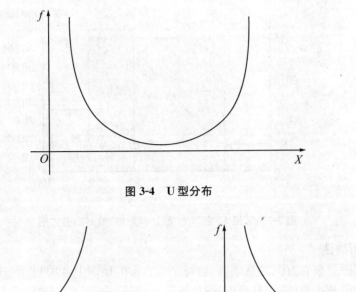

图 3-4　U 型分布

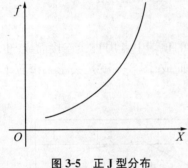

图 3-5　正 J 型分布

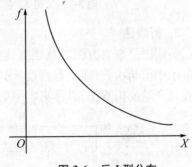

图 3-6　反 J 型分布

2. 直方图

直方图是将所收集的测定值或数据的全距分为几个相等的区间作为横轴,并将各区间内的测定值所出现次数累积而成的面积,用柱子排起来的图形,故我们亦称之为柱状图.

直方图适用于表达连续性资料的频数或频率分布,包括分布的位置、偏差的大小及分布的形状等等.绘图时,以各矩形面积表示频数或频率.横轴表示自变量,组距必须相等,各直条间不留空隙.纵轴表示频数或频率.纵轴与横轴尺度的起点,均不一定从 0 开始.

直方图的作图步骤:①收集记录数据;②定组数;③找到最大值及最小值,计算全距 R;④定组距;⑤定组限;⑥决定组中值;⑦制作次数分布表;⑧作直方图;⑨填上次数、规格、平均值、数据源、日期.

图 3-7 就是一个用 Excel 绘制的关于某班 50 名学生"统计学成绩"数据的直方图,具体见本书第十章.

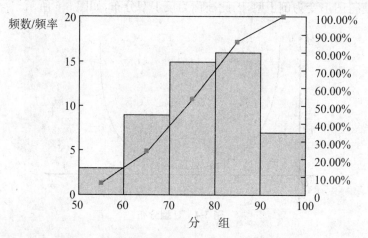

图 3-7　某班 50 名学生"统计学成绩"数据的直方图

3. 折线图

折线图是在直方图的基础上,取每个长方形的顶端中点用直线连接而成.也可通过组中值与次数(或次数密度)求坐标点,连接而成.图 3-8 就是关于某市若干年粮食总产量的折线图,具体见本书第十章.

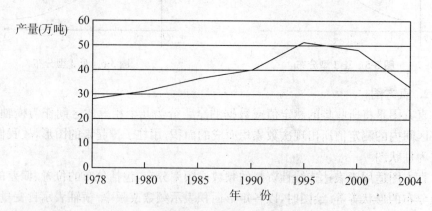

图 3-8　某市若干年粮食总产量的折线图

4. 散点图

散点图是在坐标系中点出各个分析数据的相关位置,直观地显示出一组数据的分布情况,即以平面上的点来描述两种现象之间关系的图形,图 3-9 是由 2008年 6 月我国居民消费价格分类指数绘制的散点图,具体见第十章.

当然统计图除了上述的常用图形外,还有以圆形代表研究对象的整体,用以圆心为共同顶点的各个不同扇形显示各组成部分在整体中所占的比例的饼状图等,在此不一一累述.

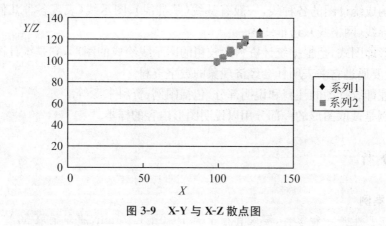

图 3-9　X-Y 与 X-Z 散点图

（三）统计图的构成

统计图一般由图题、图目、图尺、图线、图形、图注等几个部分组成.

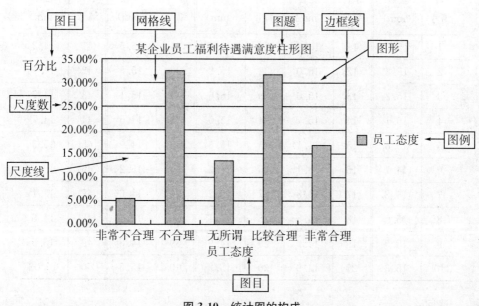

图 3-10　统计图的构成

图题是指统计图的标题或名称,它反映和标明统计图的内容.

图目是指在横轴的下面和纵轴的侧面所标注的表明事物的类型、地点、时间、指标等的文字或数字,说明横、纵轴所代表的事项及其单位.

图尺是指测定指标数值大小的标尺,也称尺度.包括尺度线、尺度点和尺度数.

图线是构成统计图的各种线,一般有基线(基准线)、图示线(表现各种几何图形的线)、指导线(网格线)、边框线等.

图形即图式,是根据统计资料用较粗的图示线绘成的图形,它是统计图的主体部分,主要通过它来表明社会经济现象的数字资料.

图注即统计图的注释和说明部分,包括图例、资料来源等.

图例是截取图形的一部分用以说明图形内容的样本.

案例分析

1. 案例

某工厂生产一种零件,要求直径 x 为 15.0 ± 1.0 mm,随即抽取 50 个零件,检测其直径,结果如表 3-19 所示.

表 3-19

零件编号	直径(mm)	零件编号	直径(mm)	零件编号	直径(mm)	零件编号	直径(mm)	零件编号	直径(mm)
1	15.0	11	15.3	21	14.6	31	15.5	41	14.2
2	15.8	12	15.0	22	15.8	32	15.5	42	14.6
3	15.2	13	15.6	23	15.6	33	15.1	43	14.7
4	15.1	14	15.7	24	15.3	34	14.5	44	14.7
5	15.8	15	14.1	25	15.3	35	14.9	45	15.3
6	14.7	16	15.1	26	14.2	36	15.2	46	15.0
7	14.8	17	14.8	27	15.2	37	14.6	47	15.1
8	15.5	18	14.5	28	15.1	38	15.0	48	14.5
9	15.6	19	14.9	29	14.9	39	14.8	49	15.5
10	15.3	20	14.9	30	15.2	40	15.5	50	15.02

试问:

(1) 根据上述资料,对这批零件进行统计分组时,应采用何种分组?

(2) 试对该批零件进行分组,构建分布数列及累计分布数列表并绘制直方图.

2. 计算与分析

(1) 首先,由于零件直径为连续变量,且零件数较多,因此应采用组距式分组方法.

（2）进行分组

① 由表 3-19 可以看出，零件直径的最大值为 15.8 mm，最小值为 14.1 mm，得到零件直径的变动范围为 14.1～15.8 mm.

② 求出全距、组数、组距，确定组限.

$$R = x_{max} - x_{min} = 15.8 - 14.1 = 1.7 \text{ (mm)}$$

根据 50 个零件直径的数据显示，从资料及研究目的考虑，采用等距分组比较合适，数据量为 50，并根据斯特奇斯（H. A. Sturges）经验公式 $k = 1 + 3.322 \lg n$ 得出 $k = 6$，因此可分为 6 组.

$$组距 = \frac{全距}{组数} = \frac{1.7}{6} \approx 0.3$$

③ 分为 6 个组，分别为 14.0～14.3 mm，14.3～14.6 mm，14.6～14.9 mm，14.9～15.2 mm，15.2～15.5 mm，15.5～15.8 mm.

④ 构建分布数列及累计分布数列表（表 3-20）.

表 3-20

组序	按零件直径分组(mm)	组中值	频数	频率	向上累计		向下累计	
					频数	频率	频数	频率
1	14.0～14.3	14.15	3	6%	3	6%	50	100%
2	14.3～14.6	14.45	3	6%	6	12%	47	94%
3	14.6～14.9	14.75	9	18%	15	30%	44	88%
4	14.9～15.2	15.05	15	30%	30	60%	35	70%
5	15.2～15.5	15.35	8	16%	38	76%	20	40%
6	15.5～15.8	14.65	12	24%	50	100%	12	24%
7	合计	—	50	100	—	—	—	—

⑤ 绘制直方图(图 3-11)

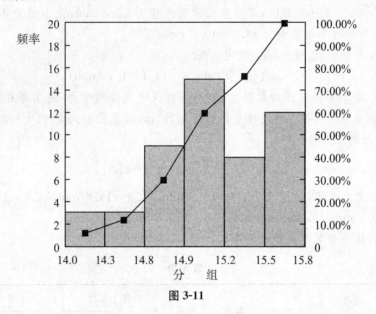

图 3-11

思考与训练

一、单选题

1. 下列分组中按品质标志分组的是( ).

A. 企业按年生产能力分组　　B. 半成品按品种分组

C. 家庭按年收入水平分组　　D. 人口按年龄分组

2. 要准确地反映异距数列的实际分布情况,必须采用( ).

A. 次数　　　B. 累计频率　　C. 频率　　　D. 次数密度

3. 某连续变量数列,其末组为开口组,下限为 200,又知其邻组的组中值为 170,则末组组中值为( ).

A. 260　　　　B. 215　　　　C. 230　　　　D. 185

4. 用组中值代表各组内的一般水平的假定条件是( ).

A. 各组的次数均相等　　　　B. 各组的组距均相等

C. 各组的变量值均相等　　　　D. 各变量值在本组内呈均匀分布

5. 下列分组中按品质标志分组的是( ).

A. 人口按年龄分组　　　　B. 产品按质量优劣分组

C. 企业按固定资产原值分组　　D. 乡镇按工业产值分组

6. 在频数分布中,频率是指(　　).

A. 各组频数之比　　　　　　B. 各组频率之比

C. 各组频数与总频数之比　　D. 各组频数与各组次数之比

7. 统计表的宾词是用来说明总体特征的(　　).

A. 标志　　　　B. 总体单位　　　C. 统计指标　　　D. 统计对象

8. 统计表的主词是统计表所要说明的对象,一般排在统计表的(　　).

A. 左方　　　　B. 上端中部　　　C. 右方　　　　D. 下方

二、问答题

1. 什么是统计整理?它有何意义?

2. 举例说明统计分组及其作用.

3. 分组标志分为几种?如何正确选择分组标志?

4. 等距分组涉及哪些分组要素?如何确定?

5. 什么是分布数列?它有哪些种类?

6. 简述变量数列及其编制方法.

7. 举例说明三种主要次数分布的一般特征.

8. 简述统计图的种类及其作用.

三、技能实训题

【实训1】 某班学生统计学原理考试成绩次数分布如表 3-21 所示.要求:根据表 3-21 资料,计算相应的数字,填入表中空格,并说明各指标的意义.

表 3-21

考分	人数	比率	向上累计		向下累计	
			人数(人)	比率	人数(人)	比率
60 分以下	2					
60~70 分	7					
70~80 分	11					
80~90 分	12					
90 分以上	8					
合计	40					

【实训2】 某单位 40 名职工业务考核成绩分别为:

68、89、88、84、86、87、75、73、72、68、75、82、97、58、81、54、79、76、95、76、71、60、90、65、76、72、76、85、89、92、64、57、83、81、78、77、72、61、70、81

单位规定:60 分以下为不及格,60~70 分为及格,70~80 分为中,80~90 分为良,90~100 分为优.要求:①将参加考试的职工按考核成绩分为不及格、及格、中、良、优五组并编制一张考核成绩次数分配表;②指出分组标志、分组类型及采用的分组方法.

【实训 3】 某工业公司所属 27 个企业,某年利润计划完成百分比的原始资料如下:

102%、109%、104%、103%、116%、113%、130%、105%、94%、104%、103%、97%、101%、117%、106%、117%、104%、109%、107%、113%、105%、112%、102%、127%、103%、119%、109%

要求:①以计划完成百分比为分组标志,作如下分组:100%以下,100%~110%,110%~120%,120%以上.编制分配数列,并计算累计频数与频率.②指出这个数列中的变量是连续型还是离散型的,为什么? ③指出这个数列中,两个开口组的组中值是多少? 并说明是怎样确定的.④依据编制的分配数列,绘制柱形图和条形图.

第四章 综合指标

本章要点

1. 理解总量指标的概念及种类,掌握时期指标与时点指标的区别.
2. 理解相对指标的概念及种类,掌握其计算方法与应用原则.
3. 理解平均指标的概念及种类,掌握其计算方法与应用原则.
4. 理解标志变异指标的概念及种类,掌握标准差及其系数的计算与应用.

从本章开始,进入统计分析阶段的学习.统计分析的方法很多,其中综合指标法是统计中最基本的数量分析方法,是统计分析的基础.综合指标是通过统计调查,搜集到大量说明总体单位特征的统计资料,经过整理、综合、计算之后,得到的反映社会经济现象的总体数量特征的统计指标.综合指标具体包括绝对指标、相对指标、平均指标,这三个指标是统计分析的基本指标,而绝对指标又包括总量指标和增量指标.其中总量指标是基础,增量指标、相对指标和平均指标都是总量指标的派生指标.

统计指标无处不在.例如我国 2007 年国内生产总值达 246619 亿元,比上年增长 14%;年末全国总人口为 132129 万人,比上年末增加 681 万人.全年出生人口1594 万人,出生率为 12.10‰;死亡人口 913 万人,死亡率为 6.93‰;自然增长率为5.17‰;出生人口性别比为 120.22.全年农村居民人均纯收入 4140 元,扣除价格上涨因素,比上年实际增长 9.5%;城镇居民人均可支配收入 13786 元,实际增长12.2%.2007 年末全国民用轿车保有量 1958 万辆,增长 26.7%,其中私人轿车1522 万辆,增长 32.5%.这些指标数据说明了我国经济总量及增长速度,人口及其构成,人民生活水平的发展状况.这就是统计指标的魅力.

美国现代问题专家在调查不同类型的国家后,提出了现代社会的十项统计指标标准:①人口平均收入在 3000 美元以上;②农业产值在国民生产总值所占的比重下降,不超过 15%;③服务部门的产值在国民生产总值所占的比重上升,达到45%以上;④非农业就业人口在总就业人口中所占比重超过 70%;⑤有文化的人口在总人口中所占的比重超过 80%；⑥青年受高等教育的人数占 30% 以上；⑦城市人口占总人口的 50% 以上；⑧800 人中有 1 名医生；⑨预期寿命约 60 岁；⑩3 个人中有 1 份报纸. 这些统计指标的含义就是我们下面要学习的总量指标、相对指标和平均指标所涉及的内容.

第一节 绝对指标

一、绝对指标的意义

(一) 绝对指标的概念

绝对指标是用绝对数形式表现的反映社会经济现象总体总规模、总水平及其绝对差额的统计指标，包括总量指标和增量指标. 总量指标是反映社会经济现象在一定时间、地点、条件下的总体规模或总体水平的绝对指标，它是绝对指标的主体部分，属于基本统计指标. 例如一个国家或地区某一时点的人口数，某一时期的国内生产总值，一个企业的销售收入、利润总额等.

总量指标具有如下特点：

(1) 总量指标表现为绝对数，有计量单位.

(2) 总量指标是反映社会经济基本情况的统计指标. 其他统计指标有的也反映社会经济基本情况，但没有不反映社会经济基本情况的总量指标.

(3) 总量指标只有通过统计调查才能得到. 这决定了总量指标是基本统计指标，而不是派生指标.

(4) 总量指标只适用于有限总体. 其数值大小随着统计总体范围的大小发生增减变动，统计总体范围越大，总量指标数值就越大.

增量指标是反映不同总体的相同性质的总量指标差额或同一总体在不同时间同一总量指标差额的统计指标. 例如，2007 年安徽与江苏的粮食产量差额，今年某季度比去年同期我国国内生产总值的增减额等. 增量指标属于派生指标，是两个总量指标相减的结果.

(二) 绝对指标的作用

总量指标在统计工作中具有非常重要的作用，是最基本的综合指标，其作用表现在以下几方面：

(1) 总量指标是认识社会经济现象总体的起点. 人们要想认识一个国家的国

情国力,一个地区、一个部门或一个单位的人力、物力、财力状况,首先要了解总量指标. 例如,一个国家的国内生产总值、粮食总产量、钢铁产量、土地面积等标志着该国的生产水平和经济实力;一个企业的职工人数、固定资产、增加值、利税总额等反映了该企业人、财、物的基本状况和生产经营活动的成果. 通过这些指标,就能对这个国家、这个企业有个基本的认识.

(2) 总量指标是制定政策、编制社会经济发展计划、实行科学管理的重要依据. 无论是宏观调控还是微观管理,都不能凭空运作,必须从客观实际出发. 如国家制定各项方针、政策,编制计划以及经济管理中,一定要做到心中有数,否则,制定的各项方针、政策、计划就不会符合实际情况,管理就会出现瞎指挥. 而这个"数"就是有关现象的总数,即总量指标.

(3) 总量指标是计算各种派生指标的基础. 总量指标是统计指标中最基本的最常用的综合指标. 因为相对指标和平均指标一般是由两个或两个以上有联系的总量指标对比计算出来的,增量指标是总量指标相减的结果,它们都是总量指标的派生指标. 如果总量指标的计算方法不科学,统计范围不合理,将会直接影响相对指标、平均指标和增量指标的准确性.

增量指标一般总是同相对指标结合运用,其主要作用如下:

(1) 反映两个不同总体在同一时间所达到的规模或水平差异的绝对数量.

(2) 从绝对数上说明计划完成情况,即实际完成数与计划任务数之差,反映计划执行的绝对效果.

(3) 反映同一总体随时间变化而引起的总量指标变化的方向及总量指标增减的绝对数量.

二、绝对指标的种类

这里主要介绍总量指标的种类.

(一)总量指标按说明总体内容的不同,分为总体单位总量和总体标志总量

1. 总体单位总量(即总体单位数)

总体单位总量是用来反映统计总体内包含总体单位个数多少的总量指标. 它用来表明统计总体的容量大小,反映社会经济现象总体的总规模. 例如,研究我国的人口状况时,统计总体是居住在中国境内具有中国国籍的所有公民,总体单位是每一位公民,那么我国的人口总数表明总体单位的个数,是总体单位总量. 再如,研究某市的商业发展状况,统计总体是该市的所有商业企业,若该市现有商业企业3500家,则3500家即为总体单位总量.

2. 总体标志总量

总体标志总量是统计总体中各单位某一方面数量标志值的总和. 它反映了社会经济现象总体的总水平或工作总量. 例如, 研究某市的工业发展状况, 统计总体是该市的所有工业企业, 该市的每个工业企业是总体单位, 每一工业企业的职工人数是该工业企业的一个数量标志, 则该市全部工业企业职工总人数就是总体标志总量; 另外该市的年工业增加值、工业总产值、工业利税总额等指标也都是总体标志总量. 一个已经确定的统计总体单位总量是惟一确定的, 而总体标志总量却不止一个.

某一总量指标是总体单位总量还是总体标志总量并不是完全确定的 (即不是固定不变的), 而是随着统计总体的改变而改变的. 如在上例中, 全市工业企业职工总人数是总体标志总量; 若研究目的改变为研究该市工业企业职工的生活水平时, 则统计总体是全市所有工业企业的全部职工, 全市工业企业职工总人数就变成总体单位总量了. 只有正确确定在某一研究目的下的统计总体和总体单位, 才能正确区分总体单位总量和总体标志总量.

明确总体标志总量与总体单位总量之间的差别, 对计算相对指标和平均指标具有重要意义.

(二) 总量指标按其所反映的时间状况不同, 分为时期指标和时点指标

1. 时期指标

时期指标是反映社会经济现象在一段时期内发展过程的总结果和累计情况的总量指标. 例如, 我国 2007 年实现国内生产总值 246619 亿元, 是指在 2007 这一年的时间内, 我国国民经济各行业每天所创造的增加值的总和; 再如产品产量、总产值、工资总额、销售额等都是时期指标. 他们都是对现象进行连续不断登记得到的.

2. 时点指标

时点指标是反映社会经济现象在某一时刻或某一时点 (瞬间) 上的状况的总量指标. 例如, 我国 2000 年 11 月 1 日进行了第五次全国人口普查的登记工作, 登记的全国总人口为 129533 万人, 这个指标数值仅能说明我国在 2000 年 11 月 1 日这一天的人口数量情况; 再如商品库存额、外汇储备额等也都是时点指标. 它们都是根据需要在某一时点上进行一次调查登记得到的.

如何区别时期指标和时点指标呢? 可以根据表 4-1 中两个指标的特点来加以判断.

现举例说明时期指标和时点指标的区别. 产品产量是时期指标, 将 3 个月的产量相加就是一个季度的产量, 将 4 个季度的产量相加就是一年的产量, 一年的产量大于一个季度的产量, 一个季度的产量大于一个月的产量. 同时, 月产量是对每天

的产量累计得到的,年产量是将 12 个月的产量累计得到的.而储蓄存款余额是时点指标,比如某储蓄所储蓄存款余额 1 月 1 日为 248 万元,4 月 1 日为 235 万元,12月 31 日为 436 万元,1 月 1 日至 4 月 1 日间隔 3 个月,指标数值却减少了,而 4 月 1日至 12 月 31 日间隔 9 个月,指标数值似乎大了,但这是现象发展变化差异的结果,而不是因为时点间隔长短的缘故.如果将各时点上的储蓄存款余额相加汇总,则没有实际意义.

表 4-1   时期指标与时点指标的区别

指标名称	指标特点
时期指标	1. 可加性,即不同时期的指标数值相加具有实际意义. 2. 时期指标数值的大小与时期长短有直接关系,时期长指标数值就大,反之就小. 3. 时期指标数值是连续登记、累计的结果.
时点指标	1. 不可加性,各时点指标数值相加后不具有实际意义. 2. 时点指标数值的大小与时点间隔长短无直接关系. 3. 时点指标数值是间断计数的.

区别时期指标与时点指标的关键,是看指标所反映的是现象在一段时期内的活动过程,还是现象在某一时点上的状态.例如,反映某一时点状态的人口数是时点指标,而反映一段时期内的出生人口数或死亡人口数就是时期指标.正确区别时期指标与时点指标是计算序时平均数的前提和依据.

三、绝对指标的计量单位

不同的绝对指标有不同的计量单位.根据绝对指标反映的社会经济现象的性质和研究任务的不同,计量单位一般采用实物单位、价值单位和劳动单位.因而绝对指标按其使用计量单位的不同,也可以分为实物指标、价值指标和劳动指标.

(一) 实物单位

实物单位是根据事物的自然属性和特点而采用的计量单位.通常使用的实物单位有:自然单位、度量衡单位、标准实物量单位、复合单位和双重单位.

自然单位是指按照被研究现象的自然属性状况来度量其数量的单位.例如,人口以"人"为单位,鞋、袜以"双"为单位,汽车以"辆"为单位,机床以"台"为单位.

度量衡单位是按照统一的度量衡制度的规定,来度量客观事物数量的计量单位.例如,布匹以"米"为单位,钢铁产量以"吨"为单位,粮食产量以"公斤"为单位,木材以"立方米"为单位,建筑面积以"平方米"为单位.

标准实物量单位是指将用途相同,规格、化学含量不同的同类物品按照统一的折算标准来度量的一种计算单位.因为利用实物单位计算产品产量时,对于同一类产品,由于品种、规格、能力或化学成分不同,其使用价值也就不同,所以产品简单相加往往不能确切地反映生产成果,为此对一些产品要求按一定折合标准,折算为一种标准规格或标准含量的产品.例如,各种含氮量不同的化肥,可以折合为含氮量 100% 计算,燃烧值不同的煤可以折合为每千克 7000 大卡(1 大卡＝4.187 千焦)标准煤计算.

有些现象无法用一种计量单位准确地反映出来,而需要采用两个单位或两个以上单位的乘积来表明,这就是复合单位.例如,货物周转量用"吨公里"计量;电的度数用"千瓦时"计量.

双重单位是指同时采用两种或两种以上的计量单位结合起来进行计量.例如,起重机的计量单位是"吨/台",拖拉机按"马力/台"计量,电动机按"千瓦/台"计量.

在统计上,将实物单位计量的指标称为实物指标.其特点是能直接反映产品的使用价值或现象的具体内容,因而能具体地表明现象的规模和水平.实物指标也是计算价值指标的基础,但是,实物指标有局限性,不同类的实物,内容、性质和计量单位不同,无法进行综合汇总,就不能反映现象的总规模和总水平.

(二)价值单位

价值单位,也称货币单位,是以货币来度量社会财富和劳动成果或劳动消耗的一种计量单位,如国内生产总值、商品销售额、生产成本等,都是以"元"或"万元"、"亿元"来计量的.

绝对指标以货币单位计量称为价值指标,它将不能直接相加的数值过渡到能够相加,用以综合说明具有不同使用价值的现象的总规模或总水平.因此,它具有最广泛的综合性能和概括能力,在实际中得到广泛使用.

在统计中,价值指标首先用于反映经济活动的总成果,并通过分类指标的计算,研究它们之间的比例关系.它还是经济核算和考核经济效益必不可少的手段.价值指标也有局限性,就是它脱离了物质内容,比较抽象,有时不能准确反映实际情况.因此,在实际工作中,应注意将价值指标和实物指标结合运用,这样才能比较全面地认识问题.

(三)劳动量单位

劳动量单位是用劳动时间表示的计量单位,如工时、工日、工月、工年等.借助劳动单位计算的劳动总消耗指标来确定劳动规模,并作为评价劳动时间利用程度和计算劳动生产率的依据.有时企业生产总成果也用劳动量单位来表示.

劳动量指标是用劳动量单位计量的绝对指标,用以计算产品的产量或完成的工作量.例如,企业制定的生产单位产品产量或完成单位作业量所需要的时间标准,称为工时定额;按这种定额计算的产品总量或完成的工作总量,就是劳动量总量指标.劳动量指标的优点是可以把不同种类、规格的产品产量或作业量进行加总.劳动量指标主要在企业范围内使用,是企业编制和检查劳动生产计划的依据,不同类型、不同经营水平的企业的劳动指标是不能直接比较的.

四、计算和应用绝对指标应注意的问题

绝对指标绝不是一个单纯的数字,其计算也不是一个简单的计算问题,而是一个理论和实际相结合的问题.每个指标都有一定的内涵,都表现了一定的社会经济现象.因此,在计算和应用绝对指标时需注意以下问题:

(一)统计绝对指标时要有明确的统计涵义、范围和正确的计算方法

绝对指标的计算不是简单的数值汇总,而是一个复杂的理论问题.要正确地计算某一社会经济现象的总量,必须先准确地确定绝对指标的涵义.统计指标的涵义包括指标的内涵和外延两个方面.只有明确了绝对指标的涵义,才能正确地划分绝对指标的范围,进而才能正确地计算绝对指标.例如,要计算国内生产总值(GDP)指标,首先要确定该指标的涵义是一个国家或一个地区在一定时期内所生产和提供的最终使用的产品和服务的总值,其计算的范围是物质生产部门活动的成果及非物质生产部门的活动量,即整个国民经济的活动总量,国内生产总值的计算方法可以采用生产法、收入法和支出法三种计算方法.一定要根据不同的研究目的和研究方法而采用明确而合理的计算方法.

(二)在计算实物量指标时应注意现象的同类性

只有同类现象才能计算实物总量,而同类性是由事物的性质决定的.例如,钢材和棉花、汽车的性质不同,就不能将它们混在一起计算实物总产量;而原煤、原油、天然气等各种不同的能源由于使用价值相同,则可以折算为标准能源计算总量.在统计粮食产量时,稻谷、小麦、玉米、高粱、谷子、豆类和薯类的产量可以直接相加.

不过,在计算货物运输总量时,产品的同类性就不成为计算的条件了.因为它只要求计算货物的重量和里程,而不问其品种如何.因此对于现象的同类性的认识,还应取决于现象所处的条件或者统计研究的目的.

(三)要根据现象的性质和特点选择适当的计量单位

对于同一绝对指标在不同的时间、地点、条件下进行计量时,计量单位应当一

致,并且这个计量单位应是国家统一规定的,这样才能正确反映总体的总量. 如果计量单位不一致,应当进行换算使之统一,以便对比分析. 另外计算价值指标时还应选用适当的价格.

(四)要注意现象的可比性

不同地区不同时期的同一绝对指标要具有可比性. 一般地,同类现象可以相加汇总,不同类现象不能简单相加汇总. 不同历史条件下的绝对指标由于其反映的内容和包括的范围不同,要进行适当的调整才具有可比性.

第二节   相 对 指 标

一、相对指标的意义

社会经济现象间的相互联系和相互制约是客观存在的普遍现象. 绝对指标虽能反映社会现象的总数量,但在许多情况下,它不能清楚地鉴别事物发展的优劣、快慢和现象的普遍程度,不能表明现象与现象之间的数量关系. 如果要对事物做深入的了解,就需要对总体的组成和各部分之间的数量关系进行分析、比较,这就必须计算相对指标.

(一)相对指标的概念

相对指标是两个或两个以上有联系的统计指标数值对比所得到的比值或比率,用来反映现象之间数量对比关系和联系程度的综合指标,又称为统计相对数. 如统计工作中常用的计划完成程度、商业网点密度等都是相对指标.

(二)相对指标的作用

(1)相对指标通过数量之间的对比,可以表明事物关联程度、发展程度,它可以弥补总量指标的不足,使人们清楚了解现象的相对水平和普遍程度. 例如,某企业去年实现利润 100 万元,今年实现 120 万元,则今年利润增长了 20%,这是总量指标不能说明的.

(2)能将现象从绝对指标的具体差异中抽象出来,使一些不能直接对比的绝对指标转成直接对比关系. 例如,比较两个营业额不同的商店的流通费用额的节约情况,仅以费用额支出多少进行评价难以说明问题,因为流通费用额的大小直接受营业额多少的影响,而采用相对指标的流通费用率对比,则可作出正确判断.

（3）说明总体内在的结构特征，为深入分析事物的性质提供依据.例如计算一个地区不同经济类型的结构，可以说明该地区经济的性质.又如 2007 年我国国内生产总值 246619 亿元，其中第一产业增加值占国内生产总值的比重为 11.7%；第二产业增加值比重为 49.2%；第三产业增加值比重为 39.1%.这些相对指标深刻地反映了我国国内生产总值的结构有了根本变化，已经从农业大国逐步向工业化国家转变.

（4）可以对经济管理及经济活动成果进行考核.在经济管理中，可广泛运用相对指标，检查监督国民经济的运行，考核企业的经济活动成果.

二、相对指标的表现形式

相对指标是一个抽象的数字.它的主要特点是，把对比的基数抽象化以后，用一个无名数或有名数来表示两个对比指标的数量关系.由于分子、分母指标表示社会经济内容的异同，相对指标的表现形式一般分为无名数（如系数、倍数、成数、番数、百分数、千分数、万分数）和有名数.

（一）无名数

无名数是一种抽象化的数值，通常的表现形式是成数、系数、倍数、番数、百分数、千分数等.相对指标在很多场合都用无名数表示.

系数和倍数是将对比基数抽象化为 1 而计算出来的相对指标.两个总量指标对比，当分子与分母的数值差别不大时，常用系数表示，系数可以大于 1，亦可以小于 1.如固定资产磨损系数、标准实物量折算系数、变异系数、相关系数等.当分子数值比分母数值大得多时，常用倍数表示.

成数是将对比基数抽象为 10 而计算的相对指标.如今年粮食比去年增产一成，即增长十分之一.

番数是指两个相比较的数值中，一个数值是另一个数值的 2^m 倍时，则 m 是番数.例如，某地区 2005 年的工业增加值为 200 亿元，计划到 2010 年翻一番，则该地区 2010 年的工业增加值应达到 400 亿元；若计划翻两番，即为 800 亿元；翻三番，即为 1600 亿元.

百分数是将对比基数抽象为 100 而计算的相对指标.百分数是相对指标中最常用的表现形式.当对比的两个指标数值不太悬殊时适合用百分数.如某门课程及格人数占全班总人数的 95%，某企业本月产量计划完成程度为 110%.百分点是百分数的另一种表达形式，它是百分数中相对于 1% 的单位，即一个百分点相当于 1%，它在两个百分数相减的场合应用.例如，股票价格从 8 元上升到 12 元，就称股票价格上升了 50 个百分点.百分点表明对比基准相同的百分数相减之后的实际经济意义,是分析百分数增减变动,如股票市场价格涨落和银行利率调整变动不可缺少的一种方法.

千分数是将对比基数抽象为 1000 而计算的相对指标. 一般在两个数值对比中,如果分子比分母的数值小很多,则用千分数表示,如 2007 年我国人口出生率为 12. 10‰,死亡率为 6. 93‰,自然增长率为 5. 17‰.

万分数是将对比的基数抽象为 10000 而计算的相对指标. 它与千分数一样,也是在分子比分母小许多时使用,以保持较高的精度,如每万人中的科技人员是用万分数表示的.

(二) 有名数

有名数是用文字形式的计量单位来表示的相对指标. 它可以是单名数,也可以是复名数. 单名数如商品流转速度以"次"或"天"为计量单位,它既不使用分子的计量单位,又不使用分母的计量单位. 复名数如人口密度用"人/平方千米"为计量单位,平均每人分摊的粮食产量用"千克/人",资金利税率用"元/百元"为计量单位等,它一般是将对比的分子指标数值与分母指标数值的计算单位同时使用,以双重计量单位表示.

三、相对指标的种类与计算

随着统计分析目的的不同,两个相互联系的指标数值对比,可以采取不同的比较标准(即对比的基础),而对比所起的作用也有所不同,从而形成不同的相对指标. 相对指标一般有六种形式,即计划完成程度相对指标、结构相对指标、比例相对指标、比较相对指标、强度相对指标和动态相对指标. 其中前五种属静态相对指标.

(一) 计划完成程度相对指标

1. 计划完成程度相对指标的意义

计划完成程度相对指标是把某一时期某一社会经济现象的实际完成数与计划数进行对比,借以检查、监督计划的完成情况和执行程度. 一般用百分数表示,又称计划完成百分比或计划完成程度. 基本计算公式为

$$计划完成程度相对指标 = \frac{实际完成数}{计划任务数} \times 100\%$$

计划完成程度相对指标是就一定现象计算的,因此要求分子分母在指标含义、计算口径、计算方法、计量单位、时间范围以及空间范围等方面必须一致. 由于计划数是衡量计划完成情况的标准,所以分子分母不能互换.

计划完成程度相对指标可以准确地说明计划的完成情况,对定期检查国民经济计划,地区、部门或基层单位计划的执行情况,随时掌握计划执行进度及执行过

程中存在的问题,有着十分重要的意义.

2. 计划完成程度相对指标的计算

计划完成程度相对指标的基数是计划任务数,由于基数的表现形式有绝对数、相对数和平均数三种,因而计划完成程度相对指标在计算方法上仍然以计划数为对比基础或标准,但形式有所不同.

(1) 计划任务数为总量指标

$$计划完成程度相对指标=\frac{实际总量}{计划总量}\times100\%$$

它一般适用于考核社会经济现象的规模或水平的计划完成程度.

【例 4-1】 某企业 2007 年销售额计划任务为 500 万元,实际完成了 550 万元,则销售额计划完成情况为

$$计划完成程度相对指标=\frac{550}{500}\times100\%=110\%$$

计算结果表明,2007 年该企业销售额超额完成计划的 10%.

(2) 计划任务数为相对指标

以这类指标检查计划完成情况,用于考核各种社会经济现象的降低率和提高率的计划完成程度.如产品成本降低率、劳动生产率提高率等.这时,计划完成程度相对指标,不能用实际提高率(或降低率)除以计划提高率(或降低率)求得,而应包括原有基数(100%)在内,这样才符合计划完成相对指标的基本公式.即

$$计划完成程度相对指标=\frac{实际完成百分数}{计划任务百分数}\times100\%=\frac{1\pm实际升降百分数}{1\pm计划升降百分数}\times100\%$$

【例 4-2】 某厂 2007 年计划产品销量比去年提高 10%,而实际提高了 15%;同时,计划规定单位产品成本比上年降低 4%,实际降低了 6%,则

$$产品销量计划完成相对指标=\frac{1+15\%}{1+10\%}=\frac{115\%}{110\%}=104.5\%$$

$$单位产品成本计划完成相对指标=\frac{1-6\%}{1-4\%}=\frac{94\%}{96\%}=97.92\%$$

计算结果表明,该企业产品销量计划完成相对指标为 104.5%,超额 4.5%;成本计划完成了 97.92%,超计划完成 2.08%.这说明产品销量比计划提高近 5 个百分点,单位产品成本比计划降低 2 个百分点.

实际工作中,也常用差率来检查计划完成情况.这种方法是直接用实际提高率(或降低率)减去计划提高率(或降低率),然后换算成百分点来表示的.通常,1% 称为一个百分点.

$$实际完成百分数-计划任务百分数=\pm a\ 个百分点$$

计划完成相对指标要以计划指标的性质和要求作为评价的标准.一种计划指标,如产品产量、产值、商品销售额、劳动生产率、利润计划等属于成果收入性质的

指标,只规定最低限额,计划完成相对指标以等于或大于 100% 为好,超过 100% 的部分表示超额完成计划的程度,不足 100% 的部分表示未完成计划的程度. 另一种计划指标,如单位产品成本、单位产品原材料消耗量、商品流通费用率等属于消耗支出性质的指标,都是规定最高限额不得超过,要求实际完成数比计划数越小越好. 其计划完成相对指标以小于或等于 100% 为好,小于 100% 的部分为超额完成计划的程度,大于 100% 的部分为未完成计划的程度.

（3）计划任务数为平均指标

$$计划完成程度相对指标 = \frac{实际平均水平}{计划平均水平} \times 100\%$$

它一般适用于考核以平均水平表示的技术经济指标的计划完成程度,如工业生产中的劳动生产率、单位产品原材料消耗量、职工的平均工资、粮食的平均亩产量、单位产品成本等计划完成情况.

【例 4-3】 2007 年某企业甲产品单位成本计划为 50 元,实际单位成本为 45元,则

$$计划完成程度相对指标 = \frac{45}{50} \times 100\% = 90\%$$

计算结果表明,该企业甲种产品的单位成本实际比计划降低了 10%,即超额10% 完成成本计划.

3. 进度计划执行情况检查

分析计划完成情况,要检查计划执行进度,预计计划的可能完成情况,便于及时采取措施,保证完成或超额完成计划任务. 无论是长期计划还是短期计划,检查计划执行进度的方法都是用计划期中某一段时期的实际累计完成数与计划期全期计划数对比,其计算公式为

$$计划执行进度 = \frac{累计完成数}{本期计划数} \times 100\%$$

一般地说,在正常条件下计划执行进度与时间进度应大体一致,如时间过半,任务也应过半.

【例 4-4】 某贸易企业商品销售额年计划为 4000 万元,1～6 月实际完成的商品销售额为 2400 万元. 则

$$计划执行进度 = \frac{2400}{4000} \times 100\% = 60\%$$

计算结果表明,上半年完成计划的 60%. 全年时间过半,任务完成 60%,如果按此进度年底将超额完成任务.

4. 长期计划执行情况检查

在分析国民经济发展的长期计划（五年、十年）时,由于计划任务的要求和制订

方法的不同,因而有两种不同的检查方法,即水平法和累计法.

(1) 水平法

在长期计划中,对某些在各年度之间有明显递增或递减的现象,一般只规定计划期最后一年应达到的水平.例如各种产品的产量计划、各部门的产值计划等.这时应用水平法检查全期计划是否完成.其计算公式为

$$计划完成情况相对指标 = \frac{长期计划末年实际达到的水平}{长期计划末年应达到的水平} \times 100\%$$

水平法检查计划的目的在于检查年度水平是否达到计划要求,若超额完成计划,计算提前完成的时间是有意义的.计算提前完成计划时间的方法是:在计划期内只要有连续 12 个月的实际完成数(可以跨年度)达到计划规定的年末水平,即一年时间达到计划末年水平,就算完成了五年计划,剩余的时间就是提前完成计划的时间.

【例 4-5】 某企业按五年计划规定的最后一年的产量应达到 50 万吨,实际执行情况,如表 4-2 所示.

表 4-2 某企业产量五年计划完成情况   单位:万吨

年份	第一年	第二年	第三年		第四年				第五年			
			上半年	下半年	一季度	二季度	三季度	四季度	一季度	二季度	三季度	四季度
产量	44	45	22	24	11	12.5	12.5	13	13	12.5	12.5	14

根据上表资料计算:

$$计划完成程度相对指标 = \frac{13+12.5+12.5+14}{50} \times 100\% = \frac{52}{50} \times 100\% = 104\%$$

计算结果表明,该企业超额 4% 完成产量五年计划.

采用水平法计算,只要有连续 1 年时间(可以跨年度)实际完成水平达到最后一年计划水平,就算完成了五年计划,余下的时间就是提前完成计划时间.在此例中,该企业实际从第四年第二季度到第五年第一季度连续 1 年时间的产量实际完成 51 万吨,除完成计划 50 万吨以外,还超产 1 万吨,这 1 万吨需 7 天生产 $\left(\frac{51-50}{50/365} = \frac{1}{0.14} = 7(天) \right)$.因此该企业共提前 3 个季度零 7 天完成产量五年计划.

(2) 累计法

计划指标若按计划期内各年的总和规定任务,如基本建设投资额、造林面积、新增生产能力等,要求用累计法计算计划完成程度.它的计算方法是将计划期内实际完成的累计数与计划规定的累计数进行比较,所得的比率就是计划完成程度相对指标.其计算公式为

$$计划完成相对指标 = \frac{计划期内各年累计实际完成数}{计划期内计划规定的累计完成数} \times 100\%$$

用累计法计算的计划完成程度,若超额完成计划,计算提前完成计划时间的方法是:从计划开始至某一时间,累计的实际完成数达到了计划数,就算完成了计划.将计划全部时间减去完成计划所需时间,就为提前完成计划的时间.

【例 4-6】 某地区五年计划规定整个计划期间基本建设投资额应达到 500 亿元,实际执行情况如表 4-3 所示,试计算该地区基本建设投资额计划完成相对指标和提前完成时间.

表 4-3　某地区五年计划完成情况　　　　　　　　单位:亿元

时间	第 1 年	第 2 年	第 3 年	第 4 年	第 5 年				5 年合计
					一季度	二季度	三季度	四季度	
投资额	140	135	70	80	40	22	18	15	520

解　　　　　计划完成相对指标 $=\dfrac{520}{500}\times100\%=104\%$

从第 1 年至第 5 年的第三季度投资总额之和为 505 亿元,比计划 500 亿元多 5 亿元,则有提前完成计划时间 3 个月零 18 天 $\left(3+\dfrac{505-500}{500/365\times5}\right)$.

(二) 结构相对指标

结构相对指标是根据分组法,将总体划分为若干部分,然后以各部分的数值与总体指标数值对比而计算的比重或比率,来反映总体内部组成的综合指标.结构相对指标又称比重相对数,其计算公式为

$$结构相对指标 = \frac{总体部分数值}{总体全部数值}\times100\%$$

结构相对指标一般用百分数表示,其分子、分母可以是总体单位数,也可以是总体标志数值.各部分所占比重之和必须等于 100% 或 1.结构相对指标的分母一定是总体的指标数值,将总体作为比较基础是结构相对指标的特点.结构相对指标分子属分母的一部分,即分子分母是一种从属关系,所以分子分母不能互换.

例如,2007 年我国城乡人口构成资料如表 4-4 所示.

表 4-4　2007 年我国城乡人口构成

按城乡分组	人口数(万人)	结构相对指标
城　　镇	59379	44.9%
乡　　村	72750	55.1%
合　　计	132129	100.0%

结构相对指标都是在分组基础上计算出来的,因而,科学的统计分组是正确计算结构相对指标的前提.任何社会经济现象的总体都是由若干不同的部分组成,总体各个部分所占的比重,可以反映一定时间、地点、条件下总体内部结构的特征,研究总体内部结构,对于认识社会现象的本质特征,指导国民经济可持续协调发展具有重要意义.

在社会经济统计中,广泛应用结构相对数进行分析.它的主要作用可以概括为以下几个方面:①可以说明在一定的时间、地点和条件下,总体结构的特征;②不同时期结构相对数的变化,可以反映事物性质的发展趋势,分析经济结构的演变规律;③根据各构成部分所占比重的大小以及是否合理,可以分析所研究现象总体的质量和生产经营管理工作的质量以及人、财、物的利用情况;④有助于分清主次,确定工作重点.例如在物质管理工作中的 ABC 分析法,就是按各种因素的影响程度的大小分为 A、B、C 三类,实行分类管理.

（三）比例相对指标

比例相对指标是将总体中不同组成部分的指标数值进行对比而计算的综合指标,用以反映总体中各组成部分内在联系和比例关系.其计算公式为

$$比例相对指标=\frac{总体中某一部分的数值}{同一总体另一部分的数值}$$

比例相对指标一般用比例表示,例如,2007 年末我国人口的男女比例为106.2∶100.比例相对指标也可以是总体中三个以上部分的数量对比,此时,比例相对指标表现为一种连比的形式.例如,2007 年我国国内生产总值中,第一、二、三产业的增加之比为 100∶419.86∶333.2.当然,有时也可用百分数的形式表示.

比例相对指标的分子与分母的位置可以互换.但是,像出生婴儿的性别比例等比例相对指标,其固定使用形式是男性在前,女性在后,在使用时不要随意更改.客观现象内部各组成部分之间存在着一定的联系,并具有一定的比例关系.在许多情况下,按比例发展是事物发展的客观要求,比例失调会带来严重的损失.通过对比例关系的研究,可以认识事物按比例发展的客观要求.

比例相对指标所反映的比例关系属于一种结构性的比例,具有反映总体结构的作用.比例相对指标和结构相对指标的作用相同,存在一定的联系,可以进行换算,只是对比的方法不同,侧重点有所差别.

（四）比较相对指标

比较相对指标是同一时期（或时点）同类现象在不同地区、部门、单位之间的对比,用来表明同类事物在不同空间条件下的数量对比关系.一般可以用百分数、系数、倍数表示.其计算公式为

$$比较相对指标 = \frac{某一总体的某类指标数值}{另一总体的同类指标数值}$$

比较相对指标与比例相对指标类似,分子与分母也可以互换.两者的差别为比例相对指标是同一时期(或时点)下同一总体的不同部分比较,而比较相对指标是同一时期(或时点)下同类指标的不同空间比较.

【例 4-7】 甲乙两公司 2007 年商品销售额分别为 560 亿元和 320 亿元,则甲公司商品销售额为乙公司的 $1.75\left(\frac{560}{320}\right)$ 倍.

比较相对指标的特点如下:子项和母项根据研究目的不同,可以互换计算两个比较相对数;对比的两个统计指标,可以是绝对数,也可以是相对数或平均数.由于绝对数易受具体条件不同的影响,缺乏直接的可比性,因而在计算比较相对数时多采用相对数或平均数来比较.比较相对指标既可用于不同国家、地区、单位之间的比较,也可用于先进与落后之间的比较,还可用于和标准水平或平均水平的比较.但无论用于哪种场合,都要注意其可比性.通过对比可以揭示同类现象之间先进与落后的差异程度,有助于揭露矛盾,找出差距,挖掘潜力,促进事物进一步发展.

(五)强度相对指标

1. 强度相对指标的意义与计算

强度相对指标也称强度相对数,是指同一时期两个性质不同但有一定联系的总量指标数值对比得出的相对数,是用来分析不同事物之间的数量对比关系,表明现象的强度、密度和普遍程度的综合指标.其计算公式为

$$强度相对指标 = \frac{某一总量指标数值}{另一有联系而性质不同的总量指标数值}$$

【例 4-8】 2000 年第五次全国人口普查,中国内地 31 个省、自治区、直辖市(不包括福建省的金门、马祖等岛屿)人口和现役军人的人口 126583 万人,国土面积为 960 万平方公里,求强度相对指标.

$$人口密度 = \frac{126583}{960 \ 万} = 132 \ (人/平方公里)$$

有些强度相对指标分子、分母可以互换,所以有正指标和逆指标两种形式.强度相对指标数值的大小与密度的大小成正比例时,称正指标;与密度大小成反比例时,称逆指标.一般来说,正指标越大越好,逆指标越小越好.例如百元流动资金提供的产值是正指标,百元产值占用的流动资金是逆指标.

【例 4-9】 2007 年某地有 200 万人口,有储蓄机构 100 个,则

$$储蓄机构网点密度 = \frac{100}{200} = 0.5 \ (个/万人) \qquad (正指标)$$

上述计算结果为 0.5 个/万人,说明每 1 万人拥有 0.5 个储蓄机构,数值越大,

表示储蓄机构网点密度越大,所以是正指标.

$$储蓄机构网点密度 = \frac{200}{100} = 2（万人/个）\qquad（逆指标）$$

上述计算结果为 2 万人/个,说明每一个储蓄机构为 2 万人服务,数值越大,表示储蓄机构网点密度越小,所以是逆指标.

强度相对指标所表明的数量关系是一种依存性比例关系,虽然是不同类现象指标数值的对比,但又是有联系的不同类现象的对比,这些不同类现象可能分别属于不同总体,也可能是同一总体的不同指标.如果把无任何联系的不同类现象的指标数值拿来对比,是没有任何实际意义的.

强度相对指标可以反映现象分布的密度和普遍程度,如每万人拥有的公共车辆、每万人拥有的病床、每百万人拥有的电视机、人口密度、铁路网密度等;也可以说明一个国家、地区或部门的经济实力,如人均国民生产总值、人均粮食产量、人均钢产量等;还可以反映社会生产条件或效果,如每一职工拥有的固定资产额、每百万亩耕地拥有的拖拉机台数以及资金利润率、商品流通费用率等.

2. 强度相对指标的表现形式

无名数表示的强度相对指标是指对比的分子、分母指标的计算单位相同,对比的结果用抽象化的无名数,即倍数、百分数或千分数表示.如人口出生率、人口死亡率、人口自然增长率、伤亡事故率用千分数表示,利税率、商品流通费用率用百分数表示等.

有名数表示的强度相对指标相对比的分子、分母指标的计量单位不同,对比的结果保留原分子、分母的计量单位,一般用双重计量单位表示.如人口密度用"人/平方千米"表示,人均粮食产量用"千克/人"表示,商业网密度用"人/个"表示.有些强度相对指标用单名数表示,如百元产值占用的流动资金用元表示.

（六）动态相对指标

动态相对指标是表明同类现象的指标数值在不同时间上对比关系的相对指标,用来说明现象发展变化的方向和程度,也称发展速度.一般用百分数或倍数表示.其计算公式为

$$动态相对指标 = \frac{报告期水平}{基期水平} \times 100\%$$

式中的报告期是指统计主要研究和说明的时期,也就是作为比较的时期.基期就是作为对比的基础时期.

【例 4-10】 某城市国内生产总值 2006 年为 4238 亿元,2007 年为 5424 亿元.则

$$动态相对指标 = \frac{5424}{4328} \times 100\% = 128\%$$

计算结果表明该城市的国内生产总值增长较快,经济发展速度快.

动态相对指标在统计分析中应用广泛,属于动态指标分析方法,本书将在第五章中详细介绍,这里不再详述.

四、计算和应用相对指标应注意的问题

上述六种相对指标从不同角度出发,运用不同的对比方法,对两个同类的指标数值进行静态的或动态的比较,对总体各部分之间的关系进行数量分析,对不同总体之间的联系程度进行比较,这是统计中常用的基本数量分析方法之一.对比是否合理、可比以及如何对比都会影响相对指标的正确计算和运用,因此在计算和运用相对指标时,必须遵循以下几个原则.

(一) 可比性原则

保证对比指标的可比性是计算和运用相对指标的一个重要原则,即要求对比的两个指标在含义内容、口径范围、时间空间、计算方法和计量单位等方面保持一致,相互适应.如果违反可比性这一原则计算相对指标,就会失去实际意义,甚至导致完全相反的结论.例如,我国的国内生产总值指标与西方国家的国内生产总值指标就不能直接进行对比,因为两者的计算范围和口径不同.

保证对比指标的可比性时,应注意作为比较标准的基数和基期选择是否正确,如果基数和基期选择不当,往往会歪曲事物的真相,导致错误的结论.例如,计算文盲率,分子是 15 岁及 15 岁以上不识字人数,分母应该是 15 岁及 15 岁以上的全部人数,而不能是全部人口数,因为全部人口数中包括学龄前儿童以及不到接受初中文化教育年龄的人数在内.如果基数是全部人口数就不能确切反映文盲人数所占的比重了.因此,选择什么样的基数和基期,应根据现象的性质和特点,结合统计研究的目的来决定.

(二) 定性分析与数量分析相结合的原则

对比分析的必须是同类型的指标,只有通过统计分组,才能确定被研究现象的同质总体,便于同类现象之间的对比分析.这说明要在确定事物性质的基础上,再进行数量上的比较或分析,而统计分组在一定意义上也是一种统计的定性分类或分析.即使是同一种相对指标在不同地区或不同时间进行比较,也必须先对现象的性质进行分析,判断是否具有可比性.同时,通过定性分析,可以确定两个指标数值的对比是否合理.

(三) 相对指标和总量指标结合运用原则

相对指标一般是两个总量指标对比形成的,是一个抽象化的数值,它只能反映

所对比的事物的差异程度,而不能反映这种差异的实际意义,因为在对比过程中现象的绝对水平抽象化了,掩盖了现象之间绝对量上的差别,从而看不出现象原有的规模和水平,其结果就可能出现:一个小的相对数往往是两个大的绝对数之比,一个大的相对数往往是两个小的绝对数之比.例如,甲、乙两银行的2006年的存款余额分别为1500亿元和4000亿元,且2007年的增长速度分别为10%和5%,从相对指标看甲银行比乙银行增长速度快5个百分点.但当与总量指标结合起来分析时,乙银行增长的绝对数是200亿元,甲银行仅为150亿元,乙银行反比甲银行多增长50亿元.因此,运用相对指标研究具体问题时,必须联系其背后掩盖的绝对水平和绝对差异,将相对指标和总量指标结合起来分析,才能全面深入地说明问题,得出正确的结论.

(四)各种相对指标结合运用原则

每一种相对指标只能说明某种现象某一方面的数量关系,要全面深入地反映现象发展的全貌及规律,就需要将各种相对指标结合起来灵活运用,从不同角度对事物进行纵、横两个方面的对比分析.纵比就是进行动态对比,运用动态相对指标,说明事物的纵向发展情况,表明事物发展的快慢和趋势及取得的成绩.横比,是指同一事物在不同地区、不同国家之间对比,或者是两个有联系的事物之间的比较.例如,分析某企业的生产经营情况,就要用结构相对指标反映企业内部的生产构成;用计划完成相对指标反映企业生产计划的完成情况;用强度相对指标反映企业资金投入的生产效果;用动态相对指标反映企业生产发展速度;用比较相对指标反映企业与同行业先进水平之间的差异程度.

第三节　平均指标

一、平均指标的意义

在社会经济现象的同质总体中,同一标志在各单位的数量表现不尽相同,标志值大小各异,这就需要利用平均指标来代表总体的一般水平.总体各单位的同质性和某种标志值在各单位的差异性是计算平均数的前提条件.

(一)平均指标的概念

平均指标又称平均数,是同类社会经济现象在一定时间、地点条件下,总体内各单位数量差异抽象化的代表性指标,是反映总体单位数量特征的一般水平的综合指标. 平均指标能够反映总体内部的一般分布特征,是社会经济统计中应用最为广泛的综合指标之一. 如平均工资、平均利润、平均价格、平均产值等. 这种特征表现为:一般距离其平均值远的标志值比较少,而距离其平均值近的或接近其平均值的标志值比较多,所以,平均指标反映了总体分布的集中趋势或一般水平.

(二) 平均指标的特点

1. 具有代表性

平均指标是一个代表值,代表现象数量方面的一般水平. 一般水平的含义是对有大有小的标志值"移多补少"、"截长补短",使所有的标志值一般多,一旦达到一般水平,也就是达到了平均水平. 例如,某企业职工的月平均工资是 800 元,就是说将企业高、中、低不同档次每个工人的工资额加起来平均分配,每个职工均能分得 800 元,就是大家所能分配到一般多时候的平均水平.

2. 具有抽象性

平均指标是把总体各单位的某一数量标志值之间的差异加以抽象概括,将个别标志值的偶然性相互抵消,从而反映被研究现象在一定时间上所达到的一般水平. 例如,我们知道该企业职工月平均工资为 800 元,如果没有原始资料,就无法知道该企业每一名职工具体工资额的高低以及他们之间的差异.

3. 反映总体分布的集中趋势

平均指标可以用来测定变量数列中各变量值的集中趋势. 社会经济现象总体中各单位某一数量标志值表现可能不同,但一般为正态分布,即靠近平均数的次数较多,这说明总体分布是从两边向中间集中,中间是平均数. 因此,平均数是可以说明总体的集中趋势的代表值. 马克思把平均指标可能揭示大量社会经济现象一般水平以及总体分布集中趋势的这种特征,称为"平均数规律".

(三) 平均指标的作用

1. 利用平均指标,可以对同一现象不同空间进行对比分析

对于不同国家、不同地区、不同单位的同类现象的水平,由于总体范围的大小可能不同,通常不能直接进行对比,只有通过计算平均指标才能将不可比的现象变为可比,从而反映出现象之间在空间上的差异.

2. 利用平均指标,可以对同一现象进行不同时间的对比

事物总是在不断发展变化的,利用平均指标,可以研究某一总体在时间上的变化,反映总体发展的过程及其发展变化的趋势. 例如,为反映改革开放 30 年来,我国城镇居民生活水平的提高程度,可以通过这 30 年间职工平均工资在不同时间上的发展趋势或变动规律来揭示;同时还可以通过将现在职工的平均工资水平与改

革开放前 30 年间的工资水平进行对比,从中显示此间工资水平的差异.

3. 利用平均指标,可以分析现象之间的依存关系

在对现象总体进行分组的基础上,运用平均指标可以分析现象之间的依存关系.例如,学生按学习时间分组,通过计算各组学生的平均成绩,就可以分析学习时间和成绩间的依存关系.

4. 利用平均指标,可以综合测定工作质量和效率,编制计划

在社会经济现象中,平均指标被广泛用来判断事物质量,包括成绩好坏、质量优劣、效率高低等.例如,用产品的平均寿命、平均等级来判断产品质量优劣;用平均单位成本、平均合格率来判断工作效率的高低;用平均工资、平均劳动生产率来判断工人生产水平.企业的各种生产定额、原材料消耗定额、工时定额等的制定,通常都是以其实际的平均水平为主要依据的;企业编制的各项计划中,许多计划指标都是用平均数表示的.

5. 利用平均指标,可以进行数量上的推算和预测

对社会经济现象的总量指标进行数量估算时,可采用科学的方法,利用由某一标志值计算出的平均指标来估算未知总体的平均指标或者估算总体的标志总量.例如,已知某市某区牛奶的人均消费量,可以估算全市牛奶的人均消费量,也可以估算本地区牛奶的消费总量.

(四)平均指标的种类

1. 静态平均数与动态平均数

根据平均指标反映内容的不同,可以把平均数分为静态平均数和动态平均数.凡反映同一时间范围内总体各单位某一数量标志一般水平的平均数称为静态平均数;凡反映不同时间而同一空间范围内总体某一指标一般水平的平均数称为动态平均数.本章只介绍静态平均数,又称一般平均数.

2. 数值平均数与位置平均数

根据平均指标计算方法的不同,可以把平均数分为数值平均数和位置平均数.凡根据总体各单位标志值计算的平均数,称为数值平均数,主要有算术平均数、调和平均数和几何平均数等;凡根据总体各单位标志值在变量数列中的位置计算的平均数,称为位置平均数,主要有众数和中位数等.

二、平均指标的计算与分析

(一)算术平均数

1. 算术平均数的基本形式

算术平均数是统计中最基本、最常用的一种平均数.它的基本计算形式是用总

体各单位标志值总和除以总体单位总数. 算术平均数的基本公式是

$$算术平均数 = \frac{总体标志总量}{总体单位总量}$$

例如,职工平均工资=职工工资总额/职工人数,其中职工工资总额是由每个职工工资相加而成,是总体标志总量,而职工人数是总体单位总量. 以上公式中,分子与分母在经济内容上有从属关系,即分子数值是各分母单位特征的总和,两者在总体范围上是一致的,分子、分母具有对应关系,每一个标志值都必须由相应的总体单位来承担. 这是算术平均数和强度相对数的根本区别.

强度相对数是两个性质不同但有联系的不同总体的总量指标对比,这两个总量指标之间没有依附关系,只是在经济内容上存在客观联系,可以说明现象的强度、密度和普遍程度;算术平均数则是一个总体内的标志总量与单位总数的对比,用来说明总体单位某一标志值的一般水平. 强度相对数虽然也是两个有联系的总量指标之比,但分子分母并不存在对应关系. 例如,用全国粮食产量与全国种粮农民人口数计算的平均每个农民产量是平均指标;以全国粮食产量与全国人口数计算的人均粮食产量是强度相对数,因为全国粮食产量与全国种粮农民人口数之间有对应关系,而与全国人口数没有对应关系.

2. 算术平均数的种类及计算

在实际工作中,根据掌握的资料和计算上的复杂程度不同,算术平均数可以分为简单算术平均数和加权算术平均数.

(1) 简单算术平均数

如果总体中单位数不多,资料未经过分组,已知每一个单位的标志值时,可采用简单算术平均数计算. 它是将总体各单位的某一数量标志值相加,再除以总体单位总数,其计算公式为

$$\overline{X} = \frac{X_1 + X_2 + X_3 + \cdots + X_n}{n} = \frac{\sum X}{n}$$

式中:$\overline{X}$ 为算术平均数;$X_1, X_2, X_3, \cdots, X_n$ 为各单位标志值;$\sum X$ 为总体标志总量;n 为总体单位数.

【例 4-11】 某企业 6 名工人某日加工零件数分别为 51、45、18、42、47、37 件,则每个工人日加工零件数为

$$\overline{X} = \frac{\sum X}{n} = \frac{51 + 45 + 18 + 42 + 47 + 37}{6} = 40 \text{ (件)}$$

(2) 加权算术平均数

我们研究的统计总体可能包括许多单位,其中有些单位的标志值相同,另一些单位的标志值不同,在这种情况下计算平均数,就需要首先对总体各单位的标志值

进行分组,编制成单项变量数列或者组距变量数列.这时就不能用简单算术平均数的方法,而必须采用加权算术平均数的方法.这种方法将各组标志值乘以相应的单位数,求出各组标志总量,并加总得到总体标志总量,然后除以总体单位总数,其计算公式为

$$\overline{X} = \frac{X_1 f_1 + X_2 f_2 + X_3 f_3 + \cdots + X_n f_n}{f_1 + f_2 + f_3 + \cdots + f_n} = \frac{\sum Xf}{\sum f}$$

式中:$\overline{X}$为算术平均数;$f_1, f_2, f_3, \cdots, f_n$为各组单位数,也称权数;$\sum Xf$为总体标志总量;$\sum f$为总体单位数.

① 由单项变量数列计算加权算术平均数

已知各组标志值和频数,直接运用上式计算.

【例4-12】 某厂甲车间有50名工人,每人每日生产某种零件数的单项数列如表4-5所示,试求平均每个工人日产零件数.

表4-5 工人日产零件数分组表

按每人日产零件数分组 X(件)	工人人数 f(人)	工人人数比重 $\frac{f}{\sum f}$
10	3	6%
11	5	10%
12	15	30%
13	20	40%
14	5	10%
15	2	4%
合　计	50	100%

平均每个工人日产零件数为

$$\overline{X} = \frac{\sum Xf}{\sum f} = \frac{10 \times 3 + 11 \times 5 + 12 \times 15 + 13 \times 20 + 14 \times 5 + 15 \times 2}{3 + 5 + 15 + 20 + 5 + 2}$$

$$= \frac{625}{50} = 12.5 \text{(件)}$$

例4-12中,各组每人日产零件数与各组工人数的乘积是各组工人日产零件合计数,即各组单位标志值之和.将各组日产零件合计数相加,可以得到全车间工人日产零件总数(即总体标志总量),再除以工人总数(即总体单位总数),便可求得该车间平均每个工人日产零件数.

影响加权算术平均数大小的因素有两个:一是各组标志值(X)的大小,二是各组单位数(f)的多少.例 4-12 中,平均每个工人日产零件数,不仅受各组日产零件数多少的影响,而且也受各组工人数多少的影响.

人数多的组,其标志值对平均数的影响就大,人数少的组,其标志值对平均数的影响就小,也就是说,单位数(f)的多少对平均数(X)的大小具有权衡轻重的作用.因此,在统计中通常把各组单位数(此例中就是各组工人数)称为权数.把每个标志值乘以权数的过程叫加权过程,这样计算出来的算术平均数叫加权算术平均数.

需要指出的是,权数既可以用绝对数(f)来表示,也可以用各组单位数(f)占总体单位数($\sum f$)的比重来表示,其计算结果一致.即

$$\overline{X} = \frac{\sum Xf}{\sum f} = \sum X \frac{f}{\sum f}$$

$$= X_1 \frac{f_1}{\sum f} + X_2 \frac{f_2}{\sum f} + X_3 \frac{f_3}{\sum f} + \cdots + X_n \frac{f_n}{\sum f}$$

以例 4-12 所给的资料为例,当权数为相对数时,计算平均每个工人日产零件数:

$$\overline{X} = \sum X \frac{f}{\sum f}$$

$$= 10 \times 6\% + 11 \times 10\% + 12 \times 30\% + 13 \times 40\% + 14 \times 10\% + 15 \times 4\%$$

$$= 12.5 \, (件)$$

加权算术平均数的权数有两种表现形式:一种是以绝对数表示,称为次数或频数;另一种是以相对数表示,称为比率或频率.作为权衡平均数大小的权数,其影响作用并不直接取决于权数本身数值的大小,而主要取决于作为权数的各组单位数占总体单位数的比重,即相对数权数的大小,如果各组单位数发生变动,而各组单位数所占比重不变的话,平均数是不会改变的.

当各组单位数或各组单位数所占比重相同时,权数就失去了权衡轻重的作用,加权算术平均数也就等于简单算术平均数.若 $f_1 = f_2 = f_3 = \cdots = f_n = f$ 时,则

$$\overline{X} = \frac{\sum Xf}{\sum f} = \frac{X_1 f_1 + X_2 f_2 + X_3 f_3 + \cdots + X_n f_n}{f_1 + f_2 + f_3 + \cdots + f_n}$$

$$= \frac{f(X_1 + X_2 + \cdots + X_n)}{nf}$$

$$= \frac{\sum X}{n}$$

由此可见,当各组权数相等时,简单算术平均数是加权算术平均数的一种特例.

②　由组距变量数列计算加权算术平均数

如果变量数列是组距数列,计算加权算术平均数的方法与单项数列基本相同,主要区别在于必须先计算出各组的组中值,然后以各组的组中值代表各组的标志值进行计算.由于在计算组中值时,假定各组标志值的次数分布是均匀分布的,所计算的组中值只是一个近似值,因此,由组距数列计算的加权算术平均数实际上也是近似值.但由此计算的平均数对总体仍然具有足够的代表性,在实际工作中仍得到广泛的应用.

【例 4-13】　某企业 50 名工人加工零件均值计算表如表 4-6 所示,计算该企业人均日产量.

表 4-6　某企业 50 名工人加工零件均值计算表

按零件数分组(件)	组中值 X	频数 f	Xf
105～110	107.5	3	322.5
110～115	112.5	5	562.5
115～120	117.5	8	940.0
120～125	122.5	14	1715.0
125～130	127.5	10	1275.0
130～135	132.5	6	795.0
135～140	137.5	4	550.0
合　计	—	50	6160.0

解　平均日产量 $= \dfrac{\sum Xf}{\sum f} = \dfrac{6160}{50} = 123.2$（件）

3. 算术平均数的主要数学性质及特点

(1) 算术平均数的主要数学性质

算术平均数在统计学中具有重要的地位,它是进行统计分析和统计推断的基础.首先,从统计思想上看,它是一组数据的重心所在,是数据误差相互抵消后的必然性结果.比如对同一事物进行多次测量,若所得结果不一致,可能是由于测量误差所致,也可能是其他因素的偶然影响,利用算术平均数作为其代表值,则可以使误差相互抵消,反映出事物必然性的数量特征.其次,它具有下面一些重要的数学性质,这些数学性质在实际工作中有着广泛的应用(如在相关性分析和方差分析及建立回归方程中),同时也体现了算术平均数的统计思想.

①　各标志值与算术平均数的离差(指标志值减平均数之差)之和等于零.

用符号表示为

$$\sum (X - \overline{X}) = 0 \qquad (简单算术平均数)$$

同理

$$\sum (X - \overline{X})f = 0 \qquad (加权算术平均数)$$

② 各单位标志值与算术平均数离差平方之和为最小.

用符号表示为

$$\sum (X - \overline{X})^2 = \min(最小) \qquad (简单算术平均数)$$

同理

$$\sum (X - \overline{X})^2 f = \min(最小) \qquad (加权算术平均数)$$

最小离差平方和是指总体各单位标志值与其算术平均数的离差平方和比标志值减去任何不等于平均数的常数的离差平方和都要小. 这一关系可用数学式证明.

设 X_0 为任意不等于 $\overline{X}$ 的常数,则

$$C = \overline{X} - X_0, \quad X_0 = \overline{X} - C$$

$$\sum (X - X_0)^2 = \sum [X - (\overline{X} - C)]^2 = \sum (X - \overline{X} + C)^2$$

$$= \sum [(X - \overline{X}) + C]^2 = \sum [(X - \overline{X})^2 + 2C(X - \overline{X}) + C^2]$$

$$= \sum (X - \overline{X})^2 + 2C \sum (X - \overline{X}) + nC^2$$

因为

$$\sum (X - \overline{X}) = 0$$

所以

$$\sum (X - X_0)^2 = \sum (X - \overline{X})^2 + nC^2$$

又因为

$$nC^3 > 0$$

所以

$$\sum (X - X_0)^2 > \sum (X - \overline{X})^2,$$

即

$$\sum (X - \overline{X})^2 = \min$$

(2) 算术平均数的应用特点

① 算术平均数适合用代数方法运算,因此在实践中应用很广;

② 算术平均数易受极端变量值影响,而且受极大值的影响大于受极小值的影响,从而代表性变小;

③ 当组距数列有开口组时,由于组中值不易确定,所以算术平均数的代表性变得不可靠.

(二) 调和平均数

1. 调和平均数的概念

在某些场合,由于资料的限制,无法直接得到被平均的标志值的相应次数,这时就要计算调和平均数. 调和平均数是数值平均数的一种,它是各个变量值倒数的算术平均数的倒数,即用各标志值的倒数作为新变量,以标志总量为权数进行加权的算术平均数的倒数,故又称为倒数平均数.

2. 调和平均数的种类及计算

根据掌握的资料和计算上的复杂程度不同,调和平均数可分为简单调和平均数和加权调和平均数两种.

(1) 简单调和平均数

【例 4-14】 在超市里有 3 种类型的苹果,每千克单价分别是 1.00 元、1.60元、2.00 元. 若每种各买 1 元钱,试计算苹果每千克的平均价格.

在这里,平均价格的计算方法有两种:

① 对 3 种价格进行平均,用简单算术平均数方法:

$$\overline{X} = \frac{1.00 + 1.60 + 2.00}{3} = \frac{4.60}{3} = 1.53\ (元/千克)$$

② 总金额除以总数量,即用简单调和平均数方法:

$$\overline{X}_H = \frac{1+1+1}{\frac{1}{1.00} + \frac{1}{1.60} + \frac{1}{2.00}} = \frac{3}{2.125} = 1.41\ (元/千克)$$

这两种方法计算出的平均价格为什么不同呢? 因为前一种平均价格是用简单算术平均数方法计算的,后一种平均价格是用简单调和平均数方法计算的. 前一种方法依据 3 种类型单价的简单平均计算,它是假设 3 种苹果购买的数量相同(1 千克),这样平均价格只受每种苹果单价的影响,而不受购买数量的影响;而后一种简单调和平均数,不仅受 3 种苹果不同价格的影响,还受 3 种苹果购买数量不同的影响,所以两种方法计算的平均价格是不同的. 此例中哪种平均价格更具代表性呢? 在销售量不同的情况下,应考虑销售量这个因素对平均价格的影响,故此例中第二种平均价格(1.41 元/千克)更具有代表性.

简单调和平均数适用于掌握了标志值所在组的标志值总量,且各组标志值总量相等,但不知道被平均标志值的相应次数的情况,其计算公式是

$$\overline{X}_H = \frac{n}{\frac{1}{X_1} + \frac{1}{X_2} + \frac{1}{X_3}} = \frac{n}{\sum \frac{1}{X}}$$

式中 $\overline{X}_H$ 为调和平均数.

（2）加权调和平均数

如果所给的资料不像例 4-14 中 3 种类型的苹果各买 1 元，而是各购买不同的金额，形成一个变量数列，那么每种价格所起的作用就不同了，此时就不能用简单调和平均数，而必须用加权调和平均数的公式计算.

加权调和平均数适用于掌握了标志值所在组的标志值总量，且各组标志值总量不相等，但不知道被平均标志值的相应次数的情况. 其计算公式是：

$$\overline{X}_H = \frac{m_1 + m_2 + \cdots + m_n}{\dfrac{m_1}{X_1} + \dfrac{m_2}{X_2} + \cdots + \dfrac{m_n}{X_n}} = \frac{\sum m}{\sum \dfrac{m}{X}}$$

式中：m 为权数，是各组的标志总量；$\sum m$ 为总体标志总量；X 为各组的变量值；$\sum \dfrac{m}{X}$ 为总体单位总量.

【例 4-15】 某商品在三个农贸市场销售情况如表 4-7 所示，试根据表中资料计算该商品的平均单价.

表 4-7　某商品在三个农贸市场的销售情况

市　　场	单价 X（元/千克）	销售额 m（元）	销售量 $\dfrac{m}{X}$（千克）
甲	1.00	26000	26000
乙	1.20	24000	20000
丙	1.50	30000	20000
合　计	—	80000	66000

$$\overline{X}_H = \frac{\sum m}{\sum \dfrac{m}{X}} = \frac{26000 + 24000 + 30000}{\dfrac{26000}{1.00} + \dfrac{24000}{1.20} + \dfrac{30000}{1.50}} = \frac{80000}{66000} = 1.21 \text{（元／千克）}$$

式中：m 为销售金额，即权数；价格 X 为变量值；分子是销售总金额，即总体标志总量；分母为销售量之和，即总体单位总量.

由此可见，不论是算术平均数还是调和平均数，都是总体标志总量与总体单位总数之比，同一个资料计算结果相同，两者的经济意义也完全一样. 事实上，加权调和平均法与加权算术平均法并无本质区别，只是由于掌握的资料不同，而采用了不同的计算形式而已. 由于标志总量 $m = Xf$，因此，称 m 为暗含权数. 在社会经济统计中，加权调和平均数实际上是作为加权算术平均数的变形来使用的. 其变形关系如下：

$$\overline{X}_H = \frac{\sum m}{\sum \frac{m}{X}} = \frac{\sum Xf}{\sum \frac{Xf}{X}} = \frac{\sum Xf}{\sum f} = \overline{X}$$

但简单调和平均数并不是简单算术平均数的变形,而是加权调和平均数在各组标志总量相等时的特例. 若 $m_1 = m_2 = m_3 = \cdots = m_n = m$ 时,则

$$\overline{X}_H = \frac{\sum m}{\sum \frac{m}{X}} = \frac{nm}{m \sum \frac{1}{X}} = \frac{n}{\sum \frac{1}{X}}$$

3. 调和平均数的应用特点

(1) 如果数列中有一标志值为零,则无法计算 $\overline{X}_H$;

(2) 作为一种倒数平均数,调和平均数也易受极端值的影响,且受极小值的影响大于受极大值的影响;

(3) 当组距数列有开口组时,组中值的假定性对调和平均数的影响同样存在;

(4) 调和平均数的应用范围狭小,没有算术平均数运用广泛.

4. 算术平均数和调和平均数的应用

综上所述,对于同一问题的研究,算术平均数和调和平均数的实际意义是相同的,计算公式也可以相互推算,采用哪一种方法完全取决于所掌握的实际资料. 一般而言,计算平均指标时,如果资料中没有直接给出所计算指标的分子数,就要选择算术平均数的公式,即以分母资料为权数 f,先用乘的办法求出总体标志总量,再与总体单位数对比计算平均数;如果没有直接给出所计算指标的分母数,应选择调和平均数的公式,以分子资料为权数 m,用除的办法求出总体单位数,再按平均数的基本公式计算即可. 为方便记忆即可简记为"子调母算".

实际工作中,往往会出现这样的情况,反映总体各单位数量特征的标志值以相对数或平均数的形式出现. 要计算平均指标时,一般情况下均不能将该相对数或平均数采用简单平均的办法计算,而应当采用加权算术平均数或调和平均数,还原成该相对数或平均数的基本公式后再计算.

(1) 由相对数计算平均数

【例 4-16】 甲、乙、丙三个企业产值计划执行情况如表 4-8 所示.

表 4-8　三个企业产值计划执行情况

企业	计划完成 X	产值计划任务数 f(万元)	产值实际完成数 Xf(万元)
甲	95%	150	142.5
乙	108%	200	216
丙	115%	360	414
合计	—	710	772.5

根据表 4-8 资料,要求三个企业产值计划完成百分数,就应用平均分析的方法.实际上,三个企业的计划完成程度既是一个相对指标,同时也是三个企业计划完成程度的一种集中趋势,即平均的计划完成程度.计划完成程度的基本公式是"计划完成程度＝实际完成数÷计划任务数",而表中只有计划产值而没有实际产值,缺少分子资料,应按加权算术平均的方法计算,即:

$$产值计划平均完成程度 = \frac{实际完成数}{计划任务数} \times 100\%$$

$$= \frac{\sum Xf}{\sum f} = \frac{772.5}{710} \times 100\% = 108.80\%$$

如果掌握的资料是实际完成数,而不知道计划任务数,如表 4-9 所示,就应选用调和平均的方法计算其平均计划完成程度.

【例 4-17】 三个企业产值计划执行情况如表 4-9 所示.

表 4-9　三个企业产值计划执行情况

企　业	计划完成 X	产值实际完成数 m(万元)	产值计划任务数 $\frac{m}{X}$(万元)
甲	95%	142.5	150
乙	108%	216	200
丙	115%	414	360
合　计	—	772.5	710

$$产值计划平均完成程度 = \frac{实际完成数}{计划任务数} \times 100\%$$

$$= \frac{\sum m}{\sum \frac{m}{X}} = \frac{772.5}{710} = 108.80\%$$

计算结果与加权算术平均数一致.

(2) 由平均数计算平均数

【例 4-18】 某商品不同等级的价格及销售量资料如表 4-10 所示.则该商品平均价格为

$$\overline{X}_H = \frac{\sum m}{\sum \frac{m}{X}} = \frac{230000}{90000} = 2.56\,(元/千克)$$

表 4-10　某商品平均价格计算表

等　级	价格 X(元/千克)	销售额 m(元)	销售量 $\frac{m}{X}$(千克)
一　级	3.00	90000	30000
二　级	2.50	100000	40000
三　级	2.00	40000	20000
合　计	—	230000	90000

在例 4-18 中,价格实际是平均数,总平均价格是由平均数求平均数,采用的是加权调和平均数的方法. 假设例 4-18 中已知条件改变一下,如表 4-11 所示. 则该商品的平均价格为

$$\overline{X} = \frac{\sum Xf}{\sum f} = \frac{230000}{90000} = 2.56\,(\text{元}/\text{千克})$$

表 4-11　某商品平均价格计算表

等　级	价格 X(元/千克)	销售量 f(千克)	销售额 Xf(元)
一　级	3.00	30000	90000
二　级	2.50	40000	100000
三　级	2.00	20000	40000
合　计	—	90000	230000

已知条件变动后,我们采用加权算术平均数方法计算.

(三) 几何平均数

1. 几何平均数的概念

几何平均数又称对数平均数,它是若干项变量连乘积开其项数次方的算术根. 一般只适用于变量值为相对数,且这些变量值的连乘积有明确的经济意义,如变量值的连乘积等于总比率或总速度. 在社会经济现象中,如连续加工的产品合格率、连续环节销售的产品本利率、连续投资的本利率(或本息率)和连续比较的(环比)发展速度等,都可采用几何平均法得出平均数.

2. 几何平均数的种类及计算

根据掌握的资料不同,几何平均数分为简单几何平均数和加权几何平均数.

(1) 简单几何平均数

简单几何平均数适用于资料未分组的情况,其计算公式为

$$\overline{X}_G = \sqrt[n]{X_1 \cdot X_2 \cdots X_n} = \sqrt[n]{\prod X}$$

式中：$\overline{X}_G$ 为发展速度；n 为变量值个数；$\prod$ 为连乘积符号.

【例 4-19】 某机械厂生产机器，要经过毛坯、粗加工、精加工、装配四个连续作业的车间. 某批产品在毛坯车间制品合格率为 97%，粗加工车间制品合格率为 93%，精加工车间制品合格率为 91%，装配车间产品合格率为 87%，求各车间制品平均合格率.

由于各车间制品的合格率总和并不等于全厂产品的总合格率，后续车间的合格率是在前　车间制品全部合格基础上计算的，因此全厂产品总合格率等于各车间制品合格率的连乘积，所以要采用几何平均法计算各车间制品平均合格率. 车间制品平均合格率为

$$\overline{X}_G = \sqrt[n]{X_1 \cdot X_2 \cdots X_n} = \sqrt[4]{97\% \times 93\% \times 91\% \times 87\%} = 91.93\%$$

计算几何平均数往往需要开多次方，为方便起见，通常利用对数计算.

（2）加权几何平均数

如果标志值较多，且出现的次数不同，计算几何平均数应采用加权的形式. 加权几何平均数的公式为

$$\overline{X}_G = \sqrt[f_1+f_2+\cdots+f_n]{X_1^{f_1} \cdot X_2^{f_2} \cdots X_n^{f_n}} = \sqrt[\sum f]{\prod X^f}$$

式中 f 为各变量值出现的次数，即权数.

【例 4-20】 某投资银行一笔长期投资的年利率是按复利计算的，25 年的年利率情况是：有 1 年为 3%，有 3 年为 5%，有 10 年为 8%，有 8 年为 10%，有 3 年为 15%，求平均年利率.

在计算平均年利率时，必须先将各年利率加 100% 换算成各年本利率，再按加权几何平均数方法计算平均本利率，然后减 100% 得平均年利率.

$$\overline{X}_G = \sqrt[f_1+f_2+\cdots+f_n]{X_1^{f_1} \cdot X_2^{f_2} \cdots X_n^{f_n}}$$
$$= \sqrt[1+3+10+8+3]{103\% \times 105\%^3 \times 108\%^{10} \times 110\%^8 \times 115\%^3}$$
$$= \sqrt[25]{8.236} = 108.8\%$$

平均年利率 $=108.8\% - 100\% = 8.8\%$

在社会经济统计中，几何平均数常用于计算国民经济的平均发展速度，关于这个问题，将在第五章动态分析指标中论述.

3. 几何平均数的应用特点

（1）几何平均数的数值受极端值的影响要小于算术平均数和调和平均数；

（2）几何平均数的计算较为复杂，应用范围较窄，而且其概念不如算术平均数明确；

（3）几何平均数是计算平均比率和平均速度最适用的一种方法.

（四）众数

1. 众数的概念

众数是现象总体中出现次数最多的标志值,用字母 M_o 表示. 在观察某一总体时,遇到次数最多的标志值,在统计上称为众数,它是最普遍、最一般的,因而,可以用来说明社会经济现象的一般水平. 例如,某班级男生身高大多为 1.75 米,这 1.75 米即为该班级男生身高的众数.

在实际工作中,众数运用较广泛. 例如,说明消费者需要的鞋、袜、帽等最普遍的尺码、需求量多的服装款式、市场上某种商品最普遍的价格水平、企业工人中最普遍的工资水平、文化层次等.

2. 众数的确定

由于资料及变量数列有不同类型,确定众数可采用不同的方法.

（1）变量未分组或单项数列

这种类型比较简单,只要根据概念找出次数最多的标志值即可.

从表 4-12 资料中可判断,日产零件 22 件的工人共有 40 人,次数最多,所以 $M_o=22$ 件,其代表工人劳动生产率的一般水平,可以作为制定生产定额的依据.

表 4-12   某车间工人日产零件统计表

工人按日产零件分组（件）	人 数（人）
18	3
19	15
20	18
22	40
25	9
28	5
合 计	90

（2）组距数列. 组距数列确定众数,首先要根据出现次数多少确定众数所在组,然后利用公式计算众数的近似值. 其计算公式为

下限公式 $M_o = L + \dfrac{\Delta_1}{\Delta_1 + \Delta_2} \cdot d$

上限公式 $M_o = U - \dfrac{\Delta_2}{\Delta_1 + \Delta_2} \cdot d$

式中:L 表示众数所在组的下限;U 表示众数所在组的上限;Δ_1 表示众数所在组的次数与其前一组次数之差;Δ_2 表示众数所在组的次数与其后一组次数之差;d 表示众数所在组的组距.

【例 4-21】 某车间 50 个工人月产量统计资料如表 4-13 所示,试确定众数.

表 4-13　某车间 50 个工人月产量统计表

月产量(千克)	工人数(人)
200 以下	3
200～400	7
400～600	32
600～800	8
合　　计	50

确定工人月产量众数,首先要找出众数所在组,显然,第 3 组人数为 32 人,次数最多,众数在第 3 组,然后代公式计算.

用下限公式计算:

$$M_o = L + \frac{\Delta_1}{\Delta_1 + \Delta_2} \cdot d = 400 + \frac{32-7}{(32-7)+(32-8)} \times (600-400) = 502 （千克）$$

用上限公式计算:

$$M_o = U - \frac{\Delta_2}{\Delta_1 + \Delta_2} \cdot d = 600 - \frac{32-8}{(32-7)+(32-8)} \times (600-400) = 502 （千克）$$

可以看到,两种公式计算结果是完全相同的.

3. 众数的应用特点

(1) 众数可通过其次数的多少来反映研究总体次数分布的集中状况,其次数在总体单位总量中所占比重越大,表明研究总体集中程度越高,众数对总体的代表性也越大,因此它不受极端变量值的影响;

(2) 在组距数列中,各组分布的次数受组距大小的影响,所以,根据组距数列确定众数时,要保证各组组距相等;

(3) 当数列没有明显的集中趋势而趋于均匀分布时,不存在众数.

(五) 中位数

1. 中位数的概念

将总体各单位的标志值按大小顺序排列,处于中点位置的标志值为中位数,用 M_e 表示. 可见,中位数把全部标志值分成两个部分:一半的标志值比它大,一半的标志值比它小.

中位数是根据位置确定的,因此在某些场合用中位数反映现象的一般水平要

比用算术平均数更具有代表性. 例如,在人口统计中,计算人口年龄中位数,可以反映人口年龄构成的特点;在工业产品质量检查和季节变动分析中,也常常采用中位数.

2. 中位数的确定

由于所掌握资料不同,中位数的确定方法也有所不同.

(1) 根据未分组资料确定中位数

其方法是将各单位的标志数值按大小次序排列,处于中间位置的标志值(变量值)就是中位数. 具体做法是先算出中位数位置,然后找出中位数位置所对应的变量值,这个变量值就是中位数.

$$中位数位置=\frac{n+1}{2}$$

式中 n 为各变量值个数之和.

如果 n 为奇数,处于中间位置的某一变量值即为中位数. 例如某生产小组 5 个工人生产产品的日产量(件)分别为 16、19、23、27、29,则

$$中位数位置=\frac{5+1}{2}=3$$

即第三位工人的日产量 23 件就是中位数.

如果 n 为偶数,则居中间的两个变量值的算术平均数是中位数. 如果某生产小组 6 个工人生产产品的日产量(件)分别为 16、19、23、27、29、36,则

$$中位数位置=\frac{6+1}{2}=3.5$$

这个位置介于第 3、第 4 位工人之间,则日产量的中位数是 $\frac{23+27}{2}=25$ (件).

(2) 根据分组资料确定中位数

分组资料可以分为单项数列和组距数列.

① 根据单项数列确定中位数

首先计算累计次数,其次确定中位数所在的组,则 $\frac{\sum f+1}{2}$ 所在的组即为中位数.

【例 4-22】 某学院 2007 学年共有 35 名同学获得奖学金,其分布情况及计算见表 4-14.

由表 4-14 中的资料可知

$$中位数位置=\frac{35+1}{2}=18$$

即排序后的第 18 个同学为中位数的位置,则包含 18 的向上累计次数 20(或向下累计次数 24)所对应的组就是中位数所在的组,即第三组是中位数所在的组,标志值

1000 元即为中位数.

表 4-14　学生奖学金分布情况及计算

奖学金金额 （元/人）	人　数（人）	人数累计（人）	
		向上累计	向下累计
500	4	4	35
800	7	11	31
1000	9	20	24
1500	8	28	15
2000	7	35	7
合　计	35	—	—

② 根据组距数列确定中位数

根据组距数列确定中位数,应先按 $\dfrac{\sum f}{2}$ 求出中位数所在组的位置,然后代入公式计算. 其计算公式为

下限公式（向上累计时用）　　$M_e = L + \dfrac{\dfrac{\sum f}{2} - S_{m-1}}{f_m} \cdot d$

上限公式（向下累计时用）　　$M_e = U - \dfrac{\dfrac{\sum f}{2} - S_{m+1}}{f_m} \cdot d$

式中: M_e 为中位数; L 为中位数所在组的下限, U 为中位数所在组的上限; f_m 为中位数所在组的次数; S_{m-1} 为中位数所在组以前各组的累计次数; S_{m+1} 为中位数所在组以后各组的累计次数; d 为中位数所在组的组距.

【例 4-23】　仍以表 4-13 资料为例,确定工人月产量中位数.

初步计算如表 4-15 所示.

表 4-15　某车间 50 个工人日产量中位数计算表

月产量（千克）	工人数（人）	向上累计	向下累计
200 以下	3	3	50
200～400	7	10	47
400～600	32	42	40
600～800	8	50	8
合　计	50	—	—

按下限公式为

$$M_e = L + \frac{\frac{\sum f}{2} - S_{m-1}}{f_m} \cdot d = 400 + \frac{\frac{50}{2} - 10}{32} \times 200 = 493.8\ (千克)$$

按上限公式为

$$M_e = U - \frac{\frac{\sum f}{2} - S_{m+1}}{f_m} \cdot d = 600 - \frac{\frac{50}{2} - 8}{32} \times 200 = 493.8\ (千克)$$

计算结果表明,日产量的中位数为 493.8 千克.

可见,用上限公式和下限公式计算,其结果是相同的.

3. 中位数的应用特点

(1) 中位数不受极端值的影响,所以当一项变量数列中含有极大值或极小值时,较适宜采用中位数.

(2) 求按品质标志定位的事物的代表水平时可用中位数. 例如,同一颜色的油漆,可按深浅排序,取居中的油漆为中位数.

(3) 计算复杂,不适宜作进一步数学运算.

三、计算和应用平均指标应注意的问题

在统计研究和分析中,平均指标得到了极其广泛的应用,为了保证平均指标的科学性,更好地发挥其作用,在应用时应注意以下问题.

(一)在同质总体中计算和应用平均指标

同质总体是指由性质相同的同类单位构成的总体. 只有在同质总体中,总体各单位才具有共同的特征,这样才能按某一数量标志计算其平均数. 把本质不同的事物放在一起平均,将会形成一种虚构的平均数,会抹杀现象之间的本质差异,歪曲现象的真实情况. 因此,总体的同质性是计算应用平均指标首先要注意的问题. 例如研究职工的收入状况,就不能将收入较多的个体工商业者列入,否则就会掩盖不同类型人员收入的差异性,造成"虚构的平均数".

(二)用组平均数补充说明总平均数

总平均数虽然是以同质总体为基础计算的,但在总体单位之间还存在很大的差别,并对总平均数有重要的影响作用. 因此,还要进一步利用分组法,计算组平均数,来补充说明总平均数,揭示现象内部结构对总平均指标的影响. 现以表4-16的资料为例来说明.

表 4-16　甲、乙两厂工人工资水平分析表

组　别	甲　厂				乙　厂			
	工人数(1)	比重	工资总额(2)	平均工资(2)/(1)	工人数(4)	比重	工资总额(5)	平均工资(5)/(4)
熟练工人	216	90%	1728000	8000	156	78%	1279200	8200
学　徒	24	10%	120000	5000	44	22%	237600	5400
合　计	240	100%	1848000	7700	200	100%	1516800	7500.8

从表中的总平均工资来看,甲厂为 7700 元,乙厂为 7500.8 元,甲厂的工资水平高于乙厂.但是,从分组以后计算的平均工资看,乙厂各类工人的工资水平却比甲厂高.其原因就在于甲厂工资水平高的熟练工人在工人总数中占的比重高于乙厂,而工资水平低的学徒在甲厂的比重又低于乙厂.正是由于这种工资水平不同的工人人数结构差别的影响,使甲厂的总平均工资高于乙厂.可见,只用总平均数说明问题显然是不充分的,必须计算组平均数,补充说明总平均数.

（三）用分配数列补充说明总平均数

平均指标为了说明现象的共性,突出其一般水平,把总体中各单位的差异抽象化、平均化了,从而掩盖了总体各单位某个数量标志上的差异及其分配情况.为了深入地对现象进行研究,还要结合原来的分配数列具体分析总体内部结构变化,补充说明平均数,以便多视角地观察问题.现以表 4-17 的资料为例来说明.

表 4-17　2007 年某市商业局所属各商业企业商品销售计划完成情况

按计划完成程度分组	商业企业数（个）
80% 以下	6
80%～90%	10
90%～100%	16
100%～110%	45
110%～120%	26
120%～130%	7
合　计	110

根据该市各商业企业的全部实际销售额和全部计划销售额计算,其总平均计划完成程度为 108%,这说明该市商业企业的商品销售计划完成得比较好,平均超 8% 完成销售计划任务.如果结合分配数列观察,有 32 个企业没有完成销售计划,

有 33 个企业超额 10％以上完成了销售计划.用分配数列补充说明平均计划完成程度,便于我们进一步研究后进企业的问题,总结推广先进企业的经验.

(四)注意一般与个别相结合,把平均数和典型事例结合起来

任何事物的发展都是不平衡的,在同一总体中,既有先进部分,也有后进部分,而平均数反映总体的一般水平及共性,同时也掩盖被研究现象的个性.因此,为了全面深入地认识事物,在应用平均数时,需要结合个别的典型事物,研究先进和落后的典型,发现新生事物,加以总结和推广,推动事物的发展.

(五)注意选择适当的平均数计算形式,并与标志变异指标结合运用

根据研究的目的和掌握的统计资料情况来选用各种平均数.选择恰当,就能反映总体的一般水平,否则就不能反映总体.同时,应用平均数还必须与标志变异指标结合起来,用变异指标衡量平均指标的代表性,说明平均指标反映总体一般水平的有效程度,使分析结论更全面、更可靠.

第四节　标志变异指标

一、标志变异指标的意义

(一)标志变异指标的概念

平均指标将总体各单位标志值的数量差异抽象化,用一个代表值反映现象的一般水平.它掩盖了总体各单位标志值之间的差异,但在同一总体中,各单位标志值之间的差异依然是客观存在的.因此为了反映现象的全貌,有必要把各单位标志值中最大值、最小值及其差距反映出来,计算出平均差异大小和差异的相对程度,即对差异(或称变异)程度进行测定.

标志变异指标就是反映总体各单位标志值的变异程度或离差程度的综合指标,又称标志变动度.它能够说明统计数列中以平均数为中心,总体各单位标志值的差异大小范围或离散程度.如果说平均指标说明分配数列中变量的集中趋势,用一个代表性的数值反映总体分布的集中数量特征;那么标志变异指标则说明变量的离中趋势,反映总体分布的离中数量特征.在研究现象总体数量特征时,仅用平均指标说明是不够的,应该既看到总体的集中趋势,又看到总体的离中趋势,这样才能全面认识总体的数量特征.所以,要把平均指标与变异指标结合起来运用.

（二）标志变异指标的作用

1. 标志变异指标可以衡量平均指标的代表性

平均指标作为总体各单位标志值一般水平的代表性指标,其代表性大小与标志变异指标的大小成反比关系,即标志变异指标越大,平均指标的代表性越小;标志变异指标越小,平均指标的代表性越大.

【例 4-24】 有甲、乙两组职工,每组 7 人,每人月工资收入资料如下:

　　　　A 组(元) 　1400,1420,1460,1500,1540,1580,1600
　　　　B 组(元) 　1100,1300,1400,1500,1600,1700,1900

通过计算 A、B 两组职工的月平均工资收入相等,都为 1500 元,但 A 组职工之间工资收入相差不大,分布相对集中;而 B 组职工之间工资收入相差很大,分布很分散.因此,月平均工资虽均为 1500 元,但对 A 组来说,代表性较大,对 B 组来说,代表性较小.

2. 标志变异指标可以说明现象变动的稳定性、均衡性

计算同类总体的标志变异指标,并进行比较,可以观察标志值变动的稳定程度或均衡状态.例如,观察工业企业的生产情况,在研究生产计划完成程度的基础上,利用标志变异指标可以测定生产过程的均衡性;又如对一批产品的质量检验,如电灯泡、电磁炉的耐用时间,汽车轮胎的行驶里程等,测定其标志变异指标,若标志变异指标较大,产品质量不稳定;若标志变异指标较小,产品质量较为稳定.

3. 标志变异指标的大小有助于确定必要的样本单位数

进行抽样调查时,为了合理地利用人力、财力、物力和时间,应正确地确定必要的样本单位数(内容详见第七章抽样推断),抽取的样本单位数过多或过少都会影响样本平均指标的代表性.而标志变异指标的大小可以帮助我们正确地确定必要的样本单位数.

二、标志变异指标的种类和计算

标志变异指标一般有全距、平均差、标准差、离散系数等几种.全距、平均差、标准差的计量单位与平均数相同,是绝对数形式;而离散系数是标志变异指标的相对数形式.

（一）全距

全距又称极差,是总体各单位标志值中最大值与最小值之差,用以说明标志值变动范围的大小,通常用 R 表示,其计量单位与标志值计量单位相同,即

$$R = X_{\max} - X_{\min}$$

例 4-24 中,A 组职工工资收入的 $R_A = 1600 - 1400 = 200$(元),B 组职工工资收入的 $R_B = 1900 - 1100 = 800$(元),A 组职工工资收入差异小于 B 组职工工资收入差异. 可见,全距数值越小,反映变量值越集中,标志变异程度越小,平均数的代表性越好;全距数值越大,反映变量值越分散,标志变异程度越大,平均数的代表性越差.

若根据组距数列计算全距,可用最高组的上限减去最低组的下限,求得全距的近似值. 但含有开口组时,若不知极端数值,则无法求全距.

全距测定标志变异程度的优点是计算简单,运用方便,但它只从两端数值考虑,没有反映其他数据的差异,所以,当极端数值相差较大,而中间数值分布比较均匀时,便不能确切反映各标志值的差异程度.

在实际工作中,全距常用来检查产品质量的稳定性和进行质量控制. 因为在正常生产的条件下,产品质量比较稳定,全距在一定范围内波动. 若全距超过给定的范围,就说明有不正常情况产生. 所以,利用全距有助于及时发现问题,以便采取措施,保证产品质量.

(二)平均差

全距的大小仅取决于数据中的两个极值. 只有能够测度全部观察值对中心位置的平均偏差,才能对资料的离散程度作出最综合性的说明. 要测度全部数据偏离集中趋势的程度,很自然的一个设想就是计算各数值偏离平均数的平均距离. 计算平均差的目的是测算各单位标志值与其算术平均数离差的大小. 但因离差有正,有负,还可能是零,所以为了避免加总过程中的正负抵消,计算平均差时要取离差的绝对值.

平均差是总体各单位标志值与其算术平均数离差的绝对值的算术平均数,通常以 A.D. 表示. 平均差的计量单位与标志值计量单位相同,由于掌握的资料不同,算术平均数有简单和加权两种形式,因而平均差也有简单平均差和加权平均差两种计算形式.

1. 简单平均差

若掌握的资料是未分组资料,则采用简单算术平均法计算平均差,其计算公式为

$$A.D. = \frac{\sum |X - \overline{X}|}{n}$$

【例 4-25】 某车间两个班组某月份工人的每人奖金未经分组的资料如表 4-18 所示,求平均差.

第一组的平均差为

$$A.D._1 = \frac{\sum |X - \overline{X}_1|}{n} = \frac{180}{6} = 30 \text{（元）}$$

表 4-18　平均差计算表

第一组（$\overline{X}_1$＝110 元）			第二组（$\overline{X}_2$＝110 元）		
月奖金（元）	离　差	离差绝对值	月奖金（元）	离　差	离差绝对值
X	$\overline{X}_1$	$|X-\overline{X}_1|$	X	$X-\overline{X}_2$	$|X-\overline{X}_2|$
60	−50	50	100	10	10
80	−30	30	105	5	5
100	−10	10	110	0	0
120	10	10	110	0	0
140	30	30	115	5	5
160	50	50	120	10	10
合　计	—	180	合　计	—	30

第二组的平均差为

$$A.D._2 = \frac{\sum |X - \overline{X}_2|}{n} = \frac{30}{6} = 5 \text{（元）}$$

　　计算结果表明,第一组和第二组两组工人的平均月奖金虽然都是 110 元,但是,第一组的平均差(30 元)比第二组的平均差(5 元)大,所以,第一组平均数的代表性小于第二组平均数的代表性.

2. 加权平均差

　　如果掌握的是已分组的单项式数列或组距式数列资料时,则应采用加权平均差.其计算公式为

$$A.D. = \frac{\sum |X - \overline{X}|f}{\sum f}$$

　　【例 4-26】　某工厂包装车间有甲乙两个班组,工人对某产品的日包装量情况是:甲班组工人的平均日包装量为 57 件,工人日包装量的平均差为 12 件;乙班组工人的日包装量及有关计算资料见表 4-19.

　　乙组工人平均日包装量

$$\overline{X}_Z = \frac{\sum Xf}{\sum f} = \frac{3420}{60} = 57 \text{（件）}$$

乙组工人日包装量的平均差

$$A.D. = \frac{\sum |X - \overline{X}| f}{\sum f} = \frac{604}{60} = 10.07 \text{（件）}$$

通过计算看出,甲、乙两个班组工人的平均日包装量均是 57 件,但甲班组工人日包装量的平均差大于乙班组的,所以,甲班组工人平均日包装量的代表性比乙班组的低.

表 4-19　加权式平均差计算表

按日包装量分组(件)	工人数(人)	组中值日包装	总量(件)	离差	离差绝对值	以工人数加权的离差绝对值
	f	X	Xf	$X - \overline{X}$	$|X - \overline{X}|$	$|X - \overline{X}| f$
40 以下	5	35	175	−22	22	110
40～50	13	45	585	−12	12	156
50～60	18	55	990	2	2	36
60～70	15	65	975	8	8	120
70～80	7	75	525	18	18	126
80 以上	2	85	170	28	28	56
合　计	60	—	3420	—		604

平均差计算简单,反映了每个数据与平均数的平均离差程度,能全面准确地反映一组数据的离散状况.平均差越大,说明数据的离散程度越大;反之,说明数据的离散程度越小.平均差的意义明确,反映了各标志值与平均数的平均差异程度,综合反映总体的离差大小.但是,由于采用离差绝对值计算,而绝对值符号不适于代数运算,因此在实际应用上受到了很大的限制.

（三）标准差

标准差是总体中各单位标志值与算术平均数离差平方和的算术平均数的平方根,故又称为均方差,一般用 σ 表示.标准差的平方称为方差,一般用 σ^2 表示.标准差的实质与平均差基本相同,也是各个标志值对其算术平均数的平均离差,即平均距离.标准差与平均差只是在数学处理上的不同,平均差是利用绝对值来消除正负离差抵消,而标准差是利用先平方后开方的方式消除正负离差抵消.比较起来,标准差更适合代数运算,它是标志变异指标中最常用、最重要的指标.

根据所掌握资料的不同,标准差可分为简单标准差和加权标准差.

1. 简单标准差

若掌握的资料是未分组资料,可采用如下公式计算简单标准差:

$$\sigma = \sqrt{\frac{\sum (X - \overline{X})^2}{n}}$$

【例4-27】 某车间两个班组某月份工人的每人奖金未经分组的资料如表4-18所示,求标准差.

表 4-20   标准差计算表

第一组($\overline{X}_1 = 110$ 元)			第二组($\overline{X}_2 = 110$ 元)		
月奖金(元)	离　差	离差平方	月奖金(元)	离　差	离差平方
X	$X - \overline{X}_1$	$(X - \overline{X}_1)^2$	X	$X - \overline{X}_2$	$(X - \overline{X}_2)^2$
60	-50	2500	100	10	100
80	-30	900	105	5	25
100	-10	100	110	0	0
120	10	100	110	0	0
140	30	900	115	5	25
160	50	2500	120	10	100
合　计	—	7000	合　计	—	250

第一组的标准差为

$$\sigma_1 = \sqrt{\frac{\sum (X - \overline{X}_1)^2}{n}} = \sqrt{\frac{7000}{6}} = 34.16 \text{（元）}$$

第二组的标准差为

$$\sigma_2 = \sqrt{\frac{\sum (X - \overline{X}_2)^2}{n}} = \sqrt{\frac{250}{6}} = 6.45 \text{（元）}$$

计算结果表明,第一组和第二组两组工人的平均月奖金相等的条件下,标准差大,平均数的代表性就高;标准差小,平均数的代表性就低.所以,第二组平均数代表性高于第一组.

2. 加权标准差

若掌握的资料是分组资料,可采用如下公式计算加权标准差:

$$\sigma = \sqrt{\frac{\sum (X - \overline{X}_2)^2 f}{\sum f}}$$

【例4-28】 例4-26的某工厂包装车间甲乙两个班组,工人对某产品的日包装

量情况是:甲班组工人的平均日包装量为 57 件,工人日包装量的标准差为 14.73 件;乙班组工人的日包装量及有关计算资料见表 4-21.

表 4-21　工人日包装量加权标准差计算表

按日包装量 分组(件)	工人数(人)	组中值	日包装总量 (件)	离差	离差平方	以工人数加权 的离差绝对值
甲	f	X	Xf	$X-\overline{X}$	$(X-\overline{X})^2$	$(X-\overline{X})^2 f$
40 以下	5	35	175	-22	484	2420
40～50	13	45	585	-12	144	1872
50～60	18	55	990	2	4	72
60～70	15	65	975	8	64	960
70～80	7	75	525	18	324	2268
80 以上	2	85	170	28	784	1568
合　计	60		3420	—	—	9160

乙组工人平均日包装量为

$$\overline{X}_Z = \frac{\sum Xf}{\sum f} = \frac{3420}{60} = 57 \text{（件）}$$

乙组工人日包装量的标准差为

$$\sigma = \sqrt{\frac{\sum (X-\overline{X})^2 f}{\sum f}} = \sqrt{\frac{9160}{60}} = 12.36 \text{（件）}$$

通过计算看出,甲乙两班组工人的平均日包装量均是 57 件,但甲班组工人日包装量的标准差大于乙班组的,所以,甲班组工人平均日包装量的代表性比乙班组低.

标准差与平均差既有相同之处又有不同之处,相同之处表现在:两者都是以平均数为中心,换句话说都是与平均数相比较,测定所有标志值变动程度的. 不同之处表现在:平均差是以绝对值消除离差正负号的,标准差是以平方消除离差正负号的,以平方消除离差正负号在代数变换上优于绝对值的办法;同一个资料的标准差一定大于平均差,这正是标准差的放大作用,方差的放大效果更好. 标准差将标志值的差别程度放大后,并不影响对问题的分析结论,如例 4-26 与例 4-28,根据标准差与平均差分析的结论是一致的. 正是标准差代数变换的优越性和数值的放大作用,使其在统计分析中得到了比较广泛的应用.

4. 交替标志标准差

上述计算的标准差,是针对变量(即数量标志)现象而言的,是通过总体各单位变量值与平均数计算得出的变异结果. 如果是品质标志,它表现的属性只分为两种情况:①具有某种标志表现,可用"是"或"有"来表示;②不具有某种标志表现,则用"非"或"无"来表示. 如在全部产品中,分为合格品和不合格品;在全部人口中,分为男性和女性两组;对一电视节目,观众表现为收看或不看;在全部农作物播种面积中,分为受灾与非受灾面积. 通常将这种用"是"或"非"、"有"或"无"来表示的标志,称为是非标志或交替标志. 它也是统计中常用的一种标志,因此需要计算其平均数和标准差.

是非标志既然用"是"、"否"或"有"、"无"来回答,为分析的简化起见,也可以把它视为变量(可变数量标志),用符号 X 表示,又因为是非标志只有两个标志值,故可用 1 表示具有所研究的标志值,用 0 表示不具有所研究的标志值,即具有某种标志值 $X=1$,不具有某种标志值 $X=0$. 全部单位数用 N 表示,具有所研究的标志值的单位数用 N_1 表示,不具有所研究标志值的单位数用 N_0 表示,则 $N=N_1+N_0$,$N_0=N-N_1$. 这两部分单位数(N_1 或 N_0)占全部单位数 N 的比重,也称成数,可表示如下:

全部单位中具有所研究标志值的单位数所占比重(成数)用 p 表示,即

$$p = \frac{N_1}{N}$$

全部单位中不具有所研究标志值的单位数所占的比重(成数)用 q 表示,即

$$q = \frac{N_0}{N}$$

两个成数之和等于 1,即

$$p + q = \frac{N_1}{N} + \frac{N_0}{N} = \frac{N_1 + N_0}{N} = 1$$

现用是非标志值及比重(成数)来说明是非标志平均数和标准差的计算方法,见表 4-22.

表 4-22　是非标志平均数和标准差计算表

是非标志值 (变量值)X	总体单位数 f	变量值乘总体 单位数 Xf	离　差 $X-\overline{X}$	离差平方 $(X-\overline{X})^2$	离差平方乘权数 $(X-\overline{X})^2 f$
1	N_1	N_1	$1-p$	$(1-p)^2$	$(1-p)^2 N_1$
0	N_0	0	$0-p$	$(0-p)^2$	$(0-p)^2 N_0$
合　计	N	N_1	—	—	$(1-p)^2 N_1 + (0-p)^2 N_0$

是非标志的算术平均数为

$$\overline{X}_p = \frac{\sum Xf}{\sum f} = \frac{1 \times N_1 + 0 \times N_0}{N} = \frac{N_1}{N} = P$$

是非标志的标准差为

$$\sigma_p = \sqrt{\frac{\sum (X - \overline{X})^2 f}{\sum f}} = \sqrt{\frac{(1-p)^2 N_1 + (0-p)^2 N_0}{N}}$$

$$= \sqrt{q^2 p + p^2 q} = \sqrt{pq(p+q)} = \sqrt{pq} = \sqrt{p(1-p)}$$

可见,交替标志的平均数就是具有某种属性的单位数占总体的比重 p;交替标志的标准差是具有某种属性的单位数占总体的比重(p)和不具有某种属性的单位数占总体的比重(q)乘积的平方根;交替标志的方差就是两个成数(pq)的乘积.

例如,某电子元件厂甲车间生产 6000 支电子元件.合格品为 5400 支,不合格品为 600 支,电子元件合格率为 90%,其是非标志的平均数和标准差计算如下:

$$\overline{X}_p = \frac{\sum Xf}{\sum f} = p = 90\%$$

$$\sigma_p = \sqrt{\frac{\sum (X - \overline{X})^2 f}{\sum f}} = \sqrt{p(1-p)} = \sqrt{90\% \times 10\%} = 30\%$$

计算结果表明,该车间这批电子元件平均合格率为 90%,标准差为 30%.

5. 离散系数

全距、平均差、标准差均以绝对数形式来反映标志的变动程度(即离散趋势),变动程度的大小不仅取决于各变量值的大小,而且受计量单位和平均水平高低的影响(即平均水平相等,且计量单位相同者可比较,否则不能相比).因此,为了解决上述绝对指标的不足之处,就要计算离散系数.

离散系数是指各离散趋势绝对指标与其相应的平均数之比,也称变异系数.具体各有称呼,如全距与其相应的平均数之比称为极差系数(V_R);平均差与其相应的平均数之比称为平均差系数($V_{A.D.}$);标准差与其相应的平均数之比称之为标准差系数(V_σ)等.在实际生活中,标准差系数运用最广.

用 V 表示离散系数,计算公式如下:

$$V_R = \frac{R}{\overline{X}} \times 100\%, \quad V_{A.D.} = \frac{A.D.}{\overline{X}} \times 100\%, \quad V_\sigma = \frac{\sigma}{\overline{X}} \times 100\%$$

【例 4-29】 某公司下属两个分厂的资料如表 4-23 所示,计算标准差系数.

表 4-23　标准差系数计算表

厂名	平均产量 $\overline{X}$(件/人)	标准差 σ(件)	标准差系数 $V_\sigma = \frac{\sigma}{\overline{X}} \times 100\%$
甲	80	8	10
乙	100	9	9

例 4-29 中,甲厂的标准差虽然小于乙厂,但不能由此断言甲厂平均产量的代表性高于乙厂. 从数据可见,由于两个工厂的平均产量不相等,所以不能只根据标准差的大小作结论. 在这种情况下,只有通过标准差系数比较,才能消除不同数列平均水平所产生的影响. 此例中计算结果已经表明,乙厂标准差系数小于甲厂,所以,乙厂工人的平均产量代表性高于甲厂.

案例分析

某空调厂 2007 年生产情况分析

1. 案例资料

某空调厂 2007 年产量资料如表 4-24 所示. 此外,该厂 2007 年利润总额为 12542 万元,占用资金为 6.96 亿元;2007 年空调生产的单位成本计划降低 5.2%,实际降低 6.4%. 试运用各类相对指标对以上资料进行分析.

表 4-24　某空调厂产量表　　　　　　　　单位:万台

项　目	2006 年	2007 年		
		计　划	实　际	国家重点企业
窗　式	42	45	46	66
柜　式	10	15	20	30
合　计	52	60	66	96

2. 案例分析过程

根据以上资料,可以分别计算结构、比例、计划完成程度、比较、动态、强度相对指标,计算结果如表 4-25 所示.

表 4-25　相对指标计算表

项目	2006 年		2007 年							2007 年与国家重点企业比较	2007 比 2006 增长
	实际(万台)	比重	计划(万台)	比重	实际(万台)	比重	计划完成	国家重点企业(万台)	比重		
窗式	42	80.8%	45	75.0%	46	69.7%	102.2%	66	68.7%	69.7%	9.5%
柜式	10	19.2%	15	25.0%	20	30.3%	133.3%	30	31.3%	66.7%	100.0%
合计	52	100.0%	60	100.0%	66	100.0%	110.0%	96	100.0%	68.8%	26.9%

从表 4-24 可得到：

（1）结构相对指标

结构相对数的计算如表 4-24 内所示.

（2）比例相对数指标

比例相对数为

$$2006 \text{ 年} \qquad \text{窗式：柜式} = 42 : 10 = 4.2 : 1$$
$$2007 \text{ 年} \qquad \text{窗式：柜式} = 46 : 20 = 2.3 : 1$$

可见，随着人民生活水平的逐年提高，居住环境的改善，企业产品结构进行了调整，以满足市场需要，窗式空调比重由 2006 年 80.8% 下降为 69.7%，而柜式则由 19.2% 上升为 30.3%.

（3）计划完成程度相对指标

从表 4-24 中可见，2007 年空调产量不论窗式还是柜式，均超额完成计划，总体超额完成 10.0%，企业生产情况正常. 同时，企业在降低成本方面也取得了明显效果，单位成本实际比计划多下降 1.2%（= 6.4% - 5.2%），超额完成计划 $1.3\%\left(=1-\dfrac{1-6.4\%}{1-5.2\%}\right)$.

（4）比较相对指标

从表 4-24 中计算可见，与国家重点企业相比，整体才达到国家重点企业产量的 68.8%，从生产规模来看，还存在不小的差距，还需努力做大做强.

（5）动态相对指标

从表 4-24 中计算可见，企业的产量 2007 年较 2006 年有较大的增长，窗式空调增长 9.5%，柜式增长 100%，整体增长 26.9%，发展趋势良好.

（6）强度相对指标

企业 2007 年占用资金 6.96 亿元，取得利润 12542 万元，资金利润率为 $\dfrac{12542 \text{ 万元}}{6.96 \text{ 亿元}} \times 100\% = 18.02\%$，经济效益显著.

通过以上各类相对指标的计算分析，就可以对该企业 2007 年生产经营情况给予一个客观正确的初步评价.

思考与训练

一、单项选择题

1. 下列指标属于总量指标的是（　　）.

A. 人均粮食产量　　B. 资金利税率　　C. 产品合格率　　D. 学生人数

2. 某工业企业某产品年产值 20 万元，其年末库存量为 5.2 万件，它们是(   ).

    A. 时点指标

    B. 时期指标

    C. 前者是时期指标,后者是时点指标

    D. 都不对

    3. 某产品产量计划要求比上期增加 5%,实际增加 10%,产量计划完成程度为(   ).

    A. 110.51%   B. 104.76%   C. 115.01%   D. 108.23%

    4. 某市国内生产总值 2001 年为 1996 年的 171.56%,此指标为(   ).

    A. 结构相对指标   B. 比较相对指标

    C. 比例相对指标   D. 动态相对指标

    5. 每千人拥有的医生人数是(   ).

    A. 总量指标   B. 平均指标

    C. 比较相对指标   D. 强度相对指标

    6. 企业利润额、商品库存额、证券投资额、居民储蓄额指标中,属于时点指标的有(   ).

    A. 1 个   B. 2 个   C. 3 个   D. 4 个

    7. 某单位某月份职工的出勤率是 98%,这个指标是(   ).

    A. 结构相对指标   B. 比较相对指标

    C. 比例相对指标   D. 强度相对指标

    8. 在同一变量数列中,当标志值比较大的次数多时,计算出来的平均数(   ).

    A. 接近标志值小的一方   B. 接近标志值大的一方

    C. 接近次数少的一方   D. 接近哪方无法判断

    9. 某企业报告期生产三批产品,第一批产品的废品率为 1.8%,第二批为 1.5%,第三批为 1.2%.第一批产品数量占总体的 35%,第二批占 40%,则产品的平均废品率为(   ).

    A. 1.5%   B. 1.53%   C. 1.48%   D. 无法计算

    10. 标志变异指标中,易受极端数值影响的是(   ).

    A. 标准差系数   B. 标准差   C. 平均差   D. 全距

    11. 各标志值与它的(   )的离差平方和最小.

    A. 众数   B. 算术平均数

    C. 几何平均数   D. 调和平均数

    12. 对总体不同水平的同类现象平均数的代表性对比应采用(   ).

A. 全距   B. 平均差   C. 标准差   D. 标准差系数

13. 权数对算术平均数的影响作用,实质上取决于(   ).

A. 作为权数的各组单位数占总体单位数比重的大小

B. 各组标志值占总体标志总量比重的大小

C. 标志值本身的大小

D. 标志值数量的多少

14. 已知 4 个超市大米的单价和销售额,要求计算 4 个超市大米的平均单价,应该采用(   ).

A. 简单算术平均数   B. 加权算术平均数

C. 加权调和平均数   D. 几何平均数

15. 两个总体平均数不等,但标准差相等,则(   ).

A. 平均数小者代表性高   B. 平均数大者代表性高

C. 两个平均数代表性相同   D. 无法判断

16. 当只有总体标志值总量和各标志值,而缺少总体单位资料时,计算平均数就采用(   ).

A. 加权算术平均数公式   B. 简单算术平均数公式

C. 调和平均数公式   D. 几何平均数公式

17. 标准差指标数值越小,则反映变量值(   ).

A. 越分散,平均数代表性越低   B. 越集中,平均数代表性越高

C. 越分散,平均数代表性越高   D. 越集中,平均数代表性越低

18. 是非标志的标准差是(   ).

A. q B. $\sqrt{p(1-p)}$ C. p D. pq

二、简答题

1. 什么是总量指标? 总量指标的作用表现在哪些方面?

2. 时点指标和时期指标各有何异同?

3. 相对指标有何作用? 它有哪几种计量形式?

4. 相对指标有哪些不同种类? 它们的计算方法和作用各有什么不同?

5. 平均指标有几种? 为何算术平均指标是其中最重要的一种?

6. 强度相对指标与平均指标有什么区别?

7. 如何理解标志变异指标是衡量平均数代表性高低的尺度?

8. 全距、平均差和标准差各有什么特点?

三、技能实训题

【实训 1】 某企业 2006 年甲产品单位成本为 1000 元,计划规定 2007 年甲产品单位成本降低 4%,实际降低 6%,试计算:①甲产品 2007 年单位成本的计划任

务数与实际完成数;②甲产品 2007 年降低成本计划完成程度相对指标.

【实训 2】 某企业统计分析报告中写道:"我厂今年销售收入计划规定 2500 万元,实际完成 2550 万元,超额完成计划 2%;销售利润率计划规定 8%,实际为 12%,超额完成计划 4%;劳动生产率计划规定比去年提高 5%,实际比去年提高 5.5%,完成计划 110%,产品单位成本计划规定比去年下降 3%,实际比去年下降 2.5%,实际比计划多下降 0.5%."

要求:指出上述分析报告中哪些指标计算有错误,并将其改正.

【实训 3】 某企业所属三个分厂 2007 年下半年的利润额资料见表 4-26.

要求:(1)计算空格指标数值,并指出(1)～(7)栏是何种统计指标.

(2)如果未完成计划的分厂能完成计划,计算该企业的利润将增加多少,超额完成计划多少.

(3)若 B、C 两个分厂都能达到 A 厂完成计划的程度,该企业将增加多少利润?超额完成计划多少?

表 4-26 某企业利润额资料

| 甲 | 第三季度利润(万元) | 第四季度 | | | | | 计算完成百分比 | 第四季度为第三季度的百分比 |
| | | 计 划 | | 实 际 | | | |
		利润(万元)	比重	利润(万元)	比重		
甲	(1)	(2)	(3)	(4)	(5)	(6)	(7)
A 厂	1082	1234		1358			
B 厂	1418	1724				95	
C 厂	915			1140		105	
合计	3415						

【实训 4】 某企业生产某种产品,按五年计划规定最后一年产量应达到 100 万吨.计划执行情况如表 4-27 所示.

表 4-27   单位:万吨

| 年份 | 第一年 | 第二年 | 第三年 | | 第四年 | | | | 第五年 | | | |
			上半年	下半年	一季度	二季度	三季度	四季度	一季度	二季度	三季度	四季度
产量	78	82	44	45	23.5	24	24.5	25	25	26	26.5	27.5

试计算:(1)该产品计划完成情况相对指标;

(2)该企业提前多少时间完成了五年计划规定的指标?

【实训 5】 某企业 2003～2007 年计划基本建设投资总额为 2500 万元,实际执

行情况如表 4-28 所示.

试计算:(1)该企业 2003～2007 年基本建设投资计划完成情况相对指标;

(2)该企业提前多少时间完成了五年计划规定的指标?

【实训6】 根据表 4-29 的资料,计算强度相对指标的正指标和逆指标.

表 4-28   单位:万元

指标	2003 年	2004 年	2005 年	2006 年	2007 年			
					一季	二季	三季	四季
基本建设投资总额	480	508	600	612	120	180	250	150

表 4-29

	单位	2006 年	2007 年
地区总人口	万人	2823	2867
医 院	个	4876	5059
卫生技术人员	人	81862	84431
医院病床数量	张	56920	59252

【实训7】 某企业工人的日产量资料见表 4-30.

表 4-30

日产量(件/人)	各组工人占工人总数的比率
25	5%
26	12%
27	18%
28	28%
29	20%
30	17%
合 计	100%

要求:计算工人的平均日产量.

【实训8】 某地区各工业企业产值计划完成情况及计划产值见表 4-31.

表 4-31

计划完成程度	企业数(个)	计划产值(万元)
90 以下	17	140
90%～100%	25	310
100%～110%	67	1650
110%～120%	38	710
120%以上	13	40
合　计	160	2850

要求：(1)根据上述资料计算产值计划平均完成程度.

(2) 如果在表 4-31 中,所给资料不是计划产值,而是实际产值,计算产值计划平均完成程度.

【实训 9】　某地区 20 个商店某年第四季度资料如表 4-32 所示.

表 4-32

商品销售计划完成程度分组	商店数目	实际商品销售额(万元)	流通费用率
80%～90%	3	45.9	14.8%
90%～100%	4	68.4	13.2%
100%～110%	8	34.4	12.0%
110%～120%	5	94.3	11.0%
合　计	20	243.0	—

试计算该地区 20 个商店平均完成销售计划指标以及总的流通费用率(提示：流通费用率＝流通费用额/实际销售额).

【实训 10】　某次抽样调查中,通过在地铁站内随机调查 426 名旅客,得到他们的月交通费资料如表 4-33 所示.

表 4-33

平均每人月交通费(元)	人　数(人)
100～200	6
200～300	10
300～400	20
400～500	30

平均每人月交通费(元)	人 数(人)
500~600	40
600~700	240
700~800	60
800~900	20

试计算:(1) 被调查者的人均月交通费;

　　　　(2) 依下限公式计算确定中位数和众数.

【实训11】 某地甲、乙两个农贸市场三种主要蔬菜价格及销售额资料如表4-34所示.

表4-34

品　种	价　格 (元/千克)	销售额(万元)	
		甲市场	乙市场
A	0.30	75.0	37.5
B	0.32	40.0	80.0
C	0.36	45.0	45.0

试比较该地区哪个农贸市场蔬菜平均价格高? 并说明原因.

【实训12】 某工厂生产一批零件共10万件,为了解这批产品的质量,采取不重复抽样的方法抽取1000件进行检查,其结果如表4-35所示.

表4-35

使用寿命(小时)	零件数(件)
700 以下	10
700~800	60
800~900	230
900~1000	450
1000~1200	190
1200 以上	60
合　计	1000

根据质量标准,使用寿命800小时及以上者为合格品.试计算平均合格率、标准差及标准差系数.

第五章 动 态 数 列

本 章 要 点

1. 了解动态数列的概念、种类和编制原则.
2. 区分时期数列和时点数列,掌握计算平均发展水平的方法.
3. 熟练掌握动态数列分析中速度指标的计算与分析方法.
4. 理解趋势的意义,学会测定长期趋势.
5. 理解季节比率的经济含义,学会计算季节比率.

第一节 动态数列的编制

一、动态数列的概念

任何现象,随着时间的推移,都会呈现一种在时间上的发展和运动过程.时间数列分析,是指从时间的发展变化角度,研究客观事物在不同时间的发展状况,探索其随时间推移的演变趋势和规律,揭示其数量变化和时间的关系,预测客观事物在未来时间上可能达到的数量和规模.我们把同一现象在不同时间上的数值,按照时间先后顺序排列而成的数列称为时间数列(或称动态数列).从表 5-1 可以看出,时间数列由两个基本要素构成:一是现象所属的时间,二是现象在不同时间上的指标数值.这两部分是任何一个时间数列所应具备的两个基本要素.现象所属的时间可以是年份、季度、月份或其他任何时间形式.

时间数列在社会经济现象的动态分析中,有着重要的作用:

(1) 可以描述社会经济现象的发展变化过程和结果;

(2) 通过对动态数列的研究可以说明社会经济现象发展的速度和趋势;

(3) 通过对动态数列的分析可以探索社会经济现象发展变化的规律性;

(4) 通过对动态数列的分析,可以对社会经济现象的发展进行预测,这是统计预测方法的一个重要内容.

表 5-1   2002～2006 年我国主要经济指标

年份	财政收入(亿元)	城镇人口所占比重	年底总人口(万人)	职工平均货币工资(元)
2002	18903.6	39.1%	128453	12422
2003	21705.2	40.5%	129227	14040
2004	26396.5	41.8%	129988	16024
2005	31649.3	42.99%	130756	18364
2006	38760.2	43.9%	131448	21007

资料来源:《中国统计年鉴》.

二、动态数列的种类

按照构成动态数列的基本要素——统计指标的表现形式不同,动态数列可分为绝对数动态数列、相对数动态数列和平均数动态数列.其中,绝对数动态数列是基本数列,其余两种是派生数列.

(一)绝对数动态数列

绝对数动态数列是指将某一绝对数在不同时间上的数值按时间先后顺序排列起来所形成的数列.它反映社会经济现象的规模或水平的变动情况.绝对数动态数列按指标反映现象的时间状态不同,可分为时期数列和时点数列两种.

1. 时期数列

时期数列中所排列的指标为时期指标,各时期上的数值分别反映现象在这一段时期内所达到的总规模、总水平,是现象在这一段时期内发展过程的累积总量.时期数列具有以下三个特点:

第一,时期数列中的各个指标数值可以纵向相加,加总后表示现象在更长一段时间的总量.如全年的国内生产总值是一年中每个月国内生产总值相加的结果,各月份的国内生产总值又是月份内每天的国内生产总值之和.

第二,时期数列中各个指标数值大小与其所属时期长短有密切联系.由于时期数列可以纵向相加,故每一指标所属时间越长,指标值越大;反之,指标值越小.

第三,时期数列中的各个指标数值是通过连续登记取得的.在时期数列中,各指标值反映现象在一段时间内发展的结果,因而必须把该时段内现象所发生的数量逐一登记,并进行累计,这样才能得到所需的指标值.

2. 时点数列

时点数列中,每一指标值反映现象在一定时点上的瞬间水平.如年底人口数的

动态数列中,各个指标值说明在各年年末这一时点上人口数所达到的水平. 时点数列也具有三个特点:

第一,时点数列中的各个指标数值不能纵向相加. 因为各个时点上的指标值只表明现象在该时点上所处的状态,相加后的数值并不能代表现象在这几个时点上的状态,故相加后没有任何实际意义.

第二,时点数列中各个指标数值的大小,与其时点间隔长短没有直接关系. 在时点数列中,两个相邻指标值所属时点的差距称为时点间隔. 时点数列不能纵向相加,时点间隔的长短对指标值的大小没有直接的影响,例如,年末人口数未必比某月底的人口数大. 编制时点数列时决定时点间隔长短的因素是现象的变动状态. 变动较大或较快的现象,间隔应短些;否则间隔可以长些. 确定时点间隔时,以能反映现象的变化过程为宜.

第三,时点数列中的各个指标数值是通过间断(一次性)登记取得的. 依照时点数列的性质,只要在某一时点进行统计,取得的资料就代表现象在该时点上的数量水平;不同时点上的资料用来反映现象的发展过程,无须对两个时点间现象所发生的数量逐一登记.

(二) 相对数动态数列

相对数动态数列是将某一相对指标在不同时间的数值按照时间的先后顺序排列起来所形成的动态数列. 它可以反映社会经济现象数量对比关系的发展变化过程. 如表 5-1 中城镇人口所占比重就是相对数动态数列. 在相对数动态数列中,由于各个指标值对比的基数不同,所以各项指标数值不能相加.

(三) 平均数动态数列

平均数动态数列是指将某一平均数在不同时间上的数值按时间先后顺序排列起来形成的数列. 它反映社会经济现象总体各单位某一数量标志一般水平的发展变动过程. 表 5-1 中职工平均货币工资数列就是平均数动态数列. 在平均数动态数列中,各项指标数值均为平均指标,相加起来没有实际意义,因此不具有可加性.

三、 动态数列的编制原则

编制动态数列的目的,就是通过对比动态数列中的指标数值,来观察和分析社会经济现象的发展变化过程及其发展变化的趋势和规律性,为了实现这一目的,编制动态数列时必须遵循一定原则. 编制动态数列的基本原则是保证数列中各项指标数值具有可比性. 可比性要求各项指标数值所属时间、总体范围、经济内容、计算方法、计算价格、计量单位等可比. 具体含义如下:

（一）时间长短应统一

即要求动态数列各项指标数值所属时间的一致性. 对时期数列而言,由于各项指标数值的大小与其所属时期的长短直接相关,因此各项指标数值所属时间的长短应该一致,否则不便于对比分析. 对于时点数列,虽然两时点间间隔长短与指标数值大小无明显关系,但为了更好地反映现象的发展变化状况,两时点间的间隔也应尽可能相等.

（二）总体范围应统一

无论是时期数列还是时点数列,指标值的大小都与现象总体范围有关系. 如果随着时间的推移,现象总体范围发生了变化,如地区的行政区划或部门隶属关系变更,那么在变化前后,指标的计算范围不同,指标值就不能直接对比. 只有经过适当调整,保持了总体范围的一致性,进行动态比较才有意义.

（三）经济内容应统一

指标的经济内容是由其理论内涵所决定的,随着社会经济条件的变化,有些经济指标虽然名称一样,但其包含的经济内容则可能不一样. 例如:我国的工业总产值指标,有的年份包括了乡村企业的工业产值,有的年份则不包括. 如果对此不加区别编制成同一动态数列,就违反了可比性原则. 因此,动态数列中的经济指标的含义必须明确界定且保持前后一致,才能保证前后的可比性.

（四）计算价格、计量单位和计算方法要统一

统计指标的计算价格种类很多,有现行价格和不变价格之分. 不变价格为了适应客观经济条件的变化也在不断调整,形成了多个时期的不变价格,编制动态数列遇到前后时期所用的计算价格不同,就需要进行调整,使其统一. 对于实物指标的动态数列,则要求计量单位保持一致,否则也要进行调整.

对于名称、总体范围和经济内容都相同的指标计算方法不同也会导致数值差异,有时甚至导致极大的差异. 例如国内生产总值（GDP）,按照生产法、支出法、分配法计算的结果就有差异. 因此,同一时间数列中,各个时期（时点）指标值的计算方法要统一. 如果从某一时期,计算方法做了重大改变,那么发布资料必须注明,以便动态比较时进行调整.

第二节 动态数列的分析指标

对现象进行动态分析,需要计算一系列动态分析指标,这些动态分析指标是通过对动态数列中各统计指标相互对比或对各项指标在时间上的变动进行综合平均所得到的派生指标.一般可分为水平分析指标和速度分析指标两类.

动态数列的水平分析指标用以分析社会经济现象在时间上的数量特征、增减规模.动态数列的水平分析指标有发展水平、平均发展水平、增减量、平均增减量四种.

动态数列的速度分析指标用以分析社会经济现象在时间上发展变化的相对程度,动态数列的速度分析指标有发展速度、增长速度、平均发展速度及平均增长速度.此外,还有将水平分析指标与速度分析指标相结合的指标:每增长 1% 的绝对值.

在各种动态指标的计算分析中,发展水平是计算其他动态分析指标的基础.

一、发展水平和平均发展水平

(一) 发展水平

动态数列中,每个指标数值称为发展水平.它具体反映某种社会经济现象在不同时期或不同时点所达到的规模或水平.在绝对数动态数列中,发展水平是总量指标,而在相对数动态数列与平均数动态数列中,发展水平表现为相对数与平均数.

按发展水平在动态数列中的不同位置,一般把数列的第一项发展水平叫最初水平,用 a_0 表示;最后一项发展水平叫最末水平,用 a_n 表示;其余中间各项叫中间水平,以 $a_1, a_2, \cdots, a_{n-1}$ 表示.

根据动态数列中各发展水平的作用不同,将调查研究的那个时期的发展水平叫报告期水平,将用来作为比较基础时期的水平叫基期水平.

最初水平和最末水平、报告期水平和基期水平都不是固定不变的,而是根据时间的变更及研究目的的改变而改变的.发展水平在文字上习惯用"增加到"、"增加为"、"降低到"、"降低为"来表示.如 1997 年我国钢产量 10757 万吨,1998 年增加到 11559 万吨.

(二) 平均发展水平

平均发展水平是把动态数列中各个指标数值在时间上的变动差异抽象计算出

来的平均数,用来反应某一现象在一段时期内发展的一般水平,也叫序时平均数.

序时平均数和一般平均数一样,都是把现象的数量差异加以抽象化,概括地反映现象一般水平的综合指标,这是共同点,但两者也有明显的区别,主要表现在:

第一,两者的计算依据不同.序时平均数是根据动态数列计算的,而一般平均数则是根据变量数列计算的.

第二,两者的平均对象不同.序时平均数是对指标值进行的平均,而一般平均数则是对变量值进行的平均.

第三,两者的作用不同.序时平均数是从动态上说明某一事物在不同时间上发展的一般水平,而一般平均数是从静态上说明同一现象总体各单位在同一时间上的一般水平.

序时平均数在动态分析中被广泛运用,对其进行计算显得非常重要.序时平均数的计算需要根据动态数列的类型不同,分别采用不同的方法:

1. 由绝对数动态数列计算序时平均数

由绝对数动态数列计算序时平均数是最基本的,它是计算相对数或平均数动态数列序时平均数的基础.绝对数动态数列有时期数列和时点数列之分,序时平均数的计算方法也有所区别.

(1) 由时期数列计算序时平均数,其计算公式为

$$\bar{a} = \frac{a_1 + a_2 + \cdots a_n}{n} = \frac{\sum a}{n} \tag{5-1}$$

式中 $\bar{a}$ 为序时平均数,n 为观察值的个数.

【例 5-1】 对表 5-1 中的序列,计算年度平均财政收入.

解 根据时期数列序时平均数公式有:

$$\bar{a} = \frac{\sum a}{n} = \frac{18903.6 + 21705.2 + \cdots + 38760.2}{5} = 27482.96 \,(亿元)$$

(2) 由时点数列计算序时平均数

在社会经济统计中一般是将一天看作一个时点,即以"一天"作为最小时间单位.这样时点数列可认为有连续时点数列和间断时点数列之分;而间断时点数列又有间隔相等与间隔不等之分.其序时平均数的计算方法略有不同,分述如下:

① 根据连续时点数列计算序时平均数

在统计中,对于逐日排列的时点资料,视其为连续时点资料.由于时点数的数值变动不同,又分为间隔相等和间隔不等两种情况进行计算.

(a) 间隔相等的连续时点数列

这样的连续时点数列,其序时平均数公式可按式(5-1)计算,即

$$\bar{a} = \frac{\sum a}{n} \tag{5-2}$$

例如,已知某企业 3 月份每天职工人数资料,求该月日平均职工人数,只需把每日职工人数相加除以该月 31 天即得日平均职工人数.

（b）间隔不等的连续时点数列

如果资料登记的时间单位仍然是 1 天,但实际上只在指标值发生变动时才记录一次.此时需采用加权算术平均数的方法计算序时平均数,权数是每一指标值的持续天数.

计算公式如下:

$$\bar{a} = \frac{\sum af}{\sum f} \qquad\qquad (5-3)$$

【例 5-2】 某种商品 5 月份的库存量记录如表 5-2 所示,计算 5 月份平均日库存量.

表 5-2　某种商品 5 月份库存资料

日　　期	1~4 日	5~10 日	11~20 日	21~26 日	27~31 日
库存量（台）	50	55	40	35	30

解　该商品 5 月份平均日库存量为

$$\bar{a} = \frac{\sum af}{\sum f} = \frac{50 \times 4 + 55 \times 6 + 40 \times 10 + 35 \times 6 + 30 \times 5}{4 + 6 + 10 + 6 + 5}$$

$$= 42 （台）$$

② 根据间断时点数列计算序时平均数.

由于社会经济现象复杂多变,不可能对各种现象在时点上的变化随时登记,而是每隔一定时期进行登记,这种间隔一定时期进行记录所形成的动态数列称为间断时点数列.间断时点数列又分为间隔相等和间隔不等两种情况.

（a）间隔相等的间断时点数列

如果每隔相同的时间登记一次,所得数列称为间隔相等的间断时点数列.当掌握资料是间隔相等的期初或期末资料,计算序时平均数的方法是:假设两个时点间现象的变动是完全均匀的,可将相邻两个时点指标值相加后除以 2,即可得到两个时点间的序时平均数,然后根据每个间隔的序时平均数,再用简单平均的方法求整个研究时期内的序时平均数.

【例 5-3】 某商业企业 2007 年第二季度某种商品的库存量如表 5-3 所示,试求该商品第二季度月平均库存量.

表 5-3　某商业企业 2007 年第二季度某商品库存量

月　　份	3 月	4 月	5 月	6 月
月末库存量(百件)	66	72	64	68

解　　　　4 月份平均库存量 $=\dfrac{66+72}{2}=69$（百件）

5 月份平均库存量 $=\dfrac{72+64}{2}=68$（百件）

6 月份平均库存量 $=\dfrac{64+68}{2}=66$（百件）

第二季度平均库存量 $=\dfrac{69+68+66}{3}=67.67$（百件）

为简化计算过程,上述计算步骤可表示为

$$第二季度平均库存量 =\dfrac{\dfrac{66+72}{2}+\dfrac{72+64}{2}+\dfrac{64+68}{2}}{3}$$

$$=67.67（百件）$$

根据上述计算过程可推导出计算公式为

$$\bar{a}=\dfrac{\dfrac{a_1+a_2}{2}+\dfrac{a_2+a_3}{2}+\cdots+\dfrac{a_{n-1}+a_n}{2}}{n-1}$$

$$=\dfrac{\dfrac{a_1}{2}+a_2+\cdots+a_{n-1}+\dfrac{a_n}{2}}{n-1} \tag{5-4}$$

该公式形式上表现为首末两项指标值折半,故称为"首末折半法".

（b）间隔不等的间断时点数列

如果每两次登记时间的间隔不尽相同,所得数列称为间隔不等的间断时点数列. 计算方法是以各间隔时间长度 f 为权数,采用加权平均方法.

【例 5-4】　某城市 2007 年外来人口资料如表 5-4 所示,计算 2007 年该城市月平均外来人口数.

表 5-4　某城市 2007 年外来人口数

日　　期	1 月 1 日	5 月 1 日	8 月 1 日	12 月 31 日
外来人口数(万人)	13.53	13.87	14.01	13.37

解　对资料进行观察分析,属间隔不等的间断时点资料,采用"间隔加权"方法.

$$\bar{a} = \frac{\dfrac{(a_1+a_2)}{2}f_1 + \dfrac{(a_2+a_3)}{2}f_2 + \cdots + \dfrac{(a_{n-1}+a_n)}{2}f_{n-1}}{f_1+f_2+\cdots+f_{n-1}}$$

$$= \frac{\dfrac{13.53+13.87}{2}\times4 + \dfrac{13.87+14.01}{2}\times3 + \dfrac{14.01+13.37}{2}\times5}{12} = 13.76 \text{（万人）}$$

2. 根据相对数动态数列计算序时平均数

相对数有动态相对数与静态相对数之分,计算序时平均数的方法也不同. 这里研究的是由静态相对数组成的动态数列计算序时平均数的方法.

相对数是由两个互有联系的绝对数或平均数相互对比计算的,由于相对数的子项与母项数值各个时期的变化相差甚大,因此不能把这些相对数直接相加计算序时平均数. 而要分别计算派生这个相对数动态数列的子项、母项的序时平均数,然后进行对比,即可得到相对数动态数列的序时平均数. 用公式表示为

$$\bar{c} = \frac{\bar{a}}{\bar{b}} \tag{5-5}$$

（1）由两个时期数列派生的相对数动态数列计算序时平均数

【例 5-5】 根据表 5-5 资料,计算该商店 2007 年第一季度平均销售额计划完成程度.

表 5-5 某商店 2007 年一季度商品销售计划完成情况 　　单位:万元

时　间	1 月	2 月	3 月
实际销售额(a)	1000	1224	1736
计划销售额(b)	1000	1200	1400
计划完成程度(c)	100%	102%	124%

$$\begin{array}{l}\text{一季度销售计划}\\\text{平均完成程度}\end{array} = \bar{c} = \frac{\bar{a}}{\bar{b}} = \frac{\dfrac{1000+1224+1736}{3}}{\dfrac{1000+1200+1400}{3}} \times 100\% = 110\%$$

即该商店 2007 年一季度平均销售额计划完成程度为 110%.

（2）由两个时点数列派生的相对数动态数列计算序时平均数

【例 5-6】 某企业 2007 年第四季度职工人数资料如表 5-6 所示,计算工人占职工人数的平均比重.

解
$$\bar{c} = \frac{\bar{a}}{\bar{b}} = \frac{\dfrac{a_1}{2} + a_2 + a_3 + \cdots + \dfrac{a_n}{2}}{\dfrac{b_1}{2} + b_2 + b_3 + \cdots + \dfrac{b_n}{2}}$$

$$=\frac{\frac{342}{2}+355+358+\frac{364}{2}}{\frac{448}{2}+456+469+\frac{474}{2}}=76.91\%$$

表5-6　某企业2007年四季度职工人数资料

	9月末	10月末	11月末	12月末
工人人数(人)	342	355	358	364
职工人数(人)	448	456	469	474
工人占职工比重	76.34%	77.85%	76.33%	76.79%

(3) 由一个时期数列和一个时点数列对比而成的相对数动态数列计算序时平均数

【例5-7】　某企业下半年劳动生产率资料如表5-7,计算平均月劳动生产率和下半年平均职工劳动生产率.

表5-7　某企业下半年劳动生产率资料

	6月	7月	8月	9月	10月	11月	12月
总产值(万元)	87	91	94	96	102	98	91
月末职工人数(人)	460	470	480	480	490	480	450
劳动生产率(元/人)	1948	1957	1979	2000	2103	2021	1957

解　从表5-7中可以看到,劳动生产率的分子总产值是时期指标,分母职工人数是时点指标,平均月劳动生产率应为

$$\bar{c}=\frac{\dfrac{91+94+96+102+98+91}{6}}{\dfrac{\dfrac{460}{2}+470+480+480+490+480+\dfrac{450}{2}}{7-1}}$$

$$=2003.5\text{（元/人）}$$

若计算下半年平均职工劳动生产率,则有两种计算形式.一种是用下半年平均月劳动生产率乘月份个数n,即$n\bar{c}=2003.5\times 6=12021$（元/人）得出,另一种则采用下列公式计算:

$$\bar{c}=\frac{91+94+96+102+98+91}{\dfrac{\dfrac{460}{2}+470+480+480+490+480+\dfrac{450}{2}}{7-1}}$$

$$=12021\text{（元/人）}$$

3. 根据平均数动态数列计算序时平均数

平均数动态数列可分为静态(一般)平均数动态数列和序时平均数动态数列两种.由于这两种平均数的性质及计算方法不同,所以计算序时平均数的方法也不一样.

(1) 由静态(一般)平均数所组成的平均数动态数列计算序时平均数.静态(一般)平均数动态数列是由两个绝对数动态数列相互对比的结果,因此它不能直接通过数列中的平均数指标数值简单平均计算,而是与相对数动态数列计算序时平均数的方法一样,以公式 $\bar{c} = \dfrac{\bar{a}}{\bar{b}}$ 计算,这里不再重述.

(2) 由序时平均数动态数列计算序时平均数,可采用两种方法:当各序时平均数代表的时间长度相等时,采用简单算术平均法计算,如已知各月或各季、各年的平均人数求总平均人数等;当各序时平均数代表的时间长度不相等时,采用加权平均法,即以序时平均数代表的时间长度为权数,对各序时平均数进行加权平均.

二、增长量和平均增长量

对社会经济现象进行水平分析,除利用前述的发展水平和平均发展水平外,还需要运用增长量和平均增长量进行变动规模分析.

(一) 增长量

增长量是指动态数列中两个不同时期的发展水平之差,反映社会经济现象报告期比基期增加或减少的数量,即

增长量＝报告期水平－基期水平

当报告期水平大于基期水平时,增长量为正值,表示现象的水平增加;当报告期水平小于基期水平时,增长量为负值,表示现象的水平减少.

根据所采用的基期不同,增长量可分为逐期增长量和累计增长量.

1. 逐期增长量

逐期增减量是报告期水平与其前一期水平之差,说明本期较上期增加或减少的绝对数量,其计算公式为

逐期增长量＝报告期水平－前一期水平

用符号表示为

$$逐期增长量 = a_i - a_{i-1} \quad (i = 1, 2, \cdots, n) \tag{5-6}$$

2. 累计增减量

累计增减量是报告期水平与某一固定基期水平之差,说明报告期与某一固定时期相比增加或减少的总量.计算公式为

$$累计增减量 = a_i - a_0 \quad (i = 1, 2, \cdots, n) \tag{5-7}$$

固定基期的选择是根据研究目的而定. 动态数列中,一般以首项指标 a_0 作为固定基期.

3. 逐期增长量与累计增长量的关系

逐期增长量与累计增长量之间存在一定的关系:

(1) 各逐期增长量之和等于相应的累计增长量,用公式表示为

$$\sum_{i=1}^{n}(a_i - a_{i-1}) = a_n - a_0 \tag{5-8}$$

(2) 两相邻时期累计增长量之差等于相应时期的逐期增长量. 用公式表示为

$$a_i - a_0 - (a_{i-1} - a_0) = a_i - a_{i-1} \quad (i = 1, 2, \cdots, n) \tag{5-9}$$

表 5-8 是合肥市财政收入的增长情况.

表 5-8　合肥市 2002~2007 年财政收入计算表

年　份		2002	2003	2004	2005	2006	2007
财政收入(亿元)		61	73	105	131	168	215
增长量(亿元)	逐期	—	12	32	26	37	47
	累积	—	12	44	70	107	154
发展速度	环比	—	119.7%	143.8%	124.8%	128.2%	128.0%
	定基	—	119.7%	172.1%	214.8%	275.4%	352.5%
增长速度	环比	—	19.7%	43.8%	24.8%	28.2%	28%
	定基	—	19.7%	72.1%	114.8%	175.4%	252.5%
增长 1% 的绝对值(亿元)	环比	—	0.61	0.73	1.05	1.31	1.68
	定基	—	0.61	0.61	0.61	0.61	0.61

在实际经济工作中,有时为消除季节变动的影响,需要计算年距增长量,用以反映不含季节因素在内的现象发展变动情况,计算公式为

年距增长量＝本期发展水平－上年同期发展水平

例如,某商场 2008 年第一季度销售额为 2200 万元,2007 年第一季度销售额为 2100 万元,则

年距增长量＝2200－2100＝100(万元)

需要指出的是,不论增长量为哪一种形式,也不论是根据时期数列还是时点数列计算的,增长量均为时期指标.

(二) 平均增长量

平均增长量是各个逐期增长量的序时平均数,用于说明所研究现象在一段时

期内平均每期增长的数量. 它可以根据逐期增长量求得, 也可以根据累计增长量求得. 一般用简单算术平均法计算. 计算公式为

$$平均增长量 = \frac{逐期增长量之和}{逐期增长量个数} = \frac{累计增长量}{时间数列项数 - 1}$$

用符号表示

$$平均增减量 = \frac{\sum_{i=1}^{n}(a_i - a_{i-1})}{n} = \frac{a_n - a_0}{n} \tag{5-10}$$

式中 n 为逐期增减量个数.

例如, 依据表 5-8,

合肥市 2002~2007 年的年平均财政收入

$$= \frac{12 + 32 + 26 + 37 + 47}{5} = \frac{154}{5} = 30.8 \text{(亿元)}$$

三、发展速度和平均发展速度

(一) 发展速度

发展速度是报告期发展水平与基期发展水平之比, 用于反映社会经济现象报告期水平较基期水平发展变化的相对程度.

发展速度是以相除的方法计算的动态数列比较指标, 一般以百分数表示. 其计算公式为

$$发展速度 = \frac{报告期水平}{基期水平}$$

由于采用的基期不同, 发展速度可以分为环比发展速度和定基发展速度.

1. 环比发展速度

环比发展速度是报告期水平与前一时期水平之比, 说明所研究现象逐期发展变化的相对程度. 其计算公式为

$$环比发展速度 = \frac{报告期水平}{前一期水平}$$

设动态数列的指标值为 $a_i(i = 1, 2, \cdots, n)$, 发展速度为 R, 环比发展速度可用符号表示为

$$R_i = \frac{a_i}{a_{i-1}} \quad (i = 1, 2, \cdots, n) \tag{5-11}$$

2. 定基发展速度

定基发展速度是报告期水平与某一固定时期水平之比, 表明所研究现象在较

长时期内总的发展变化程度,也称"总速度".其计算公式为

$$定基发展速度 = \frac{报告期水平}{固定基期水平}$$

定基发展速度可用符号表示为

$$R_i = \frac{a_i}{a_0} \quad (i = 1, 2, \cdots, n) \tag{5-12}$$

定基发展速度的基期是根据研究目的和需要确定的.动态数列中一般以首项发展水平 a_0 为固定基期.

3. 环比发展速度与定基发展速度的关系

环比发展速度与定基发展速度之间存在着重要的数量关系:

(1)各环比发展速度的连乘积等于相应的定基发展速度,即总速度.用公式表示为

$$总速度 = \prod \frac{a_i}{a_{i-1}} = \frac{a_n}{a_0} \tag{5-13}$$

(2)两个相邻时期的定基发展速度之商,等于相应时期的环比发展速度.

$$\frac{a_i}{a_0} \div \frac{a_{i-1}}{a_0} = \frac{a_i}{a_{i-1}} \tag{5-14}$$

利用上述关系,可以根据一种发展速度去推算另一种发展速度.

实际经济工作中,常常需要计算年距发展速度,说明本期发展水平与上年同期对比发展的相对水平,以消除季节变动的影响.计算公式为

$$年距发展速度 = \frac{本期发展水平}{上年同期发展水平}$$

【例 5-8】 某商场 2007 年第一季度销售额为 2200 万元,2006 年第一季度销售额为 2100 万元,则

$$发展速度 = \frac{2200}{2100} \times 100\% = 104.76\%$$

(二)平均发展速度

平均发展速度是各个时期环比发展速度的序时平均数,它说明所研究现象在一段时期内逐期发展的平均速度.

1. 水平法

计算平均发展速度的常用方法是水平法.水平法又称几何平均法,由于现象发展的总速度等于各期环比发展速度的连乘积,因此,平均发展速度用几何平均法计算.

当已知各时期环比发展速度时,可按下式计算:

$$\overline{R} = \sqrt[n]{X_1 \cdot X_2 \cdots X_n} = \sqrt[n]{\prod X} \tag{5-15}$$

式中：$\overline{R}$ 表示平均发展速度；X 表示各期环比发展速度；n 表示环比发展速度个数.

由于各环比发展速度的连乘积等于最后一年的定基发展速度，所以上式可写成

$$\overline{R} = \sqrt[n]{\frac{a_1}{a_0} \times \frac{a_2}{a_1} \times \cdots \times \frac{a_n}{a_{n-1}}} = \sqrt[n]{\frac{a_n}{a_0}} = \sqrt[n]{R} \qquad (5\text{-}16)$$

以上计算公式，可根据占有的资料选用. 若掌握各期环比发展速度，计算平均发展速度可用公式

$$\overline{R} = \sqrt[n]{X_1 X_2 \cdots X_n} = \sqrt[n]{\prod X} \qquad (5\text{-}17)$$

若掌握最初水平和最末水平，计算平均发展速度可用公式

$$\overline{R} = \sqrt[n]{\frac{a_n}{a_0}}$$

若掌握总速度，可用公式 $\overline{R} = \sqrt[n]{R}$ 计算平均发展速度.

从水平法计算平均发展速度的公式中可以看出，$\overline{R}$ 实际上只与数列的最初水平 a_0 和最末水平 a_n 有关，而与中间水平无关，这一特点表明，水平法旨在考察现象在最后一期所达到的发展水平. 因此，如果我们所关心的是现象在最后一期应达到的水平，采用水平法计算平均发展速度比较合适.

2. 累计法

运用累计法计算平均发展速度，是通过解高次方程的方法计算的，因此又称为代数方程法.

设 $\overline{X}$ 为平均发展速度，按平均发展速度计算的各期发展水平累计总和等于各期实际发展水平之和. 即

$$\overline{x} + \overline{x}^2 + \overline{x}^3 + \overline{x}^4 + \cdots + \overline{x}^n = \frac{\sum a_i}{a_0} \qquad (5\text{-}18)$$

解这个方程式，得出 $\overline{x}$ 的正根，就是所求累计法平均发展速度. 但是，解此方程较为复杂，实际工作中，一般利用已编好的"平均发展速度查对表"查得所求的平均发展速度.

四、增长速度和平均增长速度

（一）增长速度

增长速度也称增长率，是用增长量与基期水平之比而得的相对数，表明报告期水平较基期水平增加或减少的相对程度. 它是以相减与相除结合的方法计算的动态数列比较指标. 其计算公式为

$$增长速度 = \frac{增长量}{基期水平} = \frac{报告期水平 - 基期水平}{基期水平} = 发展速度 - 1$$

用符号表示为

$$增长速度 = \frac{a_n - a_0}{a_0} = \frac{a_n}{a_0} - 1 \qquad (5\text{-}19)$$

从式(5-19)可以看出,增长速度等于发展速度减1,但各自说明的问题是不同的. 发展速度说明报告期水平较基期发展到多少;而增长速度说明报告期水平较基期增减多少(扣除了基数). 当发展速度大于 1 时,增长速度为正值,表示被研究现象增长和发展方向是上升的,为正增长;当发展速度小于 1 时,增长速度为负值,表示被研究现象增长和发展的方向是下降的,为负增长.

由于采用的基期不同,增长速度也可分为环比增长速度和定基增长速度.

1. 环比增长速度

环比增长速度是逐期增减量与前一时期水平之比,说明所研究现象逐期增长的相对程度. 其计算公式为

$$环比增长速度 = \frac{逐期增长量}{前一期水平} = \frac{报告期水平 - 前一期水平}{前一期水平}$$

或

$$环比增长速度 = \frac{报告期水平}{前一期水平} - 1(或\ 100\%) = 环比发展速度 - 1(或\ 100\%)$$

用符号表示为

$$环比增减速度 = \frac{a_n - a_{n-1}}{a_{n-1}} = \frac{a_n}{a_{n-1}} - 1(或\ 100\%) \qquad (5\text{-}20)$$

2. 定基增长速度

定基增长速度是报告期累计增长量与固定基期水平之比,表明所研究现象在较长时间内的总增长程度. 其计算公式为

$$定基增长速度 = \frac{累计增长量}{固定基期水平} = \frac{报告期水平 - 固定基期水平}{固定基期水平}$$

或

$$定基增长速度 = \frac{报告期水平}{固定基期水平} - 1(或\ 100\%) = 定基发展速度 - 1(或\ 100\%)$$

用符号表示为

$$定基增长速度 = \frac{a_n - a_0}{a_0} = \frac{a_n}{a_0} - 1(或\ 100\%) \qquad (5\text{-}21)$$

注意:①增长速度可以有两种算法,其一是用增长量与基期水平相比,其二是用相对应的发展速度减去基数 1(或 100%);②环比增长速度与定基增长速度不能直接换算.

(二)平均增长速度

平均增长速度是研究现象在一段时期内逐期增减的平均速度. 它的计算不能由增长速度直接求得,而需要根据平均发展速度计算,它们之间的关系是:

$$平均增长速度 = 平均发展速度 - 1(或 100\%)$$

平均增长速度为正值,表明现象在某段时期内逐期平均递增的程度,也称为平均递增率;若为负值,表明现象在某段时间内逐期平均递减的程度,也称为平均递减率. 根据以上公式,只要计算出平均发展速度,就可求出平均增长速度. 平均发展速度的计算方法前面已经介绍过,这里不再重述.

实际经济工作中,为排除季节变化的影响,确切地表明所研究现象在本年度某一时期的增长速度,可将本期的年距增长量与去年同期水平相比,计算年距增长速度. 计算公式为

$$年距增长速度 = \frac{年距增长量}{去年同期发展水平} = 年距发展速度 - 1(或 100\%)$$

仍以前例,某商场 2007 年第一季度销售额为 2200 万元,2006 年第一季度销售额为 2100 万元,则

$$年距增长速度 = \frac{2200 - 2100}{2100} = \frac{2200}{2100} - 1 = 4.76\%$$

五、每增长 1% 的绝对值

进行动态分析时,根据相对数与绝对数相结合的原则,将增长速度与增长量指标结合进行分析,这是因为相对数的基础是绝对数,因而现象每增长 1% 所包含的内容就不尽相同,单纯观察现象的发展速度或增长速度,很难全面认识现象的真实发展情况,这就需要计算每增长 1% 的绝对值.

每增长 1% 的绝对值是增长量与增长速度之比,它说明增长速度与绝对量之间的关系,表明被研究现象每增长 1% 的份额所包含的绝对值. 计算公式为

$$每增长 1\% 的绝对值 = \frac{增长量}{增长速度 \times 100} = \frac{基期水平}{100}$$

第三节 动态数列的因素分析

一、影响数列的主要因素

社会经济现象在发展过程中受到各种因素的影响,通过动态数列可以将每一

种因素的影响程度分别测定出来,从而确定动态数列的性质,认识并掌握社会经济现象发展变化的基本趋势及规律.影响社会经济现象发展变化的因素一般可以分为四类:

(一)长期趋势(T)

长期趋势是指社会经济现象在一段较长的时期内,由于普遍的、持续的、决定性的基本因素的作用,而使发展水平沿着一个方向,表现为持续向上趋势、向下趋势或稳定趋势的变动.长期趋势是动态数列变动的基本形式.例如,我国改革开放后,国民经济持续增长,城乡居民生活水平持续提高,人口自然增长率持续下降等.

(二)季节变动(S)

季节变动是指社会经济现象随着季节的更替而发生的有固定规律性的变动.其特点是循环的周期性变动.引起季节性变动的原因既有自然因素,也有人为因素,如气候条件、节假日及风俗习惯等.季节变动的影响有以一年为周期的,也有以月、周甚至日为周期的.认识和掌握季节变动,对于近期行动决策有着重要的作用.

(三)循环变动(C)

循环变动是指客观现象以若干年为周期的涨落起伏相间的变动.循环变动不同于长期趋势,它所表现的不是单一方向(上升或下降)的持续运动,而是涨落相间的波浪式发展.循环变动也不同于季节变动,季节变动一般是以一年、一季或一月等为一个周期,其变动情况一般可以预见;而循环变动没有固定的循环周期,其变动的周期较长,一般在数年以上,且各循环周期和幅度的规律性也较难把握.测定循环变动,掌握变动规律对于人们认识事物,控制和克服其产生的影响具有重要的意义.我国统计工作中近年新开展的宏观经济监测、预警系统的研究,就是为这一目的而建立的,通过对宏观经济发展状况进行监测,可及时发现经济波动的趋势,以便采取反波动措施.

(四)偶然变动(I)

偶然变动也称不规则变动,指客观现象由于突发事件或偶然因素引起的无周期性的变动,也称为随机变动,包括由突发的自然灾害、意外事故或重大政治事件所引起的剧烈变动,也包括大量随机因素干扰造成的起伏波动.它们是动态数列中无法由上述三个因素解释的部分.

这四种因素的变化构成了事物在一定时期内的变动.在对动态数列进行分析时,首先要明确的是这四种类型因素变动的构成形式,即它们是如何结合及相互作用的. 把这些构成因素和动态数列的关系用一定的数学关系表示, 就构成了动态数列影响因素分解模型, 一般常用的数学模型有加法模型和乘法模型.

加法模型是假定四种变动因素是相互独立的, 则动态数列各期发展水平是各个影响因素相加的总和. 其结构为

$$Y = T + S + C + I$$

式中: T 为长期趋势; S 为季节变动; C 为循环变动; I 为不规则变动.

乘法模型是假定四种因素存在着某种相互影响关系, 互不独立. 因此动态数列各期发展水平是各个影响因素相乘之积, 其结构为

$$Y = T \cdot S \cdot C \cdot I$$

由于乘法模型在两边取对数后, 也成为加法模型的形式, 因此可以理解为这两种假定在原则上没有区别, 都是假设动态数列各因素是可加的.

利用乘法模型可以将四个因素很容易地从动态数列中分离出来, 因而乘法模型在动态数列分析中被广泛应用.

二、长期趋势分析

测定长期趋势的目的, 在于客观地掌握较长时期内社会经济现象发展变化的趋势, 以认识现象变动的规律, 为经济预测、从事管理及正确决策提供依据. 测定长期趋势的主要方法有移动平均法和最小平方法.

(一) 移动平均法

移动平均法是趋势变动分析的一种较简单的常用方法. 该方法的基本思想和原理是, 通过扩大原动态数列的时间间隔, 并按一定的间隔长度逐期移动, 分别计算出一系列移动平均数, 这些平均数形成的新的动态数列对原动态数列的波动起到一定的修匀作用, 削弱了原序列中短期偶然因素的影响, 从而呈现现象发展的变动趋势. 该方法可以用来分析预测销售情况、库存、股价或其他趋势.

移动平均法的步骤如下:

(1) 选定移动项. 移动项数若为奇数项, 计算一次即可求得趋势值. 若为偶数项, 则要进行二次修匀, 才能求得趋势值.

(2) 从动态数列的第一项开始, 求选定项数各指标数值的序时平均数.

(3) 逐项移动, 边移动边平均, 直至最后完成.

应用移动平均法分析长期趋势变动时, 要注意以下几个问题:

(1) 移动项数的确定应适中. 分析表 5-9 中各列数据, 不难看出, 通过移动平均所得到的移动平均数数列, 要比原始数据序列匀滑, 并且 5 项移动平均数数列又比 3 项移动平均数数列匀滑, 因此, 为了更好地消除不规则波动, 达到修匀的目的, 可以适

当增加移动的项数.移动的项数越多,所得趋势值越少,个别指标值影响作用就越弱,移动平均数列所表现的趋势越明显,但移动间隔过长,有时会脱离现象发展的真实趋势;移动间隔越短,个别指标值的影响作用就越大,有时又不能完全消除数列中短期偶然因素的影响,从而看不出现象发展的变动趋势.一般来说,如果现象的发展具有一定的周期性,应以周期长度为移动平均的间隔长度;若动态数列是季度资料,应采用4项移动平均;如果是月度资料,应选择12项移动平均.如果没有自然周期,则一般使用奇数项为好,可以一次求出趋势值.如果采用偶数项移动平均,则新计算的序时平均数和原数列的数值,不能一一对应,还需要进行二次平均,用以调整趋势值.

表5-9　某公司商品销售额资料　　　　　　　　　　单位:亿元

年度	商品销售额	三项移动平均	五项移动平均	四项移动平均	四项移动平均正位
1999	4.80	—	—	—	—
2000	5.33	5.63	—		—
				6.07	
2001	6.76	6.49	6.16		6.29
				6.50	
2002	7.38	6.89	6.60		6.71
				6.92	
2003	6.54	6.97	7.04		7.02
				7.11	
2004	7.00	7.02	7.52		7.33
				7.55	
2005	7.52	7.89	7.84		7.86
				8.16	
2006	9.14	8.55	—		—
2007	9.98	—	—	—	—

(2) 在利用移动平均法分析趋势变动时,要注意把移动平均后的趋势值放在各移动项的中间位置.比如3项移动平均的趋势值应放在第2项对应的位置上,5项移动平均的趋势值应放在第3项对应的位置上,其余类推.

【例5-9】 某公司近几年的销售额资料见表5-9.

(1) 三项移动平均

$$第一个平均数=\frac{4.80+5.33+6.76}{3}=5.63 \quad 对正第二项的原值$$

第二个平均数 $= \dfrac{5.33+6.76+7.38}{3} = 6.49$ 对正第三项的原值

依此类推,边移动边平均,求出所有数值.

（2）五项移动平均

第一个平均数 $= \dfrac{4.80+5.33+6.76+7.38+6.54}{5} = 6.16$ 对正第三项的原值

依此类推,边移动边平均,求出所有数值

（3）四项移动平均

第一个平均数 $= \dfrac{4.80+5.33+6.76+7.38}{4} = 6.07$ 对着第二项和第三项的中间

第二个平均数 $= \dfrac{5.33+6.76+7.38+6.54}{4} = 6.50$ 对着第三项和第四项的中间

依此类推,边移动边平均,求出所有数值. 由于每个数值都和原数列错半期,无法直接进行对比,还必须进行一次正位平均. 即再进行一次两项移动平均,这样新数列和原数列才能对准.

第一个平均数 $= \dfrac{6.07+6.50}{2} = 6.29$ 对正第三项的原值

从计算结果可以看出,移动平均可以使动态数列中短期的偶然因素弱化,得到的新的平均数动态数列,看到上升趋势更为明显.

（二）最小平方法

如果现象的变动趋势是线性的,就可以用最小平方法拟合直线方程. 最小平方法是分析长期趋势较常使用的方法,也是估计趋势方程参数的最佳拟合方法. 其数学根据就是实际值与趋势值的离差平方和为最小值. 它既可以用于线性趋势,也可以用于非线性趋势.

如果一个动态数列,其相邻两年数值的一阶差近似为一常数,就可以配合一直线: $Y_t = a + bt$,然后,用最小平方法来求解参数 a、b.

由所求的趋势线 $y_c = a + bt$,可求得

$$\sum (y - y_c)^2 = \sum (y - a - bt)^2 = \text{最小值}$$

式中:t 代表时间;a 代表直线趋势方程的起点值;b 代表直线趋势方程的斜率,即 t 每变动一个单位时,长期趋势值增加(或减少)的数值.

令 $Q = \sum (y - a - bt)^2$,为使其最小,则对 a 和 b 的偏导数应等于 0,整理得

$$\begin{cases} \sum y = na + b\sum t \\ \sum ty = a\sum t + b\sum t^2 \end{cases}$$

解得

$$\begin{cases} b = \dfrac{n\sum ty - \sum t \sum y}{n\sum t^2 - \left(\sum t\right)^2} \\ a = \dfrac{\sum y}{n} - b\dfrac{\sum t}{n} \end{cases} \tag{5-22}$$

其中,n 代表时间的项数,其他符号所代表的意义不变.

在对时间数列按最小二乘法进行趋势配合的运算时,为使计算更简便些,将各年份(或其他时间单位)简记为 $1,2,3,4,\cdots$,并用坐标移位方法将原点 O 移到时间数列的中间项,使 $\sum t=0$. 当项数 n 为奇数时,中间项为 0,当为偶数时,中间的两项分别设 $-1,1$,这样间隔便为 2,各项依次设成 $\cdots,-5,-3,-1;1,3,5,\cdots$. 这样求解公式便可简化为

$$\begin{cases} \sum y = na \\ \sum ty = b\sum t^2 \end{cases}$$

解得

$$\begin{cases} a = \dfrac{\sum y}{n} = \bar{y} \\ b = \dfrac{\sum ty}{\sum t^2} \end{cases} \tag{5-23}$$

【例 5-10】 某游览点历年观光游客资料如表 5-10 所示,用最小平方法进行长期趋势分析.

表 5-10 某游览点历年观光游客的最小平方法计算表

年份	时间 t	游客 y(百人)	t^2	ty	y_c
2001	1	100	1	100	99.08
2002	2	112	4	224	112.72
2003	3	125	9	375	126.36
2004	4	140	16	560	140.00
2005	5	155	25	775	153.64
2006	6	168	36	1008	167.28
2007	7	180	49	1260	180.92
合　计	28	980	140	4302	980.00

解 由表 5-10 得

$$\sum t = 28, \quad \sum y = 980, \quad \sum t^2 = 140, \quad \sum ty = 4302$$

代入公式得

$$\begin{cases} b = \dfrac{7 \times 4302 - 28 \times 980}{7 \times 140 - 28 \times 28} = \dfrac{2674}{196} = 13.64 \\ a = \dfrac{980}{7} - 13.64 \times 4 = 140 - 54.56 = 85.44 \end{cases}$$

从而求得直线趋势方程为为

$$y_c = 85.44 + 13.64t$$

把各 t 值代入上式,便求得相对应的趋势值 y_c,见表 5-10 的右栏. 这里需要指出的是,对表 5-10 的游客历年数用直线趋势配合,是因为各年的逐期增长量大体相当,具备了直线型时间数列的特征.

表 5-11 是同一资料按简捷公式的计算. 由简捷公式得

$$\begin{cases} a = \dfrac{980}{7} = 140 \\ b = \dfrac{382}{28} = 13.64 \end{cases}$$

即

$$y_c = 140 + 13.64t$$

将各 t 值代入上式,便求得各年的趋势值 y_c(见表 5-11).

表 5-11 某游览点历年观光游客的最小平方法计算表

年份	时间 t	游客 y(百人)	t^2	ty	y_c
2001	-3	100	9	-300	99.08
2002	-2	112	4	-224	112.72
2003	-1	125	1	-125	126.36
2004	0	140	0	0	140.00
2005	1	155	1	155	153.64
2006	2	168	4	336	167.28
2007	3	180	9	540	180.92
合 计	0	980	28	382	980.00

最小二乘法在对原数列作长期趋势的测定时,通过趋势值 y_c 来修匀原数列,得到比较接近原值的趋势值. 利用所求的直线趋势方程还能对近期的数列做出预测,例如,根据表 5-11 求出直线趋势方程,代入 $t = 4$,便能预测 2008 年的游客人数,即

$$y_c = 140 + 13.64 \times 4 = 194.56 \text{(百人)}$$

特别要提醒注意的是,这里的直线方程 $y_c = a + bt$,不涉及变量 t 与变量 y_c 之间的任何因果关系,也没有考虑误差的任何性质,因此它仅仅是一个直线拟合公式,并不是什么回归模型. 还需要指出的是,作为较长期的一种趋势,利用所拟合的数学方程式进行预测时,必须假定趋势变化的因素到预测年份仍然起作用. 由于例题只是为了说明分析计算的方法,所以为简便起见,一般选用的数据都比较少,实际应用时,数据丰富些方能更好地反映长期趋势.

三、季节变动分析

季节变动是指一些现象受自然条件或经济条件的影响在一个年度内随着季节的更替而发生比较有规律的变动. 在现实生活中,季节变动是一种极为普遍的现象. 农产品的生产量、某些商品的销售量等,都会因时间的变化而分为农忙农闲、淡季旺季. 季节变动往往会给社会生产和人们的经济生活带来一定影响. 季节变动具有三个特点:一是季节变动每年重复进行;二是季节变动按照一定的周期进行;三是每个周期变化强度大体相同.

研究季节变动的目的,就是为了认识这些变动的规律性,以便更好地安排、组织社会生产与生活. 分析和测定季节变动最常用、最简便的方法是按月(季)平均法. 这种方法计算步骤如下:

(1) 将每年各月(季)的数值加总,计算各年的月(季)的平均数;

(2) 将各年同月(季)的数值加总,计算若干年内同月(季)的平均数;

(3) 根据若干年内每个月的数值总计,计算若干年总的月(季)平均数;

(4) 将若干年内同月(季)的平均数与总的月(季)平均数相比,求得用百分数表示的各月(季)的季节比率,又可以称为季节指数.

由表 5-12 的资料可知,某商店某商品销售的季节比率以 12 月份的 125.23% 为最高,3 月份的 109.02% 为其次;以 7 月份的 86.19% 为最低,6 月份的 87.66% 为次低.

表 5-12　某商店某商品销售量的季节变动分析　　　　　　单位:百件

年份	1 月	2 月	3 月	4 月	5 月	6 月	7 月	8 月	9 月	10 月	11 月	12 月	平均
2004 年	40	34	36	34	35	32	28	34	34	37	38	40	35.17
2005 年	38	32	40	32	32	30	30	33	36	36	36	42	34.75
2006 年	32	36	37	31	31	29	31	33	32	35	37	52	34.67
2007 年	30	26	35	29	30	28	28	33	32	32	35	36	31.17
合计	140	128	128	126	128	119	119	133	134	140	146	170	1629①
月平均	35	32	37	31.5	32	29.75	29.75	33.25	33.5	35	36.5	42.5	33.9375
季节比率	103.13%	94.29%	109.02%	92.82%	94.29%	87.66%	86.19%	97.97%	98.71%	103.13%	107.55%	125.23%	100.00%

注:①1629 是 4 年的 48 个月的累计商品销售量.

$$1 \text{ 月份季节比率} = \frac{1 \text{ 月份某商品销售平均数}}{\text{各月平均商品销售平均数}}$$

$$= \frac{35}{33.9375} \times 100\% = 103.13\%$$

其余各月的季节比率以此类推.表 5-12 右下角的 100% 是将各月的季节比率加总后除以一年的 12 个月份数求得的.

值得注意的是,如果按季计算,季节比率之和应等于 400%,如果按月计算,季节比率之和应等于 1200%,如果不等,可能是小数点取位造成的误差,应进行调整.调整方法为:将 400% 或 1200% 除以季节比率之和,得到一个调整系数,然后,将此调整系数分别乘以各季(月)原来的季节比率,即可得到调整后的季节比率.

案例分析

美国内华达职业健康诊所(Nevada Occupational Health Clinic)是一家私人医疗诊所,它位于内华达州的 Sparks.这个诊所专攻工业医疗,并且在该地区经营已经超过 15 年.1991 年初,该诊所进入了增长阶段.在其后的 26 个月里,该诊所每个月的账单收入从 57000 美元增长到超过 300000 美元.直至 1993 年 4 月 6 日,当诊所的主建筑物被烧毁时,诊所一直经历着戏剧性的增长.

诊所的保险单包括实物财产和设备,也包括正常商业经营的中断而引起的收入损失.确定实物财产和设备在火灾中的损失额,受理财产的保险索赔要求是一个相对简单的事情.但是确定在进行重建诊所的 7 个月中,收入的损失额是很复杂的,它涉及业主和保险公司之间的讨价还价.对如果没有发生火灾,诊所的账单收入"将会有什么变化"的计算,没有预先制定的规则.为了估计失去的收入,诊所用一种预测方法,来测算在 7 个月的停业期间将要实现的营业增长.在火灾前的账单收入的实际历史资料,将为拥有线性趋势和季节成分的预测模型提供基础资料.这个预测模型使诊所得到损失收入的一个准确的估计值,这个估计值最终被保险公司所接受.

这是一个动态数列分析方法在保险业务中的成功案例.这个案例中的动态数列分析方法的统计思想对现代经济管理同样具有重要的启迪和现实意义.例如对于企业销售收入和销售成本的预测,我们当然要观察过去的实际资料,根据这些历史资料,我们可以对其发展水平、发展速度进行分析,也可能得到销售的一般水平或趋势,如销售收入随时间增长或下降的趋势;对这些资料的进一步观察,还可能显示一种季节轨迹,如每年的销售高峰出现在第三季度,而销售低谷出现在第一季度以后.通过观察历史资料,可以对过去的销售轨迹有较好的了解,因此对产品的未来销售情况,可以做出较为准确、公正的判断.时间数列分析,能反映客观事物的发展变化,能揭示客观事物随时间演变的趋势和规律.

思考与训练

一、单项选择题

1. 动态数列中,每个指标可以相加的是( ).

A. 相对数动态数列   B. 时期数列

C. 平均数动态数列   D. 时点数列

2. 下列现象属于平均数动态数列是( ).

A. 某企业第一季度各月平均每个职工创造产值

B. 某企业第一季度各月平均每个工人创造产值

C. 某企业第一季度各月产值

D. 某企业第一季度各月平均每个人创造产值

3. 已知环比增长速度为 9.2%、8.6%、7.1%、7.5%,则定基增长速度
为( ).

A. $9.2\% \times 8.6\% \times 7.1\% \times 7.5\%$

B. $(9.2\% \times 8.6\% \times 7.1\% \times 7.5\%) - 100\%$

C. $109.2\% \times 108.6\% \times 107.1\% \times 107.5\%$

D. $(109.2\% \times 108.6\% \times 107.1\% \times 107.5\%) - 100\%$

4. 下列等式中,不正确的是( ).

A. 发展速度=增长速度+1

B. 定基发展速度=相应各环比发展速度的连乘积

C. 定基增长速度=相应各环比增长速度的连乘积

D. 平均增长速度=平均发展速度-1

5. 累计增长量与其相应的各个逐期增长量的关系表现为( ).

A. 累计增长量等于相应的各个逐期增长量之积

B. 累计增长量等于相应的各个逐期增长量之和

C. 累计增长量等于相应的各个逐期增长量之差

D. 以上都不对

6. 编制动态数列的基本原则是使动态数列中各项指标数值具有( ).

A. 可加性   B. 可比性   C. 一致性   D. 同质性

7. 某地区 2000~2007 年排列的每年年终人口数动态数列是( ).

A. 绝对数动态数列   B. 绝对数时点数列

C. 相对数动态数列   D. 平均数动态数列

8. 公式 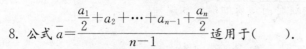 适用于(　　).

A. 时期数列计算序时平均数

B. 间隔不等的间断时点数列计算序时平均数

C. 间隔相等的间断时点数列计算序时平均数

D. 由两个时点数列构成的相对数动态数列计算序时平均数

9. 已知 3、4、5、6 月份的平均职工人数分别是 120 人、140 人、134 人、140 人,则第二季度的平均职工人数是(　　)人.

A. 132　　　　　　B. 140　　　　　　C. 138　　　　　　D. 134

10. 已知各时期环比发展速度和时期期数,便能计算(　　).

A. 平均发展速度　　　　　　B. 平均发展水平

C. 累计增长量　　　　　　　D. 平均增长量

11. 某企业生产某种产品,其产量逐年增加 2 万吨,则该产品产量的环比增长速度(　　).

A. 逐年增长　　　　　　　　B. 逐年下降

C. 保持不变　　　　　　　　D. 无法做结论

12. 对动态数列进行动态分析的基础指标是(　　).

A. 发展水平　　　　　　　　B. 平均发展水平

C. 发展速度　　　　　　　　D. 平均发展速度

13. 动态数列中的平均发展速度是(　　).

A. 各时期定基发展速度的序时平均数

B. 各时期环比发展速度的序时平均数

C. 各时期环比发展速度的调和平均数

D. 各时期环比发展速度的几何平均数

14. 某产品成本 10 年下降 20%,则每年递降(　　).

A. $20\% \div 10$　　　　　　　　B. $\sqrt[10]{20\%}$

C. $\sqrt[10]{120\%} - 1$　　　　　　D. $\sqrt[10]{100\% - 20\%} - 1$

15. 趋势方程 $y_c = 15 + 7t$,若 t 每增加一个单位,则 y 增加(　　)个单位.

A. 15　　　　　　B. 22　　　　　　C. 7　　　　　　D. 8

二、简答题

1. 简述动态数列的概念、种类和编制原则.

2. 什么是时期数列和时点数列? 它们各有哪些不同的特点?

3. 什么是发展水平、增长量、平均增长量、发展速度和增长速度? 定基发展速度和环比发展速度、发展速度与增长速度的关系如何?

4. 什么是序时平均数? 它与一般平均数有何异同?

三、技能实训题

【实训1】 某种股票2007年各统计时点的收盘价如表5-13所示,计算该股票2007年的年平均价格.

表 **5-13**

统计时点	1月1日	3月1日	7月1日	10月1日	12月31日
收盘价(元)	15.2	14.2	17.6	16.3	15.8

【实训2】 某企业2008年上半年工人数资料如表5-14所示,请计算各季平均人数和上半年平均人数.

表 **5-14**

月　份	1月	2月	3月	4月	5月	6月	7月
月初人数(人)	300	320	340	360	360	370	380

【实训3】 某企业2007年9~12月月末职工人数资料如表5-15所示.计算该企业第四季度的平均职工人数.

表 **5-15**

日　期	9月30日	10月31日	11月30日	12月31日
月末人数(人)	1400	1510	1460	1420

【实训4】 2002~2007年各年年底某企业职工人数和工程技术人员人数资料如表5-16所示.试计算工程技术人员占全部职工人数的平均比重.

表 **5-16**

年　份	2002	2003	2004	2005	2006	2007
职工人数(人)	1000	1020	1085	1120	1218	1425
工程技术人员(人)	50	50	52	60	78	82

【实训5】 某机械厂2007年第四季度各月产值和职工人数资料如表5-17所示,试计算该季度平均劳动生产率.

表 5-17

月　份	10 月	11 月	12 月
产　值(元)	400000	462000	494500
平均职工人数(人)	400	420	430
月平均劳动生产率(元)	1000	1100	1150

【实训 6】　某化工企业 2003～2007 年的化肥产量资料如表 5-18 所示. 利用指标间关系将表中所缺数字补充.

表 5-18

年　份	2003	2004	2005	2006	2007
化肥产量(万吨)	400			484	
环比增长速度	—	5%			12.5%
定基发展速度	—		111.3%		

【实训 7】　某地区粮食总产量如表 5-19 所示.

表 5-19

年　份	1998	1999	2000	2001	2002	2003	2004	2005	2006	2007
产量(万吨)	230	236	241	246	252	257	262	276	281	286

要求:(1)试检查该地区粮食生产发展趋势是否接近于直线型?

(2)如果是直线型,用最小平方法配合直线趋势方程.

(3)预测 2008 年的粮食产量.

【实训 8】　某地区粮食产量 2005 年较 2002 年增长 20%,2006 年较 2005 年增长 7%,2007 年又较 2006 年增长 5%,请计算 2003～2007 年该地区粮食产量平均每年增长速度.

【实训 9】　某产品专卖店 2005～2007 年各季度销售额资料如表 5-20 所示. 采用按季平均法计算季节比率.

表 5-20

年份	一季度	二季度	三季度	四季度
2005	51	75	87	54
2006	65	67	82	62
2007	76	77	89	73

第六章 统 计 指 数

本 章 要 点

1. 理解统计指数的含义、作用和种类.
2. 熟练掌握各种总指数的编制方法.
3. 熟练运用指数体系进行两因素分析.
4. 明确各种指数计算公式的含义及相互关系.

第一节 统计指数的意义和种类

一、统计指数的概念

统计指数简称指数,是动态分析的进一步深入和发展.统计中的指数产生于十八世纪后半期,最初只限于研究价格的变动,以后逐步推广于社会经济生活、科学研究的各个领域,成为一种重要的统计方法.

人们最初研究商品价格的总变动是从研究个别商品价格变动开始的,即个体价格指数.以后逐步发展至加权综合平均、加权算术平均等,以反映全部商品价格的总变动,这便是统计总指数的雏形,统计指数主要指总指数.

迄今为止,统计学界认为指数有广义和狭义之分.广义的指数是指反映现象数量差异或变动程度的相对数,如动态相对数、比较相对数、计划完成程度相对数等.狭义的指数是指反映不能直接相加的复杂社会经济现象总体数量综合变动的相对数,如零售物价总指数、居民消费价格总指数等.

复杂社会经济现象总体是指那些由于各个部分的不同性质而在研究其数量特征时不能直接进行加总或直接对比的总体.例如工业品总体,由于其内部各种产品具有不同的使用价值和不同的计量单位,因而在统计其实物产量、销售量、单位成本、出厂价格等数量方面时,是不能直接进行加总的,所以工业品总体便是一个复杂总体.要反映工业品总体数量的综合变动不能简单地采用一般相对数的方法,而应有专门的、特殊的方法,狭义的指数就是反映复杂总体数量综合变动的方法.利用指数的原理和方法,通过编制工业品产量指数、出厂价格指数,可以反映所有工业品实物产量、出厂价格的综合变动情况.比如我国 2008 年 5 月份工业品出厂价格指数(PPI)为 108.2%,表明我国各类工业品出厂价格相比于 2007 年 5 月份,平均上涨了 8.2%.

二、统计指数的作用

(一) 综合反映复杂经济现象总体的变动方向和程度

在经济管理和分析中,经常要研究多种商品的价格综合变动情况、多种产品产量的综合变动情况等.这类问题由于各种商品或产品的使用价值不同,所研究总体中的各个个体不能直接相加.指数法的首要任务就是把不能直接相加的现象过渡到可以加总对比,从而反映复杂经济现象总体的变动方向和程度.

(二) 分析复杂经济现象总变动中各种因素影响的大小

利用指数体系理论可以测定复杂经济现象总变动中,各构成因素的变动对现象总变动的影响情况,并对经济现象变化的原因做出综合评价.任何一个复杂现象都是由多个因素构成的,如:销售额=价格×销售量,工资总额=职工人数×平均工资.指数就是利用这种关系,分析现象总变动中各个因素变动对总变动的影响方向和程度及绝对数量.如分析在工资总额变动中,受职工人数和工资水平两个因素变动的影响程度各有多大.

(三) 反映同类现象的变动趋势

将一系列反映同类现象变动情况的指数按时间先后顺序编制成动态数列,可以反映被研究现象的变动趋势和规律.现以表 6-1 资料为例加以说明.

表 6-1　我国 1986～1995 年居民消费价格总指数(以上年价格为 100)

年份	居民消费价格总指数	年份	居民消费价格总指数
1986	107.0	1991	103.4
1987	108.0	1992	106.4
1988	120.7	1993	114.7
1989	116.3	1994	124.1
1990	107.5	1995	114.8

从表中资料可以看出 1986～1995 年这十年中,我国价格总水平总体上呈上涨趋势,其中 1988～1989 年、1993～1995 年出现了两次较为严重的通货膨胀.

三、统计指数的分类

统计指数可以按不同的标志,从不同的角度进行分类.

(一)按研究范围不同,可分为个体指数、总指数和类指数

个体指数是反映个别现象数量变动的动态相对数,例如某种商品的产量指数、价格指数、单位成本指数等,个体指数是在简单现象总体的条件下计算的.

总指数是综合反映复杂现象总体数量变动的动态相对数,例如工业品总产量指数、零售物价总指数等,总指数是在复杂现象总体的条件下计算的.

类指数又称组指数,是介于总指数和个体指数之间,用以反映总体中某一类现象变动的相对数.如零售物价总指数中的食品类指数,其计算方法与总指数的计算方法相同.

(二)按反映的指标性质不同,可分为数量指标指数和质量指标指数

数量指标指数是根据数量指标计算的,是反映总体单位数、规模等数量指标变动的相对数,如产量指数、销售量指数、职工人数指数等.

质量指标指数是根据质量指标计算的,是反映总体单位水平、工作质量等质量指标变动的相对数.如价格指数、单位成本指数、劳动生产率指数等.

(三)按指数对比时期的不同,可分为定基指数、环比指数和同比指数

定基指数是指在指数动态数列中,采用某一固定时期作为对比基期所编制的一系列指数,不同的定基指数具有可比性.

环比指数是指采用各报告期前一个时期作为对比基期所编制的指数,不同的环比指数不具有直接可比性.

同比指数是指采用上年同期作为对比基期所编制的指数,主要用于价格指数中的月度、季度、半年度指数的编制.

第二节　综合指数

总指数按其编制方法不同可分为综合指数和平均指数两种,下面首先介绍综合指数.

一、综合指数的概念及基本编制原理

(一)综合指数的概念

综合指数是两个总量指标对比形成的指数,在用于对比的总量指标中包含两个或两个以上的因素,将其中被研究因素以外的一个或一个以上的因素固定下来,仅观察被研究因素的变动,这样编制出来的指数称作综合指数.

按照指标性质的不同,综合指数分为数量指标综合指数和质量指标综合指数两种.

(二)综合指数的基本编制原理

综合指数编制的基本原理是通过引入同度量因素,对所要研究的复杂经济现象进行综合汇总,然后通过总体总量的对比求取总指数,大体可分以下三个步骤进行.

1. 引入同度量因素,以解决复杂总体在研究指标上不能直接加总的困难

比如某企业生产甲、乙、丙三种不同使用价值的产品,如果我们要分别观察每种产品产量变动的情况,只需将各种产品的报告期产量与基期产量直接对比即可,求得的是个体产量指数. 但如果我们要综合地观察三种产品总产量的变动情况,即需要编制三种产品产量总指数. 我们知道,不同使用价值的产品在数量上是无法简单加总的,这时就需要引入一个因素对其进行综合,我们可引入价格这一因素,价格乘以产量等于产值,三种产品的使用价值无法加总,过渡到产值这一价值量指标,就可以进行加总了,价格在这里就成了同度量因素.

同度量因素是指在综合指数编制中,将不能直接相加的因素转化为能够直接相加的量的媒介因素,它起着过渡和媒介的作用,同时又具有权数作用,故综合指数又称作加权综合指数.

2. 将同度量因素固定,以消除同度量因素变动的影响

在综合指数中,我们把将要研究的因素(指标)称作指数化因素(指标). 如上例,如要研究三种产品产量的总变动,则三种产品的产量就是指数化因素,三种产品的价格就是同度量因素;反过来,如果要研究三种产品价格的总变动,则三种产品的价格就是指数化因素,三种产品的产量就是同度量因素. 作为同度量因素的指标有基期和报告期之分,如上例中,作为同度量因素的价格,报告期相对基期可能发生变化,这样,将两个时期的产值对比,就不仅受到产量变动的影响,同时也会受到两个时期价格变动的影响. 因此,需要将价格固定,即两个时期的产值均采用同一时期的价格计算,借以消除价格变动的影响. 将采用同一时期价格计算的两个总产值对比,其结果仅受到三种产品不同时期产量变动的影响,从而达到了综合反映

三种产品产量总变动的目的.

3. 将通过同度量因素计算的两个时期的总量指标进行对比,求出综合指数

用不同时期的同度量因素计算出来的总量指标是不同的,对比的结果也不一样,反映的经济内容也有所区别.仍用上例,如果选择基期的价格作为同度量因素,则编制出来的三种产品产量综合指数结果表明:在保持基期价格不变的条件下,报告期与基期的产值之差仅受产量变动因素的影响.如果选择报告期的价格作为同度量因素,则编制出来的三种产品产量综合指数结果表明:在当前价格水平条件下,报告期与基期的产值之差,不仅受报告期产量变动因素的影响,同时也受报告期价格变动因素的影响.

同度量因素时期的选择应根据编制指数的具体任务以及实际经济内容来确定.在我国统计理论和实践中,从指数计算的现实意义和指数体系建立的需要出发,对数量指标综合指数和质量指标综合指数有不同的解决办法,这一点在后面进行具体介绍.

综上所述,综合指数是编制总指数的重要形式,它的基本特征是先综合后对比.由于它是在掌握了研究对象的全面资料的基础上编制的,其计算结果客观真实,没有代表性误差,因此在整个计划经济时期,综合指数在总指数的编制实践中有过广泛地应用,但由于它对资料的要求比较高,因而在市场经济条件下其应用受到了较大的限制.

二、数量指标综合指数的编制

根据数量指标编制的综合指数称作数量指标综合指数,如产量指数、销售量指数等.编制数量指标综合指数的基本原则是:应以质量指标作为同度量因素,同度量因素原则上应固定在基期.现以编制产量总指数为例加以说明.

【例6-1】 某企业生产的三种产品的产量和出厂价格情况如表6-2所示.计算三种产品产量总指数并分析产量变动对三种产品产值变动的影响金额.

表6-2　某企业产品产量和出厂价格情况

产品名称	计量单位	产　　量		出厂价格(万元)	
		基期 q_0	报告期 q_1	基期 p_0	报告期 p_1
甲	台	20	21	3	3
乙	吨	50	55	20	21
丙	件	40	36	10	9

从表中资料我们可以看出,该企业三种产品报告期产量各自变化的情况为:甲产品产量增加了 $5\%\left(\dfrac{q_1}{q_0}=\dfrac{21}{20}=105\%\right)$,乙产品产量增加了 $10\%\left(\dfrac{q_1}{q_0}=\dfrac{55}{50}=\right.$

110%),丙产品产量下降了 10% $\left(\dfrac{q_1}{q_0}=\dfrac{36}{40}=90\%\right)$. 现在我们要研究甲、乙、丙三种产品产量的总变动情况,由于三种产品性质不同,数量上无法直接进行加总,因此,我们需要引入同度量因素——出厂价格. 按照综合指数编制的一般原理,出厂价格既可以固定在基期,也可以固定在报告期,还可以固定在某一固定时期.

（一）用基期出厂价格作为同度量因素

其计算公式为

$$\bar{k}_q=\frac{\sum q_1 p_0}{\sum q_0 p_0}$$

式中:$\bar{k}_q$ 为产品产量总指数;q_0 为基期产量;q_1 为报告期产量;p_0 为基期出厂价格;p_1 为报告期出厂价格.

将表 6-2 中数据代入公式,可得

$$\bar{k}_q=\frac{21\times3+55\times20+36\times10}{20\times3+50\times20+40\times10}=\frac{1523}{1460}=104.3\%$$

计算结果表明:在保持基期出厂价格不变的情况下,该企业三种产品产量报告期比基期平均提高了 4.3%.

用综合指数形式编制总指数有一个好处,它不仅可以综合地表明复杂总体变动的相对程度,而且由于用以对比的两个综合总量 $\left(\text{如}\sum q_1 p_0 \text{和} \sum q_0 p_0\right)$ 有着明确的经济内容,因而可以从绝对量上分析指数化因素变动所带来的绝对效果. 如上例中用以对比的两个总量 $\left(\sum q_1 p_0 \text{和} \sum q_0 p_0\right)$ 是产值指标,分母是基期的产值,分子是用报告期产量和基期出厂价格计算的产值,两者之差 $\left(\sum q_1 p_0 - \sum q_0 p_0\right)$ 就是由于产量变动而增加的产值,即三种产品产值增加了 63 万元 $\left(\sum q_1 p_0 - \sum q_0 p_0 = 1523 - 1460 = 63\right)$.

人们习惯上将上式称作拉氏物量综合指数,它由德国经济学家拉斯贝尔于 1864 年首先提出.

（二）用报告期出厂价格作为同度量因素

其计算公式为

$$\bar{k}_q=\frac{\sum q_1 p_1}{\sum q_0 p_1}$$

仍用上例,将表 6-2 中数据代入公式,可得:

$$\overline{k}_q = \frac{21 \times 3 + 55 \times 21 + 36 \times 9}{20 \times 3 + 50 \times 21 + 40 \times 9} = \frac{1542}{1470} = 104.9\%$$

计算结果表明:在报告期出厂价格水平条件下,该企业三种产品产量平均提高了 4.9%,由于产量提高使得产值增加了 72 万元 $\left(\sum q_1 p_0 - \sum q_0 p_0 = 1542 - 1470 = 72\right)$.其与前面拉氏公式的计算结果相比多出了 9 万元(72-63=9),这是报告期价格变动产生的影响.人们习惯上将上式称作帕氏物量综合指数,它由经济学家帕舍于 1874 年首先提出.

(三)以某一固定时期的出厂价格作为同度量因素

其计算公式为

$$\overline{k}_q = \frac{\sum q_1 p_n}{\sum q_0 p_n}$$

式中 p_n 为某一固定时期的出厂价格.

比如,为了便于统计指数的对比和分析,在实际工作中经常用某一固定时期的价格作为不变价格,编制工业品的定基产量指数、销售量指数等.

数量指标综合指数的编制之所以要选择质量指标作为同度量因素,这是由社会经济现象本身客观存在的内在联系决定的,因为任何一个包含两个或两个以上因素的总量指标,都是由包含数量指标因素和质量指标因素在内的不同因素构成的,只有选择与指数化因素性质相对应的统计指标才能够对不同现象进行同度量.

同度量因素之所以原则上应固定在基期,一方面是为了建立指数体系进行因素分析的需要,另一方面是从编制指数的现实意义出发的,因为编制数量指标综合指数的主要目的在于反映数量指标这一单一因素的综合变动及其影响的绝对效果.

三、质量指标综合指数的编制

根据质量指标编制的综合指数称作质量指标综合指数,如出厂价格总指数、零售价格总指数等.编制质量指标综合指数的基本原则是:应以数量指标作为同度量因素;同度量因素原则上应固定在报告期.现以编制出厂价格总指数为例加以说明.

【例 6-2】 运用表 6-2 资料,计算三种产品出厂价格总指数并分析出厂价格变动对三种产品总产值变动的影响金额.

从表 6-2 资料我们可以看出,该企业三种产品报告期出厂价格各自变化的情况为:甲产品出厂价格没有变化,乙产品出厂价格上涨了 5% $\left(\frac{p_1}{p_0} = \frac{21}{20} = 105\%\right)$,丙产品出厂价格下跌了 10%$\left(\dfrac{p_1}{p_0}=\dfrac{9}{10}=90\%\right)$. 现在我们要研究甲、乙、丙三种产品出厂价格的总变动情况，由于三种产品性质不同，价格进行简单加总没有意义，因此，我们需要引入同度量因素——产量. 按照综合指数编制的一般原理，产量既可以固定在基期，也可以固定在报告期，还可以固定在某一固定时期.

（一）用基期产量作为同度量因素

其计算公式为

$$\bar{k}_p = \frac{\sum p_1 q_0}{\sum p_0 q_0}$$

式中，$\bar{k}_p$ 表示出厂价格总指数. 将表 6-2 中数据代入公式，可得

$$\bar{k}_p = \frac{3\times 20+21\times 50+9\times 40}{3\times 20+20\times 50+10\times 40} = \frac{1470}{1460} = 100.7\%$$

计算结果表明：在保持基期产量不变的情况下，该企业三种产品出厂价格报告期平均上涨了 0.7%. 由于出厂价格上涨使得产值增加了 10 万元$\left(\sum p_1 q_0 - \sum p_0 q_0 = 1470 - 1460 = 10\right)$. 在这里，产值增加额仅受出厂价格变动的影响.

人们习惯上将上式称作拉氏价格综合指数.

（二）用报告期产量作为同度量因素

其计算公式为

$$\bar{k}_p = \frac{\sum p_1 q_1}{\sum p_0 q_1}$$

沿用上例，将表 6-2 中数据代入公式，可得

$$\bar{k}_p = \frac{3\times 21+21\times 55+9\times 36}{3\times 21+20\times 55+10\times 36} = 101.2\%$$

计算结果表明：在报告期产量条件下，该企业三种产品出厂价格平均上涨了 1.2%，由于出厂价格上涨使得产值增加了 19 万元$\left(\sum p_1 q_0 - \sum p_0 q_0 = 1542 - 1523 = 19\right)$. 其与前面拉氏公式的计算结果相比多出了 9 万元$(19-10=9)$，这是由于报告期产量变动产生的影响. 人们习惯上将上式称作帕氏价格综合指数. 实践中，人们在考察成本计划执行情况时，为了防止某些单位采用破坏产品品种计划来完成产品成本计划的不正确做法，有时也以某一固定时期的产量作为同度量因素.

可见，编制质量指标综合指数，从理论上看，既可以选择基期的数量指标作为

同度量因素,也可以选择报告期的数量指标作为同度量,两者均可以反映指数化因素的综合变动程度,但从绝对量上看,有着完全不同的意义. 如同上例,用报告期产量作为同度量因素计算的两个产值指标 $\left(\sum p_1 q_1 \text{ 和 } \sum p_0 q_1 \right)$ 之差,可以理解为是观察报告期即现期所生产的所有产品,由于出厂价格的变动而增加了多少产值. 采用基期产量作为同度量因素计算出的两个产值指标 $\left(\sum p_1 q_0 \text{ 和 } \sum p_0 q_0 \right)$ 之差,可以理解为观察在已经过去的时期所生产的所有产品,由于出厂价格的变动而使产值发生了什么变化. 很显然,前者的现实经济意义更强. 因此,在编制质量指标综合指数时,通常都采用报告期的数量指标作为同度量因素.

综上所述:一般来说,编制数量指标综合指数时,总采用基期的质量指标作为同度量因素;而编制质量指标综合指数时,则采用报告期的数量指标作为同度量因素.

第三节　平均指数

一、平均指数的概念及与综合指数的关系

(一) 平均指数的概念

平均指数又称平均数指数. 它是个体指数的加权平均数,即先计算个体指数,然后将个体指数加权平均而计算的总指数.

个体指数反映的是单个事物的变动程度,总指数反映的则是多个事物的总变动程度,但总变动程度不是个体变动程度的总和,而是它们的一般水平,因此,应对个体指数进行加权平均求取总指数.

(二) 平均指数与综合指数的关系

平均指数与综合指数是计算总指数的两种形式,两者既有区别又有联系.

两者的区别如下:

1. 在解决复杂总体不能直接同度量问题上的思路不同

综合指数引入同度量因素,先计算总体的总量,然后进行对比,即"先综合,后对比";平均指数是在计算个体指数的基础上进行加权平均计算总指数,即"先对比,后综合".

2. 在运用资料的条件上不同

综合指数需要掌握所研究总体的全面资料,对起综合作用的同度量因素的要

求也比较严格. 如产品实物量综合指数, 必须一一掌握各产品的实际价格资料. 而平均指数则既适用于全面资料, 也适用于非全面资料. 例如, 根据一部分代表规格品的价格资料及其相应的全部商品流转额资料, 便可编制平均价格指数, 且作为权数的流转额资料, 既可以是实际的, 也可以是假定的. 因此, 平均指数在指数编制中有着更广泛的适用性, 是当前编制各种总指数的主要形式.

3. 在经济分析中的具体作用不同

综合指数的资料是总体的有着明确经济内容的总量指标, 因此, 综合指数除了可以表明复杂总体的变动方向和程度外, 还可以从指数化指标变动的绝对效果上进行因素分析. 而平均指数除变形公式外, 一般只能反映复杂总体的变动方向和程度, 不能用于因素分析.

两者的联系为在一定的权数条件下, 两类指数之间存在着变形关系. 由于这种变形关系的存在, 当掌握的资料不能直接用综合指数形式计算时, 可优先考虑用它的变形的平均指数形式计算, 这样编制出来的平均指数与综合指数具有完全相同的计算结果和经济意义.

二、平均指数的编制方法

平均指数有加权算术平均指数和加权调和平均指数两种基本形式, 另外在加权算术平均指数的基础上, 还可以引申出固定加权算术平均指数.

(一) 加权算术平均指数

加权算术平均指数是以总量指标为权数对个体指数进行加权算术平均计算的总指数.

该方法通常以基期的总量指标 $(p_0 q_0)$ 为权数, 用来计算数量指标指数, 如销售量指数, 计算形式上采用算术平均形式.

设数量指标个体指数为 $k_q = \dfrac{q_1}{q_0}$, 则加权算术平均指数的计算公式为

$$\bar{k}_q = \frac{\sum k_q p_0 q_0}{\sum p_0 q_0} = \sum k_q \frac{p_0 q_0}{\sum p_0 q_0}$$

式中: $\bar{k}_q$ 为数量指标总指数; k_q 为数量指标个体指数; $p_0 q_0$ 为基期的总量指标; $\dfrac{p_0 q_0}{\sum p_0 q_0}$ 为与个体指数相对应的基期总量占总体全部基期总量的比重.

上式可视作拉氏综合指数的变形: 将 $k_q = \dfrac{q_1}{q_0}$ 代入上式, 即

$$\overline{k_q} = \frac{\sum \dfrac{q_1}{q_0} p_0 q_0}{\sum p_0 q_0} = \frac{\sum q_1 p_0}{\sum q_0 p_0}$$

注意:这种变形必须以 $p_0 q_0$ 为权数才有可能,变形的原因在于直接编制综合指数会受到资料的限制.

【例6-3】 利用表6-3资料计算四种商品销售量总指数并加以说明.

表6-3 某商店有关商品销售资料

品名	单位	销售量		基期销售额 $p_0 q_0$	个体销售量指数
		基期 q_0	报告期 q_1	(万元)	$k_q = \dfrac{q_1}{q_0}$
甲	个	500	600	5	120%
乙	双	400	420	2	105%
丙	辆	100	80	3	80%
丁	台	200	210	10	105%

四种商品销售量总指数 $= \dfrac{120\% \times 5 + 105\% \times 2 + 80\% \times 3 + 105\% \times 10}{5 + 2 + 3 + 10}$

$$= \frac{21}{20} = 105\%$$

计算结果表明:四种商品的销售量报告期相比基期平均增长了5%.在保持基期价格不变的情况下,销售量增长使得销售额增加了1万元(21−20=1).

(二)加权调和平均指数

加权调和平均指数是以总量指标为权数对个体指数进行加权调和平均计算的总指数.

该方法通常以报告期的总量指标($p_1 q_1$)为权数,用来计算质量指标指数,如价格指数,计算形式采用加权调和平均形式.

设质量指标个体指数为 $k_p = \dfrac{p_1}{p_0}$,则加权调和平均指数的计算公式为

$$\overline{k_p} = \frac{\sum p_1 q_1}{\sum \dfrac{1}{k_p} p_1 q_1} = \frac{1}{\sum \dfrac{1}{k_p} \dfrac{p_1 q_1}{\sum p_1 q_1}}$$

式中:$\dfrac{1}{k_p}$ 为质量指标个体指数的倒数,即 $\dfrac{p_0}{p_1}$;$\dfrac{p_1 q_1}{\sum p_1 q_1}$ 为与个体指数相对应的报告期

总量占总体全部报告期总量的比重. 上式可视作帕氏综合指数的变形:将 $\dfrac{1}{k_p} = \dfrac{p_0}{p_1}$ 代

入上式,即

$$\bar{k}_p = \frac{\sum p_1 q_1}{\sum \dfrac{p_0}{p_1} p_1 q_1} = \frac{\sum p_1 q_1}{\sum p_0 q_1}$$

注意:这种变形必须以 $p_1 q_1$ 为权数才有可能,变形的原因也在于直接编制综合指数会受到资料的限制.

【例 6-4】 利用表 6-4 资料计算四种商品价格总指数并加以说明.

表 6-4 某商店有关商品销售资料

品名	单位	单价(元)		报告期销售额 $p_1 q_1$	个体价格指数
		基期 p_0	报告期 p_1	(万元)	$k_p = \dfrac{p_1}{p_0}$
甲	个	100	110	6.6	110%
乙	双	50	45	1.89	90%
丙	辆	300	360	2.88	120%
丁	台	500	480	10.08	96%

$$四种商品价格总指数 = \frac{6.6 + 1.89 + 2.88 + 10.08}{\dfrac{6.6}{110\%} + \dfrac{1.89}{90\%} + \dfrac{2.88}{120\%} + \dfrac{10.08}{96\%}}$$

$$= \frac{21.45}{21} = 102.1\%$$

计算结果表明:四种商品的价格报告期相比基期平均上涨了 2.1%.价格的上涨使得消费者在购买当前数量的商品时要多支出 0.45 万元 $(21.45 - 21 = 0.45)$.

(三)固定加权算术平均指数

固定加权算术平均指数是国内外广泛采用的一种统计指数编制方法,如我国的零售物价指数、居民消费价格指数、工业品出厂价格指数等的编制,用的都是该方法.

该方法的计算原理与加权算术平均指数基本相同,只是权数有所区别.固定加权算术平均指数的权数是用相对数(比重)形式代替它的实际数值,在较长一段时期内作为不变权数使用,从而使得总指数的编制变得简便易行.

其计算公式为

$$\bar{k}_p = \frac{\sum k_p w}{\sum w}$$

式中: k_p 为个体指数; w 为结构权数.

$$w = \frac{p_0 q_0}{\sum p_0 q_0}, \quad \sum w = 100\%$$

由于该公式的权数采用的是相对数形式,因此,采用该方法计算的总指数,不能用分子与分母的差额来分析指数化因素变动所产生的经济效果.

该方法的具体应用参见后面居民消费价格指数的计算.

三、平均指数的实际应用

平均指数法是我国当前编制各类统计指数的基本方法之一,现以价格指数的编制为例加以说明.

(一)价格指数的概念和编制原则

1. 价格指数的概念及意义

价格指数是社会经济指数的重要组成部分,是用来反映报告期与基期相比商品价格水平变动趋势和程度的相对数.

编制价格指数的主要任务就是反映价格的变动趋势和程度,并在此基础上观察价格变化对工农业生产、人民生活以及国家财政收支的影响,为党和政府制定价格及相关经济政策,分析市场变化,加强宏观调控提供必要的依据.

目前,我国由国家统计局系统编制的价格总指数主要有居民消费价格指数、工业品出厂价格指数、农产品收购价格指数、零售物价指数以及工农产品综合比价指数等.

2. 价格指数的编制原则

价格指数只能依据一定的代表地区,一定的代表企业(市场),一定的代表规格品,一定的权数、基期和公式进行编制,因此,价格指数的编制原则,实质上就是编制价格总指数所依据的上述各要素的选择原则,下面予以简要介绍.

(1)代表地区的选择原则

我国在编制价格指数的实践中,一般是采用重点调查与典型调查相结合的方法,在进行全面观察分析的基础上,根据各种价格指数的编制目的和要求选择代表地区.选择出的代表地区要兼顾各种经济类型,要考虑与历史资料的衔接和可比性,要有利于研究价格变化的发展规律.例如,我国零售物价指数所确定的代表地区共有226个市、县,其中城市146个、县城80个.这226个市县是在全国大、中、小型城市和县城中采用分类抽样的方法选取的.

(2)代表企业(市场)的选择原则

代表企业(市场)作为价格统计的调查单位,是提供价格资料的基层单位.一般通过主观选样的方法,根据指数的类型和要求,结合分布合理、需要与可能相结合等原则加以选择.如我国零售物价指数在选中的226个市、县中抽取了上万家商场或农贸市场,按照统计调查的基本要求,利用多种方法进行采价,并及时整理计算出每种商品的月、季、年平均价格.

（3）代表规格品的选择原则

编制价格指数,必须从全部商品中选择一些购、销量大且价格变动具有代表性的商品作为代表规格品,通过对代表规格品价格变动的观察来反映全部商品价格变动的方向和程度.选择出的代表规格品应能符合指数编制的要求,能够代表相对应的商品集团,并兼有成交量大、生产和供应比较稳定、价格变动趋势具有代表性等特点.代表规格品应有必要的适当的数量,例如,我国零售物价指数在统一商品分类的基础上,规定的统计必报商品有 320 种,农产品收购价格指数规定的统计必报商品有 276 种.

（4）指数权数、基期和计算公式的选择原则

指数权数的选择原则如下:权数内容必须服从指数编制的目的,如居民消费价格指数应以居民消费额资料作为权数,农产品收购价格指数应以农产品收购额资料作为权数.权数形式的选择要取决于客观具备的资料条件,如农产品收购价格指数一般主要编制年度指数,因此,通常以实际收购额资料$(p_1 q_1)$作为权数采用加权调和平均指数法公式计算.而居民消费价格指数,则要求分别按月、季、年度编制,各种(类)商品的实际消费额不可能及时掌握,因此,实践中以居民消费支出结构$\left[\dfrac{p_0 q_0}{\sum p_0 q_0} \right]$的相对数为权数,采用固定加权算术平均法公式计算.

指数基期的选择原则如下:应服从编制指数的具体目的和要求.如我国价格指数的月度指数和季度指数一般选择的基期是上年同期(同比指数),年度指数的基期是上一年(环比指数).

指数计算公式的选择原则如下:应以加权指数公式为基本形式,以有关统计资料的占有情况为基础,应力求使计算结果有充分的现实经济意义.

（二）编制价格指数的方法与步骤

由于各类价格总指数的具体编制方法有所不同,现以居民消费价格总指数为例加以说明.

1. 居民消费价格总指数(CPI)的概念与编制特点

居民消费价格总指数是反映城乡居民所购买的生活消费品和服务项目价格的变动趋势和程度的相对数,是用来反映我国价格总水平变动的指数,也是国家进行宏观经济管理最重要的统计指标之一.

按现行规定,该指数是在统一商品分类的基础上分城、乡市场分别编制,逐级汇总综合而形成的.

CPI 共包括食品、衣着、家庭设备及用品、医疗保健用品、交通和通信工具、娱乐教育及文化用品、居住和服务项目等八个大类,大类下面分若干中类,中类下辖小类,小类下辖代表商品,代表商品共计四百种左右.

指数的权数是根据城乡家庭户消费支出的家计调查资料推算的,采用的是消费支出结构的相对数形式.

2. 居民消费价格指数的编制方法和步骤

按照现行制度规定,各代表市、县的居民消费价格总指数应根据各代表商品的综合平均价格和相应的个体价格指数,以居民消费支出结构为权数,按照自下而上、分层计算、逐级汇总的原则,采用固定加权算术平均法计算. 即

$$\bar{k}_p = \frac{\sum k_p w}{\sum w} = \sum k_p \frac{w}{\sum w}$$

由于一般 $\sum w = 100\%$,故 $\bar{k}_p = \sum k_p w$.

【例 6-5】 运用表 6-5 资料编制居民消费价格总指数.

表 6-5　某市某年某月居民价格总指数计算表(以上年同月价格为 100)

商品类别及名称	代表规格品	平均价格(元/公斤)		权数	指数
		上年某月	今年某月		
总指数				100%	109.9%
一、食品类				40%	123.5%
(一)粮食				30%	128.4%
1.细粮				80%	128%
大米	一级	2.00	2.60	60%	130%
面粉	标准	2.20	2.75	40%	125%
2.粗粮				20%	130%
(二)肉禽及制品				30%	130%
(三)蛋品				10%	110%
(四)鲜菜				20%	120%
(五)鲜果				10%	110%
二、衣着类				8%	100%
三、家庭设备及用品类				10%	97%
四、医疗保健用品类				7%	102%
五、交通和通信工具				5%	98%
六、娱乐教育及文化用品				10%	100%
七、居住类				10%	106%
八、服务项目类				10%	102%

指数计算步骤如下:

(1) 计算个体商品价格指数

$$大米价格指数 = 2.60 \div 2.00 = 130\%$$

面粉价格指数＝2.75÷2.20＝125％

　　（2）计算小类商品价格指数

　　　　细粮类价格指数＝130％×60％＋125％×40％＝128％

　　（3）计算中类商品价格指数

　　　　粮食类价格指数＝128％×80％＋130％×20％＝128.4％

　　（4）计算大类商品价格指数

食品类价格指数

　　＝128.4％×30％＋130％×30％＋110％×10％＋120％×20％＋110％

　　　×10％

　　＝123.5％

　　（5）计算居民消费价格总指数

居民消费价格总价格指数

　　＝123.5％×40％＋100％×8％＋97％×10％＋102％×7％＋

　　　98％×5％＋100％×10％＋106％×10％＋102％×10％

　　＝109.9％

计算结果表明该市某年某月居民消费价格水平与上年同期相比,上涨了9.9％.

3. 居民消费价格总指数的涨跌构成分析

　　为了说明各类或主要商品的价格变动对价格总变动的影响程度,需要分析总指数的涨跌构成.涨跌构成分析主要有差额法和比重法两种方法,由于居民消费价格总指数的权数是比重权数,故用比重法.

　　比重法是根据各种(类)商品价格指数的涨跌率及其在总指数中的比重,来计算总指数涨跌构成的一种分析方法.先计算各种(类)商品价格指数的涨跌率:$k_p - 100\%$.再计算涨跌率与其相应权数的乘积:$(k_p - 100\%) \times w$.各种(类)价格指数对总指数的影响程度之和等于总指数的变动程度.

　　如上例:

　　　　食品类价格变动对价格总指数的影响程度

　　　　　　＝（123.5％－100％）×40％＝9.4％

　　　　粮食类价格变动对价格总指数的影响程度

　　　　　　＝（128.4％－100％）×30％×40％＝3.4％

　　　　大米价格变动对价格总指数的影响程度

　　　　　　＝（130％－100％）×60％×30％×40％＝2.2％

　　　　家庭设备及用品类价格变动对价格总指数的影响程度

　　　　　　＝（97％－100％）×10％＝－0.3％

计算结果分别表明:在该市某年某月居民消费价格总指数上涨的9.9％中,食品价

格上涨了 23.5%,导致总指数上涨了 9.4%(这其中由于粮食类价格上涨了 28.4% 导致总指数上涨了 3.4%(而这其中由于大米价格上涨导致总指数上涨了 2.2%));家庭设备及用品类价格下降了 3%,导致总指数下降了 0.3%.可见,该市 价格总水平上涨的主要原因是食品类价格上涨.

第四节   指数体系与因素分析

一、指数体系

(一)指数体系的概念

在综合指数原理与方法的基础上,产生了一种重要的统计分析方法——指数 因素分析法,该方法的基础就是指数体系.

指数体系是指由若干个经济上具有一定联系且有一定数量对等关系的统计指 数构成的整体.

指数体系中各个指数间数量对等关系的依据是现象之间客观存在的经济联 系,如:

商品销售额=商品价格×商品销售量

商品销售额指数=商品价格指数×商品销售量指数

产品总产值=产品出厂价格×产品产量

产品总产值指数=产品出厂价格指数×产品产量指数

总成本=单位成本×产品产量

总成本指数=单位成本指数×产品产量指数

上述等式中左边的现象或指数可称为"对象"或"对象指数",右边具有乘积关 系的多种现象或指数可称为"因素"或"因素指数",由此可以把指数体系之间的客 观经济联系表述为:对象指数等于各因素指数的连乘积.

对象指数实质是反映各个因素总变动的指数,如商品销售额指数.严格地说, 它不是总指数,而是广义的指数,也就是一般的动态比较指标.由于对象指数是由 两个或两个以上因素构成的,其中一个因素是数量指标,另一个因素是质量指标. 所以,指数体系建立的前提是必须遵循综合指数编制的基本原则,即因素指数里的 数量指标指数应立足于拉氏公式,质量指标指数应立足于帕氏公式.

(二)指数体系的表现形式

指数体系可分为总量指标指数体系和平均指标指数体系两种形式.

1. 总量指标指数体系

（1）个体指数的指数体系

这是指由若干个经济上具有一定联系且有一定数量对等关系的个体指数所构成的整体. 例如：

某产品总产值指数＝某产品出厂价格指数×某产品产量指数

某产品总成本指数＝某产品单位成本指数×某产品产量指数

（2）总指数的指数体系

这是指由若干个经济上具有一定联系且有一定数量对等关系的总指数所构成的整体. 例如：

商品销售额总指数＝商品价格总指数×商品销售量总指数

工业品价值量总指数＝工业品出厂价格总指数×工业品产量总指数

2. 平均指标指数体系

这是指由若干个经济上具有一定联系且有一定数量对等关系的平均指标指数构成的整体. 其表现形式为

可变构成指数＝固定构成指数×结构影响指数

（三）指数体系的作用

1. 可对现象进行因素分析

利用指数体系可以从相对数和绝对数两个方面对现象总变动所受各个因素变动的影响进行分析. 相对数方面表现为各因素指数的连乘积等于总变动指数, 绝对数方面表现为各因素影响的差额之和等于总变动的差额.

2. 可进行指数之间的相互推算

由于指数体系表现为相关指数之间的数量对等关系, 因此, 当已知指数体系中的某几个指数时, 就可以推算出另一个未知的指数.

二、因素分析

因素分析就是利用指数体系对复杂现象总变动中各因素影响的方向、程度和绝对数量进行分析, 这是一种重要的统计分析方法.

因素分析按指数体系中因素指数的多少, 可分为两因素分析和多因素分析, 两者的分析原理及方法大体相同.

（一）总量指标变动的因素分析

1. 总量指标变动的两因素分析

（1）个体指数的两因素分析

因素分析的对象可以是简单现象,也可以是复杂现象. 在简单现象条件下,总量指标的变动可以从总体单位数和总体平均水平两个因素的影响进行分析,因素指数可以直接计算. 例如:

工资总额(pq)指数＝职工人数(q)指数×平均工资(p)指数

在指数分析中,它的指数体系及绝对量的关系表现为

$$\frac{p_1 q_1}{p_0 q_0} = \frac{q_1}{q_0} \times \frac{p_1}{p_0}$$

$$p_1 q_1 - p_0 q_0 = (q_1 - q_0)p_0 + (p_1 - p_0)q_1$$

【例 6-6】 运用表 6-6 资料对某企业 2007 年工资总额变动进行因素分析.

表 6-6 某企业职工工资资料

指标	2006 年	2007 年
工资总额(万元)	1140	1360.8
职工人数(人)	1000	1080
平均工资(元)	11400	12600

解 该企业 2007 年工资总额变动为

$$工资总额指数 = \frac{p_1 q_1}{p_0 q_0} = \frac{1360.8}{1140} = 119.4\%$$

工资总额的增加额为

$$p_1 q_1 - p_0 q_0 = 1360.8 - 1140 = 220.8（万元）$$

其中,职工人数变动的影响程度为

$$职工人数指数 = \frac{q_1}{q_0} = \frac{1080}{1000} = 108\%$$

影响的绝对额为

$$(q_1 - q_0)p_0 = (1080 - 1000) \times 11400 = 91.2（万元）$$

平均工资变动的影响程度为

$$平均工资指数 = \frac{p_1}{p_0} = \frac{12600}{11400} = 110.5\%$$

影响的绝对额为

$$(p_1 - p_0)q_1 = (12600 - 11400) \times 1080 = 129.6（万元）$$

计算结果表明该企业 2007 年工资总额较 2006 年增长了 19.4%,增加的工资总额为 220.8 万元. 其中,由于职工人数变动增加了 8%,使工资总额增加了 91.2 万元;由于职工平均工资变动增加了 10.5%,使工资总额增加了 129.6 万元.

(2) 总指数的两因素分析

如果分析的是复杂现象,则不可能直接计算总体单位数和总体平均水平两个指标. 此时,对总量指标的两个因素的影响应理解为组成复杂总体的各要素的单位数变动的综合影响以及各要素水平变动的综合影响. 此时,因素指数必须用综合指数的形式编制,其指数体系及绝对量关系为

$$\frac{\sum p_1 q_1}{\sum p_0 q_0} = \frac{\sum p_1 q_1}{\sum p_0 q_1} \times \frac{\sum q_1 p_0}{\sum q_0 p_0}$$

$$\sum p_1 q_1 - \sum p_0 q_0 = \left(\sum p_1 q_1 - \sum p_0 q_1 \right) + \left(\sum q_1 p_0 - \sum q_0 p_0 \right)$$

【例6-7】 根据表6-2资料,从相对数和绝对数两个方面对某企业三种产品总产值变动的原因进行分析.

解 根据表6-2资料,三种产品总产值的变动为

$$三种产品总产值指数 = \frac{\sum q_1 p_1}{\sum q_0 p_0} = \frac{1542}{160} = 105.6\%$$

$$总产值的增加额 = \sum q_1 p_1 - \sum q_0 p_0 = 1542 - 1460 = 82 \,(万元)$$

计算结果表明:三种产品报告期总产值比基期增长了5.6%,绝对额增加了82万元,这种变动受到了产量和出厂价格两个因素变动的共同影响. 其中,产量变动的影响程度为

$$产量总指数 = \frac{\sum q_1 p_0}{\sum q_0 p_0} = \frac{1523}{1460} = 104.3\%$$

产量变动影响的总产值增加额为

$$\sum q_1 p_0 - \sum q_0 p_0 = 1523 - 1460 = 63 \,(万元)$$

出厂价格变动的影响程度为

$$出厂价格总指数 = \frac{\sum p_1 q_1}{\sum p_0 q_1} = \frac{1542}{1523} = 101.2\%$$

出厂价格变动影响的总产值增加额为

$$\sum p_1 q_1 - \sum p_0 q_1 = 1542 - 1523 = 19 \,(万元)$$

把以上指数联系起来,组成的指数体系为

相对数形式 $105.6\% = 104.3\% \times 101.2\%$

绝对数形式   82 万元 = 63 万元 + 19 万元

2. 总量指标变动的多因素分析

社会经济现象总体总量的变动分析,可以分解为两个因素变动的分析,但有时也可以分解为三个或三个以上因素变动的分析,这是因为有些现象总体总量的变动,往往会受到三个或三个以上因素的影响. 例如:

$$\begin{matrix}\text{原材料费用}\\ \text{总额}(qmp)\end{matrix}=\text{产品产量}(q)\times\begin{matrix}\text{单位产品原材料}\\ \text{消耗量}(m)\end{matrix}\times\begin{matrix}\text{单位原材料}\\ \text{价格}(p)\end{matrix}$$

可见,原材料费用总额的变动,会受到产品产量、单位产品原材料消耗量和单位原材料价格等三个因素变动的影响,这时要探讨原材料费用总额变动的原因就要运用多因素分析.

多因素分析与两因素分析的原理大致相同,但应注意两个问题.

第一,各因素指标在确定其性质时具有相对性.

如上例的三个因素指标中,单位原材料消耗量(m)相对于产品产量(q)来说应是质量指标,两者的乘积为原材料消耗总量(qm);但相对于单位原材料价格(p)来说则应是数量指标,两者的乘积为单位产品原材料消耗额(mp).

第二,多因素指标在排列上应遵循先数量指标后质量指标的逻辑顺序.

编制各因素指数时,除将需观察的因素指标作为指数化因素外,其余因素指标应一律作为同度量因素,其固定时期的确定,仍应按综合指数一般原则的要求.

如上例的指数体系相对数形式可写为

$$\begin{matrix}\text{原材料费用}\\ \text{总额指数}\end{matrix}=\begin{matrix}\text{产品产量}\\ \text{指数}\end{matrix}\times\begin{matrix}\text{单位产品原材料}\\ \text{消耗量指数}\end{matrix}\times\begin{matrix}\text{单位原材料}\\ \text{价格指数}\end{matrix}$$

即

$$\frac{\sum q_1 m_1 p_1}{\sum q_0 m_0 p_0}=\frac{\sum q_1 m_0 p_0}{\sum q_0 m_0 p_0}\times\frac{\sum q_1 m_1 p_0}{\sum q_1 m_0 p_0}\times\frac{\sum q_1 m_1 p_1}{\sum q_1 m_1 p_0}$$

绝对数形式为各因素指数影响的差额之和等于总变动差额. 即

$$\sum q_1 m_1 p_1-\sum q_0 m_0 p_0=(\sum q_1 m_0 p_0-\sum q_0 m_0 p_0)+(\sum q_1 m_1 p_0-\sum q_1 m_0 p_0)$$
$$+(\sum q_1 m_1 p_1-\sum q_1 m_1 p_0)$$

【例 6-8】 根据表 6-7 资料计算甲、乙、丙三种产品原材料费用总额的变动情况并对其变动原因进行因素分析.

表 6-7 甲、乙、丙产品产量及其原材料消耗情况

品名	单位	产品产量		单位产品原材料消耗量(千克)		单位原材料价格(元)	
		基期	报告期	基期	报告期	基期	报告期
		q_0	q_1	m_0	m_1	p_0	p_1
甲	台	150	200	100	90	100	110
乙	件	500	600	20	18	20	24
丙	套	300	400	50	55	50	40

依据指数体系及绝对量关系式所需要的各种原材料费用总额指标编制表 6-8.

表 6-8 原材料费用总额因素分析计算表

品名	原材料费用总额(万元)			
	$q_1 m_1 p_1$	$q_0 m_0 p_0$	$q_1 m_0 p_0$	$q_1 m_1 p_0$
甲	198	150	200	180
乙	25.92	20	24	21.6
丙	88	75	100	110
合计	311.92	245	324	311.6

根据上表资料,计算可得

原材料费用总额总指数 $= \dfrac{\sum q_1 m_1 p_1}{\sum q_0 m_0 p_0} = \dfrac{311.92}{245} = 127.3\%$

原材料费用增加额 $= \sum q_1 m_1 p_1 - \sum q_0 m_0 p_0 = 311.92 - 245 = 66.92$（万元）
其中:产品产量变动的影响为

产品产量总指数 $= \dfrac{\sum q_1 m_0 p_0}{\sum q_0 m_0 p_0} = \dfrac{324}{245} = 132.2\%$

产量变动的影响金额 $= \sum q_1 m_0 p_0 - \sum q_0 m_0 p_0 = 324 - 245 = 79$（万元）
单位产品原材料消耗量变动的影响为

单位产品原材料消耗量总指数 $= \dfrac{\sum q_1 m_1 p_0}{\sum q_1 m_0 p_0} = \dfrac{311.6}{324} = 96.2\%$

单耗变动的影响金额 $= \sum q_1 m_1 p_0 - \sum q_1 m_0 p_0 = 311.6 - 324 = -12.4$（万元）
单位原材料价格变动的影响为

单位原材料价格总指数 $= \dfrac{\sum q_1 m_1 p_1}{\sum q_1 m_1 p_0} = \dfrac{311.92}{311.6} = 100.1\%$

单价变动的影响金额 $= \sum q_1 m_1 p_1 - \sum q_1 m_1 p_0$
$= 311.92 - 311.6 = 0.32$（万元）

综合影响为

相对数关系 $127.3\% = 132.2\% \times 96.2\% \times 100.1\%$

绝对数关系 66.92 万元 $= 79$ 万元 $+ (-12.4)$ 万元 $+ 0.32$ 万元

由于产品产量增长了 32.2%,原材料费用增加了 79 万元;由于原材料单耗下降了 3.8%,原材料费用节约了 12.4 万元;由于原材料价格上涨了 0.1%,原材料费用增加了 0.32 万元.三种因素共同影响,原材料费用总额上升了 27.3%,增加的

绝对额为 66.92 万元.

(二)平均指标变动的因素分析

1. 平均指标指数的概念及指数体系

平均指标指数是两个平均指标值对比而形成的指数,用来反映某种平均指标的变动方向和程度.

平均指标指数与平均数指数有着根本的区别. 平均数指数是个体指数的平均数,是对若干个个体指数进行加权平均求得的总指数,而平均指标指数则是两个平均数直接对比而形成的指数,如平均工资指数就是报告期全体职工平均工资与基期全体职工平均工资对比的结果.

由于现象的总平均水平通常是在分组的条件下,用加权算术平均法计算得到

的,即 $\bar{x} = \dfrac{\sum xf}{\sum f} = \sum x \cdot \dfrac{f}{\sum f}$.

可见,总平均水平的变动既受到各组平均水平(变量值)变动的影响,又受到各组总体单位数所占比重(权数)变动的影响. 因此,为了考察总平均水平的动态及其原因,需要编制相互联系的平均指标指数,形成一个平均指标指数体系. 该体系由可变构成指数、固定构成指数和结构影响指数等三个指数构成,它们之间的数量对等关系为

可变构成指数＝结构影响指数×固定构成指数

2. 平均指标指数的编制

(1) 可变构成指数

可变构成指数简称可变指数,是反映某种总平均指标变动方向和程度的相对数. 它是根据报告期和基期某种总体平均指标计算的,其计算公式为

$$\text{可变构成指数} = \frac{\bar{x}_1}{\bar{x}_0} = \frac{\dfrac{\sum x_1 f_1}{\sum f_1}}{\dfrac{\sum x_0 f_0}{\sum f_0}}$$

式中 $\bar{x}_1, \bar{x}_0$ 分别代表报告期和基期的某总体平均指标的实际水平;x_1, x_0 分别代表报告期和基期的某总体各组的实际水平;f_1, f_0 分别代表报告期和基期的某总体的各组总体单位数;$\dfrac{f_1}{\sum f_1}, \dfrac{f_0}{\sum f_0}$ 分别代表报告期和基期的某总体的各组总体结构(比重).

可见,可变构成指数不仅反映总平均指标的动态对比中各组平均水平的变动,

而且反映了总体内部结构变化的影响.

（2）固定构成指数

固定构成指数是单纯反映各组平均水平变动对总平均水平变动影响程度的指数. 该指数一般被视作质量指标指数, 按综合指数编制的一般原则, 同度量因素为总体结构且总体结构固定在报告期, 其计算公式为

$$
固定构成指数 = \frac{\dfrac{\sum x_1 f_1}{\sum f_1}}{\dfrac{\sum x_0 f_1}{\sum f_1}}
$$

（3）结构影响指数

结构影响指数是单纯反映总体结构变化对总平均水平变动影响程度的指数. 该指数一般被视作数量指标指数, 按综合指数编制的一般原则, 同度量因素为各组平均水平且固定在基期, 其计算公式为

$$
结构影响指数 = \frac{\dfrac{\sum x_0 f_1}{\sum f_1}}{\dfrac{\sum x_0 f_0}{\sum f_0}}
$$

3. 平均指标变动的因素分析

（1）相对数分析的关系式

$$可变构成指数 = 结构影响指数 \times 固定构成指数$$

$$
\frac{\dfrac{\sum x_1 f_1}{\sum f_1}}{\dfrac{\sum x_0 f_0}{\sum f_0}} = \frac{\dfrac{\sum x_0 f_1}{\sum f_1}}{\dfrac{\sum x_0 f_0}{\sum f_0}} \times \frac{\dfrac{\sum x_1 f_1}{\sum f_1}}{\dfrac{\sum x_0 f_1}{\sum f_1}}
$$

（2）绝对数分析的关系式

$$平均指标变动总差额 = 结构变动影响差额 + 各组水平变动影响差额$$

$$
\frac{\sum x_1 f_1}{\sum f_1} - \frac{\sum x_0 f_0}{\sum f_0} = \left(\frac{\sum x_0 f_1}{\sum f_1} - \frac{\sum x_0 f_0}{\sum f_0} \right) + \left(\frac{\sum x_1 f_1}{\sum f_1} - \frac{\sum x_0 f_1}{\sum f_1} \right)
$$

【例 6-9】 某企业工人的工资资料如表 6-9 所示, 分析工人工资水平变动和工人结构变动对该企业工人总平均工资变动的影响.

表 6-9 某企业工人工资资料

工人类别	工人数(人)		月平均工资(元)		月工资总额(万元)	
	基期	报告期	基期	报告期	基期	报告期
	f_0	f_1	x_0	x_1	$x_0 f_0$	$x_1 f_1$
技术工	300	400	1200	1260	36	50.4
辅助工	200	600	800	880	16	52.8
合计	500	1000	—	—	52	103.2

解 根据上表资料,计算可得

$$可变构成指数 = \frac{\dfrac{\sum x_1 f_1}{\sum f_1}}{\dfrac{\sum x_0 f_0}{\sum f_0}} = \frac{\dfrac{1032000}{1000}}{\dfrac{520000}{500}} = \frac{1032}{1040} = 99.2\%$$

$$\frac{\sum x_1 f_1}{\sum f_1} - \frac{\sum x_0 f_0}{\sum f_0} = 1032 - 1040 = -8 \ (元)$$

$$固定构成指数 = \frac{\dfrac{\sum x_1 f_1}{\sum f_1}}{\dfrac{\sum x_0 f_1}{\sum f_1}} = \frac{\dfrac{1032000}{1000}}{\dfrac{1200 \times 400 + 800 \times 600}{1000}} = \frac{1032}{960} = 107.5\%$$

$$\frac{\sum x_1 f_1}{\sum f_1} - \frac{\sum x_0 f_1}{\sum f_1} = 1032 - 960 = 72 \ (元)$$

$$结构影响指数 = \frac{\dfrac{\sum x_0 f_1}{\sum f_1}}{\dfrac{\sum x_0 f_0}{\sum f_0}} = \frac{\dfrac{1200 \times 400 + 800 \times 600}{1000}}{\dfrac{520000}{500}} = \frac{960}{1040} = 92.3\%$$

$$\frac{\sum x_1 f_1}{\sum f_1} - \frac{\sum x_0 f_0}{\sum f_0} = 960 - 1040 = -80 \ (元)$$

综合影响为

相对数关系 $99.2\% = 107.5\% \times 92.3\%$

绝对数关系 $-8 元 = 72 元 + (-80) 元$

该企业单纯的工资水平报告期较基期上升了 7.5%,使得工人人均月工资增加 72 元,但由于工人结构的变动,使得工人人均月工资减少了 80 元,两者共同影响,该企业工人总平均工资水平下降了 0.8%,人均月工资减少 8 元.

从表 6-8 资料中可以看出,该企业不论是技术工还是辅助工报告期工资水平比基期都有所提高,但为什么企业的工人总平均工资水平却下降了 0.8% 呢? 这是因为总平均工资水平的变化不仅取决于各组平均工资水平的变化,还取决于工人人数构成的变化. 本例中,工资水平较低的辅助工人数报告期较基期增加了两倍,远远超过了工资水平较高的技术工人数的增幅. 因此,在各组工人平均工资水平都上升的情况下,总平均工资水平反而下降了.

案例分析

十七个月来重庆 CPI 涨幅首次降至 3% 以下

国家统计局重庆调查总队最新统计监测显示,随着食用油、猪肉、家禽、蔬菜等食品价格的回落,8 月份重庆居民消费价格指数(CPI)同比上涨 2.9%,涨幅较上月回落 2.2 个百分点,是今年以来涨幅回落最大的一次,同时也是 CPI 单月同比涨幅十七个月来首次降到 3% 的警戒线以下,表明政府控制物价持续上涨的措施已见成效,物价上涨的势头正在明显减弱. 如图 6-1 所示.

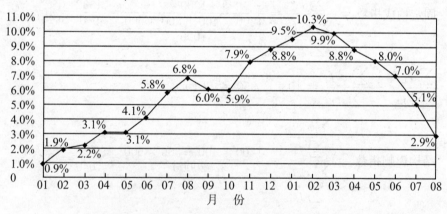

图 6-1　2007 年以来各月居民消费价格涨幅

1. 8 月份居民消费价格总体运行情况

(1) 八大类商品及服务价格"五涨三降"

从构成居民消费价格指数的八大类商品及服务价格来看,呈"五涨三降"的态势. 食品、烟酒及用品、家庭设备用品及维修服务、医疗保健和个人用品、居住类价格同比分别上涨 8.9%、2.5%、2.2%、2.2% 和 2.0%;衣着、交通和通信、娱乐教育文化用品及服务类价格分别下降 6.0%、0.1% 和 2.0%. 调查资料表明,无论是上涨类别,还是下降类别,其变动的幅度都明显减弱,均控制在 10% 之内.

与 7 月份相比,8 月份八大类商品及服务价格中除烟酒及用品类价格涨幅扩大 0.2 个百分点外,食品、家庭设备用品及维修服务和居住类价格的涨幅分别回落 5.2、0.4 和 0.3 个百分点;医疗保健和个人用品价格涨幅持平;衣着、娱乐教育文化用品及服务类价格的跌幅进一步加大,分别提高 0.2 和 1.7 个百分点;交通和通信类价格则止升趋降. 如图 6-2 所示.

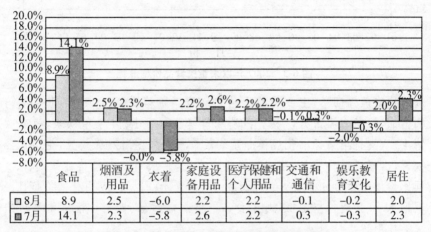

	食品	烟酒及用品	衣着	家庭设备用品	医疗保健和个人用品	交通和通信	娱乐教育文化	居住
□ 8月	8.9	2.5	−6.0	2.2	2.2	−0.1	−0.2	2.0
■ 7月	14.1	2.3	−5.8	2.6	2.2	0.3	−0.3	2.3

图 6-2　八大类商品及服务价格涨跌幅对比

(2) 不同口径价格指数跌多涨少

从不同口径价格指数看,服务项目价格指数、消费品价格指数降至今年最低的 100.1 和 103.9;非食品价格指数今年以来第一次降至 100 以下,为 99.6;工业品价格指数 99.3;扣除食品和能源价格指数后核心价格指数 99.4,也是今年第一次降至 100 以下.

(3) 食品价格仍是推动价格总水平上涨的主动力

从八大类商品及服务价格中上涨的类别看,食品价格涨幅最大,对价格总水平上涨的影响率高达 81.0%,仍是推动价格总水平上涨的主动力. 其次是居住类价格,其影响率为 7.0%,这两类商品及服务价格对价格总水平上涨的影响率接近 90.0%,主导了价格总水平的变动趋势.

2. 8 月份居民消费价格同比涨幅回落的主要原因

(1) 食品价格涨幅持续回落

从 2008 年 3 月份起,随着食品环比价格连续趋降,同比价格指数逐月明显回落,8 月份食品价格同比上涨 8.9%,其涨幅比 2008 年 2 月份最高值低 19.4 个百分点. 同时也是 2007 年食品价格大幅上涨以后,十六个月来食品价格单月同比涨幅首次降到 10% 之内. 而食品价格上涨对居民消费价格总水平的拉动也呈逐月减弱, 从 2 月份最高的 9.2 个百分点降至 8 月份的 2.9 个百分点.

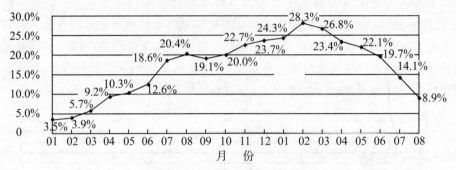

图 6-3　2007 年以来重庆食品价格涨幅

　　食品价格涨幅回落, 主要得益于猪肉和鲜菜价格走低. 2007 年下半年猪肉价格大幅上涨, 推动食品价格以及居民消费价格总水平上涨. 今年以来, 随着政府扶持生猪生产、支持生猪标准化规模养殖的政策和措施逐渐发挥效应, 生猪产业得到较快恢复, 出栏量逐月增加, 猪肉市场供应充足, 重庆市猪肉价格连续趋降. 8 月份猪肉同比价格指数为 99.0, 今年以来第一次降至 100 以下, 表明猪肉价格已经低于去年同期水平. 猪肉价格走低, 对于食品价格涨幅回落、抑制价格总水平过快上涨起到关键作用.

　　3 月份起, 随着市场供应充足, 大部分鲜菜价格连续下降, 5 月份鲜菜价格同比下降 11.9%, 其降幅为 2007 年 4 月以来最大的一次. 鲜菜价格同比下降, 拉动食品价格下行 1.13 个百分点, 拉动价格总水平下行 0.37 个百分点.

　　（2）非食品价格止升趋降

　　伴随着食品价格上涨, 从 2007 年 11 月起重庆市非食品价格一直呈小幅上涨趋势, 2008 年 1 月份达到最高, 同比上涨 1.8%, 尔后涨幅逐月回落, 8 月份非食品价格止升趋降, 比去年同期下降 0.4%, 显示非食品价格在连续 9 个月上涨之后再回下降通道.

　　（3）翘尾因素影响逐渐减弱

　　从构成价格总水平上涨的两大因素来看, 2008 年 1～7 月 "翘尾" 因素对价格总指数上涨的影响程度一直都在 70% 以上, 明显要大于 "新涨价" 因素的影响程度. 从 8 月份的情况看, "翘尾" 因素对价格总指数上涨的影响程度为 69.0%, 比年初的 88.2% 下降 19.2 个百分点.

3. 后期居民消费价格走势分析

　　2008 年以来, 国家加强宏观调控, 在生产、流通等领域采取了一系列措施, 经济增速适度回落, 有效缓解了供求矛盾, 对于抑制物价过快上涨起到积极作用. 同时国际油价开始明显回落,油价回落降低了通胀预期,物价上涨压力得到一定缓解.从重庆市情况看,粮食、油料、蔬菜、生猪等主要农产品生产形势良好,为稳定食品价格奠定了良好基础.但近期 PPI 连创新高,带来企业生产成本上升、利润下降,原材料等成本价格上涨最终可能转嫁到消费市场,从而阻碍 CPI 的回落.此外,今年农资价格涨幅较大,农民种植成本明显增加,推动农产品价格进一步走高的压力依然存在,CPI 回落的基础还不牢固.综合分析,后期重庆物价保持相对稳定的态势,CPI 将在 3% 的警戒线以下运行.

思考与训练

一、单项选择题

1. 说明现象总体的规模和水平变动情况的统计指数是( ).
　A. 质量指标指数　　　　　　　　B. 平均指标指数
　C. 综合指数　　　　　　　　　　D. 数量指标指数

2. 总指数有两种计算形式,即( ).
　A. 个体指数和综合指数　　　　　B. 综合指数和平均指标指数
　C. 综合指数和平均指数　　　　　D. 算术平均指数和调和平均指数

3. 下列指数中属于质量指标指数的是( ).
　A. 产品产量指数　　　　　　　　B. 商品销售量指数
　C. 职工人数指数　　　　　　　　D. 劳动生产率指数

4. 按照价格个体指数和报告期销售额计算的价格指数是( ).
　A. 综合指数　　　　　　　　　　B. 加权调和平均指数
　C. 加权算术平均指数　　　　　　D. 平均指标指数

5. 已知某工厂生产三种产品,在掌握其基期和报告期生产费用及个体产量指数时,编制三种产品产量总指数应采用( ).
　A. 加权调和平均指数　　　　　　B. 数量指标综合指数
　C. 加权算术平均指数　　　　　　D. 固定加权算术平均指数

6. 若销售量增长 5%,零售价格上涨 2%,则商品销售额增加( ).
　A. 7%　　　　B. 10%　　　　C. 7.1%　　　　D. 15%

7. 如果居民消费价格指数上涨 20%,则现在 1 元钱( ).
　A. 只值原来的 0.8 元　　　　　B. 只值原来的 0.83 元
　C. 与原来的 1 元钱等值　　　　D. 无法与原来比较

8. 加权算术平均指数要成为综合指数的变形,其权数( ).
　A. 必须用 p_1q_1　　　　　　　B. 必须用 p_0q_0

C. 必须用 p_1q_0 D. 前三者都可用

9. 在由三个指数组成的指数体系中,两个因素指数的同度量因素通常( ).

A. 都固定在基期

B. 都固定在报告期

C. 采用基期和报告期的平均数

D. 一个固定在基期,一个固定在报告期

10. 某企业两个车间生产同一种产品,今年上半年与去年上半年相比,两个车间单位产品成本变化使企业的总平均成本下降了 6%,两个车间产品产量变化使企业的总平均成本提高了 10%,则该企业的总平均成本增减变动的百分比为( ).

A. 3.4%   B. 103.4%   C. 3.8%   D. −3.4%

二、问答题

1. 什么是指数? 指数有哪些作用?

2. 编制总指数有哪两种方法? 它们之间有何异同?

3. 什么是综合指数? 简述其编制原理.

4. 什么是平均指标指数? 其指数体系由哪几个指数组成?

三、技能实训题

【实训1】 报告期和基期购买等量的商品,报告期比基期多支付 50% 的货币,物价是如何变化的?

【实训2】 用同样多的货币,报告期比基期少购买了 12% 的商品,报告期物价上涨了多少?

【实训3】 报告期粮食总产量增长了 5%,而粮食播种面积却减少了 4%,单位面积粮食产量有何变化?

【实训4】 某工业企业甲、乙、丙三种产品产量及价格资料如表 6-10 所示.

表 6-10

品名	计量单位	产量		出厂价格(元)	
		基期 q_0	报告期 q_1	基期 p_0	报告期 p_1
甲	套	300	320	3600	3400
乙	吨	540	540	1200	1200
丙	台	60	60	6800	6200

要求:(1)计算三种产品的产值总指数、产量总指数和出厂价格总指数;

(2)从绝对数和相对数上分析产量及价格变动对总产值变动的影响.

【实训5】 某商场两种商品的有关销售资料如表6-11所示.

表6-11

品名	单位	实际销售额（万元）		7月销售量比6月销售量提高的百分比
		6月	7月	
空调	台	60	80	20%
床单	条	4	3	−10%
合计	—	64	83	—

要求:(1)计算两种商品销售额总指数、价格总指数和销售量总指数;

(2)分析价格和销售量变动对销售额的影响.

【实训6】 某公司下设两个生产车间,生产A产品,有关资料如表6-12所示.

表6-12

车间	产量		单位成本（元/件）		总成本（元）		
	f_0	f_1	x_0	x_1	$x_0 f_0$	$x_1 f_1$	$x_0 f_1$
甲	400	1200	10	8	4000	9600	12000
乙	600	800	12	14	7200	11200	9600
合计	1000	2000	—	—	11200	20800	21600

要求:计算A产品总平均成本的可变构成指数、固定构成指数和结构影响指数,并从相对数和绝对数两个方面对总平均成本的变动原因进行分析.

【实训7】 某省三种出口商品的有关资料如表6-13所示.

表6-13

品名	单位	出口量		出口价格（美元）		出口额（万美元）		
		q_0	q_1	p_0	p_1	$p_1 q_1$	$p_0 q_1$	$p_0 q_0$
大米	吨	30000	40000	400	410	1640	1600	1200
桐油	吨	3000	2500	1800	2000	500	450	540
茶叶	吨	1300	1700	2300	2400	408	391	299
合计	—	—	—	—	—	2548	2441	2039

要求:分析三种商品出口价格及出口数量对出口总额的影响.

【实训8】 已知三种产品的单位原材料消耗量(单耗)、单位原材料价格及产量资料如表6-14所示.

表 6-14

产　品				原　材　料					
品名	单位	产量		品名	单位	单耗		购进价(元)	
		基期	报告期			基期	报告期	基期	报告期
		q_0	q_1			m_0	m_1	p_0	p_1
甲	件	110	120	铸铁	千克	8	7	18	22
乙	个	25	30	生铁	千克	10	6	15	30
丙	套	60	65	圆钢	千克	3	5	40	45

要求:运用指数多因素分析原理分析产品产量、原材料单耗和原材料单价变动对原材料总费用的影响.

【实训 9】　某企业所有产品的生产费用 2000 年为 12.9 万元,比上年多 0.9 万元,单位产品成本平均比上年降低 3%.试确定:① 生产费用总费用;② 由于成本降低而节约的生产费用.

第七章 抽样推断

本章要点

1. 理解抽样推断的基本概念和抽样推断的基本原理.
2. 把握抽样平均误差、极限误差、置信区间和置信度的关系.
3. 掌握主要指标的计算、抽样推断和估计的方法.
4. 了解各种抽样组织形式的特点.
5. 重点掌握简单随机抽样组织形式的区间估计方法.
6. 掌握必要样本单位数的确定方法.

第一节 抽样推断的一般问题

一、抽样推断的概念和特点

(一) 抽样推断的概念

抽样推断是按照随机性原则,从总体中抽取一部分单位进行调查,根据所获得的样本资料对总体的某一数量特征做出具有一定可靠程度的估计与推断的一种统计方法. 它既包括统计调查的方法(即对个体单位进行观察和资料搜集的方法),也包括统计分析的方法(即对总体进行统计估计和分析的方法). 例如,从全国所有股份制企业中,抽取一部分企业,详细调查其生产经营状况,根据这一部分企业的调查资料,来推算所有股份制企业的生产经营状况,这就属于抽样推断.

(二) 抽样推断的特点

1. 按照随机原则抽取样本

其他非全面调查,如典型调查和重点调查等,一般是要根据统计调查任务的要求,有意识地选取若干个调查单位进行调查;而抽样调查不同,从总体中抽取部分单位时,必须非常客观,毫无偏见,也就是严格按照随机原则抽取调查单位,不受调查人员任何主观意图的影响,否则会带个人偏见,失去对总体数量特征的代表性.

2. 抽样调查的目的在于推断总体

抽样调查是非全面调查,它和其他非全面调查有明显的区别.这种区别在于抽样调查是用抽样推断的方法,用样本的数量特征来推断总体的数量特征,其他非全面调查则不具有推断总体的特征.

抽样推断广泛应用于宏观经济分析.如,随着国民经济发展,老百姓的生活水平逐步上升,这反映了人民生活水平的提高.如果上年的平均家庭年收入 36000元,今年是 35000 元,是不是老百姓的生活水平下降了呢? 这就需要用统计假设的方法,看抽取的去年与今年全国的平均家庭收入是否存在显著的统计差异.同样的,抽样推断也广泛地应用于微观经济分析.比如,某企业将大规模投产某种新型产品,并希望推广到全国销售.为了防止盲目生产而亏本,公司首先进行市场调查和试验,从全国各地抽取一部分市场作为"试验市场",在这些"试验市场"上销售其新型产品,据此估计全国市场的需求量、生产成本和利润,进行科学的生产决策.

3. 抽样调查会产生抽样误差,抽样误差可以事先计算和控制

在非全面调查方式中,典型调查固然也有可能用它所取得的部分单位的数量特征去推算全体的数量特征,但这种推算误差范围和保证程度,是无法事先计算并加以控制的.而抽样调查则是在于对一部分单位的统计调查,在实际观察标志值的基础上,去推断总体的综合数量特征.当然这种推断也会存在一定的误差,但它与其他统计估算不同,抽样误差的范围可以事先加以计算,并控制这个误差范围,以保证抽样推断的结果达到一定的可靠程度.

4. 和全面调查相比较,抽样调查能节省人力、费用和时间,而且比较灵活

抽样调查的调查单位比全面调查少得多,因而既能节约人力、费用和时间,又能比较快地得到调查的结果,这对许多工作都是很有利的.

二、抽样调查的作用

抽样调查适用的范围是广泛的,从原则上讲,为取得大量社会经济现象的数量方面的统计资料,在许多场合都可以运用抽样调查方法取得;在某些特殊场合,甚至还必须应用抽样调查的方法取得.

1. 有些事物在测量或试验时有破坏性,不可能进行全面调查

例如,灯泡耐用时间试验,电视机抗震能力试验,罐头食品的卫生检查,人体白血球数量的化验等,都是有破坏性的,不可能进行全面调查,只能使用抽样调查.

2. 有些总体从理论上讲可以进行全面调查,但实际上办不到

例如,了解某森林区有多少棵树,职工家庭生活状况如何等,从理论上讲这是

有限总体,可以进行全面调查,但实际上办不到,也不必要.对这类情况的了解一般采取抽样调查方法.

3. 抽样调查方法可以用于工业生产过程中的质量控制

抽样调查不但广泛用于生产结果的核算和估计,而且也有效地应用于对成批或大量连续生产的工业产品在生产过程中进行质量控制,检查生产过程是否正常,及时提供有关信息,便于采取措施,预防废品的发生.

4. 利用抽样推断的方法,可以对于某种总体的假设进行检验,来判断这种假设的真伪,以决定取舍

例如,新教学法的采用、新工艺新技术的改革、新医疗方法的使用等是否收到明显效果,须对未知的或不完全知道的总体做出一些假设,然后利用抽样调查的方法,根据实验材料对所作的假设进行检验,做出判断.

随着抽样理论的发展、抽样技术的进步、抽样方法的完善和统计队伍业务水平的提高,抽样调查方法将在社会经济生活中得到愈加广泛的运用.

三、抽样推断中几个基本概念

(一)总体和样本

1. 总体

总体也称全及总体,是指所要认识的研究对象的全体.总体是由具有某种共同性质的许多单位组成的,因此,总体也就是具有同一性质的许多单位的集合体.例如,我们要研究某城市职工的生活水平,则该城市全部职工即构成全及总体.我们要研究某乡粮食亩产水平,则该乡的全部粮食播种面积即是全及总体.

总体的单位数通常是很大的,甚至是无限的,通常用大写的英文字母 N 来表示总体单位数.作为全及总体,单位数 N 即使有限,也总是很大,大到几千、几万、几十万、几百万.例如,人口总体,棉花纤维总体,粮食产量总体等.在组织抽样调查时要弄清总体的范围、单位的含义,构成明确的抽样框作为抽样的母体.针对一定的问题,总体是惟一确定的.

2. 样本

样本又叫样本总体、子样或抽样总体,它是从全及总体中随机抽取出来,代表全及总体部分单位的集合体.抽样总体的单位数通常用小写英文字母 n 表示.对于全及总体单位数 N 来说,n 是个很小的数,它可以是 N 的几十分之一,几百分之一,几千分之一,几万分之一.一般说来,样本单位数达到或超过 30 个称为大样本,而在 30 个以下称为小样本.社会经济现象的抽样调查多取大样本,而自然实验观察则多取小样本.以很小的样本来推断很大的总体,这是抽样调查的一个特点.

如果说全及总体是惟一确定的,那么,抽样样本就完全不是这样,一个全及总体可能抽取很多个抽样总体,全部样本的可能数目和每一样本的容量有关,也和随机抽样的方法有关.不同的样本容量和取样方法,样本的可能数目也有很大的差别,抽样本身是一种手段,目的在于对总体做出判断,因此,样本容量要多大,要怎样取样,样本的数目可能有多少,它们的分布又怎样,这些都关系到对总体判断的准确程度,都需要加以认真的研究.

(二) 全及指标和抽样指标

1. 全及指标

根据全及总体各个单位的标志值或标志特征计算的、反映总体某种属性的综合指标,称为全及指标.由于全及总体是惟一确定的,根据全及总体计算的全及指标也是惟一确定的.

不同性质的总体,需要计算不同的全及指标.对于变量总体,由于各单位的标志可以用数量来表示,所以可以计算总体平均数.

$$\overline{X} = \frac{\sum X}{N}$$

对于属性总体,由于各单位的标志不可以用数量来表示,只能用一定的文字加以描述,所以,就应该计算结构相对指标,称为总体成数.用大写英文字母 P 表示,它说明总体中具有某种标志的单位数在总体中所占的比重.变量总体也可以计算成数,即总体单位数在所规定的某变量值以上或以下的比重,视同具有或不具有某种属性的单位数比重.

设总体 N 个单位中,有 N_1 个单位具有某种属性,N_0 个单位不具有某种属性,$N_1 + N_0 = N$,P 为总体中具有某种属性的单位数所占的比重,Q 为不具有某种属性的单位数所占的比重,则总体成数为

$$P = \frac{N_1}{N}, \quad Q = \frac{N_0}{N} = \frac{N - N_1}{N} = 1 - P$$

此外,全及指标还有总体方差 σ^2 和总体标准差 σ,它们都是测量总体标志值分散程度的指标.

$$\sigma^2 = \frac{\sum (X - \overline{X})^2}{N}, \quad \sigma = \sqrt{\frac{\sum (X - \overline{X})^2}{N}}$$

2. 抽样指标

由抽样总体各个标志值或标志特征计算的综合指标称为抽样指标.和全及指标相对应的还有抽样平均数 $\overline{x}$、抽样成数 p、样本标准差 S 和样本方差 S^2 等等.$\overline{x}$ 和 p 用小写英文字母表示,以示区别.

$$\bar{x} = \frac{\sum x}{n}$$

设样本 n 个单位中有 n_1 个单位具有某种属性, n_0 个单位不具有某种属性, $n_1 + n_0 = n$, p 为样本中具有某种属性的单位数所占的比重, q 为不具有某种属性的单位数所占的比重,则抽样成数为

$$p = \frac{n_1}{n}, \quad q = \frac{n_0}{n} = \frac{n - n_1}{n} = 1 - p$$

样本的方差和样本标准差分别为

$$S^2 = \frac{\sum (x - \bar{x})^2}{n}, \quad S = \sqrt{\frac{\sum (x - \bar{x})^2}{n}}$$

由于一个全及总体可以抽取许多个样本,样本不同,抽样指标的数值也就不同,所以抽样指标的数值不是惟一确定的. 实际上抽样指标是样本变量的函数,它本身也是随机变量.

(三) 样本容量和样本个数

样本容量和样本个数是两个有联系又完全不同的概念. 样本容量是指一个样本所包含的单位数. 通常将样本单位数不少于 30 个的样本称为大样本,单位数不足 30 个样本的称为小样本. 社会经济统计的抽样调查多属于大样本调查.

样本个数又称样本可能数目,是指从一个总体中可能抽取的样本个数. 通常有多种抽选方法,每一种抽选方法实际上是 n 个总体单位的一种排列组合,一种排列组合便构成一个可能的样本, n 个总体单位的排列组合总数,称为样本的可能数目. 一个总体有多少样本,样本统计量就有多少种取值,从而形成统计量的分布. 虽然在实践中只抽取少数样本,但要判断所取样本的可能性就必须联系到全部可能样本数目所形成的分布.

(四) 重复抽样与不重复抽样

1. 重复抽样

重复抽样又称有放回的抽样,是指从全及总体 N 个单位中随机抽取一个容量为 n 的样本,每次抽中的单位经登录其有关标志表现后又放回总体中重新参加下一次的抽选. 每次从总体中抽取一个单位,可看作是一次试验,连续进行 n 次试验就构成了一个样本. 因此,重复抽样的样本是经 n 次相互独立的连续试验形成的. 每次试验均是在相同的条件下完全按照随机原则进行的. 因此每个单位在每次抽选中机会都是相等的.

例如总体中有 A、B、C、D 四个单位,按照重复抽样的方法抽取两个样本单位,则可能抽取的样本数目为 $N^n = 4^2 = 4 \times 4 = 16$（个），排列如下：

$$\begin{matrix} AA & AB & AC & AD \\ BA & BB & BC & BD \\ CA & CB & CC & CD \\ DA & DB & DC & DD \end{matrix}$$

2. 不重复抽样

不重复抽样又称无放回的抽样，是指从全及总体 N 个单位中随机抽取一个容量为 n 的样本，每次抽中的单位登录其有关标志表现后不再放回总体中参加下一次的抽选. 连续 n 次不重复抽选单位构成样本，实质上相当于一次性同时从总体中抽中 n 个单位构成样本. 上一次的抽选结果会直接影响到下一次抽选，因此，不重复抽样的样本是经 n 次相互联系的连续试验形成的. 上例若是不重复抽样，则可能抽取的样本数是

$$P_N^n = P_4^2 = 4 \times 3 = 12 \text{（个）}$$

排列如下：

$$AB, AC, AD, BA, BC, BD, CA, CB, CD, DA, DB, DC$$

一般地讲，从总体 N 个单位中，随即抽 n 个单位构成一个样本，则样本可能数目为 $N(N-1)(N-2)\cdots(N-N+1)$ 个.

在实际工作中，一般多采用不重复抽样，但有些调查如公交车辆乘客情况调查、商场顾客流量调查、公路上汽车流量调查等要采用重复抽样.

第二节　抽 样 误 差

一、抽样误差的意义

（一）抽样误差的概念

任何统计调查工作的调查结果都会与实际情况有一定的差别，这种差别通常称为统计误差. 统计误差有两种：一是登记误差，也叫调查误差或工作误差，是指在调查登记、汇总计算过程中发生的误差，这种误差是应该设法避免的；二是代表性误差，这是指用部分单位的统计数字为代表，去推算总体的全面数字时所产生的误差，它又分为两种情况：其一是抽样过程中，没有按随机原则取样，存在人为的主观因素，破坏了随机原则所造成的误差，称为系统性误差，系统性误差是可以避免的；其二是在抽样过程中严格按照随机原则取样，由于可能组成的样本组合是多种多

样的,样本指标不可能完全等于总体指标,样本指标与总体指标之间必然存在一定的误差,这种误差一定会发生,是不可避免的,而且是按照随机原则产生的,称为随机性误差,通常抽样误差即指随机性误差.

全面调查只有登记误差而没有代表性误差,而抽样调查两种误差全有. 因此,人们往往认为抽样调查不如全面调查准确,这种看法忽略了两种误差的大小. 全面调查的调查单位多,涉及面广,参加调查汇总的人员也多,水平不齐,因而发生登记误差的可能性就大. 抽样调查的调查单位少,参加调查汇总的人员也少,可以进行严格的培训,因而发生登记误差的可能性就少. 在这种情况下,抽样调查的结果会比全面调查的结果更为准确.

当总体指标未知时,往往要安排一次抽样调查,然后用抽样调查所获得的抽样指标值作为总体指标的估计值. 这种处理方法是存在一定误差的,我们把抽样指标与所要估计的总体指标之间的差值称为抽样误差. 抽样误差的大小能够说明抽样指标估计总体指标是否可行,抽样效果是否理想等调查性问题. 常见的抽样误差有:抽样平均数与总体平均数之差$(\bar{x}-\bar{X})$,抽样成数与总体成数之差$(p-P)$. 比如某年级 100 名同学的平均体重 $\bar{X}=55$ 千克,现随机地抽取 10 名同学为样本,其平均体重 $\bar{x}=52$ 千克. 若用 52 千克估计 55 千克,则误差为 $52-55=-3$(千克),如果重新抽 10 名同学,若测得 $\bar{x}=57$ 千克,则其误差为 2 千克. 这种只抽取部分样本而产生的误差,都被称为抽样误差.

由本例不难看出,抽样误差既是一种随机性误差,也是一种代表性误差. 说其是代表性误差,是因为利用总体的部分资料推算总体时,不论样本选取有多么公正,设计多么完善,总还是一部分单位,而不是所有单位,产生误差是无法避免的. 说其是随机性误差,是指按随机性原则抽样时,由于抽样的不同,会得到不同的抽样指标值,由此产生的误差值各不相同. 抽样误差中的代表性误差是抽样调查本身所固有的、无法避免的误差,但随机性误差可利用大数定律精确地计算并能够通过抽样设计程序加以控制.

本章所研究的抽样误差不包括下面两类误差:一类是调查误差,即在调查过程中由于观察、测量、登记、计算上的差错而引起的误差;另一类是系统性误差,即由于违反抽样调查的随机原则,有意抽选较好单位或较坏单位进行调查,这样造成样本的代表性不足所引起的误差. 这两类误差都属于思想、作风、技术等问题,是可以防止和避免的.

(二)影响抽样误差的因素

1. 抽样单位数的多少

由于总体内各元素之间总存在着差异,在其他条件不变的情况下,大量观察总比小量观察易于发现总体规律或特征,因此样本容量越大越能代表总体特征,抽样误差就越小. 反之,样本容量越小,抽样误差就可能越大.

2. 总体各单位标志值的差异程度

在其他条件不变的情况下,总体内各单位标志的差异程度愈小,或总体的标准差愈小,则抽样误差就愈小. 反之,抽样误差就愈大. 如果总体各单位标志值相等,抽样指标完全等于总体指标,抽样误差也就不存在了.

3. 抽样方法

抽样方法不同,抽样误差也不同. 一般说来,重复抽样的误差比不重复抽样的误差要大.

4. 抽样调查的组织形式

选择不同的抽样组织形式,也会有不同的抽样误差.

了解影响抽样误差的因素,对于控制和分析抽样误差十分重要. 在上述影响抽样误差的四个因素中,总体各单位标志值的差异程度是客观存在的因素,是调查者无法控制的,但样本单位数、抽样方法及抽样调查的组织形式却是调查者能够选择和控制的. 因此,在实际工作中,应当根据研究的目的和具体情况,做好抽样设计和实施工作,以获得经济有效的抽样效果.

二、抽样平均误差

抽样误差是一个随机变量,按相同的抽样单位数,一个总体可能抽取很多个样本,因此样本指标(样本平均数、样本成数等)就有不同的数值,它们与总体指标(总体平均数、总体成数等)的离差(即抽样误差)也就不同. 这些误差带有偶然性,可能是正值,也可能是负值,有的绝对值可能大些,也有的可能小些. 为了从总体上衡量样本代表性的高低,就需要计算样本误差的一般水平. 抽样平均误差就是反映抽样误差一般水平的指标,通常用样本平均数(或样本成数)的标准差来表示. 抽样平均误差越小,样本指标与全及指标的离差就越小,样本的代表性就越大;反之,代表性越小.

设用 μ_x 表示抽样平均数的平均误差,μ_p 表示抽样成数的平均误差,M 表示样本可能数目,则

$$\mu_x = \sqrt{\frac{\sum (\overline{x} - \overline{X})^2}{M}}, \quad \mu_p = \sqrt{\frac{\sum (\overline{p} - \overline{P})^2}{M}}$$

这些公式是抽样平均误差的定义公式. 因为总体平均数 $\overline{X}$ 和总体成数 P 是未知的,而且所有样本的抽样指标值也无法计算,所以用上述公式来计算抽样平均误差是不可能的. 抽样平均误差的计算,与抽样方法和抽样组织形式有着直接的关系,不同的抽样方法和抽样组织形式计算抽样平均误差的公式是不同的.

（一）样本平均数的平均误差

（1）当抽样方式为重复抽样时，抽样平均数的平均误差和总体的变异程度以及样本容量大小两因素有关，他们的关系是

$$\mu_x = \frac{\sigma}{\sqrt{n}} = \sqrt{\frac{\sigma^2}{n}} \qquad (7\text{-}1)$$

它说明在重复抽样的条件下，抽样平均误差与总体标准差 σ 成正比，与样本容量 n 的平方根成反比. 现用具体的例子加以说明.

【例7-1】 有5个工人的日产量分别为（单位：件）：6，8，10，12，14，用重复抽样的方法，从中随机抽取两个工人的日产量，用以代表这5个工人的总体水平. 则抽样平均误差为多少？

解 根据题意可得

$$\overline{X} = \frac{6+8+10+12+14}{5} = 10 \text{（件）}$$

总体标准差为

$$\sigma = \frac{\sqrt{\sum (X - \overline{X})^2}}{\sqrt{N}} = \frac{\sqrt{40}}{\sqrt{5}} = \sqrt{8} \text{（件）}$$

所以抽样平均误差

$$\mu_x = \frac{\sigma}{\sqrt{n}} = \frac{\sqrt{8}}{\sqrt{2}} = 2 \text{（件）}$$

（2）当抽样方式为不重复抽样时，抽样的平均误差不但和总体变异程度、样本容量有关，还与总体单位 N 有关，它们的关系如下：

$$\mu_x = \sqrt{\frac{\sigma^2}{n}\left(\frac{N-n}{N-1}\right)} \qquad (7\text{-}2)$$

如前例，若改用不重复抽样方法，则抽样平均误差为

$$\mu_x = \sqrt{\frac{\sigma^2}{n}\left(\frac{N-n}{N-1}\right)} = \sqrt{\frac{8}{2}\left(\frac{5-2}{5-1}\right)} = 1.732 \text{（件）}$$

与重复抽样公式比较，不重复抽样平均误差多了一个修正因子 $\frac{N-n}{N-1}$，当 N 很大时，修正因子接近1，那么两种抽样方法差别就不大了. 同时，规定 N 的值较大时（如 N 大于100），修正因子就近似为

$$\frac{N-n}{N-1} = 1 - \frac{n}{N}$$

于是上述公式可以简化为

$$\mu_x = \sqrt{\frac{\sigma^2}{n}\left(1 - \frac{n}{N}\right)} \qquad (7\text{-}3)$$

由于修正因子永远小于1,在不重复抽样下,抽中的单位不再放回,总体单位数逐渐减少,余下的每个单位被抽中的机会就会增大,所以不重复抽样的抽样平均误差也总是小于重复抽样.但在抽中单位占全体单位的比重 $\frac{n}{N}$ 很小时,这个因子接近于1,对于计算抽样平均误差所起的作用不大.因而实际工作中不重复抽样有时仍按重复抽样的公式计算.

在计算抽样平均误差时,通常得不到总体标准差的数值,一般可以用样本标准差 s 来代替总体标准差 σ.

【例 7-2】 某灯泡厂生产灯泡100000个,随机抽取500个检验其耐用时间,所得资料如表 7-1 所示,分别按重复抽样和不重复抽样计算抽样平均误差.

表 7-1 灯泡耐用的时间资料

按灯泡耐用时间分组(小时)	组中值 (x)	灯泡个数 (f)	xf	$x - \bar{x}$	$(x-\bar{x})^2$	$(x-\bar{x})^2 f$
850 以下	800	50	40000	−222	49284	2464200
850~950	900	100	90000	−122	14884	1488400
950~1050	1000	150	150000	−22	484	72600
1050~1150	1100	110	121000	78	6084	669240
1150~1250	1200	70	84000	178	31684	2217880
1250 以上	1300	20	26000	278	77284	1545680
合 计	—	500	511000	—	—	8458000

解 已知 $n=500, N=100000$,灯泡平均耐用时数为

$$\bar{X} = \frac{\sum xf}{\sum f} = \frac{511000}{500} = 1022\ (\text{小时})$$

样本标准差为

$$s = \sqrt{\frac{\sum(x-\bar{x})^2 f}{\sum f}} = \sqrt{\frac{8458000}{500}} = 130.06\ (\text{小时})$$

按重复抽样公式计算得

$$\mu_x = \frac{s}{\sqrt{n}} = \frac{130.06}{\sqrt{500}} = 5.82\ (\text{小时})$$

按不重复抽样公式计算得

$$\mu_x = \sqrt{\frac{s^2}{n}\left(1 - \frac{n}{N}\right)} = \sqrt{\frac{16916}{500}\left(1 - \frac{500}{100000}\right)} = 5.80 \text{（小时）}$$

可以看出，用重复抽样和不重复抽样公式计算的结果相差不大.

（二）抽样成数的平均误差

抽样成数平均误差的计算公式如下：
在重复抽样下

$$\mu_p = \frac{\sigma_p}{\sqrt{n}} = \sqrt{\frac{p(1-p)}{n}} \tag{7-4}$$

在不重复抽样下

$$\mu_p = \sqrt{\frac{\sigma_p^{\,2}}{n}\left(\frac{N-n}{N-1}\right)} = \sqrt{\frac{p(1-p)}{n}\left(\frac{N-n}{N-1}\right)} \tag{7-5}$$

当总体单位数 N 很大时，可近似地写成

$$\mu_p = \sqrt{\frac{p(1-p)}{n}\left(1 - \frac{n}{N}\right)} \tag{7-6}$$

当总体成数未知时，可以用样本成数来代替.

【例 7-3】 某企业现从生产的 5000 件产品中，抽取 50 件进行检验，其合格率为 90%，求合格率的抽样平均误差.

解 根据题意，在重复抽样条件下，合格率的抽样平均误差为

$$\mu_p = \sqrt{\frac{p(1-p)}{n}} = \sqrt{\frac{0.9 \times 0.1}{50}} = 4.24\%$$

在不重复抽样条件下，合格率的抽样平均误差为

$$\mu_p = \sqrt{\frac{p(1-p)}{n}\left(1 - \frac{n}{N}\right)} = \sqrt{\frac{0.9 \times 0.1}{50}\left(1 - \frac{50}{5000}\right)} = 4.2\%$$

三、抽样极限误差

抽样极限误差是从另一个角度考虑抽样误差的问题. 以样本的抽样指标来估计总体指标，误差多大才合适呢？没有误差几乎是不可能的，误差太大，抽样就失去了价值，误差是不是愈小愈好，在现实中也不是如此. 这就要求给出误差的许可范围，我们把在一定的把握程度（P）下保证样本指标与总体指标之间的抽样误差不超过某一给定的最大可能范围，称为抽样极限误差.

设 Δ_x、Δ_p 分别表示平均数和成数的抽样极限误差，则：

$$\Delta_x = |\,\bar{x} - \overline{X}\,|, \quad \Delta_p = |\,p - P\,|$$

上述 $\bar{x}$、p 分别表示样本平均数和样本成数；$\overline{X}$、P 表示被估计的总体平均数和总体成数. 上述公式也可变换为下列不等式：

$$|\overline{x} - \overline{X}| \leqslant \Delta_x, \quad |p - P| \leqslant \Delta_p$$

或

$$\overline{X} - \Delta_x \leqslant x \leqslant \overline{X} + \Delta_x$$

$$P - \Delta_p \leqslant p \leqslant P + \Delta_p$$

由于 Δ_x 和 Δ_p 是预先给定的抽样方案中所允许的误差范围,所以利用 Δ_x 和 Δ_p 可以反过来估计未知的全及指标的取值可能的范围. 解上述两个绝对值不等式便可得:

$$\overline{x} - \Delta_x \leqslant \overline{X} \leqslant \overline{x} + \Delta_x \tag{7-7}$$

$$p - \Delta_p \leqslant P \leqslant p + \Delta_p \tag{7-8}$$

【例 7-4】 若要估计北京北站整车到达货物的平均运送时间,从交付的全部整车货票共 26193 批中,用不重复抽样抽取 2718 批货票. 若允许的抽样极限误差 $\Delta_x = 0.215$ 天,经计算知所抽取的每批货物平均运送时间为 $\overline{X} = 5.64$ 天,那么北京北站整车到达货物的平均运送时间区间估计为 $(5.64 - 0.125, 5.64 + 0.125)$,即在 $5.515 \sim 5.765$ 天之间.

【例 7-5】 资料同例 7-4,若要估计北京北站整车到达货物的逾期运到率(报告期内超过规定货物运到期限运到的货物批数/货物的到达总批数),从随机抽取的 2718 批货票中,计算得抽样逾期运到率为 6.43%,所确定的抽样极限误差为 $\Delta_p = 0.642\%$,由此可得北京北站总体的逾期运到率的区间估计是 $(6.43\% - 0.642\%, 6.43\% + 0.642\%)$,即在 $5.788\% \sim 7.072\%$ 之间.

四、抽样误差的概率度

抽样误差的概率度是以抽样平均误差为标准单位来衡量抽样极限误差而得出的相对数. 用抽样极限误差 Δ_x 或 Δ_p 除以抽样平均误差 μ_x 或 μ_p 所得的反映相对误差程度的相对数 t,称为抽样误差的概率度. 即

$$t = \frac{\Delta_x}{\mu_x} \tag{7-9}$$

$$t = \frac{\Delta_p}{\mu_p} \tag{7-10}$$

显然有

$$\Delta_x = t\mu_x \quad 或 \quad \Delta_p = t\mu_p$$

这表示抽样极限误差是抽样平均误差的若干倍. 抽样误差的概率是表明样本指标和总体指标不超过一定范围的概率保证程度. 由于样本指标随着样本的变动而变动,它本身是一个随机变量,并不能保证误差不超过一定范围这个事件是必然事件,而只能给以一定程度的概率保证. 因此有必要计算样本指标落在一定区间范围内的概率,这种概率称为抽样估计的概率保证程度.

根据抽样极限误差的基本公式 $\Delta = t\mu$ 得出,概率度 t 的大小要根据对推断结果要求的把握程度来确定,即根据概率保证程度的大小来确定.概率论和数理统计证明,概率度 t 与概率保证程度 $F(t)$ 之间存在着一定的函数关系,给定 t 值,就可以计算出 $F(t)$ 来;相反,给出一定的概率保证程度 $F(t)$,则可以根据总体的分布,获得对应的 t 值.在实际应用中,因为我们所研究的总体大部分为正态总体,对于正态总体而言,为了应用的方便编有《正态分布概率表》以供使用.根据《正态分布概率表》,已知概率度 t 可查得相应的概率保证程度 $F(t)$;相反,已知概率保证程度 $F(t)$ 也可查得相应的概率度 t.现将几个常用的对应数值列于表 7-2 中.

表 7-2　常用概率度与概率保证程度

概率度 t	概率保证程度 $F(t)$
0.50	38.29%
1.00	68.27%
1.28	79.95%
1.50	86.64%
1.64	89.90%
1.96	95.00%
2.00	95.45%
3.00	99.73%

从抽样极限误差的计算公式来看,抽样极限误差 Δ、概率度 t 和抽样平均误差 μ 三者之间存在如下关系:

(1) 在 μ 值保持不变的情况下,增大 t 值,抽样极限误差 Δ 也随之扩大,这时估计的精确度将降低;反之,要提高估计的精确度,就得缩小 t 值,此时,概率保证程度也会相应降低.

(2) 在 t 值保持不变的情况下,如果 μ 值小,则抽样极限误差 Δ 就小,估计的精确度就高;反之,如果 μ 值大,抽样极限误差 Δ 就大,估计的精确度就低.

由此可见,估计的精确度与概率保证程度是一对矛盾,进行抽样估计时必须在两者之间进行慎重的选择.

第三节　抽样估计的方法

要掌握确切的总体参数,往往需要耗费大量的人力、物力、财力和时间,对总体各单位进行全面调查,在很多情况下是很难做到的.在实际统计分析时,往往要对统计参数进行抽样估计.

一、抽样估计的特点

(一)它在逻辑上运用归纳推理,而不是演绎推理

演绎推理是从一般命题导出特殊结论的逻辑方法.归纳推理是从研究个别命题出发达到一般性的认识.结论的内容大于前提,所以前提正确未必导致结论正确,前提正确也可能有错误结论.因为抽样估计运用归纳推论,从局部的前提来达到对总体的认识,所以不能保证绝对正确.

(二)它在方法上运用不确定的概率估计法,而不运用确定的数学分析法

抽样估计虽然也是利用样本数据来推断总体数量特征,但由于样本数据和总体数量特征之间并不存在严格对应的自变量和因变量的关系,因此不可能运用数学函数关系建立一定的数学模型,将自变量代入样本数据来推算因变量的总体特征值.抽样估计在实际工作中,首先抽取一个样本,计算相应的样本指标,然后要解决的问题是用样本指标来代替相应的总体指标,其可靠程度(即概率)有多大,这就是概率估计法.

(三)抽样估计存在抽样误差,抽样误差总是和抽样估计的可靠程度联系在一起

抽样误差和抽样估计的可靠程度即概率的关系是:允许的误差范围愈大,则概率保证程度也愈大;允许误差范围愈小,则概率保证程度也愈小.

二、抽样估计的优良标准

用样本指标估计总体指标,我们总希望估计得好一点,那么应该满足什么要求呢? 一般地说有三个要求或标准,满足了这三个要求就可以认为是合格的、优良的估计.

(一)无偏性

无偏性的直观意义是没有系统性误差.要求样本指标值的平均数等于被估计总体指标值本身.虽然每一次估计的样本指标值和总体指标值之间都可能有误差,但在多次反复的估计中,各个样本指标值的平均数应该等于所估计总体指标值本身.即样本指标的估计,平均说来是没有偏误的.数理统计可以证明,样本平均数的

平均数等于总体平均数,样本成数的平均数等于总体成数,所以,样本平均数和样本成数是总体平均数和总体成数的无偏估计量.

(二)一致性

一致性要求用样本指标估计总体指标时要达到:当样本容量 n 充分大时,样本指标充分靠近总体指标,即随着 n 的无限增大,样本指标与未知的总量指标之间的绝对离差任意小的可能性趋于实际必然性. 数理统计证明样本平均数和样本成数都满足这个条件.

(三)有效性

有效性要求用样本指标估计总体指标时,作为估计量的方差比其他估计量的方差小. 数理统计证明样本平均数更靠近总体平均数,平均说来它的离差比较小,同样,样本成数也满足这个条件.

总之,样本平均数和样本成数估计总体平均数和总体成数均能满足优良估计的三条标准.

三、抽样估计的方法

抽样估计就是利用调查计算的样本指标值来估计相应的总体指标数值. 由于总体指标是表明总体数量的参数,所以这种抽样估计也称为参数估计. 总体参数估计分为点估计和区间估计两种方法.

(一)点估计

点估计就是直接用样本指标数值来估计相应的总体指标数值的方法. 如:为了了解某城市居民的家庭生活状况,抽取若干名职工(1000 户)进行人均年消费水平的调查,假定根据样本资料,计算出该城市人均月消费水平为 1300 元. 把这个样本平均数(1300 元)作为该城市所有居民的平均家庭月收入消费水平的估计值. 这种以点带面的方法,就是点估计. 下面分两种情形介绍点估计.

1. 总体平均数的点估计量

根据数理统计知识我们知道,如果样本统计量的数学期望值等于被估计的参数本身,则该样本统计量是被估计参数的无偏估计量. 实际上样本平均数是总体平均数的无偏估计量. 对比任意统计量,样本平均数的方差最小,当样本容量 n 趋于无穷大时,样本平均数与总体平均数趋于一致. 因此如果一个总体参数未知,那么样本平均数是总体平均数无偏的、有效的和一致的估计量.

【例 7-6】 从 1000 名学生中抽取 100 名进行体检,若这 100 名学生的平均体

重为 $\bar{x}=57$ 公斤,则可以用该指标直接推断全体学生的平均体重为 $\bar{X}=57$ 公斤.

2. 总体成数的点估计量

事实上,样本成数也是总体成数无偏的、有效的和一致的估计量. 这里不再重述.

【例 7-7】 某公司欲购买一批商品共 2000 件,但其中有一部分是次品,公司得知次品的单位修复成本为 0.25 元,公司决定若总修复成本低于 50 元,可以购买这批商品. 在决定前,公司抽取 100 件商品调查,其中有 8 件次品. 问该公司是否会购买这批商品.

解 样本次品率为

$$p=\frac{n_1}{n}=\frac{8}{100}=8\%$$

则估计总体次品率 $P=8\%$,估计总体中次品数为 $2000\times8\%=160$(件). $160\times0.25=40$(元),由此可见,公司可以购买该批商品.

点估计的优点是原理直观,计算简便,在实际工作中经常采用. 不足之处是这种估计方法没有考虑到抽样估计的误差,更没有指明误差在一定范围内的概率保证程度. 因此当抽样误差较小,或抽样误差即使较大也不妨碍对问题的认识和判断时,才可以使用这种方法.

(二)区间估计

点估计方法简单,原理直观,但不足之处是难以确定这种估计的误差有多大? 在误差范围内概率保证程度多大? 在统计分析时,我们用一个区间及其出现的概率来估计总体参数,这种估计方法,我们称之为区间估计. 也就是说,区间估计是用估计量和它的抽样极限误差构成的区间来估计总体参数,给出总体参数估计范围,并以一定的概率保证总体参数将落在估计的区间内. 这一概率保证程度称为置信度,估计区间称为置信区间.

置信区间就是前面介绍的抽样极限误差时引出的区间;即

$$\bar{x}-\Delta_x\leqslant\bar{X}\leqslant\bar{x}+\Delta_x \quad 或 \quad \bar{x}-t\mu_x\leqslant\bar{X}\leqslant\bar{x}+t\mu_x$$
$$p-\Delta_p\leqslant P\leqslant p+\Delta_p \quad 或 \quad p-t\mu_p\leqslant P\leqslant p+t\mu_p$$

这里,区间 $[\bar{x}-t\mu_x,\bar{x}+t\mu_x]$ 和 $[p-t\mu_p,p+t\mu_p]$ 是置信区间,我们估计 $\bar{X}$ 与 P 可能会在这个区间,那么在该区间内的可能性大小,我们用置信度来描述,也就是概率保证程度. 关于概率度 t 与概率保证程度 $F(t)$ 之间的对应关系,我们在本章第二节中已经介绍过了(见表 7-2),这里不再重述.

区间估计必须同时具备三个要素,即具备估计值、抽样极限误差和概率保证程度三个基本要素. 抽样误差范围决定抽样估计的准确性,概率保证程度决定抽样估计的可靠性,两者密切联系,但同时又是一对矛盾,所以,对估计的精确度和可靠性的要求应慎重考虑.

在实际抽样调查中,区间估计根据给定的条件不同,有两种估计方法:①给定抽样极限误差,要求对总体指标做出区间估计;②给定概率保证程度,要求对总体指标做出区间估计.

【例 7-8】 某企业对某批电子元件进行检验,随机抽取 100 只,测得平均耐用时间为 1000 小时,标准差为 50 小时,合格率为 94%,求:

(1) 以耐用时间的允许误差范围 $\Delta_x = 10$ 小时,估计该批产品平均耐用时间的区间及其概率保证程度.

(2) 以合格率估计的误差范围不超过 2.45%,估计该批产品合格率的区间及其概率保证程度.

(3) 试以 95% 的概率保证程度,对该批产品的平均耐用时间做出区间估计.

(4) 试以 95% 的概率保证程度,对该批产品的合格率做出区间估计.

解 求(1)的计算步骤:

① 求样本指标. 已知 $\bar{x} = 1000$ 小时,$\sigma = 50$ 小时,得

$$\mu_x = \frac{\sigma}{\sqrt{n}} = \frac{50}{\sqrt{100}} = 5 \text{（小时）}$$

② 根据给定的 $\Delta_x = 10$ 小时,计算总体平均数的上、下限:

$$\bar{x} - \Delta_x = 1000 - 10 = 990 \text{（小时）}$$
$$\bar{x} + \Delta_x = 1000 + 10 = 1010 \text{（小时）}$$

③ 根据 $t = \frac{\Delta_x}{\mu_x} = \frac{10}{5} = 2$,查概率表得 $F(t) = 95.45\%$.

由以上计算结果,估计该批产品的平均耐用时间在 $990 \sim 1010$ 小时之间,有 95.45% 的概率保证程度.

求(2)的计算步骤:

① 求样本指标. 已知 $p = 94\%$,得

$$\sigma_p^2 = p(1-p) = 0.94 \times 0.06 = 0.0564$$

$$\mu_p = \sqrt{\frac{p(1-p)}{n}} = \sqrt{\frac{0.0564}{100}} = 2.38\%$$

② 根据给定的 $\Delta_p = 2.45\%$,求总体合格率的上、下限:

$$p - \Delta_p = 94\% - 2.45\% = 91.55\%$$
$$p + \Delta_p = 94\% + 2.45\% = 96.45\%$$

③ 根据 $t = \frac{\Delta_p}{\mu_p} = \frac{2.45\%}{2.38\%} = 1.03$,查概率表得 $F(t) = 69.70\%$.

由以上计算结果,估计该批产品的合格率在 $91.55\% \sim 96.45\%$ 之间,有

69.70%的概率保证程度.

求(3)的计算步骤:

① 求样本指标,已知 $\bar{x}=1000$ 小时,$\sigma=50$ 小时,得

$$\mu_x = \frac{\sigma}{\sqrt{n}} = \frac{50}{\sqrt{100}} = 5 \text{（小时）}$$

②根据给定的 $F(t)=95\%$,查概率表得 $t=1.96$.

③ 根据 $\Delta_x = t \times \mu_x = 1.96 \times 5 = 9.8$,计算总体平均耐用时间的上、下限:

$$\bar{x} - \Delta_x = 1000 - 9.8 = 990.2 \text{（小时）}$$

$$\bar{x} + \Delta_x = 1000 + 9.8 = 1009.8 \text{（小时）}$$

由以上计算结果,以 95% 的概率保证程度估计该批产品的平均耐用时间在 990.2~1009.8 小时之间.

求(4)的计算步骤:

① 求样本指标,已知 $p=94\%$,得

$$\sigma_p{}^2 = p(1-p) = 0.94 \times 0.06 = 0.0564$$

$$\mu_p = \sqrt{\frac{p(1-p)}{n}} = 2.37\%$$

$$\Delta_p = t \cdot \mu_p = 1.96 \times 2.37\% = 0.046$$

②求总体合格率的上下限:

$$p - \Delta_p = 94\% - 4.6\% = 89.4\%$$

$$p + \Delta_p = 94\% + 4.6\% = 98.6\%.$$

由以上计算结果,以 95% 的概率保证程度估计该批产品的合格率在 89.4%~98.6%之间.

第四节　样本容量的确定

确定必要的样本容量是抽样推断中的一个重要问题.样本容量过大会增加调查费用,花费更多的人力,从而不能充分地发挥抽样调查的优越性,况且有些抽样调查也不可能抽取过多单位.样本容量过小,样本没有足够的代表性,抽样误差也会增大,对总体指标的推断会不准确,从而也就失去了抽样推断的实际价值.为了避免样本容量的过大或过小,就需要在满足一定精确度的条件下,尽可能恰当地确定样本容量.

一、影响样本容量的因素

为了确定必要的样本容量,我们需要首先分析影响样本容量的因素.

（一）总体各单位的变异程度（总体方差 σ^2）

在其他条件不变的情况下,总体标准差与样本单位数成正比.总体标准差大,说明总体差异程度高,总体各单位标志值较平均数的离散程度高,则样本单位数就多;总体标准差小,则样本单位数就少.

（二）抽样极限误差的大小

在其他条件不变的情况下,抽样极限误差与样本单位数成反比.允许的误差范围越大,对抽样估计的精确度要求越低,则样本单位数就越少;若允许的误差范围越小,对精确度的要求越高,样本单位数就越多.

（三）抽样方法不同

在其他条件相同的情况下,重复抽样的抽样平均误差比不重复抽样的抽样平均误差大,所需要的样本容量也就不同.重复抽样需要更大的样本容量,而不重复抽样的样本容量则可小一些.

（四）抽样的组织形式

不同的抽样组织形式有不同的抽样平均误差,样本单位数的多少也不相同.例如,采用类型抽样的样本容量要小于简单随机抽样的样本容量.

二、样本容量的确定

这里我们只介绍简单随机抽样的样本容量计算公式.

（一）根据平均数的抽样极限误差确定样本单位数

由于样本单位数 n 是抽样极限误差公式的组成部分,所以可以根据抽样极限误差公式推导出样本单位数 n.根据抽样方法的不同,它可分为两种情况:

1. 重复抽样

在重复抽样条件下,把允许误差 $\Delta_{\bar{x}}$ 的计算公式

$$\Delta_{\bar{x}} = t\mu_{\bar{x}} = t\frac{\sigma}{\sqrt{n}}$$

变形整理,则得到样本容量的计算公式:

$$n = \frac{t^2\sigma^2}{\Delta_{\bar{x}}^2} \qquad\qquad (7\text{-}11)$$

2. 不重复抽样

在不重复抽样的条件下,抽样允许误差为

$$\Delta_{\bar{x}} = t\mu_x = t\sqrt{\frac{\sigma^2}{n}\left(1 - \frac{n}{N}\right)}$$

因此变形后得到不重复抽样条件下的样本容量公式为

$$n = \frac{t^2\sigma^2 N}{(\Delta_{\bar{x}})^2 N + t^2\sigma^2} \tag{7-12}$$

【例 7-9】 某食品厂要检验本月生产的 10000 袋某产品的重量,根据以往的资料,这种产品每袋重量的标准差为 25 克. 如果要求在 95.45% 的置信度下,平均每袋重量的误差不超过 5 克,应抽查多少袋产品?

解 由题意可知 $N = 10000$, $\sigma = 25$ 克, $\Delta_{\bar{x}} = 5$ 克,根据置信度发 $F(t) = 95.45\%$,有 $t = 2$. 在重复抽样的条件下

$$n = \frac{t^2\sigma^2}{(\Delta_{\bar{x}})^2} = \frac{2^2 \times 25^2}{5^2} = 100 \text{(袋)}$$

在不重复抽样条件下

$$n = \frac{t^2\sigma^2 N}{(\Delta_{\bar{x}})^2 N + t^2\sigma^2} = \frac{2^2 \times 25^2 \times 10000}{5^2 \times 10000 + 2^2 \times 25^2} = 99 \text{(袋)}$$

由计算结果可知:在其他条件相同的情况下,重复抽样所需要的样本容量大于不重复抽样所需要的样本容量.

在计算样本容量时,必须知道总体的方差,而在实际抽样调查前,往往总体的方差是未知的. 在实际操作时,可以用过去的资料,若过去曾有若干个方差,应该选择最大的,以保证抽样估计的精确度;也可以进行一次小规模的调查,用调查所得的样本方差来替代总体的方差.

(二) 根据成数的抽样极限误差确定样本单位数

根据成数的抽样极限误差确定样本单位数的方法与根据平均数的抽样极限误差确定样本单位数的方法是一样的,它也分为两种情况.

$$\Delta_p = t\mu_p = t\sqrt{\frac{P(1-P)}{n}}$$

解上面的方程可得重复抽样条件下样本容量的公式为

$$n = \frac{t^2 P(1-P)}{\Delta_p^2} \tag{7-13}$$

同理可得不重复抽样条件下的样本容量公式为

$$n = \frac{t^2 P(1-P)}{(\Delta_p)^2 N + t^2 P(1-P)} \tag{7-14}$$

在估计成数时,计算样本容量需要总体的成数,但是总体的成数通常是未知的,在实际的抽样调查时,可先进行小规模的试调查求得样本的成数来代替. 也可用历史的资料,如果有若干个成数可供选择,则应选择最靠近 50% 的成数,使样本

成数的方差最大,以保证估计的精确度.

【例 7-10】 为了检查某企业生产的 10000 个显像管的合格率,需要确定样本的容量.根据以往经验合格率为 90%.如果要求估计的允许误差不超过 0.0275,置信水平为 95.45%,求应该取多少只显像管?

解 根据资料,我们应该选择 $P=0.9$ 计算样本容量,根据置信水平 $F(t)=0.9545$,有 $t=2,\Delta_p=0.0275$.

重复抽样条件下样本容量

$$n=\frac{t^2 P(1-P)}{\Delta_p^2}=\frac{2^2 \times 0.9 \times (1-0.9)}{0.0275^2}=476.03 \approx 477$$

不重复抽样条件样本容量

$$n=\frac{t^2 P(1-P)N}{\Delta_p^2 N+t^2 P(1-P)}$$

$$=\frac{2^2 \times 0.9 \times (1-0.9) \times 1000}{0.0275^2 \times 10000+2^2 \times 0.9 \times (1-0.9)}=454.40 \approx 455$$

从计算的结果可以看出,重复抽样应该抽 477 件检验,而不重复抽样应该抽 455 件,可见,在相同条件下,重复抽样需要的样本容量更大.

第五节　抽样方案的设计

一、抽样设计的基本原则

抽样推断是根据事先规定的要求来设计调查,并以按要求获得这一部分实际资料为基础,进行推理演算得出结论.因此如何科学地设计抽样调查方案,保证随机抽样的实现,并取得最佳的抽样效果,是一个很关键的问题.

在抽样设计中,首先要保证随机性原则.从理论上讲,随机性原则就是要保证每一个单位都有同等被选中的机会.但在实践中,如何保证这个原则的实现,需要考虑许多问题.

(一)要有合适的抽样框

抽样框又称抽样结构,是指对可以选择作为样本的总体单位列出名册或排序编号,以确定总体的抽样范围和结构.抽样框可以分为两类:一类是总体单位的名称表;另一类是地段抽样框,一般是依据地图,划分成若干个有明确边界的地段,即单位.

编制抽样框的作用是:

（1）将总体所有单位置于可以被抽中的位置上,易于贯彻随机原则和进行抽选工作,提高抽样调查的效率.

（2）编制抽样框就确定了调查对象即全及总体的范围,否则无法确定抽样调查的总体是谁.如何编制抽样框,根据对总体单位了解的程度而定,如果对总体单位不甚了解,往往只能编制总体单位清单或地段抽样框;如果对总体单位的情况比较了解,甚至掌握与调查内容有关的标志表现的资料,可以按有关标志值的高低进行有序排队.例如进行农产品抽样调查,可以把地块按过去平均产量的高低排队.

（二）取样的实施问题

当总体单位数很大甚至无限时,要保证总体单位中选的机会均等,在实际工作中要做到绝非易事.在设计中要考虑将总体各单位加以分类、排列或分阶段实施,尽量保证随机原则的实现.

（三）要考虑样本容量和结构问题

样本的容量取决于对抽样推断准确性、可靠性的要求.所以,在抽样设计中应该重视研究现象的差异、误差的要求和样本容量之间的关系.另外,样本容量结构不同,所产生的效果也不同.抽样设计应该善于评价而且有效利用调整样本而产生的效果.

（四）关于抽样的组织形式问题

不同的抽样组织形式会有不同的抽样误差,因而就有不同的效果.所以,应该认真细致地估计不同组织形式和不同抽样方法的抽样误差,并进行对比分析,从中选择有效的、可行的抽样方案.

在抽样设计中还必须重视调查费用这个基本因素.实际上任何一项抽样调查都是在一定费用的限制条件下进行的,抽样设计应该力求节省调查费用.在设计方案中我们还要注意到,提高精确度的要求和节省费用的要求并非一致,有时是相互矛盾的.抽样误差要求越小,调查费用往往需要越大,因此并非抽样误差愈小的方案就是愈好的方案,许多情况允许一定范围的误差就能满足分析研究的要求.我们的任务就在于在一定误差的要求下选择费用最少的方案;或在一定费用开支条件下,选择误差最小的方案.

二、抽样组织形式

（一）简单随机抽样

简单随机抽样又称纯随机抽样.它是对总体中的所有单位不进行任何分组、排

队,而是完全随机地直接从总体 N 个单位中抽取 n 个单位,作为一个样本进行调查.在抽样时保证总体中每个单位都有同等被抽中的机会.

简单随机抽样是抽样中最基本、最单纯的组织形式,它适用于均匀总体,即具有某种特征的单位均匀地分布于总体的各个部分,使总体的各个部分都是同等分布的.

获得简单随机样本的具体做法主要有两种:

1. 抽签法

抽签法就是将总体各单位编号,以抽签的方式从中任意抽取所需样本单位的方法.

2. 查随机表法

随机数表是指含有一系列组别的随机数字的表格.表中数字的出现及其排列是随机的.查随机数表时,可以竖查、横查、顺查、逆查;可以用每组数字左边的头几位数,也可以用其右边的后几位数,还可以用中间的某几位数字.这些都需要事先定好.但一经决定采用某一种具体做法,就必须保证对整个样本的抽取完全遵从同一规则.

简单随机抽样在理论上最符合随机原则,但在实际应用中有很大的局限性.第一,无论用抽签法还是用查随机数表法取样,均需对总体各个单位逐一编号.而抽样推断中的总体单位数很多,编号查号的工作量很大;第二,当总体各单位标志变异程度较大时,简单随机抽样的代表性就比较差;第三,对某些事物根本无法进行简单随机抽样,如对正在连续生产的大量产品进行质量检验,就不可能对全部产品进行编号抽检.所以,简单随机抽样适用于所调查的总体单位数不多且各单位标志变异程度较小的情况.

(二)类型抽样

类型抽样亦称分类抽样或分层抽样.它是先将总体各单位按主要相关标志分组(或分类),然后在各组(或各类)中再按随机原则抽取样本单位的组织形式.类型抽样实质上是分组法与随机抽样法相结合的产物.

类型抽样的优点如下:

(1)它提高了样本的代表性.因为样本单位是从各类型组中抽取的,样本中有各种标志值水平的单位.

(2)降低了影响抽样平均误差的总体误差.通过对总体分组,减少了组内各单位标志值之间的差异程度,提高了所抽取样本的代表性,从而降低了抽样误差.所以,类型抽样能够以较少的样本单位数获得比较准确的推断结果.特别是当总体各单位标志值相差很大,各组间标志值变异程度很大时,类型抽样则更为优越.

经过划类分组后,确定各类型组样本单位数一般有两种方法:

第一,不等比例抽样. 即各类型组所抽取的单位数,按各类型组标志值的变异程度来确定,变异程度大则多抽一些单位,变异程度小则少抽一些单位.

第二,等比例抽样. 即按各类型组的单位数占总体单位数的比重进行抽样.

在实际工作中,由于事先很难了解各组的标志变异程度,因此,大多数类型抽样采用等比例抽样法.

类型抽样的特点是,样本单位不是从整个总体,而是从各类中分别抽取,且彼此独立. 以等比例抽样的重复抽样为例,要先求各类的方差 σ_i^2,然后以其加权算术平均数作为总体方差,即

$$\overline{\sigma^2} = \frac{\sum \sigma_i^2 N_i}{N}$$

式中: N_i 表示各类型组单位数; N 表示总体单位数.

类型抽样的抽样平均误差,在重复抽样条件下,其公式为

$$\mu_x = \sqrt{\frac{\overline{\sigma^2}}{N}} \tag{7-15}$$

$$\mu_p = \sqrt{\frac{P(1-P)}{n}} \tag{7-16}$$

在不重复抽样条件下,抽样平均误差的计算只需在重复抽样公式中乘一个修正因子就可以了. 其公式为

$$\mu_x = \sqrt{\frac{\overline{\sigma^2}}{n}\left(1 - \frac{n}{N}\right)} \tag{7-17}$$

$$\mu_p = \sqrt{\frac{P(1-P)}{n}\left(1 - \frac{n}{N}\right)} \tag{7-18}$$

式(7-18)中

$$\overline{P(1-P)} = \frac{\sum P_i(1-P_i)N_i}{N}$$

在大样本条件下, P_i 可用相应的样本指标代替.

(三) 等距抽样

等距抽样亦称机械抽样. 它是先把总体各单位按照某一标志排队,然后按相等的距离抽取样本单位的组织形式. 排队的标志可以是与调查标志无关的,也可以是与调查标志有关的.

按无关标志排队,是指排队时采用与调查项目无关的标志进行. 例如,按姓氏笔画多少排队,按地名笔画排队,按人名册、户口簿及按地图上的地理位置排队等.

也可以按时间顺序排队. 例如, 检查产品质量, 确定按 10% 的比率抽检, 这时可按时间顺序每 10 个产品中抽取一个进行质量检查, 直至达到规定的样本单位数为止.

按有关标志排队, 是指排队时采用与调查项目有关的标志进行. 例如, 进行我国粮食产量抽样调查, 由省抽县、县抽乡、乡抽村, 都是按前三年的粮食平均产量排队的; 进行我国城市职工家计抽样调查, 是按职工平均工资排队的. 按有关标志排队, 能使被研究对象标志值的变动均匀地分布在总体中, 保证样本具有较高的代表性.

等距抽样除考虑排队的标志外, 还需要考虑抽样距离的问题. 设 N 为全及总体单位数, n 为样本单位数, k 为抽样距离, 则 $k = \dfrac{N}{n}$.

等距抽样的随机性表现在抽取的第一个样本单位上, 当第一个样本单位确定后, 其余的各个样本单位也就确定了. 就是说, 第一个样本单位确定后, 每加一个抽样距离就是下一个被抽取的样本单位, 直至抽满规定的样本单位数为止. 例如, 进行工业品质量检查, 当确定按 10% 的比率抽取样本单位时, 可以按时间顺序每隔 10 件抽取一件产品进行登记, 直至达到预定的样本单位数为止. 又如, 进行粮食产量抽样调查时, 抽取样本单位是先按最近三年粮食平均产量排队, 再根据累计播种面积和预定抽取的样本单位数计算抽样距离, 第一个样本单位在 1/2 抽样距离处, 以后每增加一个抽样距离就是下一个被抽取的样本单位, 直至抽满规定的样本单位数为止.

按无关标志排队, 等距抽取样本单位时, 实质上仍是简单随机抽样, 其抽样平均误差的计算公式与简单随机抽样相同. 在按有关标志排队, 等距抽取样本单位时, 实质上就成为类型抽样的特例. 因此, 抽样平均误差的计算公式与类型抽样公式相同. 按有关标志排队的等距抽样与类型抽样略有不同, 等距抽样只在各组中抽取一个单位, 而类型抽样是在各组中抽取若干个单位.

（四）整群抽样

前面介绍的三种抽样组织形式, 都是一个一个地抽取样本单位, 故称为个体抽样. 整群抽样则是一批一批地抽取样本单位, 每抽取一批, 对其中所有的单位都进行登记调查. 抽取的形式, 既可用简单随机抽样形式, 也可用等距抽样形式, 一般常用后者. 例如, 要按 10% 的比例对饭店餐具进行卫生检验, 可每隔 5 小时从已消毒的餐具中抽取一次消毒过的全部产品作为一群, 然后按比例要求抽满群数组成样本, 并对每群进行逐个登记.

整群抽样容易组织, 多用于进行产品的质量检查. 缺点是由于样本在总体中太集中, 分布不均匀, 与其他几种抽样方式比较, 误差较大, 代表性较差. 但是如果群内差异大而群间差异小,即群内方差大,群间方差小,则可使样本代表性提高,使抽样误差减少. 考虑到编制名单和抽取样本的工作比其他各种组织形式简便易行,调查也集中方便,整群抽样又是有益的.

整群抽样的特点如下:若把总体划分为 R 群,从 R 群中抽取 r 群加以全面调查,抽样方式为不重复抽样. 它的误差视各群方差大小而定. 各群方差的加权平均数,是计算抽样平均误差的依据. 其计算公式为

$$\mu_{\bar{x}} = \sqrt{\frac{\sigma_{\bar{X}}^2}{r}\left(\frac{R-r}{R-1}\right)} \tag{7-19}$$

$$\mu_p = \sqrt{\frac{\sigma_P^2}{r}\left(\frac{R-r}{R-1}\right)} \tag{7-20}$$

式中:R 表示总体群数;r 表示样本群数;$\sigma_{\bar{X}}^2$ 表示总体平均数群间方差;σ_P^2 表示总体成数群间成数.

群间方差和群间成数的计算公式为

$$\sigma_{\bar{X}}^2 = \frac{\sum_{i=1}^{R}(\overline{X_i} - \overline{X})}{R}, \quad \sigma_P^2 = \frac{\sum_{i=1}^{R}(P_i - P)}{R}$$

式中:$\overline{X_i}$ 表示总体各群平均数;P_i 表示总体各群成数.

总体平均数公式为

$$\overline{X} = \frac{\sum_{i=1}^{R}\overline{X_i}}{R}$$

总体成数公式为

$$P = \frac{\sum_{i=1}^{R}P_i}{r}$$

如果总体平均数群间方差 $\sigma_{\bar{X}}^2$ 和总体成数群间方差 σ_P^2 未知,也可用相应的样本群间方差代替,这里不再多述.

(五) 多阶段抽样

前面介绍的四种抽样方式都属于单阶段抽样. 单阶段抽样是指经过一次抽选就可以直接确定样本单位的抽样方法. 在调查范围较小,调查单位比较集中时通常采用这种方法.

在社会经济调查中,一般调查对象中调查单位很多,分布面很广,直接抽选样本单位很困难,这种状况要采用多阶段抽样.

多阶段抽样就是把抽取样本单位的过程分为两个或更多个阶段. 先从总体中

抽选若干大的样本单位,也叫第一阶段单位,然后,从被抽中若干大的单位中抽选较小的样本单位,也叫第二阶段单位.照此类推,直到最后抽出最终样本单位.如果第二阶段单位是最终样本单位就是两阶段抽样,如果第三阶段单位是最终单位就是三阶段抽样.

下面我们以两阶段抽样为例说明多阶段抽样的误差计算.两阶段抽样有两种情况,这里只介绍比较简单的一种.

假设全及总体有 R 个小组,每个小组均为 M 个单位,第一阶段抽样,是从总体 R 个组中随机抽取 r 个组,即 r 个第一阶段单位;第二阶段抽样,是从被抽中的第一阶段单位中随机抽选第二阶段单位,即最终单位数,每个组均为 m 个单位.其计算方法如下:

1. 抽样平均数的抽样平均误差

在重复抽样条件下

$$\mu_{\bar{x}} = \sqrt{\frac{\overline{\sigma_i^2}}{rm} + \frac{\sigma_{\bar{x}}^2}{2}} \tag{7-21}$$

式中:r 表示第一阶段单位数;m 表示第二阶段单位数;$\overline{\sigma_i^2}$ 表示总体或样本各组数量标志平均组内方差;$\sigma_{\bar{x}}^2$ 表示总体或样本平均数群间方差.其中

$$\sigma_{\bar{x}}^2 = \frac{\sum_{i=1}^{r}(\bar{x}_i - \bar{x})^2}{r}, \quad \overline{\sigma_i^2} = \frac{\sum_{i=1}^{r}\sigma_i^2}{r}$$

显然

$$\bar{x} = \frac{\sum_{i=1}^{r}\bar{x}_i}{r}$$

在不重复抽样条件下

$$\mu_{\bar{x}} = \sqrt{\frac{\overline{\sigma_i^2}}{rm}\left(\frac{M-m}{M-1}\right) + \frac{\sigma_{\bar{x}}^2}{r}\left(\frac{R-r}{R-1}\right)} \tag{7-22}$$

2. 抽样成数的抽样平均误差

在重复抽样条件下

$$\mu_p = \sqrt{\frac{\overline{p_i(1-p_i)}}{rm} + \frac{\sigma_p^2}{r}} \tag{7-23}$$

式中:σ_p^2 表示总体或样本成数群间方差;$\overline{p_i(1-p_i)}$ 表示总体或样本是非标志平均组内方差.其中

$$\sigma_p^2 = \frac{\sum_{i=1}^{r}(p_i - p)^2}{r}, \quad \overline{p_i(1-p_i)} = \frac{\sum_{i=1}^{r}(1-p_i)}{r}$$

显然

$$p = \frac{\sum\limits_{i=1}^{r} p_i}{r}$$

在不重复抽样条件下

$$\mu_p = \sqrt{\frac{p_i(1-p_i)}{rm}\left(\frac{M-m}{M-m}\right) + \frac{\sigma_p^2}{r}\left(\frac{R-r}{R-1}\right)} \qquad (7\text{-}24)$$

三、抽样方案的检查

抽样方案的设计适用于以下情况:由于实际情况有变化、历史资料已过时不宜使用,或由于设计时发生失误、未被发现等原因使得抽样结果未能充分反映实际情况.因此在设计方案实施之前都必须检查,用试点的结果验证设计方案的准确性和可行性,然后才能推广使用.

(一) 准确性检查

准确性检查就是以方案所要求的允许误差为标准,用已掌握的资料检查其在一定概率保证下,实际的极限误差是否超过方案所允许的误差范围.如果极限误差超过标准,就说明方案的准确性不符合要求,对方案进行分析,若不存在技术性问题,就要求增加样本容量,对方案做必要的修正,直到符合准确性的要求为止.

(二) 代表性的检查

代表性的检查是方案中样本指标与过去掌握的总体同一指标进行对比,看其比率是否超过要求.比如我国规定农产量的比率不超过±2%,假定某县所抽得 15 个村计算平均单位面积产量为 355 公斤,而全县的单位面积产量为 350 公斤,那么样本平均单位面积产量与总体平均单位面积产量的比率为 $\frac{355}{350} = 101.4\%$.按规定比率的范围是 $(1-2\%, 1+2\%)$,即 $(98\%, 102\%)$,显然没有超过国家规定的范围,就可以认为该方案的代表性是符合要求的.

由于总体的情况是不断变化的,因此样本的准确性和代表性连续各年都要进行检查,以保证抽样资料的准确可靠.

案例分析

消费者对新产品接受程度的市场调查

为了了解普通居民对某种新产品的接受程度,需要在一个城市中抽选 1000 户

居民开展市场调查,在每户居民中,选择一名家庭成员作为受访者.其总体抽样设计如下:

由于一个城市中居民的户数可能多达数百万,除了一些大型的市场研究机构和国家统计部门之外,大多数企业都不具有这样庞大的居民户名单.这种情况决定了抽样设计只能采取多阶段抽选的方式.根据调查要求,抽样分为两个阶段进行:一是从全市的居委会名单中抽选出 50 个样本居委会;二是从每个被选中的居委会中,抽选出 20 户居民.

1. 对居委会的抽选

从统计或民政部门,我们可以获得一个城市的居委会名单.将居委会编上序号后,用计算机产生随机数的方法,可以简单地抽选出所需要的 50 个居委会.

如果在居委会名单中还包括了居委会户数等资料,则在抽选时可以采用不等概率抽选的方法.如果能够使一个居委会被抽中的概率与居委会的户数规模成正比,这种方法就是所谓的 PPS(Probability Proportional to Size)抽样方法.PPS 抽样是一种"自加权"的抽样方法,它保证了在不同规模的居委会均抽选 20 户样本的情况下,每户样本的代表性是相同的,从而最终的结果可以直接进行平均计算.当然,如果资料不充分,无法进行 PPS 抽样,那么利用事后加权的方法,也可以对调查结果进行有效推断.

2. 在居委会中的抽样

在选定了居委会之后,对居民户的抽选将使用居委会地图来进行操作.此时,需要派出一些抽样员,到各居委会绘制居民户的分布图,抽样员需要了解居委会的实际位置和实际覆盖范围,并计算每一幢楼中实际的居住户数.然后,抽样员根据样本量的要求,采用等距或者其他方法,抽选出其中的若干户,作为最终访问的样本.

3. 确定受访者

访问员根据抽样员选定的样本户,进行入户访问.以谁为实际的被调查者,是抽样设计中最后一个问题.如果调查内容涉及的是受访户的家庭情况,则对受访者的选择可以根据成员在家庭生活中的地位确定,比如可以选择使用计算机最多的人、收入最高的人、实际负责购买决策的人等.

如果调查内容涉及的是个人行为,则家庭中每一个成年人都可以作为被调查者,此时就需要进行第二轮抽样,因为如果任凭访问员人为确定受访者,最终受访者就可能会偏向某一类人,比如家庭中比较好接触的老人、妇女等.

在家庭中进行第二轮抽样的方法是由美国著名抽样调查专家 Leslie Kish 发明的,一般称为 KISH 表方法.访问员入户后,首先记录该户中所有符合调查条件的家庭成员人数,并按年龄大小对其进行排序和编号.随后,访问员根据受访户的编号和家庭人口数的交叉点,在表中找到一个数,并以这个数所对应的家庭成员作为受访者.

这个案例是一个典型的两阶段入户调查的现场抽样设计,从设计的全过程可以看到,随机原则分别在选择居委会、选择居民户和入户后选择受访者等环节中得到体现.在任何一个环节中,如果随机原则受到破坏,都有可能对调查结果造成无法估计的偏差.调查中的抽样设计是一个复杂的技术环节,非专业的研究人员对此问题需要给予特殊关注.

请大家思考:(1)以上案例说明抽样调查具有哪些特点和作用?

(2)在抽样调查的两个阶段中都使用了哪些抽样的组织形式?

思考与训练

一、单项选择题

1. 抽样调查的目的在于( ).

A. 了解总体的基本情况　　　　　B. 用样本指标推断总体指标

C. 对样本进行全面调查　　　　　D. 了解样本的基本情况

2. 抽样调查所特有的误差是( ).

A. 由于样本的随机性而产生的误差　B. 登记性误差

C. 系统性误差　　　　　　　　　D. 前面三种都错

3. 抽样调查和重点调查的主要区别是( ).

A. 选取调查单位的方式不同　　　B. 调查的目的不同

C. 调查的单位不同　　　　　　　D. 两种调查没有本质区别

4. 当可靠度(概率保证程度)大于 0.6827 时,抽样极限误差( ).

A. 大于抽样平均误差

B. 小于抽样平均误差

C. 等于抽样平均误差

D. 与抽样平均误差的大小关系依样本容量而定

5. 有一批灯泡共 1000 箱,每箱 200 个,现随机抽取 20 箱并检查这些箱中全部灯泡,此种检验属于( ).

A. 纯随机抽样　　　　　　　　　B. 类型抽样

C. 整群抽样　　　　　　　　　　D. 等距抽样

6. 当总体单位不很多且各单位间差异较小时宜采用( ).

A. 类型抽样　　　　　　　　　　B. 纯随机抽样

C. 整群抽样　　　　　　　　　　D. 两阶段抽样

7. 在抽样推断中,抽样误差是( ).

A. 可以避免的　　　　　　　　B. 可避免且可控制

C. 不可避免且无法控制　　　　D. 不可避免但可控制

8. 在其他条件不变的情况下,抽样单位数越多,则( ).

A. 系统误差越大　　　　　　　B. 系统误差越小

C. 抽样误差越大　　　　　　　D. 抽样误差越小

9. 假定 10 亿人口大国和 100 万人口小国的居民年龄变异程度相同,现在各自用重复抽样方法抽取本国的 1‰人口,则抽样误差( ).

A. 两者相等　　　　　　　　　B. 前者大于后者

C. 前者小于后者　　　　　　　D. 不能确定

10. 某地有 2 万亩稻田,根据上年资料得知其中平均亩产的标准差为 50 公斤,若以 95.45% 的概率保证平均亩产的误差不超过 10 公斤,应抽选( )亩地作为样本进行抽样调查.

A. 100　　　　　　　　　　　　B. 250

C. 500　　　　　　　　　　　　D. 1000

11. 在其他条件不变的情况下,重复抽样的误差( ).

A. 一定大于不重复抽样的误差　B. 一定小于不重复抽样的误差

C. 一定等于不重复抽样的误差　D. 不一定

12. 在其他条件不变的情况下,若重复抽样的抽样极限误差变为原来的两倍,则样本单位数为( ).

A. 原来的两倍　　　　　　　　B. 原来的四倍

C. 原来的二分之一　　　　　　D. 原来的四分之一

13. 反映样本指标与总体指标之间抽样误差的可能范围指标是( ).

A. 抽样平均误差　　　　　　　B. 抽样极限误差

C. 抽样误差　　　　　　　　　D. 概率度

14. 在一定的抽样平均误差条件下( ).

A. 扩大抽样极限误差范围,可以提高推断的可靠程度

B. 扩大抽样极限误差范围,会降低推断的可靠程度

C. 缩小抽样极限误差范围,可以提高推断的可靠程度

D. 缩小抽样极限误差范围,不改变推断的可靠程度

15. 在其他条件不变的情况下,提高抽样估计的可靠程度,其精确度将( ).

A. 保持不变　　　　　　　　　B. 随之扩大

C. 随之缩小　　　　　　　　　D. 无法确定

二、简答题

1. 什么是抽样推断? 它有哪些特点?

2. 为什么说全及指标是确定的而抽样指标是随机的?

3. 什么是抽样误差? 它受哪些因素影响?

4. 参数估计的优良标准是什么? 抽样平均数和抽样成数估计是否符合优良估计标准,试加以说明.

5. 什么是概率度? 什么是置信度? 这两者有什么关系?

三、技能实训题

【实训1】 某地区为了解职工家庭的收入情况,从本地区 3000 户家庭中,按不重复抽样的方法抽取 300 户职工家庭进行调查,调查结果如表 7-3 所示.

表 7-3 某地区职工家庭收入情况调查资料

每户月收入(元)	收入调查户数(户)
400 以下	40
400~600	80
600~800	120
800~1000	50
1000 以上	10
合 计	300

(1)若用这 300 户家庭的月收入资料推算该地区 3000 户家庭月收入情况,则抽样平均误差为多少?

(2)若又从抽样资料知,月平均收入在 800 元以上的户数的比重为 20%,故月收入在 800 元以上成数抽样平均误差为多少?

【实训2】 采用简单随机重复抽样方法,在 2000 件产品中抽查 200 件,其中合格品 190 件.

(1)计算合格品率及其抽样平均误差.

(2)以 95.45% 的概率保证程度($t=2$)对合格品数量进行区间估计.

(3)如果极限误差为 2.31%,则其概率保证程度是多少?

【实训3】 某电子产品,使用寿命在 3000 小时以上为合格品,现在以简单随机抽样方法,从 5000 个产品中抽取 100 个,对其使用寿命进行调查,其结果如表 7-4 所示.

表 7-4

使用寿命（小时）	产品个数
3000 以下	2
3000～4000	30
4000～5000	50
5000 以上	18
合　计	100

根据资料要求：

(1) 按重复抽样和不重复抽样分别计算该产品平均寿命的抽样平均误差.

(2) 按重复抽样和不重复抽样分别计算该产品合格率的抽样平均误差.

(3) 按重复抽样计算的抽样平均误差,以 68.27% 的概率保证程度对该产品的平均使用寿命和合格率进行区间估计($t=1$).

【实训 4】 某土产进出口公司出口一种名茶,抽样检验结果如表 7-5 所示.又知这种茶叶每包规格重量不低于 150 克,试以 99.73% 的概率保证程度估计：①确定每包重量的极限误差；②估计这批茶叶的重量范围,确定是否达到规格重量要求.

表 7-5

每包重量 x（克）	包数 f（包）	xf
148～149	10	1485
149～150	20	2990
150～151	50	7525
151～152	20	3030
合计	100	15030

【实训 5】 对一批成品按不重复随机抽样方法抽选 200 件,其中废品 8 件,又知道抽样单位数是成品总量的 $\frac{1}{20}$,当概率为 0.9545 时,可否认为这批产品的废品率不超过 5%?

【实训 6】 某汽车制造厂为了测定某种型号汽车轮胎的使用寿命,随机抽取 16 只作为样本进行寿命测试,计算出轮胎平均寿命为 43000 公里,标准差为 4120 公里,试以 95% 的置信度推断该厂这批汽车轮胎的平均使用寿命.

【实训 7】 某城市进行居民家计调查,随机抽取 400 户居民,调查结果是：每户耐用消费品年平均支出为 850 元,标准差为 200 元,要求以 95% 的概率保证程度

$(t=1.96)$,估计该城市居民年平均每户耐用消费品支出情况.

【实训8】　为了研究新式时装的销路,在市场上随机对 1000 名成年人进行调查,结果有 600 人喜欢该新式时装,要求以 90% 的概率保证程度$(t=1.64)$估计该市成年人喜欢该时装的比率.

【实训9】　对 10000 只某型号的电子元件进行耐用性能检查.根据以往资料,求得平均耐用时数的标准差为 51.91 小时,合格率标准差为 28.62%,试计算:

(1) 概率保证程度为 68.27%$(t=1)$,元件平均耐用时数的误差范围不超过 9 小时,在重复抽样条件下,需要抽取多少元件?

(2) 概率保证程度为 99.73%$(t=3)$,合格率的极限误差不超过 5%,在重复抽样条件下,需要抽取多少元件?

(3) 在不重复抽样条件下,要同时满足(1)、(2)的要求,需要抽取多少元件?

【实训10】　某企业生产某产品日产量为 10000 只标准件,根据以往经验,产品的一级品率为 90%,现在用重复抽样方法进行产品质量检验,要求一级品率的抽样极限误差不超过 2%,而概率保证程度不低于 95.45%,试计算应该抽取多少产品?

第八章　相关与回归分析

本 章 要 点

1. 理解相关关系的概念、特点和判断.
2. 重点掌握相关系数的计算原理、方法及其应用.
3. 重点掌握一元线性回归方程的建立与应用分析.
4. 掌握回归估计标准误差的计算与分析.
5. 能够依据实际资料运用简单线性相关与一元线性回归方法进行分析与预测.

　　一切客观事物都是相互联系的,每一事物的运动都和它周围的其他事物相互联系、相互影响.有些联系比较明显,有些则不太明显,有些现象表现为直接的因果关系,有些只存在间接的联系.例如,气温与降雨量之间、消费品需求量与居民收入水平之间、工业总产值与货物运输量之间、居民收入与居民旅行费用之间等,都存在着一定的依存关系.这些依存关系的重要形式之一就是相关关系.相关分析与回归分析就是从数量方面研究它们之间的联系,并据以建立一定的数学模型,利用已知的数量资料来推算未知的数据并作进一步的分析.

第一节　相　关　关　系

一、相关关系的概念

　　通过对自然、社会经济现象深入地研究和分析发现,任何事物或现象都不是孤立存在的,它总是和其他事物或现象彼此联系和相互制约的.统计研究就是要探求现象之间关系的性质以及这种关系的密切程度.研究表明,客观现象之间的关系大致可分为两类:函数关系和相关关系.

(一)函数关系

函数关系是指现象之间存在的、完全确定的、严格的依存关系. 即对于某一变量的每一个数值,都有另一个变量惟一确定的数值与之相对应,且这种关系可以用一个数学函数式反映出来. 例如,$S=\pi r^2$,这里,圆的面积是随半径大小而变动的. 自然界和社会现象中,广泛存在着函数关系.

(二)相关关系

相关关系是指现象之间客观存在的、关系数值不确定的相互依存关系. 即在两个变量(或两个以上变量)之间,虽不存在严格的数量关系,但彼此存在着相互伴随的变动状态,并且在数量上表现为非确定性的对应关系. 当一个或几个变量发生数量上的变化时,另一个变量也会发生相应的变化,但没有一个惟一的数值与之相对应,而有一组不尽相同的因变量值与之对应,在一定范围内变动,这些因变量值分布在它们的平均值周围. 例如,居民储蓄存款与货币收入之间的关系. 一般说来,居民货币收入提高,储蓄存款也会相应提高. 但是影响储蓄存款的不单是居民货币收入一个因素,储蓄的种类、利率、服务质量、机构设置及生活习惯等,都会引起储蓄存款的变化,因此,收入相同的居民,存款并不一致. 但是,在一般情况下,随着居民货币收入的增加,储蓄存款会呈上升的趋势. 居民储蓄存款与货币收入之间的这种关系就称为相关关系.

相关关系与函数关系虽是两种不同的数量依存关系,但两者之间并无严格的界限. 在实践中,由于存在观察误差和测量误差,函数关系常常通过相关关系表现出来;在我们研究相关关系时,也常常要使用函数关系的形式来表现,以一定的函数关系式来反映相关关系的数量联系. 如果将相关关系扩展至所有的依存关系,那么可以说函数关系是相关关系的特例.

二、相关关系的种类

现象之间的相互关系很复杂,它们涉及的变动因素多少不同,作用方向不同,表现出来的形态也不同. 相关关系大体有以下几种分类:

(一) 正相关与负相关

按相关关系的方向分,可分为正相关和负相关. 当两个因素(或变量)的变动方向相同时,即自变量 x 值增加(或减少),因变量 y 值也相应地增加(或减少),这样的关系就是正相关,如家庭消费支出随收入增加而增加就属于正相关. 如果两个因素(或变量)变动的方向相反,即自变量 x 值增大(或减小),因变量 y 值随之减小

（或增大），则称为负相关. 如商品流通费用率随着商品经营规模的增大而逐渐降低就属于负相关.

（二）单相关与复相关

按自变量的多少分，可分为单相关和复相关. 单相关是指两个变量之间的相关关系，即所研究的问题只涉及到一个自变量和一个因变量，如职工的生活水平与工资之间的关系就是单相关. 复相关是指三个或三个以上变量之间的相关关系，即所研究的问题涉及若干个自变量与一个因变量，如同时研究成本、市场供求状况、消费倾向对利润的影响时，这几个因素之间的关系是复相关.

（三）线性相关与非线性相关

按相关关系的表现形态分，可分为线性相关与非线性相关. 线性相关是指在两个变量之间，当自变量 x 值发生变动时，因变量 y 值发生大致均等的变动. 它在相关图的分布上，近似地表现为直线形式. 比如，商品销售额与销售量即为线性相关. 非线性相关是指在两个变量之间，当自变量 x 值发生变动时，因变量 y 值发生不均等的变动. 它在相关图的分布上，表现为抛物线、双曲线、指数曲线等非直线形式. 比如，从人的生命全过程来看，年龄与医疗费支出呈非线性相关.

（四）完全相关、不完全相关与不相关

按相关程度分，可分为完全相关、不完全相关和不相关. 完全相关是指两个变量之间具有完全确定的关系，即因变量 y 值完全随自变量 x 值的变动而变动，它在相关图上表现为所有的观察点都落在同一条直线上，这时，相关关系就转化为函数关系. 不相关是指两个变量之间不存在相关关系，即两个变量变动彼此互不影响. 自变量 x 值变动时，因变量 y 值不随之作相应变动，如学生的统计学成绩与学生的身高之间，一般不存在相关关系. 不完全相关是指介于完全相关和不相关之间的一种相关关系，如农作物产量与播种面积之间的关系. 社会经济现象之间的关系大多是这种不完全相关关系.

各种相关关系可用图 8-1 来表示.

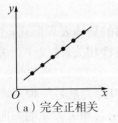　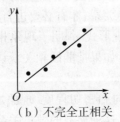　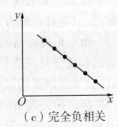

　　（a）完全正相关　　　　（b）不完全正相关　　　　（c）完全负相关

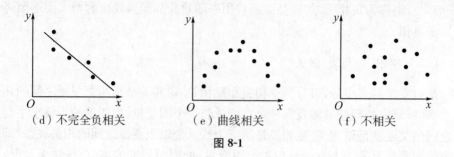

图 8-1

第二节 相 关 分 析

一、相关分析的意义

相关关系是相关分析研究的对象,相关分析是研究一个变量 y 与另一个变量 x 之间相关方向与相关密切程度的一种统计分析方法,它广泛地应用于经济现象分析,对于加强社会经济管理和进行经济预测都具有重要的意义.

统计分析的一项重要任务是,根据现象普遍联系和相互作用的原理来进行社会经济现象相互联系的分析研究. 对于二元总体和多元总体,我们关注:变量之间是否存在关系及关系的密切程度;如存在关系,那关系的具体形式是什么;根据一个变量的变动来估计另一个变量的变动. 相关分析就是研究两个或两个以上变量之间相互关系的统计方法,它是研究二元总体和多元总体的重要方法.

二、相关分析的主要目的和内容

相关分析的主要目的在于探求现象之间是否存在着相关关系以及相关关系的密切程度,进而消除偶然因素的影响,分析因素之间的具体数量变动关系或规律,并加以模型化,求出较佳的回归方程,用于估计与推算,进而为制定计划、决策提供统计资料. 根据这一目的,广义的相关分析应包括以下五个方面的内容:

(1)确定现象之间有无相关关系. 判断现象间是否存在依存关系是相关分析的起始点. 只有存在相互依存关系,才有必要进行相关分析.

(2)确定相关关系的表现形式. 判明了现象相关关系的具体表现形式,才能运用相应的相关分析法去研究. 如果把曲线相关误认为是线性相关,按线性相关进行分析,便会导致错误的结论.

(3)判定相关关系的方向和密切程度. 现象之间的相关关系是一种不严格的数量关系,相关分析就是要从这种松散的数量关系中,判定其相关关系的方向和密切程度.

(4) 为达到一定密切程度的相关关系建立适当的数学模型(通常称为回归方程),以确定自变量与因变量之间数量变化的规律性.

(5) 测定数学模型代表性大小,并根据自变量的数值,对因变量的数量变化做出具有一定概率保证度的推算和预测.

相关分析的内容很多,本章重点介绍一元线性相关中的主要内容.从严格意义上,人们把上述前三个方面的内容称为相关分析,把在此基础上进行的后两个方面的内容称为回归分析.

三、相关关系的判断

(一) 相关关系的定性分析

在进行相关分析之前,首先要分析现象之间是否存在相关关系,当现象之间确实存在相关关系时,才有进一步分析的必要,这一过程叫做定性分析.只有在定性分析的基础上,才能进一步从数量上测定现象之间的相关关系及相关的密切程度.这是判断相关关系的一种重要方法,也是相关分析的重要前提.

定性认识的准确程度的高低,主要取决于人们的理论知识、专业知识、实际经验和分析研究问题的能力.这是判断相关关系的基本方法.但是,有些现象间的关系难以通过定性分析来判断,有些现象间相关关系的表现形态不能肯定,可通过编制相关表和绘制相关图来对现象之间有无相关关系做出定量判断,这更有助于直观地分析判断现象之间相关关系的密切程度和表现形式.

(二) 相关表

将现象之间的相关关系,用表格来反映,这种表称为相关表.相关表的编制,一般以 x 为自变量,y 为因变量,每个自变量都有它相应的因变量,在表格中一一对应地排列.通过相关表可以初步分析相关关系的形式、密切程度和相关方向.

【例 8-1】 某一销售公司为了确定电视广告数与其产品销售量间是否相关,对 10 个城市进行调查,得到的原始资料见表 8-1.

表 8-1 电视广告数和销售量的原始资料

城市编号	A	B	C	D	E	F	G	H	I	J
电视广告数 x	12	6	9	15	11	15	8	16	12	6
产品销售量 y	7	5	10	14	12	9	6	11	11	8

根据以上原始资料,将电视广告数按从小到大的顺序排列,可编制相关表,如表 8-2 所示.

表 8-2　电视广告数和销售量相关表

电视广告数 x	6	6	8	9	11	12	12	15	15	16
产品销售量 y	5	8	6	10	12	7	11	9	14	11

从表 8-2 中,可以看出,随着电视广告数的提高,产品销售量也有相应提高的趋势,两者之间存在明显的正相关关系.

（三）相关图

相关图又称散点图,它是用直角坐标系的 x 轴代表自变量,y 轴代表因变量,将两个变量间相对应的变量值用坐标点的形式描绘出来,用以表明相关点分布状况的图形.通过相关图,可以大致看出两个变量之间有无相关关系以及相关的形态、方向和密切程度.根据表 8-2 的资料绘制的相关图如图 8-2 所示.

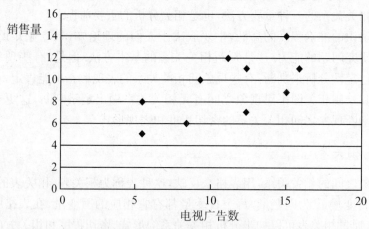

图 8-2　电视广告数和销售量相关图

四、相关关系的测定——相关系数

通过相关图表可以判断现象之间是否具有相关关系,但要想更具体地了解现象之间的相关密切程度,必须进一步测定相关系数.相关系数是测定两个变量之间是否存在直线相关关系以及相关关系的紧密程度、变动方向的较为完善的统计分析指标.

（一）相关系数的意义

相关系数是在直线相关条件下,说明两个现象之间线性相关的方向和密切程度的统计分析指标,通常用 r 表示.

相关系数比相关图更能概括表现相关的形式和程度.根据相关系数的大小,或把若干相关系数加以对比,可以发现现象发展中具有决定意义的因素.因而相关系数对于判断变量之间相关关系的密切程度,有其重要的作用.

r 是在线性关系中反映 x 与 y 变化关系密切程度的重要指标,其取值在 -1 到 $+1$ 之间. r 取正值表明 x 与 y 是正相关; r 取负值,表明 x 与 y 是负相关. $|r|$ 越接近于 0, x 与 y 之间直线相关程度越小; $|r|$ 的值越接近于 1, x 与 y 之间的相关程度越高.但需要注意的是, r 只表示 x 与 y 的直线相关密切程度.当 $|r|$ 很小甚至等于 0 时,并不一定表示 x 与 y 之间就不存在其他类型的关系.在这种情况下,用线性模型就不能解决问题了,而应该考虑该用其他更为合适的模型.

相关系数具有以下两个优点:

（1）它是一个系数,不受变量值水平和计量单位的影响,便于在不同的资料之间对相关程度进行比较.

（2） r 的数值有一定范围,即 $|r| \leqslant 1$. 当 $|r| = 1$ 时,表示 x 与 y 变量为完全相关;当 $|r| = 0$ 时,表示两变量不存在线性相关;当 $0 < |r| < 1$ 时,表示两变量存在不同程度的线性相关.由此可以确定一个对线性相关程度评价的标准.通常认为: $0 < |r| < 0.3$ 为微弱相关; $0.3 \leqslant |r| < 0.5$ 为低度相关; $0.5 \leqslant |r| < 0.8$ 为显著相关; $0.8 \leqslant |r| < 1$ 为高度相关.

（二）相关系数的计算

计算相关系数 r 的方法主要有两种.

1. 积差法

线性相关系数有多种计算方法.其中,应用最广泛的是皮尔逊（Pearson）相关系数（r）,其计算公式如下:

$$r = \frac{\sigma_{xy}^2}{\sigma_x \sigma_y} \tag{8-1}$$

式中: σ_x 为变量数列 x 的标准差; σ_y 为变量数列 y 的标准差; σ_{xy}^2 为变量数列 x 与 y 的协方差.其中

$$\sigma_x = \sqrt{\frac{\sum (x - \overline{x})^2}{n}}, \quad \sigma_y = \sqrt{\frac{\sum (y - \overline{y})^2}{n}}, \quad \sigma_{xy}^2 = \frac{\sum (x - \overline{x})(y - \overline{y})}{n}$$

据此,式（8-1）可写成下式:

$$r = \frac{\sum (x - \overline{x})(y - \overline{y})}{\sqrt{\sum (x - \overline{x})^2} \sqrt{\sum (y - \overline{y})^2}} \qquad (8\text{-}2)$$

由于式(8-1)是通过变量离差乘积之和的平均数来计算相关系数的,所以称为积差法公式.

现根据表8-3中的数据来说明相关系数的计算过程.

表 8-3　某企业销售额与流通费用相关表

年份	销售额(万元)	流通费用(万元)
1999	10	1.8
2000	16	3.1
2001	32	5.2
2002	40	7.7
2003	74	10.4
2004	120	13.3
2005	197	18.8
2006	246	21.2
2007	345	28.3

表 8-4　相关系数积差法计算过程表

序号	x	y	$(x-\overline{x})$	$(x-\overline{x})^2$	$(y-\overline{y})$	$(y-\overline{y})^2$	$(x-\overline{x})(y-\overline{y})$
1	10	1.8	−110	12100	−10.4	108.16	1144
2	16	3.1	−104	10816	−9.1	82.81	946.4
3	32	5.2	−88	7744	−7	49	616
4	40	7.7	−80	6400	−4.5	20.25	360
5	74	10.4	−46	2116	−1.8	3.24	82.8
6	120	13.3	0	0	1.1	1.21	0
7	197	18.8	77	5929	6.6	43.56	508.2
8	246	21.2	126	15876	9	81	1134
9	345	28.3	225	50625	16.1	259.21	3622.5
合计	1080	109.8	0	111606	0	648.44	8413.9

根据表8-4可得

$$\overline{x} = \frac{\sum x}{n} = \frac{1080}{9} = 120\ (万元), \qquad \overline{y} = \frac{\sum y}{n} = \frac{109.8}{9} = 12.2\ (万元)$$

$$r = \frac{\sum (x - \overline{x})(y - \overline{y})}{\sqrt{\sum (x - \overline{x})^2} \sqrt{\sum (y - \overline{y})^2}} = \frac{8413.9}{\sqrt{111606 \times 648.44}} = 0.9891$$

相关系数为 0.9891,说明该企业近年来销售额与流通费用之间有高度的线性正相关关系,也就是企业的销售额越高,相应的流通费用也越多.

2. 简捷计算方法

按照积差法公式计算相关系数 r 运算量较大,过程繁琐,实践中多采用由积差法公式推导出的简捷公式计算相关系数. 简捷公式为

$$r = \frac{n \sum xy - \sum x \sum y}{\sqrt{n \sum x^2 - (\sum x)^2} \sqrt{n \sum y^2 - (\sum y)^2}} = \frac{\overline{xy} - \overline{x} \, \overline{y}}{\sqrt{\overline{x^2} - \overline{x}^2} \sqrt{\overline{y^2} - \overline{y}^2}} \quad (8\text{-}3)$$

式中

$$\overline{x} = \frac{1}{n} \sum_{i=1}^{n} x_i, \quad \overline{y} = \frac{1}{n} \sum_{i=1}^{n} y_i, \quad \overline{x^2} = \frac{1}{n} \sum_{i=1}^{n} x_i^2, \quad \overline{y_i^2} = \frac{1}{n} y_i^2, \quad \overline{xy} = \frac{1}{n} \sum_{i=1}^{n} x_i y_i$$

此公式可由积差公式推导得出,推导过程读者可以自行完成. 仍以表 8-3 的数据为例,此公式的计算过程如下:

表 8-5　相关系数简捷法计算过程表

序列	x	y	x^2	y^2	xy
1	10	1.8	100	3.24	18
2	16	3.1	256	9.61	49.6
3	32	5.2	1024	27.04	166.4
4	40	7.7	1600	59.29	308
5	74	10.4	5476	108.16	769.6
6	120	13.3	14400	176.89	1596
7	197	18.8	38809	353.44	3703.6
8	246	21.2	60516	449.44	5215.2
9	345	28.3	119025	800.89	9763.5
合计	1080	109.8	241206	1988	21589.9

根据表 8-5 可得

$$n = 9, \quad \sum x = 1080, \quad \sum y = 109.8$$

$$\sum xy = 21589.9, \quad \sum x^2 = 241206, \quad \sum y^2 = 1988$$

$$r = \frac{9 \times 21589.9 - 1080 \times 109.8}{\sqrt{9 \times 241206 - 1080^2} \sqrt{9 \times 1988 - 109.8^2}} = \frac{75725.1}{76563.39} = 0.9891$$

计算结果与用基本公式计算结果相同.

五、应用相关分析的注意事项

(1) 进行相关分析要有实际意义. 不能对毫无关联的两个事物或现象作相关分析.

(2) 对相关分析的作用要正确理解. 相关分析只是以相关系数来描述两个变量间相关关系的密切程度和方向,并不能阐明两事物或现象间存在联系的本质.

(3) 相关程度很高不一定表示变量间有因果关系. 存在这么一种可能,两个变量同时受第三个变量的影响而使它们有很强的相关性,但是这两个变量间不存在因果关系. 相关关系并不一定就是因果关系,切不可单纯依靠相关系数的显著性来"证明"因果关系的存在. 要证明两事物间的因果关系,必须凭借专业知识从理论上加以阐明. 但是,当现象间的因果关系未被认识前,相关分析可为理论研究提供线索.

(4) 相关系数是用以说明线性联系程度的. 相关系数接近于 0 的变量间可能存在着非线性相关的关系.

第三节　回　归　分　析

一、回归分析的意义

"回归"(Regression)一词源于 19 世纪英国生物学家葛尔登(Francis Galton, 1822～1911)对人体遗传特征的实验研究. 他根据实验数据,发现个子高的双亲其子女也较高,但平均地来看,却不比他们的双亲高;同样,个子矮的双亲其子女也较矮,平均地看,也不如他们的双亲矮. 他把这种身材趋向于人的平均高度的现象为"回归",并作为统计概念加以应用,由此逐步形成有独特理论和方法体系的回归分析. 现今统计学的"回归"概念已不是原来生物学上的特殊规律性,而是指变量之间的依存关系.

相关分析可以分析现象之间相关关系的方向和相关的密切程度,但不能判断现象之间具体的数量变动依存关系,也不能根据相关系数来估计或预测因变量 y 可能出现的数值. 因此,为了探求经济变量之间的具体数量变动关系,一般在相关分析的基础上再进行回归分析.

回归分析就是对具有相关关系的两个变量之间关系形式的确定,即确定一个相关的数学表达式,以便进行估计或预测. 它实际上是相关现象间不确定、不规则的数量关系一般化、规则化. 其主要内容和步骤是:首先,根据理论和对问题的分析判断,将变量分为自变量和因变量;其次,设法找出合适的数学方程式(即回归模型)描述变量间的关系;由于涉及的变量具有不确定性,接着还要对回归模型进行统计检验;最后,利用回归模型,根据自变量去估计、预测因变量.

在回归分析中,根据实际资料建立的回归模型也有多种形式. 按自变量的多少可分为一元回归模型和多元回归模型;按变量之间的具体变动形式可以分为线性回归模型和非线性回归模型. 把这两种分类标志结合起来,就有一元线性回归模型和一元非线性回归模型,多元线性回归模型和多元非线性回归模型. 其中,一元线性回归模型是最简单的也是最基本的一种回归模型. 实际分析时应根据客观现象的性质、特点、研究目的和任务选取回归分析的方法.

二、 相关分析与回归分析的关系

相关分析和回归分析既有联系又有区别. 从广义上看,两者具有包含关系,两者都是研究随机现象的统计分析方法.

(一) 相关分析与回归分析的联系

1. 相关分析是回归分析的基础和前提

如果缺少相关关系,没有从定性上说明现象间是否具有相关关系,没有对相关关系的密切程度做出判断,就不能进行回归分析,即便勉强进行了回归分析,也是没有实际意义的.

2. 回归分析是相关分析的深入和继续

仅仅说明现象间具有密切的相关关系是不够的,只有进行了回归分析,拟合了回归方程,才可能进行有关分析的回归预测,相关分析才有实际的意义. 因此,如果仅有回归分析而缺少相关分析,将会因为缺乏必要的基础和前提而影响回归分析的可靠性;如果仅有相关分析而缺少回归分析,就会降低相关分析的作用. 在具体应用过程中,只有把两者结合起来,才能达到统计分析和研究的目的.

(二) 相关分析与回归分析的区别

(1) 相关分析所研究的两个变量是对等关系,回归分析所研究的两个变量不是对等关系,必须根据研究对象的性质和研究分析的目的,先确定其中一个是自变量,另一个是因变量.

(2) 对两个变量 x 和 y 来说,相关分析只能计算出一个反映两个变量间相关密切程度的相关系数,计算中改变 x 和 y 的地位不影响相关系数的数值. 回归分析具有方向性,两个变量之间是影响与被影响的关系,可以根据研究目的不同,建立两个不同的回归方程:以 x 为自变量,y 为因变量,可以得出 y 对 x 的回归方程;以 y 为自变量,x 为因变量,可得出 x 对 y 的回归方程.

(3) 相关分析对资料的要求是,两个变量必须是随机变量.而回归分析对资料的要求是,自变量是可以控制的变量(给定的变量),因变量是随机变量.将自变量的给定值代入回归方程后,所得到的因变量的估计值不是惟一确定的,而会表现出一定的随机波动性.

三、一元线性回归

在社会经济现象中,许多相互关联的两个变量之间存在着线性关系.例如家庭消费支出(y)与家庭收入(x)之间基本上是一种线性相关关系.虽然在很多情况下,影响因变量的因素不止一个,但在实际工作中,往往因客观条件的限制,或者出于研究的目的,需要突出其中某一个最重要因素,即只研究某一个自变量对因变量的影响.这是对经济过程的一种抽象,抓住主要矛盾,得到最有意义的结论.一元线性回归分析是所有回归分析的基础,多元回归分析和非线性回归分析都是从简单回归分析的基本理论上延伸发展起来的.

在相关分析中,通过计算相关系数,可以判断两个变量之间直线相关的紧密程度,但不能说明它们之间因果的数量关系.一元线性回归就是对具有显著线性相关的两个变量间数量变化的一般关系进行测定,拟合一个直线回归方程,以便于估计或预测的统计方法.

(一)一元线性回归的特点

(1) 两变量中,一个是自变量,一个是因变量.在进行回归分析时,必须先分析并确定哪个是自变量,哪个是因变量,这是回归分析的前提.

(2) 回归方程不是抽象的数字模型,而是用自变量数值推算因变量数值的根据,必须反映变量之间关系的一般变动情况.

(3) 对于没有明显因果关系的两个变量,可以确定两个不能互相替代的回归方程,一是以 x 为自变量,以 y 为因变量的回归直线方程;另一是以 x 为因变量,以 y 为自变量的回归直线方程,这两条回归直线方程斜率不同,意义不同.需要注意的是,一个回归方程只能作出一种推算,即只能根据自变量的取值推算因变量的可能值,不能反过来由因变量推算自变量,尽管在数学形式上这样计算是可能的,但在实际意义上却是不允许的.

(4) 直线回归方程系数即斜率有正有负,正回归系数表明两变量之间是正相关,负回归系数表明两变量之间是负相关,至于回归系数数值的大小,视原数列使用的计量单位而定,这不能表明两个变量之间的变动程度.

（5）计算回归方程的资料要求是，因变量为随机的，而自变量是给定的数值，求出回归方程后，将给定自变量值，代入方程中，推算出因变量的一般值或平均数值.

（二）一元线性回归模型的建立

当两个变量存在高度密切的线性相关关系时，就能进行一元线性回归分析. 一元线性回归分析的前提条件是，两个变量之间确实存在相关关系，而且其相关的密切程度必须是显著的. 如果变量之间不存在相关关系，回归分析就毫无意义. 相关程度高，回归预测的准确性才会高.

进行回归分析通常要设定一定的数学模型. 在回归分析中，最简单的模型是只有一个因变量和一个自变量的线性回归模型. 一元线性回归模型又称简单直线回归模型，它是根据成对的两个变量的数据而配合的直线方程. 一元线性回归预测是根据自变量的变动，来推算因变量发展趋势和水平的方法. 设有两个变量 x 和 y，变量 y 的取值随变量 x 取值的变化而变化，我们称 y 为因变量，x 为自变量；反之亦然. 一般来说，对于具有线性相关关系的两个变量，可以用一条直线方程来表示它们之间的关系.

1. y 依 x 回归方程

y 依 x 回归方程为

$$y_c = a + bx$$

式中：y_c 为 y 的估计值；a 为直线的起点值，它表示在没有自变量 x 的影响时，其他各种因素对因变量 y 的平均影响，在数学上称为纵轴截距；b 为自变量增加一个单位时因变量的平均增加值（当 b 为正数时，表示平均增加的数量；当 b 为负数时，表示平均减少的数量），数学上称为斜率，也称回归系数.

a、b 都叫待定参数，都是需要根据实际资料求解的数值. 一旦解出 a 和 b，变量之间的回归直线就确定下来了. 估计这些参数可以用不同的方法，统计中使用最多的是最小平方法. 应用最小平方法原理确定两个待定参数 a 和 b 的数值，配合数学模型，可以使实际与理论离差的代数和等于零，即

$$\sum (y - y_c) = 0$$

使离差的平方和为最小，即

$$\sum (y - y_c)^2 = 最小值.$$

因而用这个方法求出的回归线是原始资料的最合适线.

令

$$Q(a,b) = \sum (y - y_c)^2 = \sum (y - a - bx)^2$$

要使函数 $Q(a,b)$ 有极小值，则必须满足函数对参数 a、b 的一阶偏导等于 0，即

$$\begin{cases} \dfrac{\partial Q}{\partial A} = 0 \\ \dfrac{\partial Q}{\partial b} = 0 \end{cases}$$

即

$$\begin{cases} \sum 2(y - a - bx)(-1) = 0 \\ \sum 2(y - a - bx)(-x) = 0 \end{cases}$$

整理得标准方程组

$$\begin{cases} \sum y = na + bx \\ \sum xy = a\sum x + b\sum x^2 \end{cases}$$

解该方程组得

$$\begin{cases} b = \dfrac{n\sum xy - \sum x\sum y}{n\sum x^2 - (\sum x)^2} = \dfrac{\overline{xy} - \overline{x} \cdot \overline{y}}{\sigma_x^2} \\ a = \dfrac{\sum y}{n} - b\dfrac{\sum x}{n} = \overline{y} - b\overline{x} \end{cases} \qquad (8\text{-}4)$$

其中

$$\overline{xy} = \frac{\sum xy}{n}$$

该一元线性回归方程具有以下五个方面的特征:

(1) 回归直线是一条平均线.

(2) 实际值与估计值之差的平方和最小,即 $\sum (y - y_c)^2$ 取最小值.

(3) 实际值与估计值的离差之和为零,即 $\sum (y - y_c) = 0$.

(4) 回归直线 $y_c = a + bx$ 必定经过 x 与 y 的交点,即点 (x, y).

(5) 回归直线的走向由 b 决定. 当 $b > 0$,直线走向是由左下角至右上角,两变量为线性正相关;当 $b < 0$,直线走向是由左上角至右下角,两变量为线性负相关;当 $b = 0$,直线平行于 x 轴,说明 x 与 y 之间无线性相关关系.

2. x 依 y 回归方程

在两个变量互为因果的情况下,还可以拟合 x 依 y 的回归方程,其基本形式是

$$x_c = c + dy$$

式中:x_c 为 x 的估计值;c 为直线的起点值,它表示在没有自变量 x 的影响时,其他各种因素对因变量 y 的平均影响,在数学上称为纵轴截距;d 为自变量增加一个单位时因变量的平均增加值(当 d 为正数时,表示平均增加的数量;当 d 为负数时,表

示平均减少的数量),数学上称为斜率,也称回归系数.

c 和 d 两个参数的求法与 y 依 x 回归方程中 a 和 b 两个参数的求法完全一致. 同理,可得 x 依 y 回归方程的两个参数的公式是

$$\begin{cases} d = \dfrac{n\sum yx - \sum y \sum x}{n\sum y^2 - (\sum y)^2} \\ c = \dfrac{\sum x}{n} - d\dfrac{\sum y}{n} = \overline{x} - d\overline{y} \end{cases} \quad (8\text{-}5)$$

(三) 一元线性回归模型的应用

现仍以表 8-3 的资料,建立一元线性回归模型.

将表 8-6 的计算数据代入参数 a、b 的最小二乘估计方程:

$$b = \frac{n\sum xy - \sum x \sum y}{n\sum x^2 - (\sum x)^2} = \frac{9 \times 21589.9 - 1080 \times 109.8}{9 \times 241206 - 1080^2} = 0.075$$

$$a = \frac{\sum y}{n} - b\frac{\sum x}{n} = \frac{109.8}{9} - 0.075 \times \frac{1080}{9} = 3.2$$

一元线性回归模型为

$$y_c = 3.2 + 0.075x$$

表 8-6　回归估计值计算表

序列	x	y	x^2	y^2	xy	回归估计值 y_c
1	10	1.8	100	3.24	18	3.95
2	16	3.1	256	9.61	49.6	4.4
3	32	5.2	1024	27.04	166.4	5.6
4	40	7.7	1600	59.29	308	6.2
5	74	10.4	5476	108.16	769.6	8.75
6	120	13.3	14400	176.89	1596	12.2
7	197	18.8	38809	353.44	3703.6	17.975
8	246	21.2	60516	449.44	5215.2	21.65
9	345	28.3	119025	800.89	9763.5	29.075
合计	1080	109.8	241206	1988	21589.9	109.8

这个回归方程的意义是:根据该企业近九年的销售额与流通费用资料求出的回归方程表明,销售额每增加 1 万元,相应流通费用平均增加 0.075 万元. 根据这

个方程把该企业近九年的销售额 x 值逐项代入,就可以计算出对应的流通费用估计值 y_c,已列入表 8-6 最末一栏.如果将这些估计值画成图形,并将其连接就形成一条向上升的直线,其斜率为 0.075,其截距为 3.2.

当给定一个自变量值(即销售额)时,利用所计算出来的回归方程,可以估计因变量的值(流通费用).例如当销售额增加到 500 万元时,可推算出流通费用约为

$$y_c = 3.2 + 0.075x = 3.2 + 0.075 \times 500 = 40.7 \,(\text{万元})$$

回归系数 b 与相关系数 r 既有区别又有联系,它们是两个不同的计量指标,但是又存在着下面的数量关系(由前面的公式可推导出):

$$b = r\frac{\sigma_y}{\sigma_x} \quad \text{或} \quad r = b\frac{\sigma_x}{\sigma_y} \tag{8-6}$$

式(8-6)表明相关系数与回归系数的变化方向是相同的,即相关系数越大,回归系数也越大;反之越小.又由于 $\frac{\sigma_y}{\sigma_x} > 0$,所以 b 和 r 具有相同的正负符号,即 r 大于 0 时,b 也大于 0.相关系数 r 大于 0,说明 x 和 y 是正相关的,此时回归直线是向上倾斜的,因此直线的斜率 b 也大于 0.反之,当 r 小于 0 时,b 也小于 0.

四、估计标准误差

(一) 估计标准误差的意义

回归方程的一个重要作用在于根据自变量的已知值推算因变量的可能值 y_c,这个可能值或称估计值、理论值、平均值,它和实际值 y 可能一致,也可能不一致,因而就产生了估计值的代表性问题.y_c 值与 y 值一致,表明推断准确;y_c 值与 y 值不一致,表明推断不够准确.显而易见,将一系列 y_c 值与 y 值加以比较,可以发现其中存在着一系列离差,有的是正差,有的是负差,还有的为零.而回归方程的代表性如何,一般是通过计算估计标准误差指标来加以检验的.估计标准误差指标是用来说明回归方程代表性大小的统计分析指标,它说明观察值围绕着回归直线的变化程度或分散程度,也简称为估计标准差或估计标准误差,其计算原理与标准差基本相同.估计标准误差说明理论值(回归直线)的代表性.若估计标准误差小,回归方程准确性高,代表性大;反之,估计不够准确,代表性小.

(二) 估计标准误差的计算

1. 离差法

根据因变量实际值和估计值的离差计算估计标准误差,基本公式为

$$S_{yx} = \sqrt{\frac{\sum (y - y_c)^2}{n - 2}}$$

式中，$n-2$ 是自由度. 因为在公式

$$\sum (y-y_c)^2 = \sum (y-a-bx)^2$$

中，参数 a、b 是由实际资料计算出的，所以就丧失了两个自由度. 公式中 S_{yx} 是估计标准误差，其下标表示 y 依 x 而回归的方程. y 是因变量实际值，y_c 是根据回归方程推算出来的因变量估计值.

由于实际运用时变量值资料很多，所以计算公式中自由度的考虑就不一定太迫切和要紧，当 $n \geqslant 30$ 时，分母用 n 与 $n-2$ 区别不大，因而估计标准误差的计算公式可写成

$$S_{yx} = \sqrt{\frac{\sum (y-y_c)^2}{n}}$$

现根据表 8-6 所示的资料，编制估计标准误差计算表，说明估计标准误差的计算方法. 计算见表 8-7.

表 8-7 估计标准误差计算表

y	回归估计值 y_c	$y-y_c$	$(y-y_c)^2$
1.8	3.95	-2.15	4.6225
3.1	4.4	-1.3	1.69
5.2	5.6	-0.4	0.16
7.7	6.2	1.5	2.25
10.4	8.75	1.65	2.7225
13.3	12.2	1.1	1.21
18.8	17.975	0.825	0.6806
21.2	21.65	-0.45	0.2025
28.3	29.075	-0.775	0.6006
109.8	109.8	0	14.1441

$$S_{yx} = \sqrt{\frac{\sum (y-y_c)^2}{n}} = \sqrt{\frac{14.1441}{9}} \approx 1.25$$

计算结果表明，回归方程的回归估计标准误差为 1.25. 回归估计标准误差越大，说明估计值 y_c 与实际值 y 之间的平均离差程度越大，则估计值 y_c 的代表性越差；回归估计标准误差越小，说明估计值与实际值之间的平均离差程度越小，则估计值 y_c 的代表性越好. 回归估计标准误差为 0，说明所有相关点都在回归直线上.

2. 参数法

利用参数 a、b 的估计值，可以计算出一元线性回归的估计标准误差，其计算公

式为

$$S_{yx} = \sqrt{\frac{\sum y^2 - a\sum y - b\sum xy}{n}}$$

由于确定直线回归方程,参数 a、b 及 $\sum x^2$、$\sum xy$、$\sum y$ 等都已掌握,从而计算工作量就大大简化了. 仍以表 8-5 为例:

$$n = 9, \quad \sum y = 109.8, \quad \sum xy = 21589.9$$

$$\sum y^2 = 1988, \quad a = 3.2, \quad b = 0.075$$

$$S_{yx} = \sqrt{\frac{\sum y^2 - a\sum y - b\sum xy}{n}}$$

$$= \sqrt{\frac{1988 - 3.2 \times 109.8 - 0.075 \times 21589.9}{9}} \approx 1.39$$

两种方法计算出来的结果有差异,是因为计算过程中的四舍五入原因所造成的.

(三) 估计标准误差与相关系数的关系

估计标准误差和相关系数存在着紧密的关系. 当 S_{yx} 值渐小时,r 值渐大,两者的变化方向是相反的. S_{yx} 值越小,各相关点离回归直线越近,相应的 r 就越渐近于 ± 1,表明相关关系很密切. 估计标准误差和相关系数的关系用数学模型表示为

$$S_{yx} = \sigma_y \sqrt{1 - r^2} \quad \text{或} \quad r^2 = 1 - \frac{S_{yx}^2}{\sigma_y^2} \quad \text{或} \quad r = \pm\sqrt{1 - \frac{S_{yx}^2}{\sigma_y^2}}$$

若 $S_{yx} = 0$,r 值就是 ± 1,此时为完全相关. S_{yx} 值越大,r 值越小,从图像上看到,相关点离回归直线就远些. 若 $S_{yx} = \sigma_y$(即 $r = 0$),表明回归直线和因变量(y)数列的平均线相重合,变量 x 与变量 y 就不相关了. 若 S_{yx} 介于 0 与 σ_y 之间,相关系数介于 $+1$ 与 -1 之间,属于完全相关与不相关之间. S_{yx} 接近于 0,则各实际观察点非常靠近回归直线,说明现象的相关程度也非常高.

(四) 估计标准误差与一般标准差的异同

回归估计标准误差与一般标准差的计算原理是一致的,两者都是反映平均差异程度和表明代表性的指标. 一般标准差反映的是各变量值与其平均数的平均差异程度,表明其平均数对各变量值的代表性高低;回归估计标准误差反映的是因变量各实际值与其估计值之间的平均差异程度,表明其估计值对各实际值的代表性高低,其值越小,估计值 y_c(或回归方程)的代表性越高,用回归方程估计或预测的结果就越准确;反之,代表性越低,准确性越低.

五、运用回归分析的注意事项

用回归方程分析变量之间的变动关系,是一种科学的方法,在计算和应用时,应注意如下几点:

(1) 在定性分析的基础上进行定量分析,是保证正确运用回归分析的必要条件.

(2) 在回归方程中,回归系数的绝对值只能表示自变量与因变量之间的联系程度的大小.

(3) 应用回归分析方法进行推算或预测时要注意条件的变化.

(4) 注意社会经济现象的复杂性.

(5) 在进行回归分析时,最好要与相关分析、估计标准误差相结合.

案例分析

兴华钢铁厂产品成本分析

1. 选题

最近几年来,兴华钢铁厂狠抓成本管理,提高经济效益,在降低原材料和能源消耗、提高劳动生产率以及增收节支等方面,取得了显著成绩,单位成本有明显下降,基本扭转了亏损局面.但是各月单位成本起伏很大,有的月份盈利,有的月份利少甚至亏损.为了控制成本波动,指导今后的生产经营,该厂统计科进行了产品成本分析.

2. 资料的搜集整理分析

首先,研究单位成本与产量的关系,详细资料见表8-8.

表 8-8　产品产量及单位成本

年　月	产品产量(吨)	单位产品成本(元)	出厂价(元/吨)
上年1月	810	670	750
2月	547	780	750
3月	900	620	750
4月	530	800	750
5月	540	780	750
6月	800	675	750
7月	820	650	730

年　　月	产品产量(吨)	单位产品成本(元)	出厂价(元/吨)
8 月	850	620	730
9 月	600	735	730
10 月	690	720	730
11 月	700	715	730
12 月	860	610	730
今年 1 月	920	580	720
2 月	840	630	720
3 月	1000	570	720

从表 8-8 可以看出,产品的单位成本波动很大,在 15 个月中,最高的上年 4 月单位成本达 800 元,最低的今年 3 月单位成本为 570 元,全距是 230 元,上年 2 月、4 月、5 月、9 月等 4 个月成本高于出厂价,出现亏损,而今年 3 月毛利率达到20.8%((720-570)÷720×100%).

成本波动大的原因是什么呢? 从表 8-8 可以发现,单位成本的波动与产量有关.上年 4 月成本最高,而产量最低,今年 3 月成本最低,而产量最高,去年亏损的 4 个月,产量普遍偏低.这显然是个规模效益问题.成本可以分为变动成本和固定成本两部分,根据兴华钢铁厂的实际情况,变动成本主要包括原材料及能源消耗、工人工资、销售费用、税金等,固定成本主要包括折旧费用、管理费用和财务费用.在财务费用中,绝大部分是贷款利息,由于贷款余额大,在短期内无力偿还,所以每个月的贷款利息支出基本上是一项固定开支,不可能随产量的变动而变动,故将贷款利息列入固定成本之中.从目前情况看,在成本构成中,固定成本所占比重较大,每月产量大,分摊在单位产品中的固定成本就小,如果产量小,分摊在单位产品中的固定成本就大,所以每月产量的多少,直接影响单位成本的波动.

为了论证单位成本与产量之间是否存在相关关系,并找出其内在规律,以指导今后的工作,现计算相关系数,并建立回归方程.

列表整理资料,见表 8-9,为便于比较,15 个月的资料按产量排序.

表 8-9　产品产量与单位成本的回归计算表

序号	产品产量 x(吨)	单位产品成本 y(元)	x^2	y^2	xy
1	530	800	280900	640000	424000
2	540	780	291600	608400	421200
3	547	780	299209	608400	426660

序号	产品产量 x(吨)	单位产品成本 y(元)	x^2	y^2	xy
4	600	735	360000	540225	441000
5	690	720	476100	518400	496800
6	700	715	490000	511225	500500
7	800	675	640000	455625	540000
8	820	670	656100	448900	542700
9	820	650	672400	422500	533000
10	840	630	705600	396900	529200
11	850	620	722500	384400	527000
12	860	610	739600	372100	534600
13	900	620	810000	384400	558000
14	920	580	846400	336400	533600
15	1000	570	1000000	324900	570000
合计	11407	10155	8990409	6952775	7568260

首先计算相关系数.

$$r=\frac{n\sum xy-\sum x\sum y}{\sqrt{n\sum x^2-\left(\sum x\right)^2}\sqrt{n\sum y^2-\left(\sum y\right)^2}}$$

$$=\frac{15\times 7568260-11407\times 10155}{\sqrt{15\times 89990409-(11407)^2}\sqrt{15\times 6952775-(10155)^2}}=-0.98$$

计算结果表明,单位成本与产量之间,存在着高度负相关,相关系数为 -0.98. 设各月产品产量为自变量 x,单位成本为因变量 y,按资料作散点图,图形呈直线趋势,配合直线方程式

$$y_c=a+bx$$

上式称为单位成本 y 对产量 x 的回归直线,也称为 y 依 x 的回归方程. 回归直线的斜率 b 称为回归系数,它表示当 x 增加一个单位时 y 的平均增加量,说明存在回归关系的两个变量间的数量关系. 式中 a 为直线方程的常数项,就是说,当 $x=0$ 时,y $=a$,所以,a 为 $x=0$ 时直线在 y 轴上的截距.

根据最小平方法求 a、b 两个参数:

$$\begin{cases} b = \dfrac{n\sum xy - \sum x\sum y}{n\sum x^2 - \left(\sum x\right)^2} = \dfrac{15 \times 7568260 - 11407 \times 10155}{15 \times 8990409 - (11407)^2} = -0.49 \\[4mm] a = \dfrac{\sum y}{n} - b\dfrac{\sum x}{n} = \dfrac{10155}{15} - (-0.49) \times \dfrac{11407}{15} = 1049 \end{cases}$$

可得

$$y_c = a + bx = 1049 - 0.49x$$

  计算结果表明,产品产量每增加 1 吨,单位成本可以下降 0.49 元,设某月产量 x 为 1100 吨,则单位产品成本

$$y_c = 1049 - 0.49x = 1049 - 0.49 \times 1100 = 510 \,(元)$$

若 $x = 600$ 吨,则

$$y_c = 1049 - 0.49x = 1049 - 0.49 \times 600 = 755 \,(元)$$

3. 分析报告

  最近几年我厂狠抓成本管理,提高经济效益,基本上扭转了亏损局面,但各月单位成本波动很大,有的月份仍出现亏损. 从表 8-8 可知自去年 1 月至今年 3 月的 15 个月中,有 4 个月的单位成本超过出厂价,有些月份的单位成本则比较低,可以获得 10%～20% 的利润.

  各月单位成本产生波动的原因是什么呢? 从近 15 个月的资料看,单位成本的高低与产量有关,两者成反比. 即产量高,成本低;产量低,成本高. 经过相关分析,单位成本与产量之间存在高度负相关,相关系数为 -0.98.

  我厂当前单位成本与产量的关系如此密切,主要有两个原因:一个原因是一般的规模效益. 在单位成本中包含变动成本和固定成本两个部分,分摊到每个单位产品上的固定成本,是随产量的变化而变化的. 产量多,分摊到每个单位产品上的固定成本就少;产量少,分摊到每个单位产品上的固定成本就多. 另一个原因是贷款利息支出大,增大了固定成本. 在正常情况下,贷款的多少是随产量变化而变化的,贷款利息应该计算在变动成本中,可是现在贷款余额大,短期内又无偿还能力,银行利息成为每个月固定开支的费用,因此,它成为固定成本的重要组成部分.

  为了有效地控制成本,不断提高经济效益,除继续采取措施增收节支之外,还必须努力增加产量和销售量,增加产量是降低单位成本的重要途径.

  为了掌握在不同产量条件的单位成本,我们根据实际情况建立了单位成本对产量的回归方程

$$y_c = a + bx = 1049 - 0.49x$$

回归方程表明,产品产量每增加 1 吨,单位成本可以下降 0.49 元.

  设月产量 x 为 700 吨,则单位成本为

$$y_c = 1049 - 0.49x = 1049 - 0.49 \times 700 = 706 \text{（元）}$$

即月产量达到 700 吨以上的规模,按目前的出厂价格,可以保持较好的经济效益.

4. 启示

(1) 规模效益是企业生产经营中的一条规律,人们认识了这条规律,特别是像兴华钢铁厂这样,结合本企业的实际情况,具体计算产量与单位成本之间的相关系数和回归方程,将规模效益量化,就能够更自觉地应用规模效益这条规律,指导生产经营,从而促进提高经济效益.

(2) 本案例应用统计资料和统计方法揭示规律,说明规模效益在兴华钢铁厂当时条件下的具体表现,用以指导生产经营,促进提高经济效益.这说明统计在企业经营管理中具有重要的作用.

思考与训练

一、单项选择题

1. 下列属于相关现象的是( ).

A.居民收入与储蓄存款   B.某种商品的销售额与销售价格

C.电视机产量与啤酒产量   D.总产出和社会产品产量

2. 下列关系中属于负相关的有( ).

A.居民收入与服务消费支出   B.居民收入与精神文化消费支出

C.居民收入与食品消费支出所占比重   D.居民收入与高档消费品支出

3. 下列关系中属于正相关的有( ).

A.总成本与原材料消耗量   B.总产量与单位产品成本

C.总产量与总成本   D.居民收入与消费支出

4. 对具有因果关系的现象进行回归分析时( ).

A.只能将原因作为自变量   B.只能将结果作为自变量

C.两者均可作为自变量   D.没有必要区分自变量

5. 直线回归方程 $y_c = 50 + 2.6x$ 中,2.6 表示( ).

A.$x = 0$ 时的均值为 2.6

B.$x = 1$ 时的均值为 2.6

C.x 每增加一个单位,y 总的增加 2.6 个单位

D.x 每增加一个单位,y 平均增加 2.6 个单位

6. 由同一资料计算的相关系数 r 与回归系数 b 之间的关系是( ).

A.r 大 b 也大   B.r 小 b 也小

C.r 与 b 符号相反   D.r 与 b 同符号

7. $r=0$ 表示(   ).

A. 不存在相关关系   B. 存在平衡关系

C. 两变量独立   D. 不存在线性相关关系

8. 一个因变量与多个自变量的依存关系是(   ).

A. 单相关   B. 线性相关   C. 非线性相关   D. 复相关

9. 变量之间的相关程度越低,则相关系数的数值(   ).

A. 越小   B. 越接近于 0   C. 越接近于 -1 D. 越接近于 1

10. 估计标准误差说明回归直线的代表性,因此(   ).

A. 估计标准误差数值越大,说明回归直线的代表性越大

B. 估计标准误差数值越大,说明回归直线的代表性越小

C. 估计标准误差数值越小,说明回归直线的代表性越小

D. 估计标准误差数值大小与回归直线的代表性无关

二、简答题

1. 简述相关关系的概念、特点及种类.

2. 相关系数和回归系数的区别和联系是什么?

3. 回归分析的实质是什么? 为什么进行了相关分析还需要进行回归分析?

4. 举出自己所学专业中可以进行回归分析的例子,建立回归方程,解释方程中参数的经济意义,判断这些参数是否符合实际.

三、技能实训题

【实训 1】 为研究数学考试成绩与统计考试成绩之间的关系,现从某学校中随机抽取 10 人进行调查,所得结果见表 8-10.

表 8-10

学生编号	1	2	3	4	5	6	7	8	9	10
数学成绩	86	90	79	76	83	96	68	80	76	60
统计成绩	81	91	63	81	81	96	67	90	78	54

要求:(1)根据所给的数据绘制相关图,判断数学考试成绩与统计考试成绩之间的相关形态;

(2)计算数学考试成绩与统计考试成绩之间的相关系数.

【实训 2】 银行为了了解居民每年收入与储蓄的关系,以便制定发展存款业务计划,对月收入在 $500\sim2000$ 元的 100 个居民进行了调查. 设月收入为 x(元),储蓄金额为 y(元),经初步整理与计算,得到如下结果:

$$\sum x = 1239, \quad \sum y = 879, \quad \sum xy = 11430, \quad \sum x^2 = 17322$$

要求:确定以储蓄金额为因变量的直线回归方程,并解释 b 的意义.

【实训 3】 某企业某种产品产量与单位成本资料见表 8-11.

表 8-11

月　　份	1	2	3	4	5	6
产量(千件)	2	3	4	3	4	5
单位成本(元/件)	73	72	71	73	69	68

要求:(1)计算产品产量与单位成本的相关系数;

　　　(2)确定单位成本对产量的直线回归方程,并说明回归系数 b 的含义;

　　　(3)如产量为 6000 件时,单位成本为多少?

【实训 4】 某班学生统计学的学习时间与成绩的整理资料见表 8-12.

表 8-12

每周学习时数(小时)	学习成绩(分)
4	40
6	60
7	50
10	70
13	90

要求:(1)计算出学习时数与学习成绩之间的相关系数;

　　　(2)建立直线回归方程;

　　　(3)计算估计标准误差.

第九章　统计分析报告

本　章　要　点

1. 了解统计分析报告的概念、特点与种类.
2. 掌握统计分析报告的内容与结构.
3. 学会统计分析报告的撰写.

第一节　统计分析报告的意义

一、统计分析报告的概念和特点

(一) 统计分析报告的概念

统计分析报告是根据统计学的原理和方法,运用大量统计数据来反映、研究和分析社会经济活动的现状、成因、本质和规律,并做出结论,提出解决问题办法的一种统计应用文体.

对统计分析报告概念的理解应注意以下四点:

(1) 统计分析是统计分析报告写作的前提和基础.要写好统计分析报告,必须首先做好统计分析.

(2) 统计分析报告要遵循统计学的基本原理和方法.

(3) 统计分析报告的基本特色是运用大量的统计数据.无论是通过研究去认识事物,还是通过反映去表现事物,都要运用统计数据.统计部门这一巨大的"数据库"为统计分析提供了丰富的资料来源,写统计分析报告就应充分运用这个资料源,而且要用好、用活.运用大量的统计数据,是统计分析报告与其他文体最明显的区别.可以说,没有统计数字的运用,就不称为统计分析报告.

(4) 作为一种文体,统计分析报告要遵循一般文章写作的普遍规律和要求,同

时,在写作格式、写作方法、数据运用等方面也有自身的特点和要求.

(二)统计分析报告的特点

(1)运用一整套统计特有的科学分析方法(如对比分析法,动态分析法,因素分析法、统计推断等),结合统计指标体系,全面、深刻地研究和分析社会经济现象的发展变化.

(2)注重定量分析,从数量方面来表现事物的规模、水平、构成、速度、质量、效益等情况,运用数字语言(包括运用统计表和统计图)来描述和分析社会经济现象的发展情况,让统计数字来说话,通过确凿、详实的数字和简练、生动的文字进行说明和分析.把定量分析与定性分析结合起来.

(3)具有很强的针对性.针对各级党政领导和社会各界普遍关心的难点、热点、焦点问题进行分析,只有这样才能有的放矢.

(4)注重准确性和时效性.准确是统计分析报告乃至整个统计工作的生命.统计分析报告的准确性除了数字准确,不能有丝毫差错,情况真实,不能有虚假之外,还要求论述有理,不能违反逻辑;观点正确,不能出现谬误;建议可行,不能脱离实际.统计分析报告具有很强的时效性.失去了时效性,也就失去了实用性,统计分析报告写得再好,也成了无效劳动.要保证统计分析报告的时效性,就要争取"雪中送炭",避免"雨后送伞",把统计分析报告提供在领导决策之前和社会各界需要之时.

(5)具有很强的实用性.统计分析报告是统计工作的最终成果,它不但包含了统计数据反映的信息;更为重要的是,它还能进行分析研究,能进行预测,能指出工作中的不足和问题,能提出有益于今后工作的措施和建议,从而直接满足党政领导和社会各界在了解形势、制定政策、编制计划、经营管理、检查监督、总结评比、科研教学等方面的实际需要.

统计分析报告在结构上的突出特点是脉络清晰、层次分明.一般是先摆数据、事实,进行各种科学的分析,进而揭明问题,亮出观点,最后有针对性地提出建议、办法和措施.统计分析报告的行文,通常先后有序,主次分明,详略得当,联系紧密,做到统计资料与基本观点统一,结构形式与文章内容统一,数据、情况、问题和建议融为一体.

二、统计分析报告的作用

(一)有利于衡量统计工作水平,促进统计工作的发展

统计分析报告是统计工作的最终成果.高质量的统计分析报告,来自高质量的统计设计、统计调查、统计整理、统计分析和统计写作.如果仅有较好的写作水平,

各种统计工作都是低质量的,也不可能产生高质量的统计分析报告.所以,统计分析报告的质量如何,也就反映了统计工作水平如何,这是一个非常重要的综合标准.另外,在统计分析报告的写作过程中,能有效地检验统计工作各个环节的工作质量,发现问题,及时改进,使统计工作得到改善、加强和提高.

(二)是党政领导决策的重要依据

现代社会经济管理必须科学决策,而科学的决策又必须依据准确、真实的统计数据.统计分析报告把原始资料信息加工成决策信息,比一般的统计资料更能深入地反映客观实际,更便于党政领导和社会各界接受利用.因而,统计分析报告是党政领导决策的重要依据.

(三)是统计服务与统计监督的主要手段

统计分析报告把数据、情况、问题、建议等融为一体,既有定量分析,又有定性分析,比一般的统计数据更集中;更系统、更鲜明、更生动地反映了客观实际,又便于人们阅读、理解和利用,是表现统计成果的好形式与传播统计信息的有效工具,自然也就成了统计服务与统计监督的主要手段.

(四)有利于锻炼提高统计工作人员的业务素质

经常撰写统计分析报告,能全面增长统计人员的才干,提高他们的理论水平、业务水平和分析问题的能力.总之,写好统计分析报告十分重要.

三、统计分析报告的分类

统计分析报告的应用是很广泛的.由于它主要是报告社会经济情况的一种文体,因而属于应用文范畴.统计分析报告可以从不同角度来划分种类.

(1)按统计领域分,可分为工业、农业、商业、科技、教育、文化、卫生、体育、人口、财政、金融、政法、人民生活、国民经济综合核算等统计分析报告.

(2)按写作对象的层次划分,可分为微观、中观和宏观统计分析报告.对于微观、中观、宏观的划分,目前尚无统一的标准.一般来讲,基层企事业单位、村、家庭及个人,属于社会经济的细胞,可视为微观;乡镇、县一级可视为中观;而地(市)及地(市)以上的地区和部门,由于地域较广,社会经济门类比较复杂,需要较多地注意平衡关系,可视为宏观.

(3)按内容范围分,可分为综合与专题统计分析报告.综合统计分析报告是研究和反映一个地区、部门或单位的全面情况的分析报告.这种分析报告,一般是定期的.所谓综合,既包含各方面的意思,也包含综合方法的意思.专题统计分析报

告,是研究和反映某一方面或某个专门问题的分析报告.专题统计分析报告有定期的,也有不定期的,而以不定期的较多.

(4)按照时间长度分,可分为定期与不定期的统计分析报告.定期统计分析报告,一般是利用当年的定期统计报表制度的统计资料来定期研究和反映社会经济情况.根据期限不同,定期统计分析报告又可分为日、周、旬、半月、月度、季度、上半年、年度等统计分析报告.不定期的统计分析报告,主要用于研究和反映不需要经常性定期调查的社会经济情况.

(5)按写作类型分,可分为说明型、快报型、计划型、总结型、公报型、调查型、分析型、研究型、预测型、资料型、信息型、微型、综合型、文学型、系列型等十五种类型的统计分析报告.

第二节 统计分析报告的类型

一、说明型

这是对统计报表进行说明的统计分析报告,亦称为"文字说明",也就是我们通常所说的报表说明.这种说明,主要是对报表的数据作文字的补充叙述,配合报表进一步反映社会经济情况.这种补充叙述主要是针对报表中某些变化较大的统计数字,可以帮助本单位领导审查报表,以保证数字的质量.这是说明型统计分析报告的基本作用.它只附属统计报表,不能独立成篇,也无完整的文章形式.但由于它也具备统计分析报告的基本特点,我们可以把它看成是统计分析报告的雏形.

写这种说明型统计分析报告,并没有严格的要求,但要掌握以下几个要点:

(1)文字说明的情况要与统计报表的情况有关,与报表无关的内容不应写进文字中.

(2)写文字说明时,既可以对整个报表做综合说明,也可以只对报表中的某些统计数字加以说明.

(3)在写文字说明时,可做出简要的分析,但不宜论述过多.如需要深入研究,应另写专题分析.

(4)说明型统计分析报告没有标题,也一般没有开头和结尾.文中的各个段落,各有其独立的内容,结构呈并列式.最好用"一、二、三、四……"来分段叙述,使说明更有条理、更清晰.

(5)文字要简明,直截了当.全篇文字一般为五六百字,多者为一千字左右.

二、快报型

这是一种期限短、反映快的统计分析报告,一般按日、周、旬、半月定期写作.快报型统计分析报告的突出特点是一个"快"字.按日写作的统计分析报告,常在第二天上午上班不久就要递交主管领导.以此类推.由于这种快的特点,快报型统计分析报告,常用于反映生产进度、工程进度等,便于领导了解情况,对生产和工作进行及时指导,所以快报型统计分析报告在企业用得比较普遍.

快报型统计分析报告的写作特点如下:

(1)统计指标要少而精.因为它是一种简要的统计分析报告,指标项目要少,但要有代表性,能反映各个主要方面的数量情况.

(2)要有连续性.为了观察进度的连续变化和便于对比,分析报告中的指标项目要相对稳定.

(3)标题要基本固定.例如:《我厂一月上旬生产情况简析》、《我厂一月中旬生产情况简析》

(4)结构多是简要式.通常全文分两部分:前面列出反映情况的主要数字,接着写文字情况.

(5)在文字上,要简明扼要,全篇文字在一千字以下,日分析报告二三百字亦可.

三、计划型

这是检查计划执行情况的统计分析报告,按月、季、半年和年度检查计划执行情况的定期统计分析报告,都属于计划型.

计划型统计分析报告的写作要点如下:

(1)检查计划是文章的中心,不但有实际数、计划数,而且要有计划完成相对数.

(2)检查计划执行情况的主要目的,不是单纯地进行数字对比,而是通过分析,找出计划执行过程中存在的问题,提出对策建议,以保证计划的顺利完成.

(3)统计指标要相对稳定.在同一个计划期内,统计指标与计划指标的项目要一致,并相对稳定,以便进行对比检查.

(4)标题有两种形式.一种比较固定,例如:《我厂四月份计划执行情况》、《我厂五月份计划执行情况》.另一种可以变化,以突出某些特点.例如:《战高温 夺高产 完成一千台——我厂八月份计划执行情况分析》这是运用了双标题,有正题和副题.

(5)正文的结构多是总分式.开头总说计划完成情况,然后进行分析,提出一

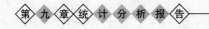

些建议.

四、总结型

这是对一定时期社会经济发展情况进行总结分析的统计分析报告.通过分析总结,可以全面认识一个地区、部门或单位的社会经济形势或某个方面的情况,以便发扬成绩,总结经验教训,制订新的措施,为今后工作创造更好的条件.

总结型统计分析报告,大多是半年、一年或三五年的统计分析报告.从内容上看,有综合总结、部门总结及专题总结.综合总结是对地区的整个社会经济或企业整个生产经营的总结;部门总结是对部门经济(农业、工业、商业)或某个车间的总结;专题总结是对某些方面进行的专题总结.

总结型统计分析报告的写作要点如下:

(1)总结型的对象应是本地区、本部门或本单位的社会经济发展情况,并不是工作情况.

(2)一般有三个写作重点:一是分析社会经济发展形势,二是总结经验教训,三是提出建设性的意见.

(3)要注意运用统计资料和统计分析方法.主要采用统计数字与文字论述相结合的方法,从数量上分析社会经济现象,从定量认识发展到定性认识.

(4)正文结构大都采用总分式.开头是简要总说,接着写情况、形势(包括成绩与问题),再写经验体会与教训,然后写今后的方向和目标,最后写几点建议,每个部分应设小标题,使层次更分明.

(5)标题可以适当变化,形式不拘一格.文字可以稍长一点,但语句要简洁精练.

五、公报型

这是政府统计机关向社会公告重大社会经济情况的统计分析报告.统计公报是政府的一种文件,一般应由级别较高的统计机关发布.级别较低的统计机关不宜发表公报,但是可以采用统计公报的写作形式公布本地的社会经济发展情况,这种统计分析报告也应列入公报型.

公报型统计分析报告的写作要点如下:

(1)统计公报具有较强的政策性和权威性.

(2)统计公报要充分反映本地区社会经济全面情况,主要由反映事实的统计资料来直接阐述,不作过多的分析.

(3)统计公报的标题是一种公文式的标题,正文的结构是总分式.

(4)公报型的统计分析报告,要求行文严肃,用语郑重,文字简练明确,情况高度概括.

六、调查型

这是通过非全面的专门调查来反映部分单位社会经济情况的统计分析报告.其基本特点是:只反映部分单位的社会经济情况,一般不直接反映和推论总体情况.它的资料和情况来源于非全面调查(即抽样调查、重点调查和典型调查等),并不主要来自全面统计.

调查型统计分析报告的写作要点如下:

(1)文章要有明显的针对性,要有具体、明确的调查目的.

(2)要大量占有第一手材料,用事实说话,要有一定的深度,要解剖"麻雀",以发现社会经济情况的实质和典型意义.

(3)统计资料和生动情况相结合,对于调查方法和过程应该少写或不写.

(4)调查型统计分析报告的标题应灵活多样,结构形式也可以不拘一格.一般的安排是叙事式:先概述调查目的、调查形式和调查单位,再用较大篇幅阐述调查情况,然后是概况的分析研究,并做出结论,最后可提出一些建议.

七、分析型

这是通过分析着重反映社会经济现象具体状态的统计分析报告.它同调查型的主要区别是:它既反映部分单位的情况,也反映总体的情况,并以总体情况为主.它的资料和情况来源是多方面的,可以是部分单位的调查资料,也可以是全面统计的报表资料、历史资料的横向对比资料等,其中又以全面统计中的报表资料较多.

分析型统计分析报告的写作要点如下:

(1)它的主要内容和写作重点是反映某个社会经济现象的具体状态,一般不涉及规律性问题,要做到具体事情具体分析.

(2)具体分析的主要方法是从总体的各个方面来分解和比较.比如一个企业有产、供、销,居民家庭有收、支、存,地区有经济、社会、科技、环境等.从结构上分解和比较,如所有制结构、产业结构(一、二、三产业)、产品结构、轻重工业结构、农民收入构成等;从因素上分解和比较,如影响农民收入增长的各种因素、影响工业增加值的各种因素等;从联系上分解和比较,如 GDP 与发电量的联系、农民收入与社会消费品零售总额的联系等;从心理、思想上的分解和比较,如问卷调查对改革的看法、对物价的看法、对婚姻的各种心理等;从时间上分解和比较,如报告期与基期、"十五"时期与"九五"时期的比较等;从地域上分解和比较,如与别的地区之间的比较、与外省的对比等.

(3)标题应该灵活多样,结构也要有多种形式.

八、研究型

这是着重研究解决问题的办法和进行理论探讨的统计分析报告. 它同分析型的统计分析报告的主要区别是：分析型对社会现象的认识仍停留在具体状态,而研究型则是从具体的状态上升到理论的高度,提出理论性的见解或新的观点. 所以,研究型比分析型的意义又进一步,是一种高层次的统计分析报告.

研究型统计分析报告的写作要点如下：

(1) 在研究的题目确定之后可以拟定一个研究提纲,主要内容是：研究的目的是什么,内容有哪些,需要哪些资料,如何收集,需要哪些参考图书和文章等.

(2) 要进行抽象与概括. 所谓抽象,就是在具体分析的基础上,将事物的非本质属性抛在一边,而抽出其本质属性来认识事物. 所谓概括,就是在抽象的基础上,把个别事物的本质属性推及为一般事物的本质属性. 有了正确的概括,就能认识社会经济现象中的共性、普遍性和规律性.

(3) 要多方论证. 要做到论述严密、说理充分、没有漏洞. 从多方面、多角度、多种资料、多件事实及多种逻辑方法来论证.

(4) 标题有适当变化,但要做到题文一致,用词准确、郑重.

九、预测型

这是估量社会经济发展前景的统计分析报告. 它与研究型的统计分析报告的主要区别是：研究型着重对趋势性、规律性进行定性研究,而预测性是在认识趋势及规律的基础上,着重对前景进行具体的定向和定量的研究. 通过预测,人们可以超前认识社会经济发展前景,对制定方针和发展策略、编制计划、搞好管理具有很大的帮助. 因此,预测型分析报告的作用很大,也属于高层次的统计分析报告.

预测性统计分析报告的写作要点如下：

(1) 全文要以统计预测为中心,其他内容都要为预测服务.

(2) 写推算过程要注意读者对象. 如果是写给统计同行或统计专家看的,可以写数学模型的计算过程. 如果读者是党政领导和广大群众,数字模型和计算过程可以略写或不写.

(3) 应注意预测期的长短. 一般来说,中、长期及未来的预测,要体现战略性和规划性,不能写得那么具体,文字可以概略一些. 对近、短期预测(亦称预计),主要是具体地分析和估量一些实际问题,所提的措施和建议要有一定的针对性和现实性,不可写得太笼统,文字应详细、具体一些.

第三节　统计分析报告的选题与写作要求

一、统计分析报告的选题

选准题目,是统计分析报告的首要任务.要达到这一要求,就要遵循选题的原则,选好课题的内容,讲究选题的方法,突出选题的要点.

(一)选题的方向

如何才能做到选题准确呢?一般应围绕以下重点来选题:

(1)选领导关心的问题.

(2)选具有现实意义的课题,或是与中心工作、全局性工作有密切联系的课题.

(3)选国民经济发展中带有苗头性、动向性、突发性的问题.

(4)选改革开放和社会主义现代化建设中出现的新情况、新问题、新经验.

(5)选各方面有不同看法的重大问题.

(6)选配合中心工作、重要会议,提供材料的课题.

总之,要根据实际情况来选题,不要为了分析而分析.

(二)选题的技巧

统计分析报告的选题要在明确方向的基础上,注意结合以下"三点"来进行.这"三点"就是注意点、矛盾点和发生点.

1. 注意点

注意点是指管理过程中,领导和群众比较注意的地方.比如说,从全国来说,第一季度要总结工作,提出新的任务,制定年度工作计划,要开一些重要的会议,如每年的中央经济工作会议,会议的中心议题就成为"注意点",到了第四季度要预计计划完成情况,做好下一年度的各项准备工作,此时的"注意点"又转移到本年计划的完成情况上来了.

2. 矛盾点

矛盾点是指管理过程中,问题比较集中,事情比较关键,影响比较大或争论比较多的地方.例如,物价、大学生就业、股市下跌、能源价格暴涨等问题,就是"注意点".

3. 发生点

发生点是指管理过程中,事物处于萌芽状态,还未被多数人认识之时,即人们所说的新情况、新问题,新趋势.

总之,只要能抓住这"三点"来进行选题,统计分析报告就能发挥积极的作用,取得较好的社会效益. 要抓好这"三点",必须做到:经常深入实际,深入群众,了解情况;经常了解党政领导的意图和工作动向;经常研究统计资料;加强理论学习,经常阅读报刊;经常讨论研究,发挥集体智慧.

二、统计分析报告的写作要求

(一)主题要突出

主题是统计分析报告的中心思想或基本论点. 它像一根红线贯穿于全文,是文章的灵魂与统帅. 统计分析报告要根据统计研究的任务,抓住要解决的主要矛盾及矛盾的主要方面,开展分析工作. 内容要紧扣主题,从统计资料反映的复杂社会经济现象中,抓住重点问题,突出主题思想.

(二)材料和观点要统一

统计分析报告必须以统计资料为依据,但不能搞资料堆砌,要用统计资料来说明观点. 这就要求编写统计分析报告必须处理好材料与观点的关系. 统计资料要支持报告说明的观点,而观点要依据统计资料,做到材料与观点的辩证统一. 如果材料与观点脱节,便失去统计分析报告的说服力.

(三)判断推理要符合逻辑

统计分析报告的准确性,不仅是运用的统计数字要准确可靠,而且要准确地说明社会经济现象的本质和发展变化的规律. 这就要求撰写统计分析报告要在统计资料的基础上进行深入分析,运用推理和判断的逻辑方法. 判断是以准确的统计数字为依据的,推理是以充分的依据为前提的. 正确的判断和推理,从事物发展上说,就是要有根有据,符合客观的规律性;从思维发展上说,就是要实事求是,合乎事物的逻辑性. 判断和推理的结果,前后不能矛盾,左右不能脱节,要如实反映客观事物的内在联系.

(四)结构要严谨

结构要严谨,是指统计分析报告内容的组织、构造精当细密,无懈可击,甚至达到"匠心经营,天衣无缝"的地步. 这就要求首先思想要周密,没有"挂一漏万","顾此失彼";其次组织要严谨,没有"颠三倒四","破绽百出". 因此,结构能否严谨,首先取决于作者思想认识和思路是否清晰、严密. 作者只有充分认识与掌握事物发展的内在规律,才能把它顺理成章地表达出来.

（五）语言要生动、简练

统计分析报告的质量高低,首先在于内容正确;其次还要讲究词章问题.如果用词烦琐,语言不通,词不达意,就不能较好地表述分析的结果.所以,写一篇较好的分析报告,要善于用典型的事例、确凿的数据、简练的辞藻、生动的语言来说明问题.切忌文字游戏、词句堆砌,形式排比、华而不实.

（六）报告要反复研究、修改

写统计分析报告与其他文章一样,必须反复研究和反复修改,做到用词恰当,符合实际.统计分析报告进行反复研究和修改,是为了检查观点是否符合政策,材料是否真实可靠,文章结构是否严密,文字是否言简意明,表达是否准确得当.只有反复修改,才能写出好的统计分析报告.

第四节　统计分析报告的结构

统计分析报告的结构,一般包括标题、导语、正文、结尾四个部分.

一、标题

拟订标题,要力求确切、新颖、有吸引力.标题往往是文章中心内容,是基本思想的集中体现,因而,标题也就成了文章的眼睛,在文章结构中占有重要地位.一篇统计分析报告有了好的标题,可以对读者产生强烈的吸引力,使统计分析报告增色.相反,一篇统计分析报告也会因标题较差而逊色.

常见的标题类型大致分为四种:揭示主题,表明观点,设问提问,正副标题合用.

（一）揭示主题

揭示主题即标题直接揭示分析报告的主题思想.如最近有的市统计局写的《当前能源、原材料价格上涨对我市工业的影响》.

（二）表明观点

表明观点即标题直接表明作者的观点和看法.如《工业化、城市化是解决我省"三农"问题的必然途径》.

（三）设问提问

设问提问即以设问方式提出分析报告所要分析的问题,以引起读者的注意和思考,增强读者的阅读兴趣.如《我市新的经济增长点在何处》.

（四）正副标题合用

正副标题合用即用正标题高度概括统计分析报告的主要内容,副标题从范围、时间、内容等方面对正标题加以限制、补充或说明,一般在副题前加个破折号.如《十年、十五年、还是二十年——安徽省人均 GDP 赶超全国平均水平的测算与分析》.

二、导语

导语就是统计分析报告的开头,文章开头的好坏是关系到全篇成败的一个重要因素.因此,对导语的要求是:一要开门见山,直截了当;二要高度概括,简明扼要;三要提纲挈领,统率全文.

（一）直奔主题式

例如:根据全国人大财经委的通知要求,现对当前全国经济运行的主要特点、存在问题及发展趋势作一简要分析,供参考.

（二）总揽全文式

总揽全文式在进度分析中运用比较多,如:人行合肥中心支行撰写的《2006 年4 月份安徽省货币信贷运行情况》的开头:"4 月份,安徽省货币信贷运行特征变动明显:各项贷款平稳增长,储蓄存款大幅下降,企业存款定期化增强,流动性水平略降".

（三）目的动机式(专题分析常用的方式)

如合肥市统计局撰写的《对"七五"以来合肥市工业性固定资产投资情况的分析与思考》的开头:工业发展水平的高低是衡量一个地区经济实力的重要标志,工业经济的发展及总量扩张,很大程度上依赖于工业投资."七五"以来我市工业性固定资产规模逐步加大,为提升工业技术装备水平、扩大工业经济规模、促进工业内部结构调整、推动全市经济增长发挥了重要作用.深入研究这一时期我市工业性投资的发展状况及存在的问题,将对我市在实现"GDP 千亿元规划"目标的过程中,如何合理确定工业性投资的规模、结构以及与其他投资的比例关系提供有益的借鉴. 为此, 我们对"七五"以来我市工业性固定资产投资情况的进行了如下分析.

(四) 制造悬念式

如《十年, 十五年, 还是二十年——对安徽追赶全国人均 GDP 水平的测算及分析》的开头: 人均国内生产总值是判断一个国家和地区经济发展水平的重要指标. 改革开放以来, 安徽经济实力大大提高, 人民生活明显改善, 但与全国平均水平相比, 尚存在一定的差距, 特别是人均 GDP 还处在相对较低的水平. 这一问题已引起省委、省政府领导的高度重视. "十五"计划纲要中提出了加快发展, 富民强省, 为人均 GDP 达到全国平均水平奠定坚实基础的发展目标. 然而, 从目前的情况来看, 达到全国平均水平的任务较为艰巨, 还要做出很大的努力. 那么, 究竟需要多长时间才能实现这一目标, 两个五年计划? 还是更长一些时间? 对此, 我们在全面分析安徽与全国人均 GDP 差距的基础上, 就达到全国平均水平所需的时间和速度进行了初步测算, 并对安徽经济实现赶超的发展思路进行了归理, 以期能为省领导和有关经济管理部门指导经济工作提供参考.

三、正文

正文是统计分析报告的主体. 正文要求结构严谨、层次分明、条理清晰. 为此, 须做好以下工作:

(一) 认真搜集整理相关材料

搜集资料既要占有当前的, 也要占有历史的, 这样可以进行纵向分析; 既要占有当地的, 也要占有相关地区的, 这样可以用于横向比较; 既要占有正面的, 也要占有负面的, 这样可以更加全面和客观地认识被研究对象; 既要占有具体典型资料, 也要占有全面综合性的资料, 前者用于深度分析, 后者用于广度分析. 要认真鉴别资料, 确保数据是准确的, 情况是真实的, 口径是统一的.

(二) 认真设计分析报告的结构框架

统计分析报告的结构一般都是按照"提出问题—分析问题—解决问题"的顺序来展开报告的内容, 大致可分为四个部分: 一是说明基本情况和所要分析的问题; 二是根据问题和有关资料进行分析; 三是通过分析得出结论; 四是提出建议.

1. 横式结构

按照研究对象的构成和属性来安排材料的方式就属于横式结构. 其特点是把整体横向展开为几个部分, 各个部分之间是并列关系, 没有严格的先后次序, 然后通过由此及彼的横向联系, 共同表现分析对象整体和分析报告的基本观点.

2. 纵式结构

按照研究对象的发展阶段或内部逻辑关系安排材料的方式属于纵式结构.其特点是把整体纵向展开为几个部分,各部分之间具有发展或递进关系,位置顺序较严格,不可随意交换.

3. 交叉式结构

交叉式结构是横式结构和纵式结构的综合.

例如:某市中心支行写的《对某市个人消费信贷业务开展情况的调查》一文,共写了五个部分:辖区内居民收入水平和消费水平情况;辖区内消费信贷业务开展的基本情况;消费信贷规模和结构变化情况;制约消费信贷业务发展的因素分析;进一步拓展消费信贷业务的几点建议.

四、结尾

结尾就是分析报告的结束语.好的结尾,可以帮助读者明确题旨、加深认识,又可以引起读者的联想和思考.统计分析报告结尾的写法也是多种多样的,常见的有以下几种.

(一)总结全文

统计分析报告在分析事物发展变化的主客观原因、论证多层次观点后,在结束全文时予以归纳总结,加强基本观点,突出中心思想,这种结尾的方法就叫总结全文.其作用是强调作者的观点或看法.如:既然经济增长仍在潜在增长区间;既然在10.2%的速度下经济增长的产业协调性还有所增强,经济增长的动力仍具有可持续性,经济发展的瓶颈约束还有所减缓,经济增长的效益又明显提高,经济增长的金融环境整体平稳,那就不要轻言10.2%的速度"过热"了,更不要草率做出宏观调控政策需要紧缩的结论.

(二)呼应开头

呼应开头可以深化统计分析报告的主题和意义.如:在今后经济建设和社会发展中,我市一定要充分利用科教优势,走新型工业化道路,以信息化带动工业化,以工业化促进信息化,建好有效的政府、有序的市场和活跃的民营企业,为开放开发构筑出发达的金融、快捷的交通和良好的诚信.只有这样,我市才能真正成为都市圈中的都市,成为全省经济发展的重要增长极.

(三)得出结论

得出结论即表明作者的基本观点.如:通过对以上经济效益指标的定量分析,

说明工业品出厂价格和燃料购进价格的变动已成为影响工业经济效益的主要因素.因此,逐步理顺工业品的价格关系,已成为了当前一个十分重要的问题.

(四) 预测未来

预测未来即表明作者对未来的看法.如:从当前经济发展的态势来看,我市某某等大型骨干企业在四季度对经济增长的拉动作用将进一步增强,因此,全年经济增长趋势不会发生逆转,仍将处于高速增长区间,预计第一产业的增长目标能顺利实现,工业和服务业增长将好于预期,总体经济增长有望超过年初确定 9.5% 的奋斗目标.

(五) 提出建议

提出建议最常用的一种结尾方式.注意:建议切实中肯,具有可行性;既不与主体部分的内容重复,又要密切相关,具有联系性;既要全面考虑,又要突出重点,对症下药,具有针对性.一要防止草草收尾,二要防止画蛇添足.

统计分析报告的结尾除以上几种外,还可以以提问的方式结尾,意在引起人们进一步的思索.也可以补充、强调导语和正文中未提到的问题,以使分析报告更加全面系统.

案例分析

安徽城乡市场繁荣活跃　消费驱动作用增强

2008 年上半年,安徽省消费品市场继续保持了较快的增长势头.全省社会消费品零售总额达到 1365.6 亿元,比上年同期增加 250.2 亿元,增长 22.4%,增幅居中部六省第 3 位,高出全国平均水平 1 个百分点.

1. 消费品市场运行的主要特点

(1) 各月零售总额均超过 200 亿元,增幅逐步走高

2008 年上半年以来,全省市场商品供应充足,消费市场繁荣活跃.从总额来看,社会消费品零售总额各月绝对数全部超过 200 亿元,月平均社会消费品零售总额 227.6 亿元,与上年同期相比月均增加 41.7 亿元.从增幅来看,除 2 月份外,各月增幅均保持在 20% 以上,且呈现逐步走高的趋势,如表 9-1 所示.

(2) 城乡消费市场快速发展势头不减,但增幅差距进一步扩大

2008 年上半年安徽省城乡市场购销两旺,零售额增长速度明显加快.城市市场零售额 765.6 亿元,增长 23.9%,增幅同比提高了 6.9 个百分点,占全省比重由

上年同期 55.3% 提高到 56.1%;县及县以下零售额 600 亿元,增长 20.6%,增幅同比提高了 5.6 个百分点.但城乡市场增幅差距由上年同期的 2 个百分点扩大为 3.3 个百分点;和一季度的相比,扩大了 0.4 个百分点.

表 9-1　2008 年上半年社会消费品零售总额及商品零售价格分月增幅

月　　份	1 月	2 月	3 月	4 月	5 月	6 月
消费品零售总额	20.1%	19.6%	22.9%	23.7%	24.4%	24.4%
商品零售价格分月增幅	6.5%	9.5%	8.3%	8.7%	8.3%	7.8%

(3) 市场规模不断壮大,企业经营水平提升

2008 年上半年,安徽省批发、零售、住宿、餐饮四大行业发展强劲,市场规模迅速扩张,经营水平全面提升.截至 6 月底,安徽省批发、零售、住宿、餐饮业限额以上单位数达 1775 家,较上年增加 101 家,实现零售额 358.5 亿元,增长 33.7%.限额以上单位数的大幅增加,带动了四大行业整体水平的提高.限额以上贸易企业在经营规模扩大的同时,也取得了良好的经济效益.据统计,上半年全省联网直报的限额以上企业资产总计达到 406.9 亿元,增长 22.7%,实现主营业务利润 53.2 亿元,增长 34.3%.

(4) 限额以上非公经济更趋活跃,推动市场快速发展

随着安徽省经济发展环境的不断优化,经营灵活、适应性强的非公有经济在优胜劣汰的竞争中得到迅猛发展,成为消费市场中最具活力与生机的经济成分.上半年,安徽省限额以上批发、零售、住宿、餐饮业中非公有经济实现零售额 326.1 亿元,同比增长 34.6%,对全省社会消费品零售总额的贡献率达 33.5%,拉动零售额增长 7.5 个百分点.其中,中国港澳台商和外商投资企业共实现零售额 18.7 亿元,增长 35.7%.

(5) 流通各行业齐头并进,餐饮消费的市场份额不断扩大

上半年安徽省批发业零售额 180.2 亿元,增长 24.3%;零售业零售额 978.2 亿元,增长 21.6%.批发和零售业零售总额同步增长,对社会消费品零售总额增长的贡献率达到 83.5%,拉动零售总额增长 18.7 个百分点,成为市场商品销售的主体.餐饮业一路走高,保持快速增长的格局,在零售总额中的市场份额不断扩大.住宿和餐饮业零售额 191.3 亿元,增长 25.6%,比消费品零售总额增幅高 3.2 个百分点,居各行业之首,对市场起到较大的拉动作用,占社会消费品零售总额的比重由上年的 13.7% 提高到 14%.

(6) 市场多数商品继续旺销,消费结构升级继续加快

受国际石油价格持续走高、物价上涨和需求增加等因素影响,上半年安徽省吃、穿、用类商品普遍保持较快增长,在统计的 25 大类商品中,除金属材料类外都

保持了较快增长,同时居民消费的层次逐步提高,主要表现在以下几个方面:

一是吃、穿类等基本生活用品继续保持快速增长.限额以上食品类增长44.4%,其中,粮油类增长60.5%,肉禽蛋类增长42%;日用品类增长39.2%,服装、鞋帽、针纺织品类增长23.3%.

二是提高生活质量的商品仍旧热销.限额以上金银珠宝类、化妆品类、家用电器和音像器材类的零售额分别增长41.2%、32.6%、23.4%.

三是汽车消费持续升温,油品消费处于高位.限额以上汽车类实现零售额56.8亿元,增长50.8%,由其带动的石油制品类增长36.1%.

2. 上半年消费品市场快速发展的因素分析

(1)宏观经济运行良好,消费环境进一步优化

第一,为扩大内需,促进经济持续快速健康发展,省委、省政府相继推出一系列开拓消费市场,扩大内需的政策和措施,整个国民经济和消费品市场发展的环境得到进一步改善,推动了消费品市场健康发展,并给今后的发展打下了良好基础.第二,上半年安徽省经济总体保持稳健运行态势,主要指标增幅创多年来新高,居民消费信心增强,为消费品市场提供了良好的持续发展条件.第三,各种新型流通业态发展较快,商业网点布局日趋合理,加上各商家不断加强管理,努力降低消费成本,提供优质服务,极大地方便了城乡居民的购物消费.特别是农村现代流通网建设的加快和农村电网、自来水等的推进,有力地促进了整个农村消费环境的改善.

(2)居民收入不断提高,消费升级转型带来市场热点

上半年,安徽省城镇居民人均可支配收入达到6489.4元,同比增长13.9%,农民现金收入达到2445.3元,增长21.7%.居民收入的增长,是消费品市场快速发展的重要动力.上半年,城镇居民人均商品性消费支出为3660.5元,增长16.2%,农村居民商品性消费支出989.4元,增长20.1%.随着安徽省城乡居民收入水平不断提高,居民消费意愿和消费信心得以增强,消费结构正逐步从温饱型向小康型迈进,住宅、汽车、旅游、信息通信、文化教育、医疗保健等消费热点不断涌现,为消费品市场的发展提供了强大动力.

(3)物价水平持续上涨,推动了消费品零售额快速增长

今年以来,安徽省商品零售价格指数一直在高位运行,上半年累计上涨8.2%,为近几年同期最高.与居民生活密切相关的粮油、肉蛋菜等消费品价格都有较大程度的上涨,引起市场交易额快速放大,对零售额增幅产生了较大的推动作用.扣除物价上涨因素,安徽省社会消费品零售总额实际增长13.1%,实际增幅同比提高了0.7个百分点.

3. 目前消费品市场需要关注的问题

（1）物价上涨对居民消费和餐饮企业经营形成压力

今年以来,安徽省物价总体水平较高,特别是食品价格一直处于高位运行态势,居民食品消费支出增加,从而影响到居民特别是低收入居民对其他商品的消费支出,降低了中低收入居民的生活质量.肉禽蛋、食用油等农副产品类的价格上涨对餐饮企业经营也造成了一定影响,企业经营成本提高,餐饮业市场竞争更为激烈,餐饮企业的发展也受到一定程度的影响.

（2）地区之间发展仍不平衡

上半年,全省17个市中只有5个市增幅超过全省平均水平,比上年同期减少2个,皖北的6个市零售额增幅偏小,均未超过全省平均水平.增幅最高的合肥与最低的巢湖相差7.8个百分点,差距比较明显.

（3）居民消费的后顾之忧较多

就业和社会保障压力大,使居民储蓄存款不断增加,消费倾向有所降低.今年以来,全省城乡居民收入虽然稳步增长,但居民消费信心仍显不足.6月末,安徽省城乡居民储蓄存款余额达到5243.8亿元,比年初增加697.3亿元,比上年同期多增加288.4亿元.居民储蓄存款余额不断增加,城乡居民消费倾向有所降低,直接影响到下阶段消费的增长.

4. 对消费品市场发展的几点建议

（1）保证市场价格基本稳定,建立收入稳定增长机制

一是稳定物价,把握好价格调控的力度,做好粮油、肉禽蛋、成品油等生活商品价格的调控,尽量减少物价上涨对人们消费心理造成的冲击;二是稳定收入预期,建立收入稳定增长机制,降低人们对未来收入和支出预期的不确定性.

（2）逐步完善社会保障体系,为扩大消费创造良好条件

要继续加大社会就业工作力度,进一步完善社会保障体制,重视低收入群体生活,加大收入分配调节,提高中低收入居民的消费能力,增强消费者的消费信心,扩大即期消费需求.

（3）加大整顿市场秩序力度,努力改善消费环境

加快商业诚信体系建设,尽快建立和完善统一公平、规范有序的市场体系,营造公平合理的竞争环境,重点加强市场食品安全监管,坚决打击欺诈、假冒、坑蒙骗等不法行为,切实保障消费者的合法权益,树立居民的消费信心,解除消费者的后顾之忧.

（4）积极参与泛长三角分工合作,加快新兴业态的发展

要充分利用安徽省积极参与泛长三角分工合作的有利机遇,加快商贸圈的合作和发展,取长补短,培育大型流通企业集团,加快流通现代化建设步伐.积极发展

电子商务、连锁经营、现代物流等新技术、新业态和新的服务方式,扩大网络信息服务消费,努力构建和谐良好的消费环境.

思考与训练

一、问答题

1. 什么是统计分析报告? 它有哪些特点?

2. 撰写统计分析报告如何选题? 有哪些技巧?

3. 统计分析报告的内容是什么?

4. 统计分析报告的写作要求有哪些?

5. 统计分析报告有哪几种? 每种类型的使用范围、写作要点各是什么?

二、技能实训题

【实训1】 认真阅读本章的"案例分析",指出该统计分析报告属于哪种类型的分析报告? 它在选题上、结构上各有哪些特点?

【实训2】 熟悉本章内容,进一步领会统计分析报告的撰写技术.

【实训3】 就当前社会热点、难点问题,如物价、就业、能源等问题,通过自己的调查或利用政府公布的资料,经过各种统计分析后,写一篇统计分析报告.

第十章　Excel 在统计中的应用

本 章 要 点

1. 了解 Excel 在统计应用中强大的数据处理和图表绘制的功能.
2. 具备用 Excel 工具进行较为简单的数据处理的能力.
3. 掌握 FREQUENCY 函数、频数分布表工具、"直方图"工具.
4. 重点掌握 Excel 在描述统计中的应用方法,绘制常用的统计图表.

第一节　Excel 在描述统计中的应用

在使用 Excel 进行数据分析时,要经常使用到 Excel 中一些函数和数据分析工具.其中,函数是 Excel 预定义的内置公式.它可以接受被称为参数的特定数值,按函数的内置语法结构进行特定计算,最后返回一定的函数运算结果.例如,SUM 函数对单元格或单元格区域执行相加运算,PMT 函数在给定的利率、贷款期限和本金数额基础上计算偿还额.函数的语法以函数名称开始,后面是左圆括号、以逗号隔开的参数和右圆括号.参数可以是数字、文本、形如 TRUE 或 FALSE 的逻辑值、数组、形如♯N/A 的错误值或单元格引用.给定的参数必须能产生有效的值.参数也可以是常量、公式或其他函数.

Excel 还提供了一组数据分析工具,称为"分析工具库",在建立复杂的统计分析时,使用现成的数据分析工具,可以节省很多时间.为每一个分析工具提供必要的数据和参数,该工具就会使用适宜的统计或数学函数,在输出表格中显示相应的结果.其中的一些工具在生成输出表格时还能同时产生图表.如果要浏览已有的分析工具,可以单击"工具"菜单中的"数据分析"命令.如果"数据分析"命令没有出现在"工具"菜单上,则必须运行"安装"程序来加载"分析工具库".安装完毕之后,必须通过"工具"菜单中的"加载宏"命令,在"加载宏"对话框中选择并启动它.

一、用函数计算描述统计量

常用的描述统计量有众数、中位数、算术平均数、调和平均数、几何平均数、极差、标准差、方差、标准差系数等. 一般来说, 在 Excel 中求这些统计量, 未分组资料可用函数计算, 已分组资料可用公式计算. 这里我们仅介绍如何用函数来计算未分组资料的描述统计量.

用函数运算有两种方法: 一是手工输入函数名称及参数. 这种输入形式比较简单、快捷, 但需要非常熟悉函数名称及其参数的输入形式, 所以, 只有比较简单的函数才用这种方法输入. 二是函数导入法. 这是一种最为常用的办法, 它适合于所有函数的使用, 而且在导入过程中有向导提示, 因而非常方便. 函数的一般导入过程为: 点菜单"插入"; 找"函数", 此时出现一个"插入函数"对话框; 在对话框的"选择类别"中确定函数的类别(如常用函数或统计); 在"选择函数"内确定欲选的函数名称, 如 SUM、MODE 等; 点"确定"后即可出现该函数运算的对话框向导, 再按向导的提示往下运行即可.

下面我们以众数为例介绍在前面章节中学习的统计中常用指标的函数运算方法, 其他指标的具体求解步骤请同学们参照众数的解法.

(一)众数

众数是一组数列中出现次数最多的数值.

例如为了解合肥市零售商店月销售额情况, 随机抽取 30 家零售商店的月销售额(单位:万元)如图 10-1 所示.

	C	D	E	F	G	H	I	J	K
1	4	7	13.4	8.5	13.2	19.4	8.3	21	
2	11.9	13.6	5.8	16	13.9	16.7	25	16.3	
3	29	10.5	23	14.2	18.2	26.4	26	17.1	
4									
5									
6									
7									
8									

图 10-1

可用如下方法求得众数：

1. 手工输入函数名称及参数

单击任一单元格，输入"＝MODE(A1∶A30)"，回车后即可得众数为 13.4. 如图 10-2 所示.

图 10-2

2. 函数导入法

点菜单"插入"；找"函数"，此时出现一个"插入函数"对话框；在对话框的"选择类别"中确定函数的类别"统计"；在"选择函数"内确定欲选的函数名称"MODE"，如图 10-3 所示.

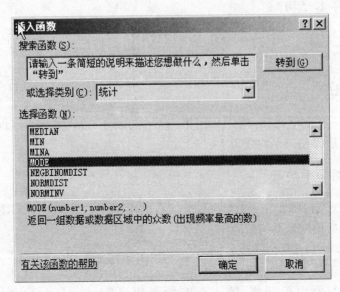

图 10-3

点"确定"后即可出现该函数运算的对话框向导,在 Number1 处输入 A1:A30 或选择 Excel 中的 A1:A30 区域,如图 10-4 所示. 按"确定",在 Excel 中即得到众数 13.4.

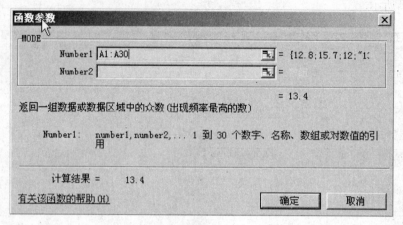

图 10-4

(二) 中位数

单击任一空白单元格,输入中位数的求解函数,即"=MEDIAN(A1:A30)",回车后得中位数为 13.75.

(三) 算术平均数

单击任一空白单元格,输入算术平均数的求解函数,即"=AVERAGE(A1:A30)",回车后得算术平均数为 14.94.

(四) 几何平均数

单击任一空白单元格,输入几何平均数的求解函数,即"=GEOMEAN(A1:A30)",回车后得几何平均数为 13.37397.

(五) 调和平均数

单击任一空白单元格,输入调和平均数的求解函数,即"=HARMEAN(A1:A30)",回车后得调和平均数为 11.52429.

(六) 全距

单击任一空白单元格,输入全距的求解函数,即"=MAX(A1:A30)−

MIN(A1：A30)”,回车后得全距为 25.5.

(七) 标准差

单击任一空白单元格,输入标准差的求解函数,即“＝STDEV(A1：A30)”,回车后得标准差为 6.515425.

(八) 标准差系数

单击任一空白单元格,输入标准差系数的求解函数,即“＝STDEV(A1：A30)/AVERAGE(A1：A30)”,回车后得标准差系数为 0.436106.

(九) 偏度系数

单击任一空白单元格,输入偏度系数的求解函数,即“＝SKEW(A1：A30)”,回车后得偏度系数为 0.365943.

(十) 峰度系数

单击任一空白单元格,输入峰度系数的求解函数,即“＝KURT(A1：A30)”,回车后得峰度系数为－0.17592.

二、描述统计工具的使用

对于统计数据的一些常用统计量,比如均值、中位数、众数、标准差、峰度系数、偏度系数等,可以利用上述统计函数计算. 但 Excel 提供了一种更快捷的方法,就是描述统计工具. 描述统计分析工具用于生成数据源区域中数据的单变量统计分析报表,它可以同时计算出一组数据的多个常用统计量,提供有关数据集中趋势和离中趋势以及分布形态等方面的信息.

仍使用上面的例子,我们已经把数据输入到 A1：A30 单元格,然后按以下步骤操作:

第一步:在工具菜单中选择数据分析选项,从其对话框中选择描述统计,按确定后打开描述统计对话框,如图 10-5 所示.

对话框各选项含义如下:

输入区域:在此输入待分析数据区域的单元格范围.一般情况下 Excel 会自动根据当前单元格确定待分析数据区域.

分组方式:如果需要指出输入区域中的数据是按行还是按列排列,则单击“行”或“列”.

标志位于第一行/列:如果输入区域的第一行中包含标志项(变量名),则选中

"标志位于第一行"复选框;如果输入区域的第一列中包含标志项,则选中"标志位
于第一列"复选框;如果输入区域没有标志项,则不选任何复选框,Excel 将在输出
表中生成适宜的数据标志.

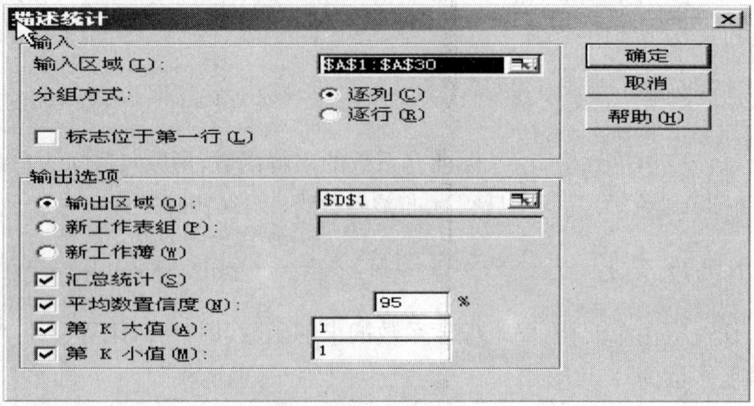

图 10-5

平均数置信度:若需要输出由样本均值推断总体均值的置信区间,则选中此复
选框,然后在右侧的编辑框中,输入所要使用的置信度.

第 K 大/小值:如果需要在输出表的某一行中包含每个区域的数据的第 K 个
最大/小值,则选中此复选框.然后在右侧的编辑框中,输入 K 的数值.

输出区域:在此框中可填写输出结果表左上角单元格地址,用于控制输出结果
的存放位置.

新工作表值:单击此选项,可在当前工作簿中插入新工作表,并由新工作表的
A1 单元格开始存放计算结果.如果需要给新工作表命名,则在右侧编辑框中键入
名称.

新工作簿:单击此选项,可创建一新工作簿,并在新工作簿的新工作表中存放
计算结果.

汇总统计:指定输出表中生成下列统计结果,则选中此复选框.

这些统计结果有:平均值、标准误差、中位数、众数、标准差、方差、峰度、偏度、
区域、最小值、最大值、求和、观测数、置信度(95.0%).

第二步:在输入区域中输入＄A＄1:＄A＄30,在输出区域中选择＄D＄1,其
他复选框可根据需要选定,选择汇总统计,可给出一系列描述统计量;选择平均数
置信度,会给出用样本平均数估计总体平均数的置信区间;第 K 大值和第 K 小值
会给出样本中第 K 个大值和第 K 个小值.

第三步:单击确定,可得输出结果,如图 10-6 所示.

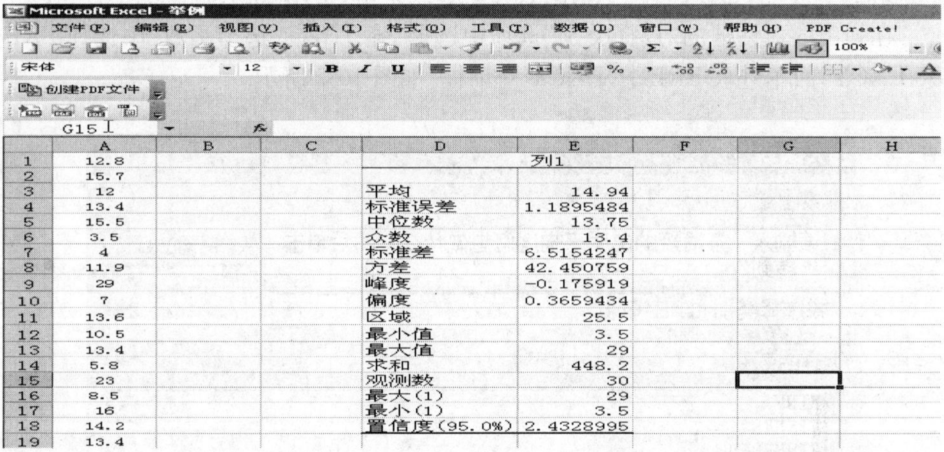

	A	D	E
1	12.8		列1
2	15.7		
3	12	平均	14.94
4	13.4	标准误差	1.1895484
5	15.5	中位数	13.75
6	3.5	众数	13.4
7	4	标准差	6.5154247
8	11.9	方差	42.450759
9	29	峰度	-0.175919
10	7	偏度	0.3659434
11	13.6	区域	25.5
12	10.5	最小值	3.5
13	13.4	最大值	29
14	5.8	求和	448.2
15	23	观测数	30
16	8.5	最大(1)	29
17	16	最小(1)	3.5
18	14.2	置信度(95.0%)	2.4328995
19	13.4		

图 10-6

第二节　统计数据的整理

通过统计调查得到的数据是杂乱的,没有规则的,因此,必须对搜集到的大量的原始数据加工整理,经过数据分析得到科学结论.统计整理包括对数据进行分类汇总并计算各类指标及利用统计图或统计表描述统计汇总结果等,统计中常用的数据整理工具包括在 Excel 的统计函数中专门用于统计分组的 FREQUENCY 函数、频数分布表工具、"直方图"工具.

一、FREQUENCY 函数的统计分组应用

在对统计数据进行整理时,用 FREQUENCY 函数进行统计分组.首先要将数据在 Excel 中排成一列,在完成 FREQUENCY 函数分组操作的相关步骤时,要为分组结果在 Excel 表格中选定位置,这样就能完成对数据的分组.下面通过举例学习 FREQUENCY 函数的统计分组操作步骤:

例如,某班级 50 名同学统计学课程考试成绩资料如下(单位:分):

78、74、72、81、86、91、95、92、82、86、62、68、64、75、63、90、83、79、84、65、67、69、52、89、57、55、76、79、98、77、86、63、66、84、82、88、73、75、78、71、82、96、92、76、74、85、86、84、77、89

第一步:将 50 名同学的考试成绩输入 A1 至 A50 的单元格内,并选定 B1 至 B5 单元格作为放置分组结果的区域.

第二步:选择"插入"菜单中"函数"选项,或单击"常用"工具栏中的 f_x 按钮.

在弹出的对话框的"选择类别"选项中选择"统计",在"选择函数"中选择 FRE-QUENCY,回车进入 FREQUENCY 对话框. 如图 10-7 所示.

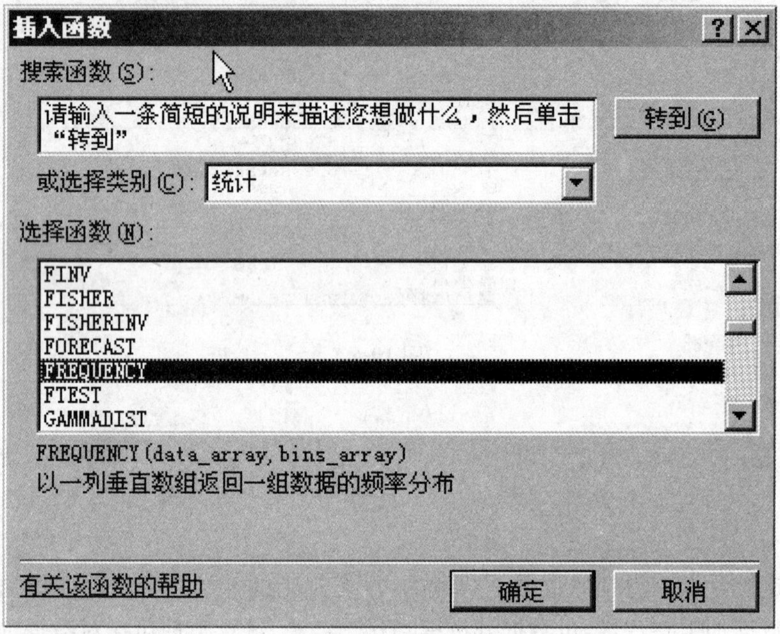

图 10-7

第三步:在 FREQUENCY 对话框上端并列有两个框.

在第一个 Data_array 对话框中输入待分组的原始数据,即 A1:A50;在第二个 Bins_array 对话框中输入分组标志.

需要注意的是:FREQUENCY 函数要求按组距的上限分组,即选择分组标志时每组均输入上限值,不接受非数值字符的分组标志(如"……以下"、"……以上"等字符). 在本例中输入 59;69;79;89. 同时,因为分组结果要给出一组频数,所以必须以数组公式的形式输入,即在输入数据的两端加大括号{},数据之间用分号隔开.

输入完毕后,在对话框的下端可以看到频数分布的结果(最后一个 0 表示"其他"的数据没有). 如图 10-8 所示.

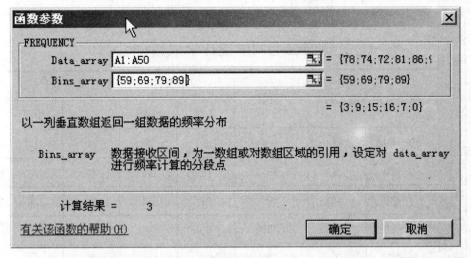

图 10-8

第四步:按 Ctrl+Shift+Enter 组合键,在最初选定的单元格区域(B1:B5)内得到频数分布结果. 如图 10-9 所示.

	A	B	C	D	E	F	G	H
1	78	3						
2	74	9						
3	72	15						
4	81	16						
5	86	7						
6	91	0						
7	95							
8	92							
9	82							
10	86							
11	62							
12	68							
13	64							
14	75							
15	63							
16	90							

图 10-9

在得到频数分布后,可再列表计算频率以及累计频数和频率. 如图 10-10 所示.

	A	B	C	D	E	F	G
1	某班级50名同学统计学成绩分组表						
2	按成绩分组	人数	频率	向上累计		向下累计	
3				人数	频率	人数	频率
4	50~60	3	6%	3	6	50	100
5	60~70	9	18%	12	24	47	94
6	70~80	15	30%	27	54	38	76
7	80~90	16	32%	43	86	23	46
8	90~100	7	14%	50	100	7	14
9	合计	50	100%	—	—	—	—

图 10-10

二、Excel 的数据透视表工具

Excel 的数据透视表是 Excel 中强有力的数据列表分析工具,为我们制作多维统计表并进行描述统计分析提供了功能强大的工具. 数据透视表可以根据列表形式的数据或者数据库产生一维、二维或三维的汇总表,并进行多种汇总计算. 数据透视表是 Excel 独具特色的功能,这一功能比许多专门的统计软件都要强大.

要根据列表格式的数据创建一个数据透视表,先单击数据表的任何一个单元格,然后点击菜单中的"数据","数据透视表和数据透视图",按照向导的提示完成创建过程. 在第一步中使用默认的选项(根据 Excel 数据列表创建数据透视表),单击下一步,Excel 会自动找到需要的数据(你也可以修改数据区域),单击下一步,选择在新工作表中创建数据透视表(默认选项),单击完成. 接下来 Excel 会先新建一个工作表,并显示编辑界面,变量名出现在一个单独的列表中,同时显示一个数据透视表工具栏.

将相应的变量名拖到行、列和页字段区域,把需要分析的数据拖到数据区域,可以创建出一维、二维或三维统计表. 注意用来定义统计表结构的变量应该是离散的定性变量(分类变量),否则得到的表格可能毫无意义. 需要分析的数据通常是定量变量(也可以根据分析目的使用定性变量).

下面通过使用数据透计表分析表 10-1 中学生年龄的分布状况.

表 10-1

学号	年龄	学号	年龄	学号	年龄	学号	年龄
Q974001	21	Q974006	22	Q974011	21	Q974016	21
Q974002	23	Q974007	19	Q974012	20	Q974017	21
Q974003	19	Q974008	21	Q974013	20	Q974018	23
Q974004	20	Q974009	22	Q974014	22	Q974019	19
Q974005	20	Q974010	23	Q974015	19		

根据上表数据按如下步骤建立频数表：

(1) 选中表 10-2 中的任一单元格，然后选择"数据"菜单的"数据透视表"子菜单，进入数据透视表向导；

(2) 选择"Microsoft Office Excel 数据列表或数据库"为数据源，单击"下一步"；

(3) 在"选定区域"选项中输入待分析的数据区域，单击"下一步"；

(4) 确定数据透视表的显示位置，单击"完成"即可得到如图 10-11 的对话框.

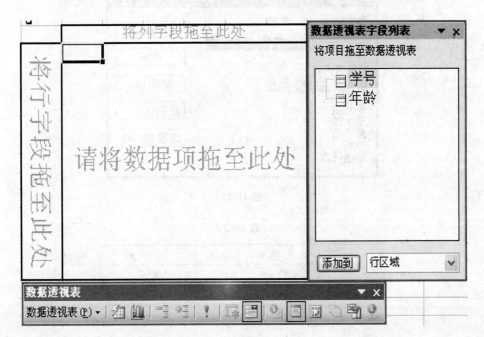

图 10-11

(5)在需要统计各年龄的人数时，只需要在图 10-11 的界面中把年龄变量拖至行字段处，把学号拖放到数据区，就得到如表 10-2 所示的结果.

表 10-2

求和项:学号	
年龄	汇总
19	0
20	0
21	0
22	0
23	0
总计	0

　　显然上述的结果不是我们希望得到的,因为 Excel 默认的汇总计算是求和. 双击"求和项:学号",或者在汇总栏中的任意单元格单击鼠标右键,选择"字段设置"选项,会弹出字段设置对话框(图 10-12). 在对话框中把汇总方式改为计数,就可以得到需要的汇总结果了(如表 10-3 所示).

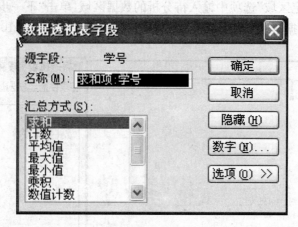

图 10-12

表 10-3

计数项:学号	
年龄	汇总
19	4
20	4
21	5
22	3
23	3
总计	19

还可以修改数据透视表中数据的显示方式. 例如, 在字段设置对话框中单击"选项", 在"数据显示方式"的下拉菜单选择"占总和的百分比", 如图 10-13 所示, 就可以得到表 10-4 的计算结果.

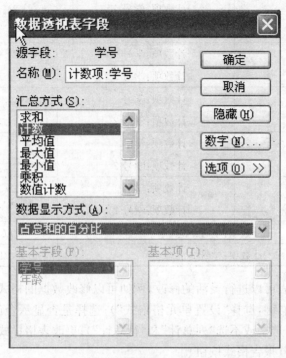

图 10-13

表 10-4

计数项:学号	
年龄	汇总
19	21.05%
20	21.05%
21	26.32%
22	15.79%
23	15.79%
总计	100.00%

如果要同时显示一个变量的不同汇总指标, 可以把这个变量多次拖入数据透视表的数据区, 每次要求不同的汇总指标. 例如, 要同时显示各组的人数和百分比,

可以把"学号"再次拖入数据区,就可以得到表 10-5 的结果.

表 10-5

年龄	数据	汇总
19	计数项:学号	21.05%
	计数项:学号 2	4
20	计数项:学号	21.05%
	计数项:学号 2	4
21	计数项:学号	26.32%
	计数项:学号 2	5
22	计数项:学号	15.79%
	计数项:学号 2	3
23	计数项:学号	15.79%
	计数项:学号 2	3
计数项:学号汇总		100.00%
计数项:学号 2 汇总		19

对数据透视表可以进行灵活的修改,例如可以修改数据的格式(选中需要修改的数据区域点击右键,选择"设置单元格格式");选择是否显示合计项(点击右键,选择"表格选项",选中或不选"列总计"和"行总计");更改表格样式(从数据透视表工具栏中选择设置报告格式按钮).

对表 10-6 的输出结果进行修改,可以很容易地得到表 10-6 的结果.当然,如果要对数据表的格式进行较大的修改,最好先把数据透视表的结果通过选择性粘贴的方式把数值粘贴到新的位置,然后就可以像普通表格一样进行修改了.

表 10-6

年龄	人数	百分比
19	4	21.05%
20	4	21.05%
21	5	26.32%
22	3	15.79%
23	3	15.79%
总计	19	100.00%

下面我们将表 10-1 再添加一列"体重"（如表 10-7），建立分年龄和体重的交叉频数表.

表 10-7

学号	年龄	体重
Q974001	21	57
Q974002	23	67
Q974003	19	71
Q974004	20	52
Q974005	20	54
Q974006	22	65
Q974007	19	63
Q974008	21	75
Q974009	22	50
Q974010	23	62
Q974011	21	51
Q974012	20	58
Q974013	20	66
Q974014	22	74
Q974015	19	62
Q974016	21	56
Q974017	21	64
Q974018	23	66
Q974019	19	70

把体重变量拖到行字段中，年龄变量拖到列变量中，把学号变量拖到数据区就可以得到相应的计算结果（表 10-8）.

表 10-8

计数项:学号	年龄					
体重	19	20	21	22	23	总计
50				1		1
51			1			1
52		1				1
54		1				1
56			1			1
57			1			1
58		1				1
62	1				1	2
63	1					1
64			1			1
65				1		1
66		1			1	2
67					1	1
70	1					1
71	1					1
74				1		1
75			1			1
总计	4	4	5	3	3	19

在数据透视表中,行和列都可以根据需要进行复合分组. 例如,把年龄、体重拖至行字段中,把学号作为汇总变量,可以得到表 10-9 的汇总结果.

表 10-9

计数项:学号		
年龄	体重	汇总
19	62	1
	63	1
	70	1
	71	1

续表

计数项:学号		
年龄	体重	汇总
19 汇总		4
20	52	1
	54	1
	58	1
	66	1
20 汇总		4
21	51	1
	56	1
	57	1
	64	1
	75	1
21 汇总		5
22	50	1
	65	1
	74	1
22 汇总		3
23	62	1
	66	1
	67	1
23 汇总		3
总计		19

在数据透视表中,双击任何一个汇总数据的单元格(包括合计项),Excel 都会把与这个单元格有关的所有观测复制到一个新的数据表中.

在数据透视表的使用中,我们应该充分利用其强大的数据列表功能,根据具体的需要和要求对表格进行灵活的修改,但如果要对数据表的格式进行较大的修改,最好先把数据透视表的结果通过选择性粘贴的方式粘贴到新的位置,然后就可以像普通表格一样进行修改了.

使用数据透视表时需要注意,当你更改了原始数据以后,数据透视表中结果不会自动更新,要更新数据透视表中的数据需要手动刷新:在数据透视表中单击鼠标右键,选择"刷新数据".

三、直方图工具的使用

直方图工具,用于在给定工作表中数据单元格区域和接收区间的情况下,计算数据的个别和累积频率,可以统计有限集中的某个数值元素的出现次数.

仍以本节开始时所述的 50 名同学的统计学成绩为例绘制直方图.借助于直方图工具,我们可以确定考试成绩的分布情况,给出考分出现在指定成绩区间的学生个数,而用户必须把存放分段区间的单元地址范围填写在直方图工具对话框中的"接收区域"框中.

首先选择"工具"菜单的"数据分析"子菜单,再选择"直方图"选项,出现"直方图"对话框,进行相应的选择输入.

需要说明的是,对话框内主要选项的含义如下:

输入区域:在此输入待分析数据区域的单元格范围.

接收区域(可选):在此输入接收区域的单元格范围,该区域应包含一组可选的用来计算频数的边界值.这些值应当按升序排列.只要存在的话,Excel 将统计在各个相邻边界值之间的数据出现的次数.如果省略此处的接收区域,Excel 将在数据组的最小值和最大值之间创建一组平滑分布的接收区间.

标志:如果输入区域的第一行或第一列中包含标志项,则选中此复选框;如果输入区域没有标志项,则清除此该复选框,Excel 将在输出表中生成适宜的数据标志.

输出区域:在此输入输出表的左上角单元格的地址.如果输出表将覆盖已有的数据,Excel 会自动确定输出区域的大小并显示信息.

柏拉图:选中此复选框,可以在输出表中同时显示按降序排列频率数据.如果此复选框被清除,Excel 将只按升序来排列数据.

累积百分比:选中此复选框,可以在输出结果中添加一列累积百分比数值,并同时在直方图表中添加累积百分比折线.如果清除此选项,则会省略以上结果.

图表输出:选中此复选框,可以在输出表中同时生成一个嵌入式直方图表.

具体步骤如下:

第一步:单击"工具"菜单,选择"数据分析"选项;打开"数据分析"对话框,从"分析工具"列表中选择"直方图"选项,会弹出直方图对话框,如图 10-14 所示.

第二步:在"直方图"对话框中确定输入区域(数据区域)、接收区域(分组界限)后,将输出选项定义为当前表格的中的一个单元格,选中"图表输出"复选框,"确定"后 Excel 会给出相应的频数分布表(表 10-10)和"直方图"(图 10-15).

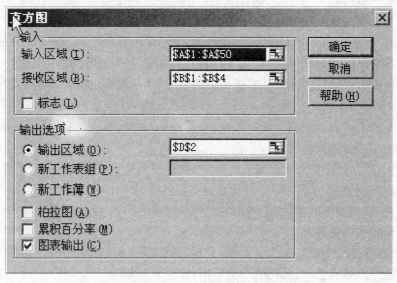

图 10-14　Excel 的直方图对话框

表 10-10

接收	频率	累积
59	3	6.00％
69	9	24.00％
79	15	54.00％
89	16	86.00％
其他	7	100.00％

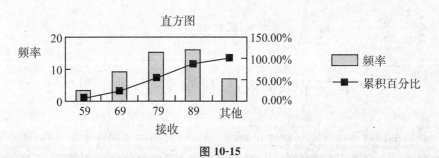

图 10-15

注意:由原始数据,统计成绩的最低分为 52 分,最高分为 98 分,我们以
$50\sim60,60\sim70,70\sim80,80\sim90,90\sim100$ 分来进行分组,接收区域中确定的是每
组上限,需要指出的是,如果出现变量值恰好等于组上限时,根据"上组限不在内"

原则该变量值将归入下一组,因此我们在 Excel 表格中输入 59、69、79、89,将这个区域作为接收区域.

同时,在表 10-11 中,Excel 所指的"频率"实际上是频数(次数),且 Excel 在对数据进行分组时总会增加一组(大于接收区域最后一个组限的数据个数),即使这个组中没有数据,因此"90~100"这一组的上限 99 并没有出现在接收区域中.

图 10-15 实际上就是根据表 10-11 作的条形图.要把这个条形图调整成直方图的形式至少需要做以下两方面的修改:一是各条形之间不应该有间隔;二是横轴标注的刻度应该是连续的区间.

首先,双击图中的条形区域,在弹出的数据系列格式对话框的"选项"选项卡中把分类间距调整为 0,这样各个条形之间就是连续的了.

其次,双击图形的横轴,把横轴的字体颜色改为白色,字体背景色改为透明,把原来的横轴数值隐藏起来.

然后,在图形中添加一个文本框,在横轴的对应位置标出相应的数值.对图形再进行一些细微调整,最后得到的直方图如图 10-16 所示.

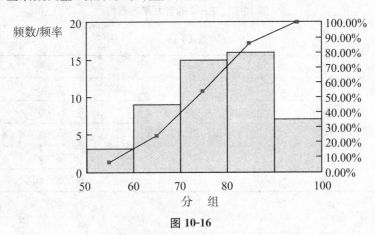

图 10-16

第三节　Excel 制作常用统计图

传统的统计表格需要数据使用者精心的分析,而统计图比文字、统计表更能直观反映数据的特征,通过图形可以方便地观察到数量之间的对比关系、总体的结构特征以及变化发展趋势,因此统计图在统计学中的应用越来越广泛,并且成为了数据分析中不可缺少的重要组成部分.Excel 提供了强大的图形编辑能力,可以完成非常优秀的统计图形.下面我们介绍几种最常用的图形——折线图、散点图和条形图的绘制方法.

Excel 制作统计图需要注意以下几个问题:

(1) 通过选择恰当的图形类型、刻度、长宽比例等,使图形能够准确反映数据中包含的信息,不能歪曲事实. 例如,不恰当的三维效果常常会引起误解.

(2) 图形要尽量简明. 图形应该突出所要传达的信息,不必要的标签、背景、网格线会分散读者的注意力. 图形越简单,读者就越能够迅速理解你要传达的信息.

(3) 图形应该有清楚的标题和必要的说明,明确图形的含义、计量单位、坐标轴代表的变量、资料来源等.

(4) 反复加工和修改是获得优秀统计图形的重要步骤. 统计软件给出的统计图形没有多少可以不加修改而直接应用. 要得到一个图形很容易,但要使图形符合要求往往还需要耐心地修改.

下面我们具体学习一下几种常用图形的绘制.

一、折线图的绘制

折线图常用于描绘连续的数据,有助于观察现象发展的长期趋势. 我们通过下面的例子说明折线图的绘制.

表 10-11 是某市 1978～2006 年中若干年粮食总产量统计表,根据数据绘制折线图.

表 10-11　某市粮食总产量统计表

年　份	粮食总产量(万吨)
1978	28
1980	31
1985	36
1990	40
1995	51
2000	48
2004	33

单击工具栏中的 ▦ ,或者使用菜单栏中的"插入","图表",会弹出 Excel 的图表向导. 从中选择"折线图",在下一步中把粮食总产量的区域(包括变量名)指定为数据区域,单击"完成",就可以得到自动生成的图表.

很多情况下 Excel 会自动识别数据区域,但自动识别数据区域时最容易出现的错误是不能正确识别用于分类的数据,而把它作为"系列"数据使用. 这时需要从

"系列"数据中删除分类序列,并为图形指定分类序列.

显然仅做以上调整是不够的,要得到一个理想的图表,仍然需要进行进一步调整.

在图表区单击右键,选择"源数据",在弹出的对话框中指定"分类(X)轴标志"对应的数据区域(不要包含变量名).这样横轴就可以显示年份了.

为了使横轴的刻度线与 Y 的值垂直对应的,在图形的横轴上双击鼠标左键,在弹出的对话框中选择"刻度"选项卡,取消选中"数值(Y)轴至于分类之间"的复选框.

你还可以在这个对话框中进一步设定横轴的字体、对齐方式等等.在字体设定中最好选定"自动缩放"的复选框,这会使字体随着图形大小的调整而变化.删除图例和图形内的标题,去掉图形的外框,修改图形背景以及网格线的格式.

最后为纵轴加上单位,调整后的图形如图 10-17.要熟练掌握图表属性的修改方法最重要的就是多练习.

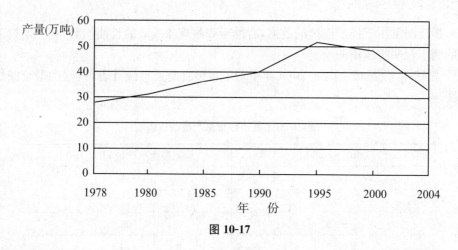

图 10-17

二、散点图的绘制

散点图是观察两个变量之间关系程度最为直观的工具之一,利用 Excel 的图表向导,可以非常方便的创建并且改进一个散点图,也可以在一个图表中同时显示两个以上变量之间的散点图.

以表 10-12 数据为例,可按如下步骤建立变量 x-y,x-z 的散点图:

(1)拖动鼠标选定数值区域 B4:D18,不包括数据上面的标志项.

(2)选择"插入"菜单的"图表"子菜单,进入图表向导.

(3)选择"图表类型"为"散点图",然后单击"下一步".

表 10-12 居民消费价格分类指数(2008 年 6 月)

项目名称	上年同月＝100		
	全国(X)	城市(Y)	农村(Z)
居民消费价格指数	107.1	106.8	107.8
一、食　品	117.3	117.3	117.2
粮　食	108.7	108.7	108.7
肉禽及其制品	127.3	128.4	124.9
蛋	102.9	102.8	103.1
水　产　品	118.3	117.4	120.8
鲜　菜	108.3	107.8	109.6
鲜　果	114.2	114.2	114.5
二、烟酒及用品	103.1	103.3	102.8
三、衣　　着	98.5	98.2	99.3
四、家庭设备用品及服务	102.9	103.1	102.4
五、医疗保健及个人用品	103.1	103	103.4
六、交通和通信	98.9	98.1	100.6
七、娱乐教育文化用品及服务	99	98.8	99.4
八、居　　住	107.7	106.4	110.4

资源来源:中华人民共和国国家统计局.

(4) 确定用于制作图表的数据区.Excel 将自动把你前面所选定的数据区的地址放入图表数据区内.

(5) 在此例中,需要建立两个系列的散点图,一个是 x-y 系列的散点图,一个是 x-z 系列的散点图,因此,必须单击“系列”标签,确认系列 1 的“X 值”方框与“数值方框”分别输入了 x,y 数值的范围,在系列 2 的“X 值”方框与“数值方框”分别输入了 x,z 数值的范围.在此例中,这些都是 Excel 已经默认的范围,所以,可忽略第 5 步,直接单击“下一步”即可.

(6) 填写图表标题为“X-Y 与 X-Z 散点图”,X 轴坐标名称为“X”与 Y 轴坐标名称“Y/Z”,单击“下一步”.

(7) 选择图表输出的位置,然后单击“完成”按钮,即生成如图 10-18 所示的统计图.

结果说明:如图 10-18 所示,Excel 中可同时生成两个序列的散点图,并分为两种颜色显示. 通过散点图可观察出两个变量的关系, 为变量之间建立模型作准备.

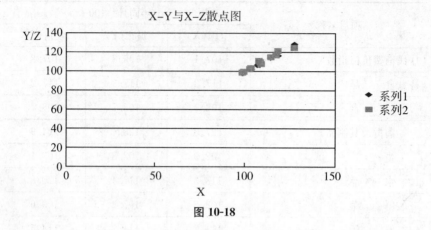

图 10-18

三、柱形图的绘制

表 10-13 是某企业员工对绩效考评态度, 根据表中的信息绘制柱形图.

表 10-13   某企业员工对绩效考评态度

员工态度	百分比
非常不合理	5.38%
不合理	32.46%
无所谓	13.49%
比较合理	31.82%
非常合理	16.85%

具体步骤如下:

(1) 在 Excel 的"插入"菜单中选择"图表"选项, Excel 会启动图表向导, 点击后弹出"图表向导"对话框窗口.

(2) 在"图表类型"列表中选择"柱形图", 在"子图表类型"列表中选择"簇状柱形图", 单击"下一步"按钮, 进入数据源对话框.

(3) 在这步对话框中, 主要是选择数据源. 单击"数据区域"右端的"压缩对话框"按钮, 打开工作表, 在工作表上将鼠标指向单元格 B2, 按下鼠标左键, 拖到 B7 单元格, 再单击"压缩对话框"按钮, 回到源数据对话框. 确定 B2:B7 单元格作为此图的数据源, 同时, 也应注意数据系列是以行还是以列方式排列, 本题数据按列排列. 单击"下一步"按钮, 进入"图表选项"对话框.

在图表源对话框中,点击"系列"图标,该对话框可用来添加或删除想添加或删除数据列(数据行).

最后点击完成,当然 Excel 自动生成的柱形图不够美观,我们可以用鼠标点击你希望修饰的地方,在"坐标轴格式"、"数据点格式"、"网络线格式"、"数据系列格式"等子菜单中进行进一步修饰,图 10-19 是经过调整后的柱形图.

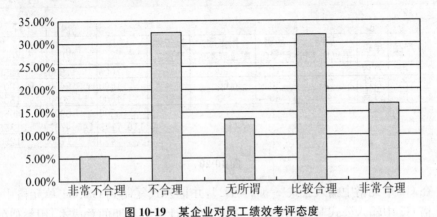

图 10-19　某企业对员工绩效考评态度

第四节　Excel 在指数分析和时间数列分析中的应用

这一领域涉及的统计计算一般比较简单,下面我们通过例题简要学习一下 Excel 在指数分析和时间数列分析中的应用.

一、Excel 在指数分析中的应用

统计指数在经济和管理学领域有重要的应用.我们这里通过下面这个例题学习用 Excel 如何进行指数计算和指数体系分析.

表 10-14 是某企业 A、B、C 三种产品的生产情况,以基期价格 P 作为同度量因素,计算拉氏指数、帕氏指数和总成本指数,并进行指数体系分析.

表 10-14

产品	单位	基期单位成本 P_0	基期产量 Q_0	报告期单位成本 P_1	报告期产量 Q_1
甲	万台	100	10	90	15
乙	万件	80	20	60	30
丙	万支	40	40	30	50

计算过程见图 10-20.

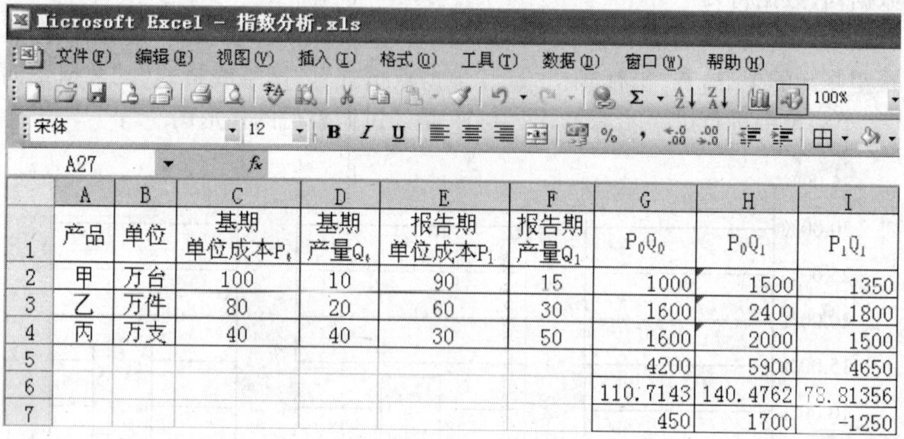

	A	B	C	D	E	F	G	H	I
1	产品	单位	基期单位成本P_0	基期产量Q_0	报告期单位成本P_1	报告期产量Q_1	P_0Q_0	P_0Q_1	P_1Q_1
2	甲	万台	100	10	90	15	1000	1500	1350
3	乙	万件	80	20	60	30	1600	2400	1800
4	丙	万支	40	40	30	50	1600	2000	1500
5							4200	5900	4650
6							110.7143	140.4762	78.81356
7							450	1700	-1250

图 10-20

在 G2 单元格中输入公式"＝C2 * D2",并把公式复制到 G3、G4 单元格中,在单元格 G5 中输入公式"＝SUM(G2:G4)",可以计算出基期的总成本.用类似的方法在单元格 H5 中计算 P_0Q_1 的合计值,在单元格 I5 中计算报告期的总成本.

在 G6 单元格中输入公式"＝I5/G5 * 100",在 G7 单元格中输入公式"＝I5－G5",可以得到基期和报告期成本变动的相对数和绝对数;在 H6 单元格中输入公式"＝H5/G5 * 100"可以得到生产数量变化导致成本变化的指数(拉氏指数),在 H7 单元格中输入公式"＝H5－G5"可以得到生产数量变化引起的消费额成本变动绝对数;在 I6 单元格中输入公式"＝I5/H5 * 100"可以得到单位成本降低导致成本变化的指数(帕氏指数),在 I7 单元格中输入公式"＝I5－H5",可以得到单位成本降低引起的成本变动的绝对数.

相应的计算结果为:110.71%＝148.48%×78.81%;450＝1700＋(－1250).总成本相对数增加了 10.71%,绝对数增加了 450 元,其中生产数量增加使总成本相对数增加了 48.48%,绝对数增加 1700 元;单位成本下降使总成本降低了 21.19%,绝对数减少 1250 元.

二、Excel 在时间数列分析中的应用

在前面的章节中我们学习了时间数列分析的内容,通过对时间数列的分析揭示社会经济现象的发展过程和结果,研究社会经济现象的发展趋势和规律.在此我们同样可以借助 Excel 软件在表格中实现对时间数列的分析.

Excel 中关于时间数列的水平指标和速度指标的运算与指数分析中的运算基本类似,在此我们不再赘述.下面我们重点学习 Excel 中关于长期趋势和季节变动

的分析.

(一)最小二乘法测定直线趋势

在时间数列中,影响数值变动的因素是多方面的.其中有些是长期起决定性作用的基本因素,它使数列沿着一定的方向变动,成为长期趋势.研究其发展变化的趋势和规律,为预测未来提供了依据.

长期趋势的基本形式有直线趋势和曲线趋势两种.测定直线趋势通常使用移动平均法和最小二乘法,下面我们用 Excel 软件实现最小二乘法测定直线趋势.

用最小二乘法测定直线趋势,与回归分析中的方法一样,要为时间数列拟合一条趋势直线.不同的是,这里以时间为自变量,分析动态指标随时间变动而变动的规律.用最小二乘法进行回归分析,可使用 LINEST、INTERCEPT、SLOPE 等函数,也可以使用数据分析工具中的"回归分析"工具.使用函数可以直接求得截距和斜率,从而建立回归方程;但需逐年计算趋势值,且不能得到趋势线图.使用回归分析工具则可以一次给出各年的趋势值,同时给出趋势线图.

下面以某企业 1997~2006 年总产值为例,用回归分析工具测定时间数列的长期趋势.资料见表 10-15.

表 10-15　某企业 1997~2006 年总产值

年份	年序 t	总产值 y(万元)	趋势值 y_c(万元)
1997	1	210	
1998	2	220	
1999	3	235	
2000	4	256	
2001	5	283	
2002	6	337	
2003	7	401	
2004	8	475	
2005	9	582	
2006	10	717	

具体步骤如下:

第一步:将年份输入 A 列,并在 B 列按顺序排出年序(t),在 C 列输入国民生产总值(y).

第二步:选择"工具"菜单中的"数据分析"选项,从其对话框的"分析工具"列表中选择"回归",回车进入回归分析对话框.如图 10-21.

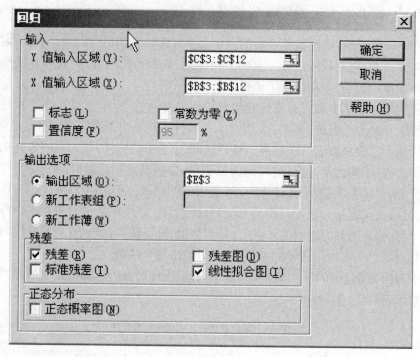

图 10-21

第三步:在回归分析对话框中进行以下操作.

(1) 在"y值输入区域"框中输入 C3:C12,在"x值输入区域"框中输入"B3:B12";

(2) 在"输出区域"框中键入输出表左上角的单元格行列号,本例选择 E3 单元格.

(3) 如要求给出趋势值和趋势线图,可单击"残差"和"线性拟合图"复选框.

选定以上各项后回车确认,即在指定的输出区域给出回归统计表(相关系数、判定系数等),方差分析表(包括回归平方和、剩余平方和等),系数表(包括截距、斜率等),残差表(包括预测值即趋势值等)以及拟合趋势直线图等.如图 10-22、图10-23 所示.

第十章 Excel 在统计中的应用

SUMMARY OUTPUT

回归统计	
Multiple	0.939013
R Square	0.881746
Adjusted	0.866965
标准误差	62.62169
观测值	10

方差分析

	df	SS	MS	F	gnificance F
回归分析	1	233920.6	233920.6	59.65116	5.62E-05
残差	8	31371.81	3921.476		
总计	9	265292.4			

	Coefficien	标准误差	t Stat	P-value	Lower 95%	Upper 95%	下限 95.0%	上限 95.0%
Intercept	78.73333	42.77876	1.840477	0.10297	-19.9147	177.3813	-19.9147	177.3813
X Variabl	53.24848	6.894421	7.723417	5.62E-05	37.34992	69.14705	37.34992	69.14705

图 10-22

RESIDUAL OUTPUT

观测值	预测 Y	残差
1	131.9818	78.01818
2	185.2303	34.7697
3	238.4788	-3.47879
4	291.7273	-35.7273
5	344.9758	-61.9758
6	398.2242	-61.2242
7	451.4727	-50.4727
8	504.7212	-29.7212
9	557.9697	24.0303
10	611.2182	105.7818

图 10-23

第四步:利用剪贴板功能将残差表中的预测值移至上表 D 列. 使用"编辑"菜单中的"复制"、"粘贴"选项即可.

(二) 季节变动分析

季节变动指一年内随着季节的变化而产生的具有周期性的变动. 测定季节变动主要有两种方法:一种是不考虑长期趋势的影响,直接用原数据计算,通常使用按月(季)平均法;另一种是剔除长期趋势,从而分解出季节变动.

下面我们举例说明 Excel 中用按月(季)平均法求季节指数的方法. 某企业

2005～2007 年 3 年内各季度羽绒服销售量如表 10-16 所示.

表 10-16　某企业 2005～2007 年 3 年内各季度羽绒服销售量(万件)

年份	一季度	二季度	三季度	四季度
2005	21.6	6.3	1.8	25.5
2006	24.5	7.5	2.2	37.8
2007	28.8	9.9	2.6	39.9

　　按月(季)平均法测定季节变动主要适用于没有明显长期趋势和循环波动的时间数列.其基本步骤是:首先按照各年的月份或季度资料算出同月(或同季)的平均数,再将此平均数除以全部资料总的月(或季)平均数,从而求得季节指数,以季节指数大于或小于总平均数(100％)的程度反映季节变动的程度.

　　具体步骤如下:

　　第一步:建立表格,在表格右边添加"全年合计"列,下面添加"三年合计"、"同季平均"、"季节指数"三行;

　　第二步:计算三年合计.选中 B6 单元格,输入"＝SUM(B3:B5)",回车确认,得出一季度的三年合计为 74.9 万件.然后利用填充柄功能按住鼠标左键向右拖拽至F6 结束,这样二季度、三季度、四季度的三年合计及三年共 12 个季度的总合计即自动记入 C6～F6 单元格内.

　　第三步:计算同季平均.选中 B7 单元格,输入"＝B6/3",回车确认,得到三年一季度的同季平均数 24.97 万件,然后利用填充柄功能拖出二、三、四季度的同季平均数.

　　第四步:求三年总的季平均数.选中 F7 单元格,输入"＝F6/12",回车确认,得到三年总的季平均数 17.37 万件.

　　第五步:求季节指数.选中 B8 单元格,输入"＝B7＊100/F7",同样的方法输入"＝C7＊100/F7"、"＝D7＊100/F7"、"＝E7＊100/F7"分别得到四个季度的季节指数为 143.76％、45.49％、12.67％、198.08％;选中 F8 单元格,输入"＝SUM(B8:E8)"季节指数之和为 400％.结果见表 10-17.

表 10-17　某企业 2005～2007 年 3 年内各季度羽绒服销售量季节指数表

年份	一季度	二季度	三季度	四季度	全年合计
2005	21.6	6.3	1.8	25.5	55.2
2006	24.5	7.5	2.2	37.8	72
2007	28.8	9.9	2.6	39.9	81.2

续表

年份	一季度	二季度	三季度	四季度	全年合计
三年合计	74.9	23.7	6.6	103.2	208.4
同季平均	24.96667	7.9	2.2	34.4	17.36667
季节指数	143.762%	45.48944%	12.66795%	198.0806%	400%

思考与训练

一、单项选择题

1. 要在当前工作表(Sheet1)A2 单元格中引用另一个工作表(Sheet2)A2 到 A7 单元格的和,则在当前工作表的 A2 单元格输入的表达式应为(   ).

A. =SUM(Sheet4! A2:A7)　　　　　B. =SUM(Sheet4! A2:Sheet4! A7)

C. =SUM((Sheet4)A2:A7)　　　　　D. =SUM((Sheet4)A2:(Sheet4)A7)

2. 当前工作表上有一学生情况数据列表(包含学号、姓名、专业、三门主课成绩等字段),如欲查询专业的每门课的平均成绩,以下最合适的方法是(   ).

A. 数据透视表　　B. 筛选　　　　C. 排序　　　　D. 建立图表

3. 建立图表时,最后一个对话框是确定(   ).

A. 图表类型　　　B. 图表的数据源　C. 图表选项　　D. 图表的位置

4. 对建立的图表进行修改,下列叙述正确的是(   ).

A. 先修改工作表的数据,再对工作中相关数据进行修改

B. 先修改图表中的数据点,再对工作表中相关数据进行修改

C. 工作表的数据库和相应的图表是关联的,用户只要对工作表的数据修改,图表就会自动相应更改

D. 当在图表中删除了某个数据点,则工作表中相关数据也被删除

5. 如果某单元格显示为#VALUE! 或#DIV/0!,这表示(   ).

A. 公式错误　　　B. 格式错误　　　C. 行高不够　　　D. 列宽不够

6. 如果某单元格显示为若干个"#"号(如########)这表示(   ).

A. 公式错误　　　B. 数据错误　　　C. 行高不够　　　D. 列宽不够

7. 对图表的编辑,下面叙述不正确的是(   ).

A. 图例的位置可以在图表区的任何处

B. 对图表区的对象的字体改变,将同时改变图表区内所有对象的字体

C. 鼠标指向图表区的八个方向控制点之一拖放,可进行对图表的缩放

D. 不能实现将嵌入图表与独立图表的互转

8. 在 Excel 2000 中,若要对几个数值求平均值,可选用的函数是_____.

A. COUNT   B. MAX   C. SUM   D. AVERAGE

9. 在 Excel 中对指定区域(C1:C5)求和的函数是_____.

A. SUM(C1:C5)   B. AVERAGE(C1:C5)

C. MAX(C1:C5)   D. MIN(C1:C5)

二、技能实训题

调查某企业生产车间 10 名工人的月工资水平,资料如图 10-24 所示.用描述统计工具对工人工资数据进行分析.叙述其操作过程与步骤.

	A	B	C
1	工人编号	月工资（元）	
2	1	1800	
3	2	1600	
4	3	1700	
5	4	1600	
6	5	1950	
7	6	1750	
8	7	1800	
9	8	1850	
10	9	1600	
11	10	1750	

图 10-24

附录　正态概率表

t	$F(t)$	t	$F(t)$	t	$F(t)$	t	$F(t)$	t	$F(t)$
0.00	0.0000	0.31	0.2434	0.62	0.4947	0.93	0.6476	1.24	0.7850
0.01	0.0080	0.32	0.2510	0.63	0.4713	0.94	0.6528	1.25	0.7887
0.02	0.0160	0.33	0.2586	0.64	0.4778	0.9S	0.6579	1.26	0.7923
0.03	0.0239	0.34	0.2661	0.65	0.4843	0.96	0.6629	1.27	0.7959
0.04	0.0319	0.35	0.2737	0.66	0.4907	0.97	0.6680	1.28	0.7995
0.05	0.0399	0.36	0.2812	0.67	0.4971	0.98	0.6728	1.29	0.8030
0.06	0.0478	0.37	0.2886	0.68	0.5035	0.99	0.6778	1.30	0.8064
0.07	0.0558	0.38	0.2961	0.69	0.5098	1.00	0.6827	1.31	9.8098
0.08	0.0638	0.39	0.3035	0.70	0.5161	1.01	0.6875	1.32	0.8132
0.09	0.0717	0.40	0.3108	0.71	0.5223	1.02	0.6923	1.33	0.8165
0.10	0.0797	0.41	0.3182	0.72	0.5285	1.03	0.6970	1.34	0.8197
0.11	0.0876	0.42	0.3255	0.73	0.5346	1.04	0.7017	1.35	0.8230
0.12	0.0955	0.43	0.3328	0.74	0.5407	1.05	0.7063	1.36	0.8262
0.13	0.1034	0.44	0.3401	0.75	0.5467	1.06	0.7109	1.37	0.8293
0.14	0.1113	0.45	0.3473	0.76	0.5527	1.07	0.7154	1.38	0.8324
0.15	0.1192	0.46	0.3545	0.77	0.5537	1.08	0.7199	1.39	0.8355
0.16	0.1271	0.47	0.3616	0.78	0.5646	1.09	0.7243	1.40	0.8385
0.17	0.1350	0.48	0.3688	0.79	0.5705	1.10	0.7287	1.41	0.8415
0.18	0.1428	0.49	0.3759	0.80	0.5763	1.11	0.7330	1.42	0.8444
0.19	0.1507	0.50	0.3829	0.81	0.5821	1.12	0.7373	1.43	0.8473
0.20	0.1585	0.51	0.3899	0.82	0.5878	1.13	0.7415	1.44	0.8501
0.21	0.1663	0.52	0.3969	0.83	0.5935	1.14	0.7457	1.45	0.8529
0.22	0.1741	0.53	0.4039	0.84	0.5991	1.15	0.7499	1.46	0.8557
0.23	0.1819	0.54	0.4108	0.85	0.6047	1.16	0.7540	1.47	0.8584
0.24	0.1897	0.55	0.4177	0.86	0.6102	1.17	0.7580	1.48	0.8611
0.25	0.1974	0.56	0.4245	0.87	0.6157	1.18	0.7620	1.49	0.8638
0.26	0.2054	0.57	0.4313	0.88	0.6211	1.19	0.7660	1.50	0.8664
0.27	0.2123	0.58	0.4381	0.89	0.6265	1.20	0.7699	1.51	0.8695
0.28	0.2205	0.59	0.4448	0.90	0.6319	1.21	0.7737	1.52	0.8715
0.29	0.2282	0.60	0.4515	0.91	0.6372	1.22	0.7775	1.53	0.8740
0.30	0.2358	0.61	0.4581	0.92	0.6424	1.23	0.7813	1.54	0.8764

续表

t	$F(t)$	t	$F(t)$	t	$F(t)$	t	$F(t)$	t	$F(t)$
1.55	0.8789	1.76	0.9216	1.97	0.9512	2.36	0.9817	2.78	0.9946
1.56	0.8812	1.77	0.9233	1.98	0.9523	2.38	0.9827	2.80	0.9949
1.57	0.8836	1.78	0.9249	1.99	0.9534	2.40	0.9836	2.82	0.9952
1.58	0.8859	1.79	0.9265	2.00	0.9545	2.42	0.9845	2.84	0.9955
1.59	0.8882	1.80	0.9281	2.02	0.9566	2.44	0.9853	2.86	0.9958
1.60	0.8904	1.81	0.9297	2.04	0.9587	2.46	0.9861	2.88	0.9960
1.61	0.8926	1.82	0.9312	2.06	0.9606	2.48	0.9869	2.90	0.9962
1.62	0.8948	1.83	0.9328	2.08	0.9625	2.50	0.9876	2.92	0.9965
1.63	0.8969	1.84	0.9342	2.10	0.9643	2.52	0.9883	2.94	0.9967
1.64	0.8990	1.85	0.9357	2.12	0.9660	2.54	0.9889	2.96	0.9969
1.65	0.9011	1.86	0.9371	2.14	0.9676	2.56	0.9895	2.98	0.9971
1.66	0.9031	1.87	0.9385	2.16	0.9692	2.58	0.9901	3.00	0.9973
1.67	0.9051	1.88	0.9399	2.18	0.9707	2.60	0.9907	3.20	0.9986
1.68	0.9070	1.89	0.9412	2.20	0.9722	2.62	0.9912	3.40	0.9993
1.69	0.9090	1.90	0.9426	2.22	0.9736	2.64	0.9917	3.60	0.9996
1.70	0.9109	1.91	0.9439	2.24	0.9749	2.66	0.9922	3.80	0.9999
1.71	0.9127	1.92	0.9451	2.26	0.9762	2.68	0.9926	4.00	0.9999
1.72	0.9146	1.93	0.9464	2.28	0.9774	2.70	0.9931	4.50	0.99999
1.73	0.9164	1.94	0.9476	2.30	0.9786	2.72	0.9935	5.00	0.999999
1.74	0.9181	1.95	0.9488	2.32	0.9797	2.74	0.9939		
1.75	0.9199	1.96	0.9500	2.34	0.9807	2.76	0.9942		

参 考 文 献

［1］ 夏玉荣.统计原理[M].合肥:合肥工业大学出版社,2005.

［2］ 闫小波,刘雅漫.新编统计基础[M].大连:大连理工大学出版社,2004.

［3］ 贾俊平.统计学[M].北京:清华大学出版社,2004.

［4］ 黄良文.统计学原理[M].北京:中国统计出版社,2000.

［5］ 徐建邦.统计学[M].大连:东北财经大学出版社,2001.

［6］ 李洁明,祁新娥.统计学原理[M].上海:复旦大学出版社,2003.

［7］ 于声涛.统计学原理[M].北京:对外经济贸易大学出版社,2002.

［8］ 吴明礼,黄立山.统计学[M].北京:中国统计出版社,2002.

［9］ 袁卫,庞皓,曾五一.统计学[M].北京:高等教育出版社,2000.

［10］ 刘建萍,黄思霞.统计学原理学习指导书[M].北京:中国物价出版社,2004.

［11］ 张建华.统计学原理练习与指导[M].天津:南开大学出版社,2002.

［12］ 李洁明,祁新娥.统计学原理[M].上海:复旦大学出版社,2002.

［13］ 吴可杰,邢西治.统计学原理[M].南京:南京大学出版社,1998.

［14］ 刘学华,张润清,宗义湘,等.统计学原理[M].上海:立信会计出版社,2003.

［15］ 陈仁恩.统计学[M].厦门:厦门大学出版社,2004.

［16］ 陈嗣成.新编统计学原理[M].北京:首都经济贸易大学出版社,2001.

［17］ 梁前德.基础统计[M].北京:高等教育出版社,2004.

［18］ 迟艳芹.统计学原理与应用[M].北京:清华大学出版社,2005.

［19］ 陈允明.国民经济统计概论[M].北京:中国人民大学出版社,2001.

［20］ 袁寿庄.社会经济统计学概要[M].北京:中国人民大学出版社,2004.

［21］ 史书良.统计学原理[M].北京:清华大学出版社,2006.

［22］ 王怀伟.统计学教程[M].北京:清华大学出版社,2004.